平江不肖生 撰

新版足本

江湖奇俠傳 參

世界書局

目錄／參

本冊主要人物系譜

本册主要人物系譜

【峨嵋】

開諦長老—方紹德

- 盧　瑞
- 藍辛石
- 周季容

【崑崙】

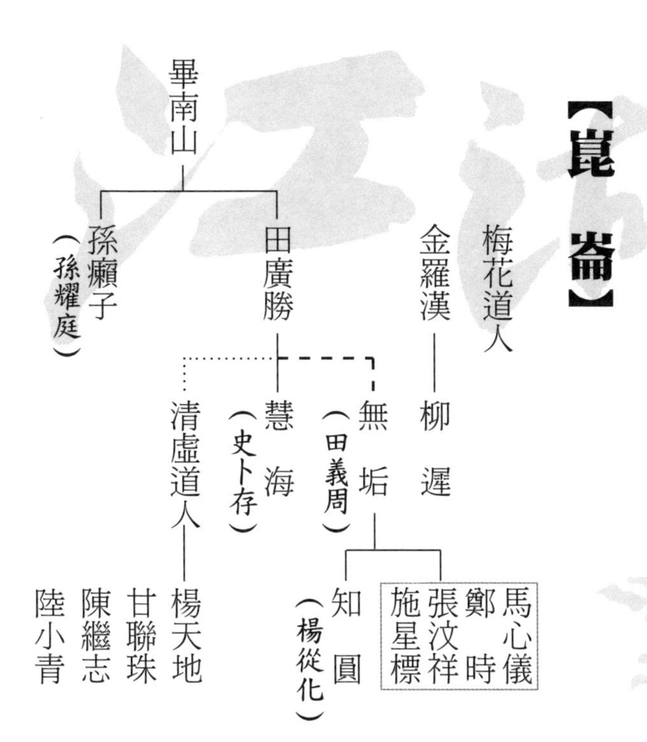

圖例

把兄弟
最先師承
師徒關係
血親關係
夫婦關係

第五七回　佈機關猛虎上釣　合群力猴子稱雄

話說：柳遲聽這童子回出來的話，竟像是已知道他被困在此似的，不由得心中納罕！此時天色已將發亮了，朦朧曉色，看得出這童子就立在跟前，即忙說道：「你能救我，眞感激不盡！我已被困兩晝夜不能動彈了！」這童子即蹲下來，替柳遲解脫了身上的繩網。

柳遲因爲被綑太久，渾身都麻木得沒有知覺了，繩網雖已解開，然四肢仍是不能動彈伸縮！正想運用工夫，使周身血液流暢，這童子已動手在柳遲身上按摩揉擦，柳遲覺得童子手到之處，和熨斗擦過一般，一股熱氣，直透骨髓；一霎時間，就遍體融和，異常舒暢了！

並不須童子幫扶，即坐了起來，拱手向童子稱謝道：「我初到此間，情形不熟，誤落陷阱之中，被幾個土人綑縛起來，攢在這裏；若不是足下前來相救，在這曠野無人之處，怕不就此喪了性命！我心裏實在感激足下救命的大德，請問足下尊姓大名？我不揣冒昧，想與足下結爲兄弟，往後慢慢的報答足下恩惠！」

童子也拱手說道：「我是奉師父的命，特地到這裏來救你的，你不要感謝我，祇應感謝我的師父！我姓周，名季容。我師父就在離此地不遠。派我來救你的時候，教我請你同到他老人家那裏去。就去麼？」

柳遲道：「承尊師救了我的性命，就是他老人家不教我去，我也應當前去叩謝！但不知尊師法諱，怎麼稱呼？剛才聽足下和那一位朋友談話，方知道這裏是苗峒。尊師是我們漢人麼？」

周季容道：「我師父姓方諱紹德。因爲收我二師兄做徒弟，才到這苗峒裏來。二師兄叫作藍辛石，是苗族裏面的讀書人，進了一個學，苗人本來都稱他爲苗秀才；自從拜在我師父門下後，因歡喜顯些本領給苗人看，苗人都改口稱他爲藍法師。師父和剛才在這裏談話的大師兄，都是寶慶人。大師兄犯了色戒，不久便要自殺，託我將來替他收屍。我想我大師兄的本領，高到絕頂；平日又恪守戒律，這回雖偶然欠了把持工夫，師父諒不至十分責罰他，何必就要自殺呢？「我猜想大師兄生性是個極要強的人，大約是因自己犯了色戒，知道師父的戒律最嚴，犯了是決無輕恕的！恐怕師父重罰他，無面目見人；又不敢到師父跟前求情，所以故意對我那們說。知道我現在日夜伺候師父左右，看我能代替他，向師父求一求情麼？殊不知這種事，我怎敢向師父開口！即算我冒昧去說，師父不但不見得聽，說不定還要罵我呢！」

柳遲道：「祇要是一句話能救得一人性命，便是不相識的人，也應盡力量去救，何況是同門師兄咧？不過這求情的話，出之足下之口，確不甚妥當！因為尊師傳戒，務令受戒的敬謹遵守，毫不通融！足下年事尚輕，若見犯色戒的且可容情，或將以戒律為不足輕重；足下適才所慮的，實有見地！我承尊師救了性命，此去叩謝的時候，若能相機進言，必為足下大師兄盡力！」周季容聽了，即作揖道謝。

此時紅日已經上昇，周季容在前，柳遲在後，面日向東方走去。才走過了兩個山峰，柳遲忽聽得一種很凶猛怕人的吼聲，覺得發聲的所在，並不甚遠，心裏猜想，是猛獸相鬥，鬥輸了負痛哀號的聲音。柳遲雖是在鄉村中長大的人，然長沙鄉下，人煙稠密，猛獸極少，這類吼聲，並不曾聽過。停步問周季容道：「聽得麼？這是甚麼東西叫？」

周季容伸手向前面一指，說道：「咦！那山窪裏不是吊著一隻上鈎的老蟲嗎？那孽畜不小，祇怕足有二三百斤呢！」

柳遲卒聽這話，還不懂得是怎麼一回事？跟著他手指的方向一看，因陽光照眼，看不分明；手搭涼棚看去，才見對面一個山窪之中，彷彿一根絕大的釣魚竿，豎在地下，一隻水牛般壯的斑斕猛虎，一條後腿被繩索縛住，魚上鉤也似的，倒懸在釣竿之上；釣竿太軟，猛虎太重，祇懸得釣竿彎垂下來，和引滿待發的弓一樣。那虎在半空中亂彈亂吼，繩索、釣竿都被彈得來回晃動！

柳遲看了詫異道：「這是甚麼人，能將一隻這們大的猛虎，生拿活捉的這樣懸在竹竿上呢？」

周季容笑道：「那裏是人捉拿了懸起來的啊！這一帶山嶺，平日少有人跡；山中種種野獸都有，時常跑到平陽之處傷人。苗人都好武，歡喜騎馬射獵，箭簇上都敷有極厲害的毒藥，祇是猛虎、金錢豹那一類的凶惡野獸，不容易獵得，因藏匿在深山的時候居多，而出來傷人的，又多是這類惡獸。所以就倣效我漢人的法子，在猛獸必經之地，掘成陷阱，阱中並有鉤繩細網，阱上蓋些浮土。

「猛獸身軀沉重，踏在浮土上，登時塌陷下去，阱底有許多鉤繩，陷下阱去的猛獸，不動不至被綑縛；祇一動，便觸著鉤繩，即刻被綑縛了四腳。猛獸落下了陷阱，安有不動的呢？但是祇綑縛了四腳，一則恐怕綑不結實；二則恐怕齒牙厲害的，能將鉤繩咬斷逃走。更有一種綑網，懸在阱的兩旁，和鉤繩相連的；不用人力，衹要牽動了鉤繩，綑網自然能向猛獸包圍攏來。猛獸越在阱中打滾，那網便越網得牢實！」

柳遲聽到此處，笑道：「哈哈！不用說了！那是我親身經歷過的！我還衹道是有人將我的手腳綑住呢，原來是觸動了鉤繩！怪道我初掉落下去的時候，手腳並沒有被綑；因上面的浮土，紛紛灑下，把我兩隻眼睛迷得不能睜了；我舉手打算揉擦幾下，想不到就在這一舉手的當兒，好像被撓鉤鉤住了胳膊似的！一霎眼間，手腳就綑得不能活動了，那網也就跟著包裹上來，簡直是蒼蠅落在蜘蛛網裏面，蒙頭蒙腦的將我綑得連氣也不能吐！若是那幾個大漢不來，我這兩晝夜，必就在那裏面受罪！」

周季容也笑道：「在裏面受罪倒不甚要緊！就祗怕有虎豹跟著掉下來，你被鉤繩綑網縛住了不能動，恰好給他飽吃一頓！你這兩晝夜，幸虧是躺在那離陷阱不遠的所在；若在別處，怕不已成了虎豹口中的糧食嗎？」

柳遲道：「陷阱原是掘了等虎豹來墮落的，怎麼倒幸虧躺在離陷阱不遠的所在，才沒被虎豹吃掉呢？」

周季容道：「這道理很容易明白：這山裏掘了個陷阱，衹要曾陷過一隻野獸，至少也有一個月，野獸都不敢跑到這陷阱周圍數十步以內。相隔的時候久了，禽獸畢竟不及人能長久記憶

著，積久就忘懷了。你掉下去的那陷阱，大約在一月之內，曾陷過一隻猛虎，所以那附近兩晝夜沒有野獸經過。因爲陷阱在一年之內，最多不過能陷十來隻野獸；而一山之中，多掘也沒有用處，於是就有這豎釣竿的法子。這法子是苗峒裏獵戶想出來的，也和陷阱一樣，無論如何凶猛的異獸，都能活捉生擒！」

二人旋說旋走，說至此，已走到了釣虎的山窪。周季容便指給柳遲看道：「你瞧這釣猛虎的法子，想得巧妙麼？」

柳遲抬頭看那隻斑斕猛虎，吼也不吼了，動也不動了，祇一對眼圓鼓鼓的突了出來，忿怒異常的神氣，瞪著二人；兩邊口角裏的涎，直滾下來，地下淌一大塊白沫；兩前爪揸開來，和十隻鋼鉤相仿，像是用力想抓爬甚麼；一條五六尺長短，賽過竹節鋼鞭的尾巴，不住的右繞到左，左裊到右，也像是要勾搭甚麼。無奈四面虛空，有時偶然勾著了上面繫後腳的繩索，卻因繩索太細，又有無數五六寸長一個的竹筒，接連套在繩索外面，圓轉不定，再也勾搭不牢。

周季容指著繩索，說道：「這老蟲是後腳在上，倒懸起來，這繩索外面的竹筒，便似乎沒多大的用處！若是前腳誤踏在鐵鉗裏面，釣起來頭朝上時，這竹筒的用處就大極了！如沒有這些竹筒，這孽畜的爪齒何等鋒利，不問多牢實的繩索，也經不起幾抓幾咬！有了這又圓轉又光滑的竹筒，那鋒利的爪牙，就無所施了！」

柳遲看那虎的後腳彎上，原來有一把很粗壯的虎口鉗鉗住，繩索就繫在鐵鉗這端的一個環上；另外還有七八個同樣的鐵鉗，都張開口懸在旁邊，每一個鉗上的繩索竹筒也同樣。那豎著做釣竿的竹子，下半截足有飯桶粗細。

周季容走近竹竿跟前，伸兩手將竹竿圍抱著，說道：「你在旁處曾見過這們粗壯的竹子沒有？」

柳遲搖頭，答道：「一半這們粗細的也不曾見過！這竹你兩手抱不過來，若不是我親眼看見，有人對我說有合抱不交的竹子，我眞不相信呢！」

周季容點頭道：「沒有這們粗壯的竹子，無論甚麼樹木，都不能做這種釣竿！你看上面那些繩索和鐵鉗，就是釣魚的鉤。放釣的時候，須有七八個壯健漢子，先擇定猛獸必經之處，掘一個四五尺深淺的窟窿；將釣竿豎起來，插進窟窿裏面，用磚石將周圍築緊。釣竿尖上，那些繩索鐵鉗，在不曾豎起之前，都已紮縛妥當；豎起後，就得用七八個壯健漢子，牽住竹尖的另外一根長繩索，盡力向下拉。竹性最柔，任憑怎麼拉，是不會拉斷的。拉到竹尖離地不遠了，才用木樁將長繩拴住，打一個活結；那些虎口鐵鉗，分佈在青草裏面。

「野獸走這地方經過，衹要有一個腳爪，誤踏在鐵鉗口裏；那鐵鉗很靈巧，必登時合攏來，緊緊的鉗住，不能擺脫！野獸的腳，忽然被鐵鉗鉗住了，自免不了猛力向前，想將鐵鉗掙脫。那知道拴在木樁上的長繩，是打的活結，一拉扯便解發了！你想：用七八個壯健漢子才拉彎下來的竹竿，全賴這點長繩繫住，長繩的結頭一解，竹竿勢必往上一彈；竹竿越粗，上彈的力量也越大，三四百斤重的野獸，都能彈得飛起來！這隻老蟲，也就不算小了，你瞧懸在半空中，不是和懸燈籠一樣，一點兒不費事嗎？

「任憑如何凶猛的野獸，一上了釣，就如上了死路，吼也是白吼，動也是白動！裝釣的人家聽了，連睬也不睬，祇看是甚麼野獸，便知道須吊多少時日，才能吊得他筋疲力竭，放下來才不傷人；到了可以放下的時候，婦人和小孩子都能制他的死命！我們漢人中的獵戶，不能仿效這方法，就因找不出這們粗壯的竹子做釣竿。若各地一般的出產這種大竹，那麼野獸就遭殃了！」

柳遲聽了這話，陡然想起自己未落陷阱以前，所望見那石巖口邊，彷彿有小孩走動的情形來；回思那時自己所立的地位朝向，覺得正在這豎釣竿的方面；祇爲是迎著日光走來，那石巖不曾觸眼，心裏便沒想起來。當下即問周季容道：「這附近一帶的山裏，全無人居住嗎？」

周季容點頭道：「這一帶都是石山，不能播種。誰住在這裏面幹甚麼？」

柳遲道：「裝這釣的人，也不住在這山裏嗎？便有野獸上了釣，相隔得很遠，又如何能知道呢？」

周季容道：「這種釣可以裝在幾十里路以外。專以畋獵爲業的苗人，一家有裝設百數十竿的，每日分班輪流到裝設的地方，探看幾回。那有野獸上了釣還不知道的道理？」

柳遲聽了，自沉吟道：「這就奇了！我分明望見那石巖口邊，有幾個身體矮小的人走動，好像是住在那石巖裏面的一般。我因想上前看個明白，抬起頭祇顧向前走，以致掉下陷阱中去了！既是這一帶全沒人居住，那幾個人必就是到這山裏來，探看陷阱和這釣，有沒有獵著野獸的了。」

周季容問了問當日所望見的情形，笑道：「哦！我知道了！你那時所望見的，祇彷彿是人，確實不是人，是一種野猴子。這一帶山中，野猴子最多。大的立起來，足有三尺多高；三五成群，常住在最深的石巖裏面。在我師父未到苗峒收我二師兄做徒弟以前，這種野猴子，簡直凶頑得無人不怕！靠山近些兒的所在，無論播種的甚麼糧食，若不日夜有人監守著，等到嫩芽出土，十九得被野猴子挖去吃了！守到出了芽，方可聽其生長開花結實。然在結實將成熟的時候，又得有人日夜把守；不然，就有無數的野猴子前來搬運。

「這種猴子，比一切野獸都生得靈巧，祇略略的畏懼虎豹；除虎豹之外，甚麼野獸也不能奈何他；就是虎豹，也不過仗著聲威，使他們不敢嘗試！虎豹走這山裏經過的時候，稍微斂跡些，有一時半刻的工夫，在樹上的不敢下來，在巖裏的不敢出來；虎豹一走過山頭，即時就回復原狀了。從來也不見虎豹咬死了猴子，倒是猴子在無意中，卒然遇了虎豹，沒有樹可上，沒有巖可鑽，被虎豹逼得發急的時候，有將虎豹的腎囊抓破，虎豹立刻喪命的！

「苗峒裏的獵戶，照例不打猴子，並不是不打，是爲打不著，反惹出許多麻煩來！這家獵戶祇要在打獵的時候，偶不留神，誤向猴子發了一毒箭，不問射中與否，都可說是撞了禍！這種猴子出來行走，單獨一隻的時候絕少，至少也有一雌一雄。打獵的毒箭射去，十九被他將箭接去；從此告知他的同類，專一與獵戶爲難。即算這獵戶的射法高妙，一箭能射死一隻猴子，然這一隻同行的，必馱起死猴逃跑。獵戶在這當兒，若不趕緊逃出深山，祇一刻兒，就有大群報仇的猴子來了，獵戶每因此送了性命！」

柳遲聽了這些話，覺得是聞所未聞的，甚是有趣，連忙笑著問道：「猴子如何能專一和獵戶爲難呢？他能成群結黨，難道獵戶還不能成群結黨嗎？獵戶有種種方法，種種器械，不信倒弄這些猴子不過！」

周季容笑道：「你不曾在這苗峒裏盤桓過，那裏知道這類猴子的厲害！獵戶打獵的種種方法和器械，不但在這些猴子跟前，施用不著，不得罪這些猴子還好，種種器械雖獵不著猴子，然尚可以獵旁的野獸；若得罪了他們時，永遠不再在這山裏打獵就罷了，如仍須在這山裏打獵，便不能不進貢些糧食水果，向這些猴子求和！在調和不曾妥協以前，像這樣釣竿就不敢裝設，裝起來不待半日，竿尖上的繩索鐵鉗，包管一條也不見了，光剩下一根竹竿，朝天豎著！

「你前日掉下去的那樣陷阱，裏面的鉤繩綑網，甚是値錢的東西；多少隻猴子，拉斷一副鉤繩，撕破一副綑網，一點不費氣力，獵戶就吃了好幾兩銀子的虧！猴子在山中鎭日沒甚事做，又是生性最喜把一切東西弄壞的；你說獵戶靠打獵謀生的人，如何敢和他們做對頭？獵戶尚且不敢得罪猴子，尋常的苗人更可想了！

「猴子時常把人家存積的糧食，搬運作賤；一般人衹敢邀集許多壯丁，虛張聲勢的將猴子嚇跑，沒人敢眞個動手打他！這們一來，猴子的膽量越弄越大；苗人害怕的程度，也越弄越高。還幸虧猴子不和虎豹一般的吃人，不然，苗人早已被猴子滅了種了！

「自從我師父爲收我二師兄做徒弟，到苗峒裏來住著，眼見這些猴子，猖獗得不成話；幫著打獵的殺了十多隻，都是趁猴子在撕綑網、拉鉤繩的時候，下手殺的！原來猴子的膽量，比一切野獸都小，人縱容他，他便敢無惡不作；衹一用嚴厲的手段對付，殺幾個榜樣給他們同類的看，他們就嚇得戰戰兢兢，動也不敢多動了！

「你前日所望見的，便是這種猴子，以前是滿山亂跑亂跳，毫無忌憚；於今被我師父殺得嚇破了膽，都躲在很深的石巖裏住著，輕易不大跑出來！這一帶的山，沒一山沒有；衹我師父能驅使他們，片刻之間，能把巖峒中所有猴子，一隻不留的都呼喚到跟前來！」

柳遲喜道：「驅神役鬼的道法，我曾見過；倒是像尊師這般能驅使猴子的，不僅不曾見過，連聽也沒聽人說過！我這番得瞻禮尊師，正是因禍得福，可謂是三生有幸了！我們在這裏已經躭擱很久了，尊師必然盼望。請引我快點兒走罷。」

周季容笑道：「我因貪著說話，幾乎把引你去見師父的事忘了！」

於是二人離了釣虎的所在，又越過了幾個山頭。周季容在前面走著，忽伸手向左邊山上一指，口裏哎呀了一聲，說道：「你瞧，那不是我二師兄來了嗎？衹怕是師父久等我兩人不去，放心不下，特地打發他迎上來探看的！」

不知柳遲見了周季容的二師兄以後怎樣？且待第五八回再說。

第五八回　謝援手瓦屋拜奇人　驚附身璇閨來五鬼

話說：柳遲順著周季容手指之處望去，衹見一個身高七尺有零的黑皮大漢，大踏步從那山上走下來。那一種雄渾的氣概，直能使委靡的人看了，頓時精神抖擻；懦弱的人看了，頓時豪氣干霄！衹是雖有這們高大的身軀，這們烏黑的皮色，卻沒有粗獷的樣子；神情舉止之間，都透著一種很文雅的意味，決不像是不懂文物禮教的苗人，身上的衣服，和讀書的漢人一樣。

柳遲問道：「那就是你師兄藍辛石嗎？不是漢人嗎？」

周季容點了點頭，答道：「這苗峒裏面，就祇我這二師兄是個讀書人，並進了一個學，所以和我們文人一般裝束。」

說話時，藍辛石已走過這山來。周季容迎上去，問道：「二師兄，是師父教你來催我回去的麼？我因遇見大師兄，談了許久的話；剛才走到半路上，又看見一隻極大的斑斕猛虎，上了釣竿，所以躭擱了些時。我們一同見師父去罷。」

藍辛石點頭，問道：「你見甚麼地方有一隻極大的斑斕猛虎上了釣竿呢？是不是吊睛白額，你看仔細麼？」

周季容道：「那虎被吊住了後腿，尾衝上，頭衝下，我看得很仔細，不是吊睛白額。二師兄問吊睛白額虎，是甚麼用意？」

藍辛石道：「不是就罷了，沒有甚麼用意。」說畢，望著柳遲笑道：「你是金羅漢的徒弟，怎的誤落陷坑，便不得出來呢？」

柳遲聽了，面上很覺慚愧，勉強答道：「祇因初入師門，並無毫末道行，所以也和山中的野獸一樣，一落陷坑，便不能得脫！但不知足下何以知道敝老師是金羅漢？」

藍辛石一面回身引二人走著，一面閒閒的說道：「倒不要看輕了山中的野獸，也居然有陷坑陷不著，上了釣還能逃走的！」

柳遲見藍辛石的神氣很怠慢，所答非所問，好像竭力表示出瞧不起人的樣子，遂也不願意多說。

周季容卻忍不住問道：「二師兄在甚麼地方，看見有陷坑陷不著，上了釣還能逃去的野獸？」

藍辛石道：「這不希罕！就在離我家不遠，有一家專以打獵爲生的人，前幾日追趕一隻吊睛白額虎，十多人追了半日，忽然追得不知去向了。第二日到山中檢點陷坑裏的釣繩綑網，好像被人撕破了的一般，綑網已到了坑外；細看坑裏坑邊，踏了無數的虎爪印。

「打獵的人正覺得奇怪，有一個砍柴的人過來說道：『我在這山裏砍柴，祇見一隻很大的吊睛白額虎，彷彿被人追得慌了，逃進山來，嚇得我連忙爬上樹枝！看那虎跑不了幾步，就喳的一聲，掉下陷坑去了！我心裏好歡喜，以爲這一下去，休想再有活命逃出來！我慢慢的緣到樹梢，看他掉在坑裏是甚麼情形？

「『祇見他已被綑網纏繞得在坑中打滾，但是滾得奇特：不像尋常落了綑網的野獸，滾過來滾過去的滾法，祇專向一邊滾過去，滾一個不停歇；約滾了十多轉，竟將綑網生根的所在，滾離了坑邊，網的網繩都被掙斷了。網繩一斷，網便不能得力了。四爪不住的掙扎，祇掙得那網一片一片的裂開；前兩爪才露出網來，祇一躥就連網躥出了陷阱。立在坑邊篩糠也似的，渾身抖了幾下，那綑網便紛紛脫落下來。那虎還回頭向坑裏望了一望，才搖擺著長尾巴走了！』」

藍辛石述到這裏，回頭笑向柳遲道：「聽得麼？這虎不比人還精明嗎？」

柳遲覺得這苗子說話太無禮貌，不願意回答，祇當沒聽得的一樣。

周季容問道：「上了釣又逃去的，是怎麼一回事呢？難道能將繩索咬斷嗎？」

藍辛石笑道：「釣上的繩索，那有能咬得斷的？就是能咬得斷，也沒有給他咬著的道理？

並且若是咬斷繩索逃走，也算不得甚麼了！據我想：從釣上逃去的那虎，就是從陷坑裏躥上來的這虎！這個裝釣的獵戶，也離我家不遠。昨日才天明的時候，這獵戶在睡夢中被虎嗥醒了，料知是有虎上了釣，即起來到山上裝釣的地方去看。

「果見有一隻極大的吊睛白額虎，被釣著了前腳，正在半空中亂動亂吼。裝釣的釣著了野獸的時候，照例不去動他，任憑他在空中叫喚兩三日，到差不多要死了，才去放下繩索來。這獵戶自然依照老例，當下祇望了一望，便不再作理會了。

「在家裏的人，聽得那虎嗥一陣，歇一陣，經過了大半日，有好大一會不聽得叫喚了，又跑出來看時，那裏還見那虎的蹤影呢？僅剩了一隻約有六七寸長的虎前爪，仍被鐵鉗鉗著，懸在釣竿的上面。原來那虎自己咬斷前腿，脫身逃了！所以我剛才聽得你說，有一隻極大的斑斕猛虎上了釣，便問你那虎是不是吊睛白額？一座山裏，不能容兩隻吊睛白額虎，並且白額虎最少；因此我推測上釣的，必就是落陷坑的！」

周季容道：「那虎眞有些神通！不知二師兄若遇了他，能將他制伏麼？」

藍辛石笑道：「沒有我不能制伏的虎！不過像這種通靈的虎，料他不敢在我眼前出現！」

二人說著話向前走，已將柳遲引到一處，忽停步不走了。

柳遲看此處是個山坡。坡中有一個黑色的圓東西，有七八尺高，上小下大，望去彷彿一座很高大的墳塋；衹是那黑色光潤，和塗了漆的一般，看不出是甚麼。

剛待向周季容打聽，周季容已指著那東西，說道：「已經到了，我師父就住在這裏面。」

柳遲聽了，好生詫異，走到切近一看，原來是一口極大的瓦缸，覆在地下，這缸足有一丈二三尺的口徑，八九尺高下，向西方開了一個小門，僅能容一人出進。從門口透進些陽光，照見裏面如一間室，室中陳設了許多居家應用的器具，如：鍋、竈、桌、椅、臥榻之類都有，不過具體而微罷了。

有一個瘦如枯蠟的老頭，年紀約有六七十歲了，容貌異常清古，衣服也很樸質，和尋常種田人家的老年人一樣；衹精神充足，兩眼灼灼有光芒，不是尋常老年人所能有的！柳遲能知道清虛道人和呂宣良爲異人，拜師求道，自然能看得出這老年人，必就是藍、周二人的師父方紹德。

這時，方紹德正在自炊早飯，獨坐竈前搧火。見三人立在外面，回過頭來，藍辛石才當先鑽進缸裏去，柳遲跟著二人進缸。見缸裏雖陳設了這許多家具，容四個人並不擁擠。周季容上前簡單陳說了在路上躭擱的原因，方紹德點頭揮手，教藍、周二人立在一旁。

柳遲就這當兒，向方紹德叩頭說道：「蒙老丈解救之恩，特地前來叩謝！晚輩生性好道，祇苦沒有心得，還得拜求老丈指教！」

方紹德連忙抬身，笑道：「用不著這們客氣！你要知道，我並不是爲救你的性命，將你弄到這裏來；是爲要借你一張口，替我帶句話給你師父呂宣良。你不久就有與你師父會面的時候，你祇對他說道：我在新寧遇著金眼鷺鷥方紹德，他教我對師父說：我們這種能耐，傳徒弟不是一件當耍的事！徒弟犯了戒律，是不應該裝聾作啞，曲徇私情的！若戒律可以犯得，我們卻要這東西幹甚麼呢？犯殺戒、犯淫戒的，應得教徒弟本人自己値價；萬一遇了形同反叛的徒弟，便說不得，祇好做師父的親自動手懲戒了！你有三個徒弟，我也有三個徒弟，請你瞧瞧我犯戒的徒弟，是怎生結果？再回頭瞧瞧你自己在河南的徒弟，看憑良心應當怎生處置？」

方紹德說到此處，略停了一停，問柳遲道：「你聽明白了麼？你照我這些話，向你師父說一遍便得哪！你不可害怕說不出！你要知道，縱容徒弟犯戒，師父的罪孽，比犯戒徒弟加重十倍！你敬愛你師父，就是萬不能不說！」柳遲祇得諾諾連聲的應是，在山中答應周季容，替他大師兄求情的話，那裏還敢說出口來呢？

祇聽得方紹德繼續說道：「你來這裏一趟，很不容易！我知道你現在所住的劉家，有五鬼為殃。你此時尚沒有力量，能驅滅五鬼。我可派二徒弟藍辛石送你回去，順便驅除五鬼。」

柳遲慌忙拜謝道：「晚輩初到新寧時，正覺得舍親家中的陰氣過重，卻苦沒道法看出所以然來。承你老人家關懷，不但晚輩感激，便是舍親一家也應感激；不過敝姨父是個讀書人，對於神鬼的事，恐怕認為荒誕！」

方紹德不俟柳遲說下去，即搖手笑道：「你離他家，已有三日三夜了。在這三日以前，你姨父自是不相信有神鬼的，此時已不然了。你回去時自會知道，不用我多說。」柳遲便不再說，拜辭了方紹德，與周季容握手作別了，才和藍辛石一同退出瓦缸，取道向劉家來。

藍辛石在路上對柳遲道：「我且在你親戚家門外等著，你先進去，到用得著我的時候，祇須向空喚三聲藍法師，我自能隨聲而至。」

柳遲答應理會得，然心裏仍不免有些懷疑，暗想：「這三日中，難道劉家有甚麼變故嗎？若沒有顯明的變故，使我姨父相信確有五鬼為殃，我卻怎好平白無故的說，有法師同來驅鬼呢？」為此躊躇著，不覺已走近了劉家。

藍辛石找一棵很大的棗樹下立住了腳，說道：「我就在這樹上，聽候你的呼喚。你去罷。」

柳遲看這樹離劉家還有半里多路，不由得現出懷疑的神氣，說道：「舍親家的房屋很大，離此又太遠了些，恐怕聽不著我呼喚的聲音，反爲不便！不如索性過了那一座橋，在那邊樹下等候。」

藍辛石笑道：「這有多遠！十里之內，我聽蒼蠅的哼聲，與雷鳴相似！」柳遲這才知道藍辛石是修天耳通的，便獨自回到劉家。

剛跨進門，就隱隱聽得裏面有哭泣的聲音。走進裏面，祇見自己的母親和姨母，兩人對坐著相向而哭。柳遲還不曾動問緣由，他母親已看見他了，連忙起身一把將柳遲摟住，哭道：「我的心肝兒子！你還有命回來麼？可憐我和你姨母，已整整哭泣一晝夜了！」

柳遲道：「孩兒該死！錯走到苗峒裏去了！失足掉下陷野獸的深坑，幾乎送了性命；今早才遇救得脫，所以回得遲了！祇是孩兒在家中的時候，也時常出門多少時日不回，你老人家是見慣了的，怎麼這回才三日，你老人家和姨母就哭泣了一晝夜呢？」

他母親拭乾了眼淚，說道：「你那裏知道這幾日家裏的情形啊！昨日逼得沒有法子，已打發人追趕你姨父去了！你姨父有要緊的事去長沙，若不是因家裏鬧得太不成話，何至打發人去追趕他回來呢？大前日自你出門之後，你表妹就說覺得頭昏目眩，心裏沖悸得難過！我和你姨母也不在意，以爲是受了些涼，睡睡就好了。

「誰知才到黃昏時候，你表妹本來是睡著的，忽然坐了起來，翻起一雙白眼，望著我大聲喝道：『你不要糊塗！跑到這裏來想替你兒子定媳婦！你知道你打算定的媳婦，是我甚麼人呢？』

「我當時一聽你表妹說出這些話來，很覺得詫異，但是說話的聲音變了，是一個男子的口音，並不是本地方人，就知道是有鬼物憑附在你表妹身上！衹得對你表妹說道：『我並沒有這種心思！我到這裏來，完全是因至戚，平日本有來往，不爲想定媳婦而來！』

「我這們一說，你表妹衹是搖頭說道：『這話瞞不了我！我與劉小姐前生是夫妻，緣還沒有盡；他因一點兒小事，就尋短見死了，我應趁這時候，來了未盡之緣。你不要妄想！』說到這裏，忽然現出慌張的樣子，向房門外面望了一望，雙手抱頭說道：『不好了！對頭來了！衹好暫時躲避躲避！』說罷，即寂然無聲了。

「我和你姨母都以爲房外有甚麼人來了，同時回頭向房門口看，並不見有人進來。你表妹又改變了一個口音，說道：『我衹來遲了一步，就險些兒被別人把我的老婆佔去了！』

「說了這兩句，又和起初一般的翻起兩眼，望著我，笑道：『你看好笑不好笑？這劉小姐果然不是你兒子的媳婦，難道又是他那東西的媳婦？幸虧我還來得湊巧，若再遲一時半刻，不

是糟透了嗎?』邊說邊做出得意的樣子來。

「你姨母看了這情形,衹急得掩面哭泣。你表妹居然涎皮涎臉的,呼著丈母,笑道:『見了女壻的面,應該歡喜,應該笑一個不閉口,才是做丈母的本色。所以有一句老俗話:丈母見了郎(湘俗呼女壻曰郎),屁股不沾床!幾見過你這個丈母的,反望著我愁眉淚眼!我做你的女壻,那裏就辱沒了你嗎?老實講,比你那柳家的孩子強多了!』

「你姨母聽了,更氣得哭起來。我衹得在旁問道:『你究竟是甚麼人?與劉小姐有甚麼冤仇?幽明異路,劉小姐如何能做你的老婆?』

「你表妹搖頭晃腦的說道:『我的姓名,不能說給你聽。我與劉小姐沒有冤仇,他本來是許了給我做老婆的。你說幽明異路的話,錯了!我又不是死了的人,怎得謂之幽明異路?衹因這兩天的日子不好,不能成親;須略遲幾日,我便能在此地袒腹東床了!』

「說畢，又裝模作樣的鬧了一會，陡然做出吃了一驚的樣子，舉右手在額上搭涼棚，向牆壁上尋覓甚麼似的。仔細看了幾眼，即時露出驚慌的神色，對我說道：『前面好像是你的兒子來了！我並不是怕他，祇因不屑和他計較，暫時讓他一讓罷！』這話說了，你表妹仰後便倒，躺在床上。我祇道是你出外回來了。你姨母走到床前，抱著你表妹呼喚，和睡著了一樣，再也喚不醒。半晌不見你進房，打發丫頭到外面去問。

「丫頭還不曾回報，你表妹又翻身坐起來，一手把你姨母推開，說道：『你是甚麼人？要你摟住我夫人叫喚些甚麼？我就是柳遲柳大少爺。承姨母的好意，許將表妹配我做夫人，我特來成禮。剛才有兩隻大膽的孽畜，居然敢來想霸佔我的夫人！逃得快是他們的造化，見了面我眞不饒他！』

「你姨母就問道：『你是柳遲柳大少爺嗎？』

「他答道：『怎麼不是？誰哄你麼？』

「你姨母又問道：『你既是柳大少爺，知道這個老太太是誰麼？』你姨母說時，伸手指了指我。

「他跟著睜眼望著我，說道：『怎麼不認識，這是柳老太太，就是柳遲的母親。』

「你姨母道：『是柳遲的母親，是你的甚麼人呢？你不是說你就是柳遲嗎？』

「他才連哦了幾聲道：『不錯，不錯！我該打！連母親都忘記了！』隨即向我叫了兩聲媽媽道：『恕孩兒無狀！』

「我指著罵道：『你放屁！你是甚麼柳遲！我那有你這種不孝的孩兒！你要假冒我的兒子，得變成我兒子的聲音！你是識時務的，趁早滾開！我兒子立刻就要回來了，看他可能饒恕你？』

「我罵了這幾句話之後，你表妹低頭坐著，一言不發，紅了臉好像有些慚愧，又好像思索甚麼似的。一會兒，忽然抬頭，說道：『柳遲也祇有那們大的威風，我假冒他幹甚麼？老實說給你聽，你以為你兒子會回來麼？你作夢啊！你兒子的性命，早已喪在我手裏了！我不把他的性命弄掉，就敢到這裏來做他的替身麼？』

「我聽了不相信，仍開口罵道：『你是甚麼東西！配把我兒子的性命弄掉！你想拿這話來嚇我，那裏嚇得著！』

「他仰天打著哈哈，說道：『不相信由你！我們五兄弟，合夥要把你兒子的性命弄掉。今日才好容易將你兒子迷了雙眼，引進苗峒。我那四個兄弟，故意在你兒子前面的石巖之下，跑進跑出，使你兒子分了神，走近陷坑。我在後面祇這們一推，就跌倒到陷坑裏面去了！這陷坑跌下去，是必死無疑的！你不相信，且瞧著罷，看有你兒子回來沒有？』

「我當時一聽這些話，不由得不有些相信！正待求他，但我尚不曾說出口來，他卻立起身向空中作揖道：『我就走！我不過趁你沒來的時候，到這裏玩玩；你既來了，我怎敢留戀不去呢？』說罷，又跪下去，叩了兩個頭起來，仍向床沿上一坐，說話的聲音又改變了！

「祇聽得長歎了一聲，說道：『甚麼兄弟，比外人都不如！明知是我的夫人，竟敢趁我還沒到的時候，接二連三的來開我的玩笑，眞要把我氣死了！』說完，又長歎了一聲。忽起身向你姨母拜下去，說道：『愚子壻叩見丈母，給丈母請安！』

「你姨母祇氣得大罵！可是作怪！那東西倒像怕罵，一罵就沒有聲息了！不過你表妹昏迷不醒，沉沉的睡一會，那東西又來附著亂說一會，直到此刻三晝夜，不曾清醒！而你又果然一去不回，教我和你姨母怎得不哭？」

不知柳遲怎生說法？且待第五九回再說。

第五九回　踞內室邪鬼為祟　設神壇法師捉妖

話說：柳遲聽他母親述完那些怪話，即忙安慰道：「媽媽！姨母！都不用著急！我在苗峒裏就已知道這裏鬧鬼，已帶了個法師回來，可以驅除鬼蜮！據那鬼所說，迷了我的眼，引入苗峒，將我推下陷坑的話，事後回想起來，確有幾分相近之處！這些鬼既無端害了我，又來向我表妹無禮，實在可惡已極！」

說至此，衹見一個丫頭進來，說道：「小姐很安然的睡著，不知怎的，忽然伏在枕上哭起來，叫也叫不應，推也推不醒，此刻正哭得十分悲傷！」

柳遲的姨母緊蹙著雙眉，一面向自己女兒房中走去，一面呼著柳遲道：「你也同來瞧瞧！男子的陽氣，比女子足些，或者能把那些鬼嚇退！」柳遲母子遂跟著走進那房。

劉小姐已坐在床上，兩眼雖已哭得通紅，衹是眼淚已經揩乾了，做出盛怒不可犯的樣子。兩手握著兩個拳頭，手膀直挺挺的擄在兩膝上，眞是柳眉倒豎，杏眼圓睜，儼然等待著要和人廝打的神氣。

劉夫人一踏進門，那鬼就呸了一口，說道：「我做你的女壻，有那一樁那一件不相稱，辱沒了你？你以爲你們是世家大族，我不配高攀麼？哼！你錯了念頭啊！你若不是式微之家，我們連門都不敢進；此刻的氣燄，已嚇不倒我們了！你爲甚麼請法師來，想驅除我們？我若是害怕的，也不敢到這裏來做女壻了！」

劉夫人道：「我家請了甚麼法師？法師現在那裏？」

那鬼道：「眼前的事，我都不知道，算得甚麼神通呢？你家請的法師，此刻躲在橋那邊棗樹上。他有甚麼本領，配來驅除我們？他因爲心裏害怕，不敢進這裏來，所以躲在那樹上！我老實對你講罷，你就把這法師請進來，不但驅我們不去，弄發了我的脾氣，我一定取他的性命，那時你家反遭了人命官司！

「我已做了你的女壻，畢竟還有點兒情分，好說話，就是我那四個兄弟，脾氣都古怪得厲害，動不動就殺人放火！他們不是你家的女壻，有甚麼忌憚？那時你家就後悔也來不及了！我是爲你家好，大家和和氣氣的，不願意破面子，才把這話對你說，你不要自討苦吃！你姨姪是個小孩子，他的話聽信不得！」

柳遲已走過來，笑道：「你把我推下陷坑，害了我性命沒有？你既有神通不怕那法師，又何妨和那法師見見面，鬥一鬥法力呢？」

那鬼道：「你小孩子知道甚麼？我們和法師鬥法不打緊，你姨母家裏吃虧！我不是外人，是你姨母的女壻；女壻有半子之誼，我不能不替丈母家著想，並且這法師不是我丈母請來的，我夫人和我丈母都待我很好，所以我不忍連累他家！你這小孩子不懂事！替他把法師請來，他家的人一個也不知道，我不能怪他家，因此才說這些話；若是他家裏人去請來的，我怕甚麼呢？你眞心想幫助你姨母，就得聽我話趕緊去把法師退了，我和你此後是至親，我照顧你很容易，勸你不要多管閒事罷！」

柳遲叱道：「胡說！青天白日之下，豈容你們如此橫行？」說完，向空連呼了三聲藍法師。

就見藍辛石從房門口應聲而入，把柳夫人、劉夫人都驚得呆了！便是柳遲因不曾經過這種神奇的事，也不覺有些納罕！藍辛石走進房來，劉小姐仰面向床上便倒。口中吐出許多白沫，額頭上的汗珠兒，一顆一顆迸出來，比豆子還大！劉夫

人看了，好不傷感！

藍辛石望著柳遲道：「那鬼見我來，已經藏躲了。須在正廳上設起壇來，還得準備幾件應用的東西，方能施展法力，將他們收服！」

劉夫人抱住劉小姐，向柳遲道：「你表妹已有三晝夜水米不沾牙了。此刻承這位法官到來，鬼雖驅走了，然你表妹還是這種情形！不知這位法官，有方法能將他救醒來麼？」

藍辛石接著答道：「救醒來很容易！現在病人口吐白沫，額頭出汗，是因爲身體虧損過甚。鬼不難驅除，病卻不容易調治得回復原來的形狀！」當下藍辛石要了一杯清水，用指頭向水裏畫了一陣，喝了一口，立在遠遠的對床上噴去，叱一聲起！

作怪！劉小姐如被人牽拉一般的隨聲坐了起來，握住劉夫人手，痛哭道：「我被五個大漢子拘禁了，直到這時候才逃了出來！」劉夫人、柳夫人也都覺得悽慘，流淚問劉小姐昏迷中情形。藍辛石和柳遲退出房來，回到正廳上。

這時柳遲的姨父，被追趕得回來了，也陪著藍辛石，問須準備幾件甚麼東西。

藍辛石道：「這五鬼也頗有點兒神通，必來與我鬥法！須準備五隻小磁罈，一大盆白炭火，一條酒杯粗細的大鐵鍊，長五尺以外；一副新犁頭，九口青磚，一隻大雄雞，此外香燭硃墨紙筆之類，都是容易辦的。壇用四張方桌，在這廳簷下搭起來；準備的各物，除香燭硃墨紙筆之外，都擱在壇下。」

有錢的人家，凡事皆能咄嗟立辦。柳遲的姨父照樣一聲吩咐下去，不須一刻工夫，就辦齊備了！藍辛石又要了一大碗清水，雙手捧著，吩咐柳遲：不許人向他問話。從容移步到神龕前面（湘俗：每家正廳上必設神龕，或供天、地、君、親、師，謂之五祀。或供財神，或供魁星以及其他神像），背向神龕，盤膝往地下拜墊上一坐，雙手捧水齊眉，兩眼闔著，好像默禱甚麼似的，嘴唇微微的開合。

如此好一會，才張眼立起身，逕走到搭的壇上，當中放下那大碗清水，擄起長袍，從腰間解下一個搭聯袋來（用青布或藍布縫製，兩端有袋，袋口居中，店家多用之以收帳，以便搭肩上行走，故名搭聯袋。湖南之法師道士，行教時多用此種袋）；袋裏似乎裝了許多物件，鼓起來很大，而藍辛石繫在腰間，從表面看去，並不覺得衣內有這們大的東西藏著。

當下藍辛石將搭聯袋提在手中，從袋口取出一把有連環的師刀來，放在壇上。隨手提著搭聯袋，向空中一掛，好像空中有鉤子懸著一般，竟不掉下來！

劉家多少當差的看了，無不驚奇道怪！藍辛石很誠敬的神氣，右手拿起師刀，左手托著那碗清水，用師刀在水中畫符一道。畫畢，就將師刀豎在水中，也和有人扶著一樣，不歪不倒，仍將清水供放原處。回身招柳遲上壇，幫著燒香點燭。藍辛石提硃筆在黃紙上畫了五道符，就燭上燒了第一道；左手揑著訣，右手又向袋中取了一條戒尺，口中念念有詞。陡聽得簷瓦上一聲響亮，一大疊瓦片，對準藍辛石劈將下來！藍辛石衹作沒看見，倒將頭頂迎上去，喳喇一聲，就如劈在頑石上，瓦片被劈得粉碎，紛紛落下！藍辛石毫不理會，就碗邊喝了一口清水，仰面朝簷上一噴，跟著一戒尺就壇上拍下，衹見燭光幾閃，一團黑影由上而下，直落到藍辛石面前。藍辛石拿起一隻磁罈，對黑影一聲叱喝，彷彿罈中有吸引的力量，一霎眼間，黑影就射入罈口中去了！

藍辛石用師刀在罈口畫了幾畫，拿起來遞給柳遲道：「你們大家都湊近耳邊聽聽，看他在裏面有甚麼動靜沒有？」

柳遲雙手接過來，眞個湊近耳根一聽。衹聽得裏面好像有人哭泣，不過聲音很是低微，似乎相隔甚遠，越聽越覺顯明。哭了一會，截然停止了，接著就聽得歎氣的聲音；歎罷，接續說道：「我不過一同到了這裏，還是他們四個硬拉我同來的！在這裏祇我毫無舉動，爲甚麼把我關起來呢？你藍法師旣有這種神通，就應該知道這事與我無干，分個皀白！這藍法師若肯饒恕我這一遭，我從此永遠不到這裏來了！」

柳遲聽了這些鬼話，心裏好笑；舉眼看藍法師時，祇見正燒了第二道符，又提起戒尺作法了。劉家上下的人，都要聽罈中鬼說話，柳遲便遞給家人去聽，叮囑：小心！不可跌破了！

這第二道符才燒畢，情形就不似燒第一道符時安靜了，也是從簷邊響了一聲，跟著一陣旋風陡起，祇吹得飛石揚沙，房屋都搖搖震擺。壇下所立劉家上下人等，一個個被吹得毛骨悚然，雙手緊掩著面目，不敢張眼。幸虧那磁罈在柳遲的姨父手裏，連忙送到壇上。

壇上的蠟燭，幾番險些兒被風吹滅！藍辛石兩眼不轉睛的望著燭光，將要熄滅了，祇對燭光喝一聲，火燄登時又伸了起來！接連三五次，燭的火燄，直伸長到一尺多高，豎在風中，動也不動，那風才漸漸的息了！

藍辛石從壇下提起那隻大雄雞來，走到磉柱跟前，要了一口五寸多長的鋼釘，在雄雞眼上，釘進磉柱；那雞的兩翅兩腳，都往下垂直了，和釘死了的一樣！對著雞又念了一會咒，回到壇上，將第二個磁罈取出，又喝了一口清水，如前一般的噴去。

戒尺剛拍下，柳遲的眼快，便看見一團黑影，由簷邊直射進磁罈。也用戒尺畫了符，又提向柳遲說道：「你們再聽這裏面，有何聲息？」柳遲很高興的，聽裏面也有哭聲，不過是旋哭旋罵，沒有哀求苦告的聲口了。罵的甚麼言語，初時聽不甚麼清晰；聽了一會，才聽出是罵劉小姐沒有天良，不念幾夜夫妻之情，不出頭阻攔請法師的事。柳遲又是好氣，又是好笑，懶得久聽。

再看藍辛石，把第三道符燒了；離壇一丈遠的前面，隱約現出一個人影來。身體足有七八尺高下，上身能看得出形象，祇自大腿以下，就模糊不能辨認，不知是赤腳還是著了鞋襪的？頭上留著滿髮，好像挽著牛心髻，裝束也不是清朝的服制。在空中朝著藍辛石指手畫腳，嘴唇也動個不住，卻不聽見說些甚麼。藍辛石念咒噴水，那影都似不怕！

藍辛石將戒尺放下，幾手就把頭髮拆散，披在肩上；跳下壇來，從磉柱上拔起鋼釘，提了那雄雞的頭，直上直下的在石階基上，摜了好幾下。衆人看了，都以爲：這幾下必摜得骨斷筋折了！誰知將手一放，那雄雞直跳了起來，展了幾展雙翅，伸長脖子啼了一聲。雞聲一起，那影就現出了畏縮的神氣，向後退了幾步；退一步影便淡一點兒，幾步後，僅能依稀彷佛，非仔細定睛看不出了！

藍辛石飛身上壇，一手托著磁罈，一手向那影祇一招，就覺有一陣風吹到，卻沒看見有黑影到罈裏去，藍辛石已拿戒尺在罈口畫符封鎖了。

柳遲湊近耳去，不覺吃了一驚，原來裏面正呼著柳遲的姓名，說道：「我和你往日無怨，近日無仇，你爲甚麼把藍法師請來，和我們兄弟作對？你表妹本來與你沒有夫妻的緣分，就嫁給我們兄弟，一不辱沒他，二不是奪了你的，於你有甚麼損害？我這回吃了你的苦，暫時報不了仇，將來終有我們出頭之日！那時我們兄弟，若不將你碎屍萬段，你也不知道我們的厲害！」

柳遲笑應了一聲道：「很好，很好！我等著你們出頭便了！」

此時藍辛石已把第四道符燒著，念了一會咒詞，絲毫沒有動靜。藍辛石剛提起戒尺，還不曾向壇上拍下，猛聽得裏面人聲喧擾，夾雜著許多哎呀不得了的聲音。立在壇下的劉家僕役，一聽裏面這們驚鬧起來，都不知道爲著甚麼事，一窩蜂也似的奔向裏面去打聽。

柳遲立在壇上，心裏也不免有些著驚，疑心裏面的丫頭、老媽子不謹慎，引火燒著了甚麼，忙回頭跟著衆僕役奔去的方向看去。祇見那些僕役，才奔到中門口，大家一聲吆喝，又潮也似的紛紛退下來，各自分頭亂竄，好像怕人追打的一般。

柳遲已看見自己表妹，蓬鬆著一腦頭髮，雙手擎著一條臂膊粗細的門槓，儼然臨敵的武士模樣，沒一點兒閨房小姐羞怯之態，大踏步打將出來。僕役奔避不及的，一觸著門槓，就得跌倒在幾尺以外，半晌爬不起來。使門槓的身手步法，也使人一望便能知道是個會武藝的好漢；

一路打出中門，直向壇上撲來。
柳遲的姨父是個讀書人，見自己女兒如此發狂，自覺面子上很難爲情！料知衆僕役不便上前動手阻攔，丫頭、老媽子膽小害怕，祇得自己上前去，打算攔腰一把將女兒抱住。一看自己夫人和柳夫人，都跟在後面追出來，膽量更壯了些兒！一面大聲向女兒喝罵，一面奮不顧身的迎將上去。
那知道他女兒這時候的身體，並不由他女兒自己作主，一切舉動，都是因有鬼憑附了，就是那鬼的舉動，那鬼如何認他作父親呢？舉門槓迎頭劈下！讀書人又有了幾歲年紀，那裏知道躲閃？這一門槓劈下來，眼見得要劈一個腦漿迸裂！卻是作怪！
藍辛石在壇上，祇用戒尺向那舉得高高的門槓一指，大喝一聲：「木雷安在？」就在正廳上轟了一個大霹靂，祇震得屋宇蕩搖，灰塵亂落！柳遲再看自己表妹，如睡魔剛醒一般，棄了手中門槓，驚慌失措的神氣，向左右亂望。
柳夫人、劉夫人都嚇得不敢上前，祇遠遠的叫喚女兒的名字。劉小姐跑過去抱了自己的娘，號咷痛哭！
柳遲已跳下壇來，問：「如何鬧到這樣？」
柳遲的母親說道：「你表妹因有三晝夜不曾進飲食了，人一清醒，便覺得腹中飢餓，燉了半罐粥給他喝。我和你姨母都在旁邊，衹因聽得丫頭進來報說：法師把鬼裝入磁罈，拿耳朵貼到磁罈上去聽，鬼在裏面哭泣哀求，都聽得十分明白，要我們也出來聽聽。我們覺得這事太希奇了，不妨聽聽也廣一廣見識。

「我們爲你表妹已經清醒了，並且有法師正在收鬼，用不著顧慮，所以衹吩咐了一個小丫頭，陪伴你表妹在房中；我和你姨母就走到中門口站著，教老媽子捧磁罈來聽。想不到才聽了兩個磁罈，第三個還不曾捧上來，那個陪伴你表妹的小丫頭，就被打得哭哭啼啼的跑出來了！我們正要動問爲甚麼，你表妹已手舞門槓，惡狠狠的衝將出來；幾個老媽子上前奪門槓，都被打得東倒西歪，並舉起門槓要向我和你姨母打下。方才若不是憑空打下那一個炸雷來，你姨父的頭顱，怕不被門槓打破嗎？」

柳遲聽到這裏，聽得有鐵鍊鏗鏘的聲音。回頭看時，衹見藍辛石已將披散的頭髮挽起，卸去了身上長袍，露出筋肉堅壯的赤膊來，正拿火鉗在炭火裏撥那燒紅了的鐵鍊。這裏劉夫人、柳夫人，自帶著丫頭、老媽子，擁護病人回房。

不知藍辛石此後又如何對付這五鬼？且待第六〇回再說。

第六〇回　絕永患街頭埋鬼物　起深驚橋下見幽靈

話說：柳遲仍到壇跟前，看藍辛石將鐵鍊撥出一端來，紅得通明透徹；隨意伸手握住，拖蛇尾巴也似的，拖出火盆來。火星四迸，立在數尺以外的人，頭臉都被火逼得痛不可當！藍辛石決不在意的，提起那紅鐵鍊，往他自己肩背上一繞，鐵鍊著處，衹聽得喳喳的響，身上皮肉被燒得濃煙突起。在旁邊看的，沒一個不嚇得心膽俱寒，就是柳遲也不禁吐舌搖頭。

藍辛石把鐵鍊在身上盤繞了兩三匝，騰出兩手來，仍是一手提戒尺，一手托磁罈，口裏喝道：「再不降服，更待何時？」隨即就見火盆裏起了一道黑煙，在空中裊了幾裊，才射進這罈裏去。

藍辛石用戒尺在罈口畫了符，柳遲又湊耳去聽，這鬼的聲口，更凶狠異常了，竟是潑口大罵道：「你藍辛石是個苗子，我們都是漢人，兩不相干，要你替劉家出死力，和我們作對做甚麼？我們將來不報這仇恨，也算不了好漢！」

柳遲聽了，又禁不住笑道：「你們本來要算幾個好漢，藍法師也衹好等著你們將來報仇雪恨了！」

說時，看藍辛石才把第五道符燒化，臉上就露出驚怪的神氣，口中默念不到幾句，即連連跺腳，說道：「不好，不好！已被他逃跑了！這東西眞有點兒神通，於今要去追他，倒是一件很麻煩的事！這卻怎麼辦呢？」

柳遲也驚問道：「怎麼會讓他逃了的呢？」

藍辛石道：「我在棗樹上等候你呼喚的時候，已經把網張好了，逆料他們沒能耐逃出去；不過我的網張了十里，他此刻是不是已逃出了羅網？或者還在羅網內藏匿？一時尚不可知！」旋說旋躊躇了一會，忽然笑道：「不要緊！我有對付他的法子了！」柳遲忙問有甚麼法子。

藍辛石道：「方圓十里的地方，可以暫時藏匿的所在，自是不少。我所慮就是我一離開此地，他立刻就回來騷擾；他不回頭來則已，回頭必比前次更鬧得凶狠！這四個磁罈，不能在此地久留，務必送到和寶慶交界的十字路上，掘土埋藏，方可保他們不爲後患！我此時動身去，至快也得明日下午才得回來；在我未回來以前，就恐怕那在逃的東西，又乘隙前來作祟。「我於今想了個主意，再用法術將這所房子團團圍了；不但我去寶慶的這當兒，不怕他來爲難，便是他這番已逃出了羅網，祇要在六十年以內，無論甚麼時候，休說這種作惡多端的厲鬼，不能進這所房屋來，就是已成了鬼仙的，也不容易踏進我的羅網一步！」柳遲此時還不懂得這類神通，衹有連聲應好。

藍辛石直到這時才解了盤繞在身上的鐵鍊，用手蘸了碗裏的清水，在身上被鐵鍊烙傷了的地方摸擦一過，比甚麼靈丹妙藥，都來得神效。清水一著上去，立時腫退紅消，和不曾被烙的皮膚一樣。將披散了的頭髮，也挽結起來，仍是赤膊，從碗裏拔出那把有連環的師刀。吩咐劉家當差的，準備燈籠、火把應用，又上壇念起咒來。不一會，當差的已安排了幾個燈籠、火把，每人拿了一個，在壇下候著。

藍辛石念完了咒詞，忽然在壇上翻身一個筋斗，打下壇來。對一個提燈籠的當差說道：「你提燈籠在前面，旋走旋照著我，走大門出外，朝西圍著這房屋緩緩的走，繞到東邊，仍從大門進來；這些燈籠火把，都跟隨在我後面。」眾當差的答應理會了。

藍辛石便隨著那燈籠，一路筋斗打出來。劉家的房屋寬大，繞周圍打一遍筋斗，足打了八百多個，才從東邊打到了大門。這一遍筋斗打過，天已半夜了；藍辛石趁著天色未亮，提起四罈惡鬼，帶了一把鐵鍬，動身向寶慶交界的路上走去。片刻也不敢躭擱，直走到次日早點以後，才到了可以埋藏的所在，深深的將四罈惡鬼埋了。

據當時在旁邊看見藍辛石埋藏的人傳說：藍辛石用鐵鍬揀適宜的所在，掘好了一個大窟

窿，原打算四罈作一處幽囚的。剛提起磁罈要放下去，祇聽得四個罈裏，同時大叫著藍法師，說道：「我們不曾到你家擾害過，與你有甚麼仇恨，值得用這們狠毒的手段對付我？並且法師是苗人，平日和劉家決無來往，又豈值得這們替他出死力？我們於今向法師求情，法師如肯開一條方便之路，祇鬆鬆的將浮土掩上，我們將來重見天日的時候，決不尋法師爲難！

「若一定要做惡人做到底，我們此刻雖是奈何你不得，你須知我們終有出頭的時候，到那時你自討麻煩，便怨不得我們了！我們五兄弟，你僅收服了我們四個；你知道不曾收服的那個，就是將來報復你的禍根麼？」

藍辛石毫不遲疑的笑答道：「倒虧你們提醒了我！是這們作一個窟窿埋了，果然不妥！萬一那個在逃的東西，前來相救，豈不很容易的就被他救了去？報復我，向我尋麻煩，都是廢話，不但我不怕，諒你們也不敢！我倒有些怕你們出來得快，漢人當中少有能收服你們的，將來受你們害的人家必多！我不能貪懶，將你們埋作一個窟窿，須分作四處掩埋才妥當！」

罈裏惡鬼聽了藍辛石的話，登時都鼓譟起來！藍辛石也不作理會，拿鐵鍬又掘了三個窟窿，一個一個埋下去。此時罈裏的惡鬼，有哭的，有恨聲不絕的，有抱怨不該向藍法師求情，反增加了痛苦的。在旁邊看的人，都一一聽到了耳裏。

藍辛石掩埋停當了，便向旁邊的人說道：「本來應該在半夜三更的時候，到這裏來掩埋，無奈我沒有時間等待。你們今日適逢其會看見了，就得借你們的口，傳出幾句話去：這地底埋的是四個惡鬼，以後有誰觸動了這上面的土，誰就得被這惡鬼纏擾，輕則送了自己個人性命，重則鬧得妻離子散，家破人亡，確不是一件當耍的事！」那些人聽了這話，都不由得毛骨悚然！藍法師的聲名，從這番以後，不多時就傳遍了周圍數百里地面。

湖南人本極迷信，凡是藍法師吩咐的話，誰也不敢故意違犯。至今藍法師在新寧、寶慶一帶的奇情怪事甚多：如一棵樹、一塊石頭，祇要故老相傳，藍法師曾吩咐不許人動，即父誡其子，兄勉其弟，永遠沒人敢動！間有冒失鬼或不知道忌諱的人，偶然在藍法師吩咐不許動的東西上面，動了一下，無不當面見效：或即時倒地不省人事，或歸家便頭痛發熱，並有鬼物憑附在病人身上，胡說亂道。但是這都是後話，趁這時表過不提。

且說：藍辛石當下吩咐了看的人，仍提了鐵鍬回劉家來，到劉家已是黃昏向後了。柳遲的姨父母感念藍辛石出力救了自家女兒性命，特地辦盛筵款待。

藍辛石在席上向柳遲的姨父說道：「這回你家小姐的病，雖經我治好了，然除了這種病，不久那種病又要來糾纏的！若但求治標，不僅不勝其煩，且恐怕有治不了的時候！」

柳遲的姨父問道：「治標固是不好，但是治本須怎生治法呢？」

藍辛石笑道：「說起來很奇怪，或者你府上的人聽了也不相信！你小姐近來不是正在商議許配人麼？」

柳遲的姨父聽了，隨望了柳遲一眼，點頭說道：「我和內人雖有替小女議親的意思，然現在還祗商議商議，並不曾說妥當。」

藍辛石也點頭答道：「我也知道還祗商議。就因為還在商議，才有可救藥；若已經說妥當了，祗怕你小姐的病，尚不止此呢！我勸你快把這一段婚姻的念頭打消，另擇高門，便是治本的方法。」

說時，用手指著柳遲，說道：「我曾聽得我師父說，他的夙根極深，然夙孽也跟著極重！這番在府上騷擾的五鬼，便是他的孽障，暫時決躲避不了的！」

柳遲的姨父雖不十分相信這些夙根夙孽的話，祗是既聽說自家女兒的奇病，是由於許配柳遲發生的，當然把這種念頭打消。柳遲在未動身來新寧的時候，就占了一卦，知道自己婚姻不在此地，且相差成親的年數還遠，因此聽了並不在意。

藍辛石這夜在席上，被主人敬了多少杯酒，已喝得有八九成醉意了。天色也已過了二更，此時正是四月間初夏天氣，夜間的月光甚好，劉家原挽留藍辛石休息一夜，次日才回苗峒去的；奈藍辛石不肯在漢人家歇宿，定要乘著酒興，踏月回家。劉家的主人衹得謝了他，和柳遲同送出來。

柳遲有些依依不捨的說道：「我們在這時別後，不知又須甚麼時候才得見面？」

藍辛石回身，笑道：「這有何難？我們不久便又有見面的時候！」

柳遲心裏想問：究在何時？應在何處？衹是還沒問出來，偶然一眼向前面橋上望去，忽見一個黑影，伏在橋那邊石柱之下。柳遲生成的一雙明察秋毫的眼，沒有能在他眼前逃得過去的形影。當時既發現橋柱下的黑影，便停了那話不問，悄悄的指著那橋柱，對藍辛石把所見的情形說了。

藍辛石胡亂向橋上看了看，搖頭說道：「月光底下看不分明！有我在這裏，有甚麼東西敢來這橋上伏著！我就得經這橋上走過去，你們在此等著，看有甚麼沒有？」

說罷，一路趔趔趄趄的走向橋上去了。直走過橋那邊，回頭大笑道：「可瞧著了甚麼嗎？」

見劉、柳二人都轉身進去了，才逕向歸家的這條路上，高一步，低一步，一偏一倒的走。

這時雖是初夏的天氣，然深宵半夜，又在山野之間，一陣陣冷風吹來，仍不免吹得肌膚起粟。藍辛石初從劉家出來的時候，因酒喝得多了，有些發熱，將胸前的衣服解開，袒出胸膛來。走了一會，被幾陣冷風，吹得覺得有些寒侵肌肉！祇得仍將胸前的衣服理好，酒意也被吹醒了幾成。他是醉後的人，又在這種清涼的深夜，獨自行走叢山曠野之中，心境自不期然而然的覺著悽楚，無端的要發生許多感喟。

藍辛石身抱奇能絕藝，並擅文才，這種能爲的人，在漢人當中，尙千萬人難得一個，何況是在苗族裏面呢？然藍辛石儘管有這般奇能絕藝，終日祇在苗峒中，仗著一己能爲，替同族人除害，如毒蛇、猛獸、野魅、山魈等類傷人的惡物，不遇在他手裏則已，一落到他手裏，便休想能脫逃出去；和他同族的苗人，都能享受他的利益，而他卻絲毫沒有騰達得意的機會！他的神力，是得之於天的，並不是由練習得來。他在十零歲還未成年的時分，最喜在山澗裏面尋覓魚蝦，弄回家下飯，每日總得去山澗中盤桓好一會。附近他家的一條山澗，某處有巖，某處有穴，他都探尋得異常熟悉。

這日，他正去澗中捕魚，忽見一條碗口粗細的大蛇，約有二三丈長，遍體赤鱗，在澗水裏面翻來滾去，好像洗澡的樣子，攪得澗水四面濺潑，澗邊的沙石都飛揚起來。這種駭人的情形，若在尋常未成年的小孩看了，能不嚇得兩腿痠軟，連跑也跑不動麼？

但藍辛石生成是這些惡物的對頭，見面不但毫不害怕，並且立時怒從心上起，惡向膽邊生，恨不得一下將這赤蛇打死！祇是他向來捕捉魚蝦，就是憑一雙空手，不曾攜帶一尺長的器具來；這蛇如此長大，又在澗水之中，赤手空拳，如何能打得死呢？心裏一著急，就四處尋覓可以當兵器的東西。

澗邊巖穴裏面，他平日都摸熟了，記得有一個穴內，時常有一件圓而且硬的長東西觸手，彷彿是釘下去保護澗邊的木樁，平日因無可用之處，就觸手也不在意；於今既用得著打蛇的兵器，不由得想起來了。連忙跑到那穴旁，伸手往穴內一摸，果然還在裏面；觸手即握住一搖，似乎釘得很牢，隨手不能搖動。遂伸進兩手去，竭力往穴外一拖；想不到用力過猛，幾乎乎仰後跌了一跤！那東西居然被拖了出來，甚是沉重！

看時，不禁吃了一驚，那裏是甚麼木樁呢？原來是好好的一把大砍刀，連柄有四尺多長，五寸多寬，刀背有二寸來厚，刀口雖不甚鋒利，然逆料用斬這蛇，是斷沒有斬不死的！全體是純鋼造就，形式雖古，卻沒生一點兒銹。是誰將這刀擱在這穴裏？是甚麼時候擱的？都無從知道。藍辛石此時也不暇思量許多，雙手將那刀擎起來，直向那條蛇奔去。

藍辛石在水裏的日子多，水性原來很熟，趕到此蛇切近，一刀劈將下去。那蛇也合該死在他手，躲閃都來不及，就被劈作一刀兩段！藍辛石既劈了赤蛇，得意非常，提刀玩弄了一會回家。

他家中人看了這刀，都驚訝問：從那裏得來的？藍辛石將緣由說了。家裏人想接過去看，那裏能拿得起？掉落在地下，直陷下地半寸來深！四個人上前扛抬，才能勉強扛動，尚不能提步，提步便閃傷了腰肢！藍辛石的神力，因此才顯了出來。從得刀以後，猛獸被殺死在這刀下的，不計其數。

後來他長大了，覺得這刀雖好，苦於太笨重，一則周轉不靈，二則刀口不甚鋒利，於是又造了一把重六十斤的鋼叉，殺豺狼虎豹之類的猛獸，便用這鋼叉。自遇方紹德收他做徒弟之後，又得了許多道法。

他既懷抱這些本領，少年人飛黃騰達的念頭，自然很重！祇是僅進了一個學，便沒了上進的機會。酒後觸動了愁懷，對著那般淒清的景物，不覺邊走邊悠然歎了一聲。長歎的聲音才歇，就聽得有一種哭泣的聲音，被風吹蕩得侵人耳鼓。藍辛石正在感歎的時候，一聞這哭聲，也不暇細聽，更覺得悽然不樂，低著頭慢慢的向前行走，很不願意聽那哭聲。

叵耐那哭聲越聽越清晰，藍辛石原是存心不作理會的，至此雖欲不聽，已不能把兩耳塞住，祇得將自己的心事丟開。聽那哭聲中還帶著訴苦，一聽便能分出是個女子。那聲音約發在一里之外，尋常人雖在萬籟俱寂的深夜，相隔這們遠的哭聲，也決不能聽得；藍辛石是個修天耳通的，所以聽得清晰。

不知聽得訴些甚麼？且待第六一回再說。

第六一回 聞哭泣無意遇嬌娥 訴根由有心勾壯士

話說：藍辛石聽那哭聲中訴道：「我實在不願意活了！這種苦日月，活著還有甚麼趣味？倒不如拚著一死的乾淨多了！」

藍辛石細聽那哭聲的方向，正在自己歸家應經過的道路上。心裏不愉快的人，聽了這類的悲哭的聲音，更是難過，遂懶得著意去聽，祇放緊了些腳步向前走。走不到一里多路，遇了一座大石橋；那哭聲不在別處，正是從這橋上發出來的。此時天上的月光，已偏在西邊，將近鑽入地下去了，因此橋上已沒有月光。

藍辛石聽哭得益發悽慘，即立在橋頭上，高聲問道：「是那裏來的娘子？爲甚麼三更半夜的，獨自在這裏哭泣？」

這話問出去，不見有人答應，祇是哭聲已停了。藍辛石接著說道：「娘子不要害怕！我不是無賴的人！若娘子有爲難的事，不妨照實說給我聽；凡是我所能幫助的，無不竭力！」

這幾句話一說出去，便聽得很嬌怯、很脆嫩的口音答道：「雖承先生的好意，願竭力幫助我，但我是個生成薄命的人，就得先生幫助，也祇能幫助一時，長久下去，仍是不了！先生是過路的人，可以不必憐惜我！左思右想，還是拚著一死的乾淨，免得在世界上終日受人欺負！」

藍辛石一聽這女子說話，伶牙俐齒，嬌啼婉轉，使人蕩魄銷魂，心想：這樣年紀輕的女子，有甚麼委屈，這時分在這個人煙稀少的地方悲哭？聽他說話的情形，不像是小戶人家的女子。小戶人家女子，見了面生男人，說話決沒有這們大方；大戶人家女子，又豈有半夜三更獨跑到這地方來的？若爲尋死而來，何地不可以尋死，必要到這裏來呢？這東西的來歷，祇怕有些蹊蹺！我何不盤問他一番，看他怎生答應？

藍辛石想畢尚沒開口，那女子已接續哀啼著說道：「我若不因爲懷中已有了四個月的身孕，尋死也用不著躊躇了！我這樣苦的命，死了不算甚麼；懷中的冤孽沒有罪過，不應該跟著把一條小性命斷送！」說罷，又嚶嚶飲泣起來。

藍辛石說道：「娘子徒然悲傷，也沒有用處！請問娘子貴姓？家住在那裏？究竟爲的甚麼事，如此傷感？」一邊說邊走近前去。

那女子背靠橋柱坐著，此時月光雖已偏西，遠望不得分明；就近借著滿天星斗之光，還能看得出女子的身材窈窕，態度風流。頭上青絲，蓬鬆覆額，雖看不清容貌怎樣，然僅就所見

的，已足使人動心了。

女子見藍辛石走近面前，即抬起頭來，答道：「三更半夜，拋頭露面的出來，連我祖宗三代的臉，都被我丟盡了，我還好意思把娘家的姓氏，說給先生聽嗎?翁姑、丈夫都凌虐我，不將我當人看待，我原不妨將婆家的姓氏，說給先生聽，然說給先生聽了，也沒有用處，不如存一點厚道!我的命已苦到如此地步，並且已是快要死的人了，犯不著揚人之惡，加重我自己的罪過，來生更受苦報!至於先生問我，究竟爲甚麼事如此傷感，我不能不將大概情形說出來;不然，也太辜負先生的一番盛意了!

「我今年一十九歲了，我父親、哥子，都是讀書有功名的人，我婆家也是詩禮之家。祇丈夫不爭氣，因生長富厚之家，不知銀錢艱難，不識人情刁狡。從去年我到他家起，初時一二個月內還好，白天不大出外;就是出外，一到黃昏向晚就得回來。兩個月以後，不知如何結識了地方上幾個不成材的人，終日吃喝嫖賭，無所不來，越鬧越糊塗，時常半夜還不回家。翁姑怪我不會伺候丈夫，不能得丈夫的歡喜！我何嘗不會伺候呢？

「無奈那沒良心的人，成心不歡喜我；我除了哭勸、哀求而外，又有甚麼法子咧？誰知那沒良心的人，見我越是向他哭勸，他越是嫌討厭似的，更整日整夜的，在外嫖賭，一連三五日不見他的蹤影了！翁姑大發雷霆，說他的兒子，原是極老成、極規矩，從來不在外面胡行亂走的，祇因討了我這個不賢良的媳婦，將他兒子逼得不能在家安身，祇得去外面借著嫖賭解悶！

「請先生替我想想，我就是容貌醜陋、性情惡劣，何至便逼得丈夫不能在家安身？並且丈夫去外面嫖賭，在翁姑手裏拿不著銀錢，將我所有陪嫁過去的私蓄，一股腦兒用盡了，還嫌不夠；把我陪嫁的金珠首飾，揀好的拿去變賣，連問也不問我一句！我爲怕他生氣，想借這些事換轉他的心來，件件依遵他，看他要多少銀錢，我無不盡力設法給他。

「原不過想圖他一個高興，對我回心轉意，不忍再去外面胡鬧了！誰知不講情理的翁姑，反怪我別有用意，成心要丈夫去外面胡鬧；原來祇罵我的！至此更動手打起我來了！翁姑打媳婦，做媳婦的自然祇能順受，那敢違抗呢？翁姑見我跪著不動給他們打，不說我懂禮節有孝心，也就罷了，倒罵我不動是和他們拚死，更打得厲害些！我見跪著不動有罪，就起來走開，卻又罵我目無尊長！

「我處這種境遇，也祇好自怨命苦，不能怨翁姑、丈夫不好。想不到那沒良心的人，無論給他多少銀錢，不須幾日工夫，就嫖賭得沒有了；不到手中沒了錢，也不回來！我陪嫁的銀錢、首飾是有限的，怎禁得起他這樣泥沙不如的使用呢？我手邊有的時候，他一開口，就如數拿給他；手邊一沒有了，教我去娘家設法，何能每次都能如願？我給得少了，或給得遲了，他也由不高興而責罵，由責罵而動手打起來！可憐我一個終生不出閨房門的女子，身體又素來孱弱，不但沒有反抗他的力量，連躲閃也躲閃不來！

「近來知道我有了身孕，若是尋常人家，見媳婦懷了孕，舉家都應該歡喜，教媳婦好生調養的。惟有我的翁姑、丈夫不然，硬說我懷中的身孕，不是他兒子的骨血，將我吊起來拷打，問我曾和甚麼人通奸！唉！這眞是黑天的冤枉！我是何等人家的小姐，何等人家的媳婦，翁姑、丈夫現在正不歡喜，我豈肯自尋苦惱，再幹這種辱沒家聲的事呢？

「我也不知道我翁姑、丈夫，前生和我有甚麼冤孽？有多大的仇恨？任憑我如何辯白，如何發誓願，祇是咬緊牙關，說不是他家的！我要他兒子自己憑良心說，那東西確是沒有良心的人，板著面孔不作聲，也不說是，也不說不是。翁姑見他兒子這樣的情形，更坐實我曾和人通奸；每日朝罵暮打，吃沒飽的給我吃，穿沒好的給我穿！我忍氣吞聲過到今日，連那沒良心的人，今日都說出我懷中的孕，不是他骨血的話來了！

「我實在不能再忍了，問他：不是你的骨血，是誰的骨血？我半年之內不曾回娘家，也不曾離你家的大門，有甚麼人能飛進來和我通奸？你雖說在外面嫖娼的日子多，然手邊沒了錢的時候，歸家向我要錢，那一次不在家中歇宿？如何能說懷中身孕不是你的！

「凡人既不要天良，便沒有不能做的事，沒有不能說的話！他是我的丈夫，他要咬緊牙關這們說，我就有一百張口，也分辯不了！做人做到了我這種地步，活在世上，除了受罪而外，還有甚麼可享受的呢？萬不得已，衹得趁他家人都睡了的時候，悄悄的到廁所裏，打算懸梁自盡，拚一死了卻前生冤孽！那知道苦命的人，孽報不曾受了，連尋死都不能如願！

「他家當差的，早不上廁屋，遲不上廁屋，偏巧在我正套好了繩索，剛將腦袋伸進圈裏去的時候，那當差的擎著一枝蠟燭，走進來了。一見我已上了吊，就一面大聲叫喚，一面把我解救下來。翁姑從夢中驚醒，到廁屋裏一看，登時怒火沖天，大罵我有意害他家遭人命官司。一人拿了一條鞭子，將我按在廁屋地上痛打；兩個人都打得精疲力竭了，就逼著我立刻回娘家，不許在他家停留，要尋死也得去外面尋死，死了不干他家的事！

「我說：我娘家雖是我生長之地，然我在娘家一十八年，一次也不曾在外面走過，出大門就不認識路徑；便是嫁來這裏一年，也不知道大門外是甚麼情形？這時分教我回娘家，不派人送我，我如何認識路徑呢？翁姑齊說：認識路徑也好，不認識路徑也好，他們不管！衹要出了他家的大門，那怕走不到三步，就尋了短見，也不與他家相干，祇怪我自己命短！他們既對我這們惡毒，我如何能再停留？祇好橫了心，打算眞個出大門就尋死，因此才走了出來。

「但是我走到門外一想：此時就這們死了不妥！翁姑、丈夫既說我懷中身孕，是和人通奸來的；若就這們死了，不僅這寃誣沒有伸雪的時候，他們還要罵我是因奸情敗露了，含羞自盡的！我一個人蒙了這不白之寃，還不要緊；我懷中的孕，既確是我丈夫的親骨血，尙不曾出世，也就跟著我蒙了這不白之寃而死，未免太可憐了！並且我娘家是書香世族，若因我這不爭氣的女兒，把世代清白的家聲玷汙了，我就到九泉之下，有何面目能見祖先？

「因有此一轉念，覺得短見暫時是不能尋的！既不能死，又既被翁姑驅逐出來，除了回娘家，實在無路可走！但是，我娘家的地名雖知道，路有多少里？應該朝著那方面走？都茫然不知，黑夜又無人可問，祇得勉強掙扎著，隨著腳步走去。走到這橋上，兩腳委實痛得走不動了，不得不坐下來歇息些時。當此淒涼的月夜，回想起種種傷心的事來，不由我不痛哭！想不到驚動了先生，承情關切，感激之至！」

藍辛石呆呆的立著，聽女子說完了這一篇的話，心中也未始不有些感動；但是總覺得這女子的態度太風流，言語太伶俐，既不像是大家的閨秀，更不像是窮家的女兒，始終疑心來歷不正當！自念：從方紹德學道以來，所治服的山魈、野魅、木怪、花妖，實在太多了，恐怕這女子就是那一類的餘孽，乘黑夜酒醉之後，前來圖報復的！

祇是他憑著所學的本領，和從來驅除醜類的志願，即令這女子果是那一類東西的餘孽，也不覺得可怕。心想：此時天色昏暗，究竟是不是妖怪鬼魅，縱有本領，也無從辨別確實。若這女子所言的，果然眞實不虛，也可稱得一個很賢孝、很可憐的女子，便是古時候的烈女、貞姑，行爲、品格也不過如此！

我生性仰慕古來豪俠之士，這種賢德女子，在如此遭際之中遇了我，我若因疑心他是妖怪鬼魅，不竭力救他，豈不是徒慕豪俠之名，沒有豪俠之實嗎？我憑一點慈悲之心，便是認錯了，中了妖魔的圈套，也可以無悔！並且就是妖魔，也不見得便能奈何我，我祇存著一點防範的心思罷了！

想罷，自覺如此做去不錯，遂向這女子歎道：「原來娘子有這般悽慘的遭際，眞是可憐可敬！以我替娘子著想，暫時也祇有且回娘家的一條路可走。娘子的娘家叫甚麼地名，何不說給我聽？我可以立刻送娘子回去！」女子似乎有點爲難的意思，躊躇著不肯就說。

藍辛石道：「娘子是不是因恐怕有傷娘家的聲望，所以不願意說給我聽呢？娘子不可生氣，這念頭實在錯了！休說這種事是世間極尋常的事，即算可醜，也是婆家沒道理，與娘家不僅不傷聲望，像娘子所說這般賢淑的性情、孝順的行徑，娘家並很有光彩，爲甚麼反怕人知道呢？」

女子至此，才發出帶些歡喜的聲音，答道：「先生的高見，自是不錯！祇是先生不知道家父的性情、脾氣，最是古怪！他老人家若聽我說是被翁姑、丈夫驅逐回家的，必不問情由，即時大怒，也將我驅逐出大門之外！因爲我未出嫁以前，家父時常拿烈女傳、女四書一類的書教我；對於三貞九烈之道，解說得很仔細。並曾說過：若女兒嫁到婆家，不能孝敬翁姑，順從丈夫，得翁姑、丈夫的歡心，以致被退回娘家來了，這女兒簡直可以置之死地，毫不足惜！如念骨肉之情，不忍下毒手，就惟有也和婆家一樣，驅逐出去！這女兒旣是娘、婆二家都不要了，逼得沒有路走，看他不自去尋死，有何法生活？

「家父的性格，素來是能說能行的，平時已有這種話，今日輪到他自己家裏來了，請先生說，他老人家如何肯容留我？我剛才被翁姑逼得出門的時候，雖祇好打算回娘家，然心裏計議是萬不能向家父說實話的。於今承先生的美意，送我回家，我正是要回家不認識路的人，自然感激萬分，豈有恐怕有損家聲，不敢將地名說出之理？並且一個地名，與舍下聲望也決不相關；我其所以躊躇的緣故，完全不在這上面。先生不要誤會了！」

藍辛石問道：「然則娘子不肯說，是爲的甚麼呢？」

女子道：「這其中有兩個緣故，我都覺得甚是爲難！我就把地名對先生說了，先生也不能立刻送我回去，說與不說無異，所以不得不躊躇！」

藍辛石道：「祇要有地名，那怕在天涯海角，我既說了送你回去，不問如何為難，我都不怕！請娘子且把第一個緣故是甚麼說出來，看我覺得為難不為難？不為難，就再說第二個。」

女子帶些笑聲說道：「我婆家離我娘家，平日聽得人說有三十里路。我今夜走了許久，不知方向錯也沒錯？若是錯了，此地離我家，就應該還不止三十里。這們遠的道路，如何好煩先生相送呢？況且我所知道的是小地名，祇近處的人知道。此地若相離得太遠，就說給先生聽，先生平時沒聽說過那地名，豈不也和我一樣不知道東西南北嗎？」

藍辛石也笑著截住說道：「這便是第一個為難的緣故嗎？不用說三十里不算遠，就是三百里，也不過兩三日的路程。地名雖小，祇在幾十里路以內，我就不知道，也好向人打聽出來的。你且把地名說出，看我知道不知道？」

女子道：「既是如此，舍下的地名叫作雄雞嶺，先生知道麼？」

藍辛石哈哈大笑道：「雄雞嶺嗎？豈但知道，並且是我歸家所必經之地，我每個月至少也得走那山上經過一兩趟。此去還不上十里路。你這第一個為難的緣故，可說是毫不為難了！第二個呢？」

女子很高興的問道：「原來此去雄雞嶺，已不到十里路了嗎？我倒不明白何以信步亂走，居然沒走錯方向，而且走得這們快？從來不曾走過稍遠些兒的路，今夜居然不覺著就走了二十來里？這是甚麼道理呢？我祇怕地名叫作雄雞嶺的，不僅這裏一處，舍下那邊也叫作雄雞嶺。聽說兩地同名的很多，先生可知道旁處還有地名叫作雄雞嶺的麼？」

不知是不是有兩個雄雞嶺？且待第六二回再說。

第六二回　藍辛石月下釘妖精　宋樂林山中識神虎

話說：藍辛石聽那女子問旁處可有地名也叫作雄雞嶺的，搖頭說道：「這雄雞嶺並不是小地名，周圍百數十里左右的人，除婦人小孩子而外，不知道這地名的很少。這樣大地名，在幾十里以內，怎麼會有相同的呢？我所知道的決不會錯，娘子不用疑慮！至於素來不曾走過遠路，今夜不覺著就走了二十來里，這並不希奇，道理很容易明白。

「二十來里路本不算遠，娘子被那不仁的翁姑逼出門之後，心裏又悲傷、又忿恨，自是巴不得從速遠離那受苦受辱之地；急匆匆的向前走，也無心計算路程，直走到兩腳痛不可當，精力疲憊極了，才忍不住坐下來休息。娘子平日雖不曾走過遠路，然年輕的人，走路而至於兩腳走不動了，若沒有二三十里路，又何至如此呢？這尤是顯而易見的道理。閒話少說，請把第二個緣故說出來罷。」

女子笑道：「第二個緣故麼？你已知道了，無須乎我再說。」

藍辛石現出詫異的神氣，問道：「這話怎麼講？你沒說出來，我從那裏得知道？這話說得我不明白！」

女子道：「先生確已知道了，也是我早已說了出來的。請先生猜一猜，看究竟是爲甚麼緣故？」女子說這幾句話的時候，很透著挑逗藍辛石的神氣，軟語溫存，就使鐵石心腸的人聽了，也難保不心旌搖蕩，不能把持！

藍辛石一時竟忘了形，也答以極溫和的聲口，說道：「你剛才向我說的話很多，我不能一句一句都記在心上。此時教我如何能猜得著？你還是自己說罷。」

女子更吃吃的笑道：「我說的話，你自然不把他放在心上。你方才不是說，沒有二十來里路，不至於把兩腳走痛的嗎？」

藍辛石道：「因你對我說走到這橋上，兩腳委實痛得走不動了，我才是這們說，並不是由我說出來的。」

女子道：「是嗎？我原說也是我早已說了出來的，很容易猜的一句話，先生卻猜不出；這便是第二個緣故。」

藍辛石問道：「這腳痛怎麼說是第二個緣故？你雖說出來了，我還是不明白！」

女子又吃吃的笑道：「你是大丈夫，如何這話也不明白？我不是說有兩個緣故，都覺得很爲難嗎？此去雄雞嶺雖不遠，然畢竟還有十多里路。這十來里路，在你這樣金剛一般的人物，自然看得很近，一提腳就到了。像我這們軟弱不中用的女子，加以兩腳因跑了二十多里，正在痛徹心肝；幾番想立起身來，向你道謝關切我的好意，稍一移動，且痛得如千百口花針，向腳踵裏亂戳，衹得不動了！請你說，還有這十來里路，教我如何能走？不走在這裏坐著，又如何是了？這不是很爲難的緣故嗎？」

藍辛石聽了，也躊躇起來，說道：「這果然有點兒爲難！卻是怎麼好呢？」

女子從容說道：「我看你的言談舉止，很像個讀書人，果是讀了書的麼？」

藍辛石道：「夠不上稱爲讀書人，不過略能認識幾個尋常的字罷了。」

女子笑道：「是讀書人就好辦了！我立不起來，走不動，衹要你用一隻手的力量，攙扶我一下，我就不難勉強掙扎了！」

藍辛石道：「這怎麼使得？越是讀了書的人，越應該知道男女授受不親，何以反說是讀書人就好辦？」

女子笑出聲來說道：「你讀的是死書嗎？男女若限死了授受不親，何以又說嫂溺援之以手的話呢？叔嫂是極應避嫌的，然到了要緊的關頭，也衹能援之以手；若那時再拿著男女授受不親的禮節來說，不肯援手，便是豺狼了！我於今和你並非叔嫂，這番承你的好意相救，也和救溺差不多；攙扶我行走，正是讀書明理人應做的事。

「我去年以前，在家做女兒的時候，常聽得家父說：柳下惠能坐懷不亂，可見得男女之間，禮節祇能使一般沒學問、沒操守的人，好借此防範自己有非禮的舉動；若是有學問、有操守的，莫說援手不算一回事，就是絕色女子坐在懷中，也全不要緊。幾千年來，何嘗有人疵議柳下惠，不應該不遵守男女授受不親的禮節，將女子摟在懷中坐著呢？」

藍辛石見這女子竟說出這些話來，不由得有些驚訝，暗想：道理果是不差，但這類言語，詩禮之家的閨秀，在深夜無人之處，對著面生男人，決說不出口！小家女子，便能認識些字，也說不出這種話來！就從這一點兒上看去，已可看得出不是個人了！

據他自己所述在婆家的行動，簡直是個賢德無比的女子；豈有平日那們賢德的女子，此時肯如此挑逗我的？我倒不可不謹慎些！大師兄就因犯了色戒，不敢見師父的面，祇等料理了他身後的事，便得擇一個地方自殺；我豈可重蹈覆轍，自取滅亡？不過這東西太可惡了！與我有何仇恨，想乘我喝醉了酒的時候，這們來引誘我！我這番若饒了他，不僅將來還是我的後患，並不知道要害死多少年輕沒把持的人！我何不將計就計，和他開個玩笑？

隨即做出涎皮涎臉的樣子，說道：「你以為我眞有這們獃嗎？在這種曠野無人的地方，我攙扶你也好，你攙扶我也好，有誰能看見，祇要你我自己不拿著去向人說。說一句你不嫌輕薄的話，那怕就同在這橋上睡一覺，也祇要你我高興，都算不了一回事！來，來，我就攙扶著你走罷！」一邊說邊湊近一步，伸右手挽住女子軟玉溫香的臂膊，輕輕的往上一提，左手跟著捏了一個訣。這個訣能防範妖魔鬼怪遁形，最是厲害。

這女子果然不出藍辛石所料，藍辛石才將訣一捏，他就知道自己的行藏敗露了，即時打了個寒噤！但想逃被這訣禁住了，逃不脫藍辛石的手，連忙將身子一晃，霎眼就變成了一隻大雄雞！

藍辛石既是早已有了防備的人，當然不能由他逃脫，一舉手之勞，便將這雄雞撈在手裏。一手忙從腰間搭聯袋裏，抽那把師刀來，指點著雄雞，笑道：「原來就是你麼？你的膽量可也不小，才從劉家逃了出來，就想在這裏圖報復！於今也一般的落到了我手裏，看你還有甚麼方法能逃脫？你以爲能逃出我的羅網，就有報復的能爲麼？我此刻倒不妨顯點兒能爲給你看！你那四個夥伴，我都不敢輕視他們，破了我一晝夜的工夫，將他們埋在寶慶界上。

「於今對你，反不用那們麻煩，祇要你有能爲可以逃脫，儘管逃去不要緊；你自己若沒能爲逃脫，安分守在此地，六十年後，你那四個夥計有見天日的機會，你自然也有人來解救！但是非我藍法師的徒子徒孫，誰也解救你們不了。你打算報復我藍法師的念頭，是永遠不中用的！老實說給你聽罷！」藍辛石說罷這幾句話，將師刀尖向雄雞胸脯當中，戳了個透明窟窿；跳到橋底下，在沙灘上釘進去，口中默念了一會。

說也奇怪！無論甚麼人，若不曾在那道橋下，親眼看見這雄雞的，也決不會相信有這種荒誕無稽的事實！不肖生有個朋友，就是這新寧劉家的。藍法師當日在他家設壇收怪的時候，他還沒有出世。於今這朋友已有三十多歲了。據說那隻雄雞，至今還是被一把師刀，穿胸釘在那橋底下沙灘之上，也不能動彈，也不能吃喝，也不像死的，也不像是活的。一般婦孺小孩，都知道是藍法師收服在這裏的妖怪，誰也不敢上前去動一動！

偶然有不知道的小孩或過路的人，不明白就裏，想上前動手的，走到雄雞跟前一丈以內，必就頭痛不可當，甚至登時昏倒在地！湖南人本來最迷信神怪的，因此幾十年來，從沒人敢去動那雄雞！時間原不曾有六十年，藍辛石此刻也還沒有收得有緣的徒弟。

並且在新寧、寶慶一帶，藍辛石所幹這類奇怪不可思議的事蹟，也不僅這橋下一處。寶慶有一座山，名叫五老峰的，山頂有一隻穿了底的破石臼，底朝上，口朝下覆著；穿底的窟窿內，插了一株楊柳。據說也是藍辛石將這破石臼，鎭壓了妖魔在下！有人去動那楊柳樹，立時就聽得隱隱的雷聲！平常楊柳樹多是栽在水邊的，因爲這種植物的性質，非近水不能生活。偏是五老峰頂的楊柳樹，枝葉密茂，並能四時不凋不謝。年老的人傳說，石臼內鎭壓的是一條毒蟒，在未經藍辛石鎭壓時，曾傷害人畜無數。究竟是與不是？不肖生出世太遲，不曾目睹，祇好姑妄聽之，姑妄述之。

藍辛石這夜釘了那雄雞之後，回到家中，已是天明了。他平日在家的生活。和一般苗人不同。他從小供奉了一個五寸多長的木偶，那木偶的來歷，他從來沒對人說過；不過看那木偶滿身沾了泥土，雕刻得也很古樸，好像是從土中掘出來的。形像與普通木偶完全不同：普通木偶，或是坐著，或是站著，或是睡著，或是蹲著、跪著，從不見有倒豎著的；惟他所供奉的這木偶，兩手據地，兩腳叉開朝天，和器械體操中拿頂的姿勢一般。

藍辛石供奉這木偶，異常虔誠，每早起來，焚香叩拜，提起兩片竹卦問卜，旁人也不知道他問的是些甚麼？未遇方紹德以前，就是如此。和他親近的人推測，這木偶必是獵神。因爲有時跪在木偶面前問卜之後，連忙更換衣服，赤腳科頭，左手提起那六十斤的鋼叉，右手握一塊很長大的羅布手巾，急匆匆上山打獵去了。有人跟著他去看，他也不拒絕。他上山不須費多少尋覓的工夫，必有猛虎或極大的金錢豹躥出來。

平常虎豹見了人，多是一瞬眼就撲過來的，祇一見了藍辛石便沒有尋常那般威猛了。藍辛石也不待虎豹近前，即對著大聲喝道：「張三！可來和我比一比武！」奇怪極了！虎豹原是不能人言的獸類，藍辛石對著這們說，卻像是懂得的一般，將一股野蠻粗暴之氣，完全變化了；假裝斯文的樣子，從容不迫的走來。

藍辛石也行所無事的，立出一個姿勢：左手執叉向前，叉柄豎在左腳尖相近的地上，叉尖高出頭頂尺多；身體在鋼叉背後；右手握著羅巾等候。虎豹從容趕到鋼叉跟前，突然怒吼一聲。這一聲必吼得山谷震動，樹葉脫落；林木中所有飛鳥，紛紛插翅飛往他山；近一二里內狐狸獾兔之類的小野獸，同時都驚得亂竄；有許多野獸，就因這一吼嚇軟了，癱在地下不能走動的；膽小些兒的人聽了，也得魂飛魄散，頓失知覺！

這一聲吼罷，將身軀一扭，翻身撲了轉來，兩前爪就踏在兩個叉尖上，向藍辛石怒目而視，藍辛石也仰面對望著。猛然一口白沫，朝準藍辛石臉上噴來；藍辛石眼也不霎一下，等那涎沫流滴了一會，才用右手的羅巾，在臉上揩拭一遍。揩乾之後，將羅巾往腰間一納，右手搶住叉柄，衹向旁邊一拖，順勢便把那虎掀翻在地。那鋼叉有三個叉尖，中間一尖最長；虎的兩前爪踏在兩短叉尖上，中間叉尖正對著虎的咽喉。掀翻以後，隨手刺將過去，很容易的便刺死了！有一次掀不翻、刺不死的，如前一般的又比第二次；二次刺不了，又比三次。到了第三次，就決沒有刺不死的！

藍辛石自從用鋼叉是這們刺虎，外人衹知道他刺死的極多，究不知他已經刺過了多少隻？這次從劉家回來，有好些日子不曾出外。有人邀他同去甚麼地方玩耍，或看朋友，他都推辭不去。每早衹焚香向木偶叩幾個頭，連照例要問的卜也不問了；平時每日必到那瓦缸裏向他師父請安的，這些日子也不去了。他家中問他是甚麼緣故，他衹搖頭不肯說。每日到了夜間，就將大小兩把鋼叉拿出來，在石上磨礪得鋒利無比；斧頭、大斫刀也都磨得透亮。如是過了一個月。

這日清晨，藍辛石才起來，正在木偶前焚香跪拜。忽來了十幾個衣服齊整，年齡都在三十以上的人，在門外對藍家人說，有要緊的事特地來求藍法師的。藍法師聽了，衹好出來迎接。見面時，藍辛石認得幾個是新寧縣的大紳士。接進來賓主坐定，就中一個與藍辛石認識最久的紳士開口說道：「我們平日疏忽，不到辛翁府上來奉候！今日有事相求，便成群結隊的來吵擾辛翁，我等心裏實在抱愧之至，衹得求辛翁原有！」藍辛石隨口謙讓了幾句。

那人接著說道：「我等此來，實是出於無可如何，非來拜求辛翁慈悲，不能救許多人畜的性命，不能代許多已經送命的人畜報仇！無論如何，得求辛翁勞動一次！這一個月以來，我們那邊鄉下，簡直被一隻三條腿的白額虎，鬧得不成話了，那孽畜也不知是從那裏來的？前腿斷了一條，吊睛白額，其大無比。論理：那孽畜既斷了一條前腿，應該比四腿完全的虎，來得柔弱些，誰知竟是不然！

「在二十多日前，我們那邊鄉下人家餵養的豬、狗、牛、羊，每日總有幾頭不見了，去各山中尋找，見了吃不完的皮、毛、蹄、爪，才知道是來了猛虎：不見了的豬、狗、牛、羊，是被猛虎啣去了。當時就有幾家獵戶，爭著想打這孽畜。誰知獵戶不轉這孽畜的念頭倒罷，他祇啣家畜，不曾傷人。獵戶一上山發現了這孽畜的形像，我那鄉下的禍事，就從此開端了！

「第一次發現這孽畜的獵戶，共有八個人，都是我那邊有名的健漢：其中有三個，都曾獨力殺過虎豹的。以爲這缺了一條腿的虎，不愁打他不翻！那曉得這孽畜三條腿跑起路來，比四條腿的還快，竟是飛得起的一般！行走轉折既快，又靈警非常，獵戶才一舉槍，來不及撥火機，他即已撲過來了！尋常猛虎咬著了人，不即時鬆口的；在旁邊的人，便可乘這機會開槍打他。這孽畜似乎早已知道了這一著，撲倒了獵戶，祇揀要害的地方咬一口，不停留的又飛奔過一邊去了，是這們連傷了三人！偏巧那三人都是曾經獨力殺過虎的！八個人傷了三個，並且傷勢都極重，如何敢再將這孽畜圍住不放呢？那三個抬到家，頃刻便都死了！

「第二次發現的，也重傷了兩個有名的獵戶。自這兩班獵戶死傷以後，其餘的獵戶，多不敢冒昧到山裏去了；祇遍山滿嶺的安設窩弓弩箭，想孽畜自行射殺。那孽畜何等機靈，那裏肯上這種當？二十多日不曾發出一枝弩箭。那孽畜大約是因山裏的毒弩太多，不好停留行走，終日在平原曠野之地徘徊，有時睡在田禾之中。無意中走到他跟前去的人，被他跳起來抓傷了、咬死了的，已不計其數了，我們簡直嚇得連門都不敢出，祇得去縣衙裏呈報。

「縣太爺愛民如子，當即請了一營兵下鄉，到處圍獵；抬槍、鳥槍一排一排的轟去，儼然臨陣一般。那孽畜出現一次，總得死傷幾名兵士。槍砲也不知對準那孽畜身上，轟去了多少，就和不覺著一樣！轟得他興發了，躥進兵士隊裏，連咬帶抓的死傷幾個兵，興盡又一躥而去了！三日共死傷了二十多名兵士！營官料知無能爲力，徒然使兵士吃虧，不肯再打，竟自帶兵回縣裏去了。

「我們見是這種情形，若不從速將這孽畜驅除，未免太不成話！當初我們原沒有出頭大家設法的，至此不能不大家出來商議驅除的方法了。於是就議定湊集五百串錢，懸賞祇要有人能殺死這三腳白額虎的，就拿這五百串錢做花紅。唉！這賞不懸，倒也罷了！懸出這賞之後，徒然又送了兩個最勇敢少年的性命；而孽畜的凶橫，益發厲害了！我們也忿恨到了極處，又大家湊成了一千兩銀子，招請各府、縣有名的獵戶。來應招的也很不少，祇是都不肯上山，在我們大家的家裏住著。我們問他們：既來應招，何以來了卻不肯上山？他們說：還有兩個人沒到，祇等那兩個人到了，就可上山動手；不動手則已，動手沒有不立時成功的！

「等了兩日，果然有一老一少兩個人來了。老的年約五十歲，短小身材，並不顯得精幹的樣子。年少的約二十多歲，身體卻甚是魁偉。老的自言姓宋名樂林，少年是他的兒子。父子兩人，專以打虎爲業，據說已不知殺過多少虎了！

「到了次日，宋樂林祇提了一把一尺多長的小斧，他兒子提了一把鋼叉，就祇二人上山去了。不一會，便回來對這些獵戶說道：這孽障不但你們不能打，連我父子也奈何他不了，不要自討苦吃罷！這虎久已通神，祇因孽緣未盡，本性忽然沉迷了！惟有去苗峒裏拜求藍辛石藍法師，他必能替這孽畜了帳！這些獵戶聽了宋樂林的話，同時作辭去了。

「我原是早與辛翁熟識的人，祇因平日是文字的交情，尚不知道辛翁有這種降龍伏虎的本領。宋樂林去後，我一打聽，才知道辛翁的神通廣大，不僅是我們文人中的傑出之士，所以邀集了一縣的紳士，專誠前來奉懇！務求辛翁體上天好生之德，慨然出來驅除這一大害！」這人說罷，立起身來對藍辛石一揖到地。這十多個紳士，也同時起身對藍辛石作揖。

不知藍辛石回出甚麼話來？且待第六三回再說。

第六三回　肆凶暴崗頭狂發嘯　求慈悲龕下細陳詞

話說：藍辛石見這紳士說完這一大篇話，大家都起身向他作揖，他祇得回禮答道：「兄弟十多年以來，無一年不殺死幾隻猛虎。除害原是兄弟的素志，本算不了甚麼；若在平時，不待這孽障鬧得如此無法無天，兄弟早已動手殺他了！無奈這孽障出世略遲了些，正在我已滿限的時候；我不敢冒昧，恐怕不能收服他，反傷了兄弟自己的身體，所以我近來匿跡家中，不肯出外，就是不願意與那孽障狹路相逢！今日雖承老友及諸位先生降臨，旁的事都可以效勞，惟有這事，兄弟萬不能遵命，並不是有意推諉，實在是因兄弟殺虎的限已滿，勉強為之，必有天殃！」衆紳士聽了，都面面相覷，各人都顯出失望的神氣。

這紳士問道：「殺虎有甚麼限滿？這限是誰限的？限到何時為滿呢？」

藍辛石正色道：「這種事相沿已久，並非兄弟故甚其詞。從來獵人殺虎，每人至多不能滿一百。兄弟十多年來，所殺的虎已有九十九隻了；自後就遇了虎，也不能動手！宋樂林父子是河南有名的獵師，他父子平生所殺的虎豹，也不在少數了；他們祇知道我沒有殺不了的虎，卻不知道我已殺到了限，不能再殺了！至於這孽障通神與否？在兄弟並不措意！他儘管通神，若在兄弟未曾到限的時候，也祇當他平常的虎一般殺，倒也不愁他能逃出我的掌握！」

這紳士和衆人商議了一會，向藍辛石說道：「原來先生有這種爲難的情形，先生既已剖述明白了，論理我等本不應該相強，不過我等今日到先生這裏來懇求，是已將所有除害的方法都使盡了，新寧數十萬生靈的性命，唯一之生路，就祇望先生出頭！於今先生又因限滿，無可通融，新寧一縣數十萬生靈，不是從此永無安身之日嗎？先生既抱除暴安良的素志，這番無論如何，不能不懇求大發慈悲，爲全縣數十萬生靈請命！若先生委實不能親自出馬，就得請先生代籌一個除這大害的方法，使我等有所遵從！」

藍辛石道：「除了我親自出馬，若還有其他驅除之法，也不待諸位前來請求了！我將實話說給諸位聽罷，我的師父現在離此間不遠，他老人家是修道已經多年的人，未來一年的事，都能瞭如觀火。日前曾叮囑我：這一個月以內，務須凡事小心謹愼，不可多出外，不可多管閒事，免招無妄之災！我師父的言語，從來沒有不應驗的，我不敢不聽信。這孽障第一次從陷坑中逃出，我就聽得說了；隔不兩日，又聽說已上了釣，又被他自行咬斷前腳逃跑了。我那時原打算上山，尋他鬥一鬥法力的，奈向我這祖師問卦，祖師不答應！」說時，伸手向堂上安設的神龕一指。

衆紳士看那神龕上，供著一尊倒豎的偶像。這紳士便繼續問道：「先生何以知道祖師不答應呢？祖師不會說話，或者是先生不曾問明白，也未可知！」

藍辛石搖頭道：「我每次出獵，是得先向祖師請過示，答應了才去的。講到這次請示，更不比尋常。尋常問卦不准，我存心不敢違拗就是了；這次我問卦之後，當夜就得了一夢，夢見祖師親身降臨，苦著臉向我說道：九十九不可忘記！我在夢中聽了這話不懂，正待上前請示如何解說，誰知一轉眼，已不見他老人家的蹤影了！

「我驚醒轉來一想，才恍然悟出曾經殺過虎的數目來，正是九十九隻！因此覺得我師父吩咐我：一月內不可多出外，不可多管閒事，就是爲這孽障！這孽障不先不後，正在我殺虎九十九隻的時候出世；已斷了一腳，尙如此凶橫，即此可以見得他在這時出世，不是偶然的事！我既親經師父、祖師兩次警戒，自然不敢玩忽！」

衆紳士見藍辛石說得這般愼重，不好再說懇求的話。祇是大家一想起藍辛石不肯出頭，這三腳猛虎的大害，便再沒人能驅除了，以後新寧縣的人畜，將如何安生呢？不由得大家都急得流淚起來。

藍辛石生成的俠義性情，平日沒人請求，尙且以驅除害物爲事；於今見了衆紳士這種焦急情形，又聽得惡獸傷害生靈到如此地步，心裏著實不忍坐視。低頭躊躇了一會，忽抬頭向衆紳士道：「諸位不用著急！且等我再向祖師求情。祇要祖師答應了，我那怕因此送了性命，爲地方多少人除害，也說不得顧慮了！」

衆紳士同時立起來，說道：「好極了！我等感恩之至！不但先生向祖師求情，我等更應同向祖師求情，務必求到答應了才罷！」

藍辛石吩咐家裏人焚香點燭，自己將頂上髮結抖散，分披在兩邊肩膊上，從神龕內取下兩片竹篼製成的卦來，跪在神龕下面，伏地禱祝。衆紳士也都整理衣冠，排班跪在藍辛石身後。藍辛石禱祝了一會，提起竹卦卜下去。衆紳士偷看兩卦，落地都仰，又卜下去，仍和第一次一樣，兩片都仰著落地；連卜了七八次，全沒改變卦樣。衆紳士心裏都懷著疑慮，不知道這卦是如何的意思？究竟是答應，還是不答應？

祇見藍辛石叩了一個頭起來，悠然歎道：「祖師硬不答應，奈何，奈何！這卦兩片都仰落爲陽卦，都俯落爲陰卦，一仰一俯爲勝卦。從來問卜，得勝卦最好，陰卦次之，陽卦最下。得陰卦而勉強出獵，雖不得獸，可無災禍及身。得陽卦則萬不可動，勉強必災禍立至！本來殺虎不能滿百，滿百必有天殃，便是祖師慈悲，也不能逆天而動，因爲有害於己，無益於人。我能拚著性命，將大害除滅，我死可以無恨，所慮就是害不能除，徒招禍患！」

藍辛石剛說到這裏，陡聽得對門山崗之上，震山動谷的一聲虎嘯，衆紳士登時都驚變了顏

色，有嚇得渾身亂抖的！看藍辛石時，衹見他兩道濃眉倒豎，兩眼圓睜得幾乎要忒了出來，凶光四射！古人說怒髮衝冠，不過是一句形容怒極了的話，一般人的心理，無不以爲頭髮是軟而無可用力的東西，無論怒到如何地步，斷沒有上指衝冠的可能，誰知竟不是古人過甚的形容詞！藍辛石這時分披在兩邊肩膊上的散髮，就果然隨著兩道倒豎的濃眉，一根根挺硬分張起來，彷彿如被狂風吹成這種模樣似的；連兩隻耳朵都和獸類的兩耳一樣，張著風聽那虎嘯！那種威嚴的神態，直使衆紳士看了，比陡然聽得虎嘯還覺得膽寒！

那虎一聲嘯了，緊接著便發出一種哼聲來。那哼聲作怪！連衆紳士立腳的地面，也像被哼得戰慄不安！藍家養的兩頭獵犬，原在門外的，虎嘯之聲一作，立時嚇得𩌏著尾巴，低頭戢耳的朝家裏逃命；八條腿都像是嚇軟了的，不能直立起來行走，衹蹲著身體，匍匐如蛇行！一頭伸著懶腰，睡在堂屋方桌底下的花貓，原是垂眉合眼，衆人在堂屋中吵擾都不作理會的；一聽著那虎的嘯聲，一蹶劣爬起來就待溜跑，還沒跑到一尺遠近，四腿也好像一軟，便就地跌了一跤，跌下去又勉強掙起來，跑兩步又軟得跌下去了！

衆紳士本已嚇得發抖了，加以看了這貓、狗害怕的情形，更不由得膽都破了！也恨不得和貓、狗一樣，尋個安全的地方逃避才好；但是已在藍辛石的家裏，還有甚麼安全的地方給他們逃避呢？

正在各自竭力鎮攝，想掩飾驚慌失措的神情，衹見藍辛石一翻身向著神龕拜倒在地，並不禱祝甚麼，急匆匆的連叩了幾個頭，跳起身從龕中將偶像取下，解開胸前的衣鈕，把偶像貼胸放著，仍將衣服鈕好，慨然對衆紳士說道：「這孽障欺我太甚！不由我不出頭，與他較量較量！我已發了誓願，除了這孽障之後，我永遠不上山獵一野獸！祖師答應與否，我都不能顧了！請諸位在旁邊看的，替我吶一聲喊，助一助威風！」

紳士問道：「對面山上雖是虎嘯，然畢竟是不是那隻三條腿的吊睛白額虎，沒人到外面去看，還不得而知，先生何妨且到門口瞧瞧再說呢？」

藍辛石搖頭道：「用不著去瞧！不是三腳虎，怎敢到我對面山上來？」說著，折身到裏面房間去了。

沒一會，就更換了一種裝束：短衣、紮褲腳套草鞋；胸前高凸，估量是因有偶像在內；頭髮尚是披著；左手提著一把雪亮的鋼叉，連柄有五尺多長；右手握一條很長大的羅巾。大踏步走了出來，凜凜如天神下降！後面還有兩個苗蠻子跟著，一個用肩扛著一把比藍辛石手中略短小些兒的鋼叉，一個肩著一把大砍刀。兩件兵器，也都磨擦得雪亮。

衆紳士心想：這兩個苗蠻子，扛著這們重的兵器，行走都像很吃力的樣子，到山上與虎鬥起來，如何能揮舞得動呢？藍辛石直向門外走去，衆紳士也跟著兩個苗蠻子出來。才走到大門外，向對面山上一看，果見一隻吊睛白額虎，蹲在山巔上，面朝藍家望著；前腿僅有左邊的一條，右腿自脛以下沒有了。山巔與藍家大門，相距不過一百步遠近。

衆紳士僅聽得虎嘯，尚且嚇得無可奈何了，此時都親眼看見那虎，其視眈眈的蹲在面前，如何能禁得住心頭的恐怖呢？更如何敢跟隨藍辛石逕上山巔去呢？出門走不到三五步，就趦趄不敢向前了！藍辛石似乎已明白了衆紳士害怕的心理，即回身教兩個苗蠻子立著不動，獨自一個上山去了。

衆紳士昂頭看藍辛石上山，卻不直向那虎走去。原來這山巔並不是尖銳的峰頭，一條山脊甚長。藍辛石向左側走上，走到離虎約有十來步遠的所在。那虎一扭身軀，就立了起來，伸直了那蛇矛也似的尾巴，往左右裊動了幾下；前腿往下一屈伏，就顯出要對準藍辛石猛撲過去的神氣。

祇見藍辛石將叉柄在山脊上一頓，接著厲聲喝道：「張三！不得無禮！快前來與我比武！」旋說旋將身體緩緩的蹲下，左膀伸直，叉尖對著那虎。那虎甚是作怪！一聞藍辛石的喝聲，應聲就把那要猛撲過去的姿勢改變了，那條蛇矛也似的尾巴，也隨著嚲了下來，抬頭注視叉尖，好像思索甚麼的樣子。

好一會工夫，突然仰面一聲大吼，這吼聲一出，憑空從山脊起了一陣狂風，祇刮得山中的沙石飛揚，樹上的枝葉紛紛飄墜！狂風正刮得起勁，眼都不能睁的時候，那虎已撲將過來。藍辛石不慌不忙的把叉尖一抖，那虎不曾撲過叉尖，後腳落地，前腳就據在旁邊的一個叉尖上；張開血盆大口，露出銀鑱一般的獠牙，一口就要將藍辛石生吞下去的樣子！但是隔著鋼叉，模樣便再來得凶些，也咬藍辛石不著，祇圓睁兩眼，向藍辛石的面孔望著。

藍辛石目不轉睛的，仰面望著虎頭。兩下與鬥雞相似的對望了一陣，那虎才忽然一合口，就朝藍辛石兩眼噴出唾沫來。藍辛石這時瞪起兩眼，昂頭仰面，任憑那唾沫著在兩眼之中和面孔之上，比鐵沙子還厲害，祇是咬緊牙關，眼睛也不瞬，面孔也不動，儼然睢陽城上的雷萬春！據知道其中情形的人說：藍辛石若在這時候，或被虎一聲大吼，驚得分了神；或因受不起那口唾沫，動了面孔霎了眼，都要算是藍辛石鬥輸了，性命就斷送在虎口裏了！這一吼、一撲、一噴，便是那虎和藍辛石所鬥的法；這三件法寶嚇不倒藍辛石，此後就輪到藍辛石使法了！

藍辛石當下受過了那一口唾沫，慢條斯理的，拿右手的羅巾在臉上一揩，往腰間納好了羅巾，騰出右手來。這時候就快極了！祇一伸手便搶住了叉柄，再將兩手上下一翻，若是尋常四條腿的虎，前兩腳踏在叉尖上，經這們一翻，虎的身軀十九被翻倒在地；虎的身軀既被翻倒，叉的中尖正對著虎的咽喉，自沒有不登時了帳的道理！

惟是這隻吊睛白額虎，前腿祇有一條，翻過去不甚得力；叉還不曾翻轉，這條腿便已踏不住，落在地下去了！原祇有一條腿，這腿一落地，叉尖與虎即脫離了關係，那怕藍辛石的氣力再大些，手法更快些，是這們翻過去不得力，也是枉然！這一下沒將那虎翻倒，照例仍得和第一次一般的再鬥。

藍辛石見一下不曾翻倒，祇得仍把鋼叉豎起來，如前又鬥了一遍。就因那虎祇一條前腿，藍辛石已反佔得多少便宜；叉柄一起，那爪便自然而然的掉落下來，第二次又不曾將虎翻倒！藍辛石已滿頭是汗，情形好像有些慌急！正待又將鋼叉豎起來，作第三次的決鬥，祇見那虎不待鋼叉豎好，一口咬住叉柄，祇將虎頭一揚，那六十斤重的鋼叉，已被拋去數丈開外，跌落在山腳之下，藍辛石祇落得赤手空拳！

衆紳士看了都著急異常，惟恐那虎趁藍辛石手中空虛沒有兵器的時候，張牙舞爪撲過去！但是事也奇怪！那虎雖奪了鋼叉，並不乘虛襲擊；就是藍辛石也不因手中鋼叉被奪，便露出驚慌失措的樣子，反比較手中有鋼叉的時候，神氣來得安逸。兩下都似乎休息的模樣。

祇見扛小鋼叉的苗蠻子，扛著小鋼叉向山上跑去。衆紳士以爲：必是上去幫助藍辛石與虎決鬥，都替這苗子揑著一把汗！因見他用肩扛著那把小叉，精神都像十分吃力，藍辛石用大一倍的鋼叉，尙且鬥不過那虎，何況這苗子的小鋼叉？祇是見這苗子奔上山巓，並不與那虎打照面，那虎也不理會有人上山來了。

藍辛石回身迎著苗子，伸手就把那小叉提了過去，苗子仍跑下了山。衆紳士才知道，藍辛石早已逆料自己手中的大鋼叉，要被那虎奪去，原來特準備著小鋼叉等候補充的。藍辛石的鋼叉到手，那虎便登時變換了那休息的態度，那鐵槍也似的尾巴，不住的向左右擺動；渾身的斑毛，同時直豎起來，顯得身軀越發粗壯了！又仰面朝天發一聲大吼。古人說：風從虎，雲從龍！確是一些兒不虛假的話。

本來一點兒風聲沒有的，祇那們一吼過去，也不知風從何來？但見滿山樹木，搖擺相擦的響聲，如大海中的波濤洶湧！膽量小的人，遇了這種陡然而起的狂風，風中並帶著些腥膻的氣味，沒有不惶恐萬分的！衆紳士作壁上觀，雖相隔得很遠，然那虎一吼之威，也都嚇得戰慄不已，一個個面無人色！

藍辛石卻乘著那狂風陡起之際，神威抖擻，舞動手中鋼叉，又向虎頭刺去。那虎一騰一撲，儼然渾身都有解數！藍辛石的鋼叉，始終刺不到那虎身上，那虎也撲不著藍辛石！一人一虎來回鬥了數十合，藍辛石一叉刺中了那虎的頸項，那虎順過頭來，一口又將鋼叉咬住了，這一拋比那叉更拋落得遠了！鋼叉一落，人與虎又都變了休息的態度。

這個扛大砍刀的苗蠻子，又和送小鋼叉的一樣，送大砍刀上山。藍辛石接過大砍刀，又與那虎開始戰鬥起來。鬥到結果，大砍刀也被虎啣著拋落山下去了！

不知這大砍刀被虎拋去了，藍辛石有無性命之憂？且待第六四回再說。

第六四回　除孽障幾膏虎吻　防盜劫遍覓鏢師

話說：衆紳士看了這情形，一則替藍辛石著急，二則爲地方躭憂，都皇皇然不知要怎樣才好；恨不得大家一擁上山，將那虎圍住打死！祇是如何能有這種勇氣呢？正打算招藍辛石下山，暫時不與那虎鬥了，從容商議驅除之策，已見藍辛石在山巔上禹步作法，一會兒雙手據地，兩腳朝天倒豎起來。

說也奇怪！藍辛石手舞數十斤的鋼叉、大砍刀與那虎奮鬥的時候，那虎一些不畏懼，卒將叉刀都奪了去；而此時藍辛石一倒豎在地，那虎反現出畏葸退縮的樣子，決鬥時威武的神氣，一點也沒有了！幾次回身現出要逃跑的模樣，不知因甚麼緣故，回身才走幾步，就彷彿有甚麼東西在暗中堵截了的一般，又俯首貼耳的走了回來！這方面走不去，又向那方面走，也祇走得幾步，就退了回來，四方都走遍了；那虎就如冬天在冰雪之中，耐不住那寒威的一樣，抖瑟瑟的立了一會，三條腿漸漸軟了下去，伏在地下不動了！

藍辛石才一個筋斗翻了過來，在那虎身上，從頭至尾仔細端詳了一會。走到一棵松樹下，伸手摘了一根二尺多長的松枝，在虎背上打了兩下，和趕牛、羊一般的趕得立起來，一顛一聳的走下山。那虎在未經藍辛石用法力降服以前，雖是三條腿走路，反比尋常四條腿的虎，還要走得快些，並一些兒看不出是斷了一條腿的。此時一經藍辛石法力的壓服，那腿就彷彿才斷不久，負痛不能行走的，一瘸一跛！眾紳士看了，好不高興！兩個苗蠻子也歡欣鼓舞的迎上去。

藍辛石將虎趕到山腳下，交給二個苗蠻子，說道：「趁他此刻正被我的法力制住了，從速將他的皮剝下來，過了時，又得費事了！」

兩個蠻子聽了一齊動手，也和屠夫捉豬的一樣：一個揪住虎的兩耳，一個扭住虎的尾巴。眞是一對蠻子！將虎撳翻在地，就從腰間拔出解腕尖刀來，從虎口的下

頷起，一刀劈到肛門，把虎肚皮劈了一條裂縫，實施剝皮的手段。

藍辛石因通身衣褲都汗透了，祖師的偶像還在胸前，急忙回家安放了祖師的像，更換了一

套衣服。因許多紳士尚在門外，不能不出外應酬；又惦記那虎的皮，不知已剝下來了沒有？遂回身走了出來。衆紳士這才一齊上前，向藍辛石道賀、道謝。

藍辛石說道：「這回的事，全仗祖師的威力，與諸位先生的鴻福，方能將這孽障剋服下來！祖師原不許我去的，就是我自己，也委實不願意滿額。無奈這孽障，竟是有意與我爲難，居然敢到我對面山上來長嘯大吼；我若再不出去，說不定這孽障就要找上我的門來！我一時憤不可遏，不暇問祖師許與不許，惟有一面請祖師同行，一面心中發下誓願：但能仗祖師的威力，除了這孽障，從此永遠不再殺虎，雖在狹路相逢，亦祇有避讓；如起絲毫殺虎的念，即死於虎口！

「祇是我雖發了這個誓願，上山與這孽障比併起來，祖師仍不肯附體，所以三次都被這孽障將刀叉奪過去了！我在這時候，已危急到了萬分，心想：祖師附我的體已十多年了，爲甚麼忽然在這緊要的時候，使我爲難呢？大約是不相信我的誓願，眞能此後與虎狹路相逢，不起殺念！因爲我生性不能與毒蛇猛獸相見，見面便如仇讎，不殲滅不痛快！

「十多年來的習慣，又是遇害必除，一時未必果能變易舊性，祇得重新默禱祖師：但能仗祖師威力，除了這孽障，我情願從此成爲廢人，永遠不能殺虎！發了這個大願，祖師才肯附我的體了。我其所以披髮倒豎起來，便是祖師的法身出現。任憑這孽障的神通再大些，見了祖師的法身，也不由他不貼伏了！」

藍辛石在說這些話的時候，所立的地位，離虎不遠。那兩個苗子已將虎皮剝下了一半，因聽藍辛石說話聽出了神，忘記用力將虎按住；以爲皮且剝了一半，也用不著再提防逃跑了！誰知那虎乘兩個苗子不在意的當兒，一蹶劣跳了起來，對準藍辛石狠命一撲。

藍辛石正在說話，也沒提防有此一著；猛然見一團黑影，從側面朝自己撲來，那裏來得及避讓呢？祇連忙振左臂一揮，也對準黑影迎上去；失口一聲哎呀沒叫出，那虎已被藍辛石一臂膊，揮撲一丈開外，跌下來又死了！不過藍辛石這條臂膊，也同時如受了刀劈，𨈆下來血流不止，連同衣袖被虎爪抓破了一道尺來長的裂口，已傷了筋絡，從此使不動鋼叉了。好在藍辛石業已發願成廢人，並不懊喪，送衆紳士去後，即收拾起刀叉，不再入山打獵，一心跟著他師父方紹德修練。

這日，正是八月十四。藍辛石正自在家研練法術，忽聽得有人在門外高聲喊道：「二師弟在家麼？」藍辛石知道是大師兄盧瑞來了。這盧瑞是個甚麼人呢？就是柳遲被困在荒山之中，聽得與周季容談話的那個壯士。看官們大約也還記得，那時盧瑞與周季容所談的，是關於盧瑞本人犯了色戒，決心伏罪自殺的事。盧瑞犯戒的端末，已在盧瑞口中述了一個大概；至於盧瑞的出身履歷，因與本書有些關係，祇得趁這時候記述一番。

盧瑞是江西吉安府人。盧家世代經商，到盧瑞生長十一二歲的時候，他父親的年紀，已有五十多歲了。因歷代經商的貯積，已將近百萬的產業。在各省開設的商行字號，雖仍繼續營業，不曾收歇，然他父親以年老不欲過於操勞，各處的店務都完全委託夥友，自己就住在吉安府家中，安享清閒日月。盧家住的地方，地名就叫作盧家堡。因是住居年久的緣故，盧家的人口又多，房屋又大，所以地方人都順口叫爲盧家堡。

盧瑞的父親名敦甫，是一個膽量極小、心計極工的人。自五十歲以後，雖然終年閒住在家中安享，然對於各處所開設商行字號的盈虧消長，以及各夥友的賢奸勤惰，皆能瞭然於心，絲毫不能在他跟前掉槍花、使手段。因此盧家的家業，月不同月，年不同年的繼長增高，各處商行字號每年盈餘下來的金銀，都歸總在盧家堡一處。

盧敦甫恐怕金銀存積得太多，容易惹得盜賊的眼睛發紅。吉安一府的富商最多，尋常富商收藏銀兩的方法，普通都是在家裏深奧的房中，掏掘一個土坑；將所有的銀子，用大鍋爐鎔化成汁，傾入土坑之內，使成一個大塊。下次鎔了，仍向坑裏加上去；加到不能加了，就在旁邊又掘一坑。

那時是承平之世，爲人一生到老不見有刀兵之禍；銀兩是這們藏著，水也推不去，火也燒不去，竊賊不待說奈何不得！便是有明火執仗的強盜，明知銀坑的所在，像這般山丘也似的銀塊，倉卒之間，又有何方法能移到別處去呢？因此一般大富商，皆以此為藏銀最妥當的方法。盧敦甫存積的銀兩一多，也就仿效這種方法，收藏起來。但是像這般收藏最妥當的，僅有銀兩；銀兩以外的貴重東西，便不能照這種辦法。

盧敦甫為防範盜賊起見，在住宅周圍，挑了一道護莊河，就將挑河的泥沙，築成一座土城。出入均由一道木橋，橋頭有鐵柵門，柵門旁邊有一所小房屋，用了兩個壯健漢子看守。房屋的牆壁，也建造得十分堅固，決不是一般竊賊所能挖掘得通的！是這們防閑設備，盧敦甫還嫌不穩固。

尋常富商之家，照例都請了會武藝人，常川住在家中保鏢的；盧家歷世豪富，這種保鏢的武士，也歷世豢養了不少。傳到盧敦甫手裏，專一注重防範盜賊的方法，就覺得家中歷來豢養的武士，多沒有驚人的本領，想再聘請一個武藝最高強的，使遠近盜賊聞風膽怯，不敢來盧家堡嘗試！

大凡豪富之家，越是注意防範盜賊，盜賊越是爭先恐後的轉他的念頭！盧家堡在未經盧敦甫有這種設備以前，每年總有幾次盜賊來光顧的事。保鏢的武士，因有一次將賊捉住了一個，送到縣衙裏辦了。在逃的賊，便啣恨那個動手捉拿的武士；不到兩個月，竟想方設計，把那個武士謀害死了，替那被捉的賊夥報仇！

有此一來，其餘的武士，自後遇了盜賊前來光顧，多是有意裝聾作啞；等賊人略得了些東西到手，才大呼小叫的把賊人嚇跑，不敢認眞和盜賊爲難作對了。盧敦甫就爲這些情形氣忿不過，而家業又更加富足了，所以不能不如此認眞防閒！

那時江西有一個唱大花臉的戲子姓胡，因身材生得異常高大，認識他的人，都稱他爲胡大個子。這胡大個子從小練得一身驚人出衆的武藝，年紀才十八歲，便隨著戲班到湖南唱戲。那戲班裏面撫州人居多，撫州人的口音，有幾個字從來咬不像京音；唱起戲來，遇了那幾個咬不像的字，仍是用撫州的口音說出，在台下看戲的聽了，總是齊聲喝倒采。江西戲班在湖南受這種倒采，也實在受得太多了，然沒有方法對付，祇得忍氣吞聲！

胡大個子這戲班到湖南來，也受了幾次這種倒采；胡大個子年輕氣性大，又仗著會些武藝，那裏忍耐得住？湊巧那個戲班裏的角色，會武藝的共有十多個；其餘的雖不會武藝，然是唱戲出身的人，手腳究竟比尋常人便捷些。胡大個子一人被倒采喝得忍耐不住，就用言語激動全班的人，主張將所有看戲的人毒打一頓，以洩胸中積忿！有了十多個會武藝的在一塊，有甚麼禍撞不出呢？

那次唱戲的地點，在湘潭城隍廟。全班戲子都暗中準備停當了，出台故意唱出撫州口音來。看戲的如何想得到戲子已安排報復的手段，照例一聲倒采喝出來。這一聲倒采才出口，台上的鑼頓時停了，裝戲的各人掣出兵器在手，也是齊發一聲吼，一個個從台上跳下來，各舞手中兵器，向人叢中殺去。

看戲的一則沒有防備，二則老弱小孩居多，少壯的也多不會武藝，那裏是這班戲子的對手？眞是斬瓜截菜一般的，祇殺得滿廟的人抱頭亂竄；廟門早被班裏的人關閉下鎖了，逃也逃不出去！不須片刻工夫，死的死，傷的傷，所剩不過十之三四了！幸虧戲子停鑼動手的時候，有立在廟門口的人，見機得早，抽身逃出了幾個，往四處大喊救命。鬧得湘潭一縣的人，都和發了狂的一般，奔到城隍廟來救人。

城隍廟的廟門，有四寸多厚，用鐵皮包裹了的，堅固非常，裏面的門閂更粗壯；加上了鎖，外面的人想衝破進來，委實不是一件容易辦的事！並且聞風奔到城隍廟來的人，手中沒帶兵器的居大半；就是帶了兵器，也不過是單刀、鐵尺之類，怎能衝破這城門也似的廟門呢？

因此奔來救人的人雖多，祇是都擁在廟門外，望著廟門著急；分明聽得廟裏殺得鬼哭神號，無法進廟援救！

有些年輕力壯的，扛起街石來，對準廟門亂撞；無奈那門太厚太牢了，撞了好大一會撞不破！虧得驚動了一個姓鄧的好漢，奮勇跑到城隍廟來；大聲叫衆人讓開，將廟門兩旁安設的兩個大石獅子，一手挽住一個，立在廟門中間，左一下，右一下，朝廟門碰去，不過三五下就把門斗碰破了！

廟外的人，就此一擁衝進去了；看了廟裏衆人死傷狼藉的情形，沒一個不雙眼發紅，拚命與那些戲子廝殺！這一來激動了公憤，滿城的湘潭人，抓著江西人便殺！

清朝二百六十多年第一件械鬥最烈，而又最沒來由的，便是這件案！爲這件案，也不知參革了多少有關係的官員，這案倡首釀成的人，就是這胡大個子！胡大個子這次殺人極多，自己居然一點兒沒受損傷，乘著紛亂的時候，逃離了險地。他那一班的戲子，安然逃出來的，祇有他一人。

他逃回江西後，仍以唱戲爲業，武藝也更練得高強了。江湖上會把勢的人，多有聞名拜訪他的。知趣的多不敢與他較量，不知趣的動手無不被他打得大敗！唱戲唱到四十歲，不知何故，忽然啞了嗓子，不能上台了。有一個吉安的富商，仰慕他的威名，就禮聘到他家裏保鏢。

有了他那們大的聲名，果然嚇得一般盜賊不敢妄動欲念。盧敦甫的家財，漸漸要成爲吉安一府的首富了；久聞胡大個子的名，便託人暗地向胡大個子說，願意加倍出錢，請胡大個子到盧家來。胡大個子眼睛衹認得是錢，有甚麼不可？遂託故辭了老東家，變成盧家堡的鏢師了。

那時盧瑞的年紀正是十二歲，延了先生在家裏讀書。盧瑞讀書聰悟絕頂，然極不喜用功，成日成夜的衹歡喜和一班保家的武士，在一塊兒使槍弄棒。自胡大個子進門後，便一心要跟著胡大個子練武藝。盧敦甫愛子情切，並且富家子弟，能學會些武藝，自然很好，遂教盧瑞上半日讀書，下半日從胡大個子學武，夜間也和胡大個子作一間房睡覺，以便早晚練習。

這日，正是八月十四夜間，胡大個子教盧瑞練了一會拳腳，很疲乏的睡了。約莫睡到三更時候，朦朧中忽覺有人揭動帳門。替富商保鏢的人，自是隨時隨地都很警覺，提防有人暗算。胡大個子才覺得帳門一動，立刻一翻身坐起來，順勢一腿就往帳門外掃去，並沒掃著甚麼，卻聽得房中有冷笑的聲音。胡大個子一聽到這冷笑之聲，那敢怠慢！他夜間從來擁著一把單刀同睡的，這時已綽刀在手，一手將帳門撩起，待躥下床來。

不知房中究是何人冷笑？且待第六五回再說。

第六五回　失富兒鏢師受斥責　奪徒弟大俠顯神通

話說：胡大個子正待躥下床來，忽聽得冷笑的那人說道：「久仰大名！原來是好一個大飯桶！請從容下來，不要嚇壞了你的小徒弟！」

胡大個子聽了，不覺怔了一怔，暗想：這東西半夜到我房間裏來，被我覺察了，還能是這們從容說笑，可見他的膽量不小；他若沒有可恃的本領，決無如此大膽！我這房間裏，豈是半夜三更，外人好隨意進來的？被我一刀砍死了，寃也無處伸訴，這東西來得如此從容，我倒不可輕視他！五十年的威名，不要一日壞在他手裏才好！胡大個子心裏這般著想，兩眼就撩開的帳縫，向房中一看。

清秋明月，射進窗來，照耀得房中透亮。衹見房中立著一個遍身穿白的人，身材不大，是一個瘦而長的體格，頭上戴的也是一頂白色頭巾；雖看不清面貌美惡，然就神情氣概看去，可以看得出是個中年以上的人物，雙手空空，好像沒操著兵器，裝束也不是夜行人模樣。

胡大個子見不是綠林中夜行人打扮，不由得自己寬慰自己，心裏略安了一點兒，便不存心畏懼了。一面踊身下床，隨即立了個等待厮殺的架勢，一面朝著那白衣人喝道：「你是甚麼人？半夜三更闖進我房間裏來，有甚麼事故？快說，快說！言語支吾，就休怪我魯莽！」說時，將手中刀緊了一緊；衹等白衣人回答，一言不合，就要殺將過去的模樣。

那白衣人並不回答，衹斜著兩眼，望著胡大個子冷笑；瞧不起胡大個子的精神，完全在這冷笑上面表現出來了！胡大個子無端遭人這樣白眼，恨不得立時動手，一刀將這厮劈死！

衹是胡大個子的年紀，已有五十多歲了，對於江湖上綠林中情形，很有些兒閱歷。知道世間有能耐的人很多，稍不謹慎，胡亂和人動手，說不定頃刻之間，就弄得身敗名裂。

暗忖：這盧家堡不比尋常莊院，四圍護莊河有兩三丈寬，一丈多深；河這邊又有一丈多高的土城包圍了，非有大本領的人，休想在半夜偷進裏面來！並且夜行人照例是穿黑衣，爲的黑

色在夜間使人不容易看見；這廝卻渾身著白，不是有意給人好辨認嗎？若沒有驚人的本領，怎敢是這們行徑？

胡大個子如此一著想，不知不覺的氣就餒了許多，見白衣人祇冷笑不作聲，便接著說道：「你再不回答，我就要對不起你了！你可知道，我在這裏是幹甚麼事的？不是我歡喜得罪江湖朋友，與江湖朋友作對。古人說得好：食人之祿，忠人之事。我胡大個子於今既吃了盧家堡這碗護院的飯，一概由不得我自己作主！」胡大個子說這話的用意，是恐怕來人不知道他是久享盛名的胡大個子，於今已改受了盧家堡的聘，所以特地表白出來。

祇見白衣人緩緩的將頭點了兩下，說道：「你不這們表白，倒也罷了！你一提起胡大個子這四個字，我就不由得有些冒火！不過我和你也沒有私仇，此時那有工夫與你計較！明人不說暗話，我此來是爲向你借盤纏的；並不要多，趕緊拿出一千兩銀子來！我還有要緊的事去，不可躭擱了我的時刻！」

胡大個子聽了不由得有些冒火的話，簡直摸不著頭腦，接著聽得硬說要借一千兩銀子，一時更不知要怎生回答才好，又暗自尋思道：「這東西的本領，我十九敵他不過。不給他銀子，自免不了與他動手；動手被他打輸，銀子還是得拿給他，我五十年的威名，又從此喪盡了！不動手就拿銀子給他罷？我自己不但拿不出這多的銀子，就是拿得出，也沒有當鏢師的，暗中賠銀的道理！待向東家那裏去取罷？我是得薪俸在這裏替他家保鏢的，這種話如何好說出我的口來？」

胡大個子正在如此躊躇不決，白衣人已連聲催促道：「快拿，快拿！這有甚麼遲疑？我不能顧你願意不願意！你願意，爽利些如數拿出來，免我勞神費力，果然是好；你就不願意，我也非從你身上拿一千兩銀子，決不離開這盧家堡！」

胡大個子聽了這般聲口，益發不敢用硬工夫對付了，祇得把單刀放下來，雙手向白衣人抱拳說道：「我雖沒有眼力，然看了你老哥的氣概行爲，也知道你老哥是個夠朋友的好漢！一千兩銀子算不了甚麼事，請坐下來談一談罷。」旋說旋端一張椅子讓坐。

白衣人一面就坐，一面說道：「一千兩銀子自然算不了甚麼事，就去拿來給我好走路！」

胡大個子側著身子坐下來，陪笑說道：「我很願意拿一千兩銀子，結交老哥這們一個朋友。請問老哥尊姓大名？貴處是那一省？」

白衣人聽了，現出不耐煩的神氣，說道：「我一不和你攀親，二不與你結義，要你請教我的姓名、住處幹甚麼？你願意拿一千兩銀子，快拿出來就完事，少囉唕爲妙！」

胡大個子好不著急，祇得仍陪著笑臉，說道：「我願意是極願意，無奈我在這裏的薪俸，祇有三十兩銀子一月；一年多積下來的，總共不過四百來兩銀子。可否求老哥通融一點，將就些拿去使用麼？」

白衣人哼了一聲道：「誰和你做買賣爭論價目似的，要多還少！一千兩少一錢一釐也不行！你替人看家，一年才積下這一點兒銀兩，就孝敬我使用了也不痛快；你去向你東家說罷，少了是不行的！」

胡大個子祇急得搔耳扒腮，半晌，又對白衣人作了個揖道：「望老哥體諒我，既吃了東家這碗護院的飯，每月受東家的薪俸，這種話委實有些不好意思向東家開口！」

白衣人不待胡大個子說了，即將兩眉一豎，厲聲說道：「廢話少說些！不教你去向你東家開口，吉安一府少了富家，取不出一千兩銀子嗎？我爲甚麼巴巴的跑到這裏來？你是識時務的，便不要再囉唣惹我生氣！」胡大個子至此已知道軟求是絕望了，祇得垂頭喪氣的起身，到裏面敲盧敦甫的門。

此時盧敦甫已深入睡鄉了，被胡大個子叫了起來，問甚麼事。胡大個子吞吐了一會，才說道：「今夜落了強人的圈套了！我一則爲保全東家的財產，二則爲保全小東家的性命，不能不忍氣吞聲，來找東家商量。此刻來了一個江洋大盜，本領大概比我差不了好多，剛才乘我正睡著的時候，悄悄偷進我的房間，先將小東家挾在脅下，待要把我刺殺。虧我機警，帳門一動，我就醒了轉來。本當使出些手段來，給點兒厲害他看；一看小東家在他脅下，投鼠忌器，嚇得我不敢動手！

「衹好暫時用軟工夫對他說道：朋友若是一時短少了路費，不妨向兄弟明說。兄弟是個歡喜結交的人，銀錢最不吝惜！何必把我的徒弟挾在脅下，使他小孩子受驚嚇呢？放下來好好的商量罷！叵耐那廝知道論本領敵不過我，原是有意挾著小東家在脅下，使我不敢動手殺他；我一動手，他必先下手將小東家置於死地，如何肯容易放下來呢？

「他說：要我把你的徒弟放下來使得，我是短少了一千兩銀子的盤纏，你衹如數拿出來，我便將你的徒弟還你；你若使強，有本領衹管使出來！不過你徒弟在我脅下，我不和你動手沒要緊；一動起手來，我不能使勁，使勁把你的徒弟挾死了，你卻不可怨我！這時小東家已被挾得在那廝脅下叫痛。

「我一想不好，那廝是個江洋大盜，殺死個把人不算事；等到小東家有了差錯，我便將那廝砍成肉醬，也不能抵償小東家的命！並且這種江洋大盜，不來則已，來便不止一人，爲一千兩銀子，認眞得罪他們，使東家永遠提心吊膽的防備！就令他不將小東家挾在脅下，我也不想過於認眞，給東家惹禍，所以忍著氣來找東家商量，看東家的意思怎麼樣？好在一千兩銀子，不是大數目！」

盧敦甫聽說自己兒子被江洋大盜挾在脅下，自不免心中慌急起來，連忙說道：「銀子事小！祇要他不損傷我的兒子！請你快去和他說，我就帶人搬一千兩銀子出來給他！」

胡大個子道：「東家萬不可去見他的面，銀子我自己拿去給他便了；我祇等他把小東家放下來，仍得跟他見個高下！」

盧敦甫連連搖手道：「使不得，使不得！一千兩銀子既經給他了，還見甚麼高下？」胡大個子說要見個高下，原不過是一句要面子的話。盧敦甫這們一說，反覺得面上更難爲情了！

盧敦甫打開銀櫃，搬出一千兩銀子來。胡大個子將銀子作一包綑了，打起來往外便走。盧敦甫雖經胡大個子叮囑，萬不可與那強盜見面，然聽說自己兒子被挾在強盜脅下，怎麼忍得住不去看個究竟呢？胡大個子扛著銀子在前面走，盧敦甫便悄悄的跟在背後。胡大個子一時心裏又忿怒、又慚愧，也不覺得有盧敦甫在背後跟著。走到自己房裏一看，那個穿白衣的人已不見了！

清明如水的月色，仍從窗口射入房中，照映得與白晝無異，胡大個子不由得詫異起來，扛著銀子立在房中間，四周望了一會，不見一些兒蹤影，一些兒動靜；祇得且把銀包放下來，撩開帳門向床上一看，不禁大吃一驚！原來睡在床上的小東家，也跟著那白衣人不知去向了！當時心中慌急起來，連忙彎腰在床底下尋覓，見床底下也是空空的，這才自言自語的說道：「難道那狗強盜，真個把我的徒弟偷去了嗎？」

胡大個子這句話才說出口，猛聽得背後一聲「哎唷不得了！我的兒子呀！」的哭起來。胡大個子沒想到盧敦甫在背後，哭聲突如其來，又受了一驚非同小可！吃驚後知道是盧敦甫了，心中更著急在盧敦甫跟前掩飾搗鬼的話，被剛才無意中露出的言語證明虛假了。

然心裏著急儘管著急，表面仍得竭力鎮定著，衹得安慰盧敦甫道：「東家不要悲哀！大約是因我到裏面取銀子，躭擱的時間略久了些兒；那狗強盜起了疑心，以爲我是安排捉拿他，不敢停留，所以挾住小東家就走。不要緊！那狗強盜既下這種毒手，給我過不去，我也顧不得與江湖上人傷和氣了！我立刻去追趕那狗強盜，拚著我一條老命，也得把小東家奪回；奪不回時，我也無顏面在這吉安做人了！」

說罷，緊了緊褲帶，腳上套了一雙行走輕便的草鞋，用青絹裹了頭。盧敦甫見胡大個子說追趕又不急追趕出去，痛子心切，衹急得跺腳催促道：「還不趁他跑得不遠，趕緊追上去奪回來！萬一我的兒子被強盜挾死了，我衹問你要償命！」

這話說得胡大個子滿面羞慚，半晌，惱羞成怒，提起單刀來，說道：「東家不要這們說！我爲甚麼要替你兒子償命？你是請我來保家的，不是請我來看守你兒子的。強盜來你家搶劫銀錢去了，你要我賠償，情理倒還說得過去；於今你家的銀錢，分文不曾被強盜搶去，單搶去了你的兒子。你衹能求我幫忙去追，追得回更好，萬一追不回，也是你兒命該如此，不與我相干！」

盧敦甫見胡大個子發怒，自悔出言魯莽，心想：有胡大個子追上去，兒子倒有回來的希望；若和胡大個子弄翻了臉，眞個不竭力去追，不是眼見得自己兒子，永遠落到強盜手裏，沒有見面的日子了嗎？祇得勉強按納住性子，向胡大個子作揖陪話道：「師父不可見怪！我是一時痛子情切，口不擇言！千萬求師父原恕！師父能替我出力，將我兒子追回來；我感激師父，無以爲報，就拿這一千兩銀子送給師父，作爲酬勞的意思！」

胡大個子還沒回話，即聽得房簷上有人說道：「盧敦甫不要著急！我不是強盜，是特來收你兒子去做徒弟，教他練習能爲的。練成了便送他回來，使你父子團圓。胡大個子這種草包鏢師，花錢聘在家裏太冤枉，請他滾蛋罷！」

胡大個子一聽這話，眞是怒從心上起，惡向膽邊生！也不回答甚麼，舞動手中單刀，直奔窗口，縱身一躍，待躥上房簷。雙腳才離地，便聽得房簷上咳了一聲嗽，咳出一口痰來，彷彿是朝著胡大個子一唾。胡大個子正躥出窗口，身到半空，跟著唾痰的聲音，一句哎呀沒完全叫出，就一個倒栽蔥跌下來，噹啷啷單刀拋到一丈多遠的階石上。胡大個子跌倒在窗外院落裏，還是哎呀哎呀的叫痛，屋簷上一路哈哈笑著去了。

盧敦甫雖十二分的驚慌害怕，然因自己是一家之主，責無旁貸；又爲心痛兒子，反把自身的危險，看得輕了，連忙趕出院落來看，祇見胡大個子在地下打滾。走近前看時，胡大個子口中淌出許多鮮血，果見一口凝痰，正著在胡大個子的臉上。

胡大個子一開口，就吐出幾顆牙齒來，連連的搖頭說道：「好厲害，好厲害！世間有這種凶惡的強盜，我的本領也委實夠不上當鏢師，用不著他教你請我滾蛋！」

盧敦甫見胡大個子著唾沫的這邊臉上，看看腫得和瓜瓢一樣，勉強掙扎起來，用雙手將腫臉捧著，心裏倒有些覺得不忍，忙用好言安慰道：「師父不要這們說！這人剛才在房簷上說不是強盜，話雖是由他自己說的，然照情形看起來，也實在不像是強盜的舉動。若眞是強盜，舍間有的是金珠寶物，憑他的能爲，甚麼東西取不去？我兒子値得多少錢，他巴巴的來劫去有何用處？

「如果是強盜有這種本領，將師父打傷，劫了我的金珠寶物去了，師父便可以說不夠當鏢師的話。於今打傷師父的既不是強盜，古話說得好：強中更有強中手！世間沒有個眞能打盡天下無敵手的人，便沒有個能誇大話當鏢師不被人打傷的人。舍間聘師父是爲保護銀錢，祇要銀錢沒被強人劫去，師父就算盡了鏢師的職務了！」

盧敦甫的這類話，原是於無可安慰之中，尋出這些話來安慰，然在胡大個子聽了，忽然想起剛才回答盧敦甫要他償命的話來，這話一句句針鋒相對，簡直是拿他的拳頭打他的嘴，心中更是覺得難受了，那裏還有顏面在盧家堡當護院鏢師呢？一時半刻都停留不下，當下也不再說甚麼，捧著腫臉回房，連夜拾奪了行李，不待天明就去向盧敦甫辭職。

不知盧敦甫許不許胡大個子辭職？且待第六六回再說。

第六六回　盧家堡奇俠搶門生　提督衙群雄爭隊長

話說：盧敦甫雖親耳聽得那白衣人說，並不是強盜，是特來收他兒子去做徒弟的；將來本領練成了功，便可使他父子團圓。但是自己親生的兒子，如何捨得給一個不知姓名、籍貫的人，搶去做徒弟呢？並且富有產業的人，對於承襲產業的兒子，特別看待得比尋常人家不同。尋常人家多希望兒子成立，巴不得練成很好的本領，好創家立業，耀祖光宗。豪富人家便沒有這種思想，祇要是一個兒子，儘管文不能提筆，武不能提刀，凡百技藝，一無所長，是決不要緊的！盧敦甫教兒子從胡大個子學習武藝，夜間陪胡大個子同睡，並不是存心要兒子練成如何高強的本領，不過恐怕兒子的體格不強，不得永年，練習些武藝，一則可以強壯身體，二則外面傳出些會武藝的聲名，可以使盜賊存些兒畏懼的心思，不敢輕易轉盧家堡的念頭。

誰知因陪胡大個子同睡，倒弄出這種禍事來，回房後越想越難過！正在悲傷的時候，胡大個子進來辭職，見盧敦甫滿面的淚痕，祇得說道：「今夜的事，自是我對不起東家，我也知道東家心裏，必是很難過的！但是我心裏的難過，也和東家一樣。我受東家的薪俸充當護院的鏢師，就在我睡的房裏，鬧出這種亂子來，無面目見人還在其次；承東家不棄，將小東家託我教練武藝，我教得好好的徒弟，竟被人當我面奪了去，我不能要回來，這未免太使我過不去了！

「據那廝說，不是強盜，是特來收小東家去做徒弟的；我想那廝有本領要傳徒弟，豈愁沒有徒弟可收？就算他歡喜小東家的資質好，這樣好資質的徒弟不容易得著，他也應該知道東家，不是不肯教小東家練習武藝的人，我更不是定要霸佔小東家做徒弟的人。何妨在白天裏，堂堂皇皇的來見東家，要小東家拜他做師父呢？是這們黑夜乘人不備，強搶徒弟的事，也實在太希罕了！

「我鏢師可以不當，徒弟也可以不教，惟有這口氣，卻不能不出！我於今辭別東家出去，就從今日中秋節起，出門訪查小東家的下落，看那廝劫到甚麼地方？傳授些甚麼本領？不查一個確實的下落，便死在異鄉異地，也不回吉安府來！」

盧敦甫聽得這般說，即對胡大個子作了一個揖道：「師父肯這們替我出力，能使我父子團圓，我自願將那一千兩銀子，送給師父作為酬勞！」胡大個子因受了白衣人這種奇辱，自料此項消息，不久必傳遍吉安；本人為體面計，自後萬不能在吉安混下去！好在胡大個子在吉安並無產業，已打算從此離開吉安，所以見盧敦甫悲傷流淚，就順口說出這番誠懇的話來。以為盧敦甫見他替自己去尋訪兒子，必送他些盤纏旅費。誰知盧敦甫要等到他父子團圓後，才肯拿那一千兩銀子做酬勞；盤纏旅費的話，一個字也不提起，祇落得一個不值錢的揖。

胡大個子也知道盧敦甫平日鄙吝得厲害，祇得自挑行李，退出盧家堡。胡大個子雖是從此離開了吉安，然因十四夜受了白衣人的創，自後見了凡是穿白衣的人，就不由得心驚膽怯，那裏有這勇氣，敢去找白衣人，探訪他小東家的下落呢？

祇是他這小東家，究竟被甚麼人劫去了呢？白衣人究竟是誰？爲甚麼收徒弟是這樣的收法？這樣說起來，來源極長。看官們不待在下交代，大約也知道他這小東家被劫的事，不但關係呂宣良與柳遲明年八月十五日子時在嶽麓山雲麓宮門外之約，並是這部義俠傳的前後一個開合大關鍵，必不厭在下麻煩，許可在下從頭敘述。要從頭敘述這樁事，就得從清代中興名將鮑春庭的一員部將寫起。

鮑春庭有八個最勇敢善戰的部將。第一個姓孫名開華，就是民國元年做過福建都督孫道仁的父親。這孫開華當年輕的時候，原是一個賭博無賴的青皮。親兄弟三個，都是一般的無賴性格；地方上的遠近鄰居，沒有一個不望著他兄弟的背影，就害怕得奔逃躲避的！孫開華的父親死得早，母親雖甚賢德，卻因家計貧寒，不能教三個兒子讀書，也不能送三個兒子學一項手藝。爲的是三個兒子都生成難馴的野性，鄉下做手藝人，誰也不肯收他們做徒弟，祇得勒令他兄弟三人，每日打多少柴，撈多少魚，作爲家中生計。

孫開華水性獨好，能在水上行走，祗腰以下浸在水中，腰以上完全露在水面。能頭頂一大袋米，走過一兩里路的河面，水不浸過胸膛，米袋上不沾半點水痕。他有這般好的水性，所以他母親教他每日出外撈魚。撈魚變賣了錢，十有九送到賭博裏面去了，祗有一成回家養娘。他不但水性獨好，氣力更是極大，也沒從教師練過武藝，尋常二三十個蠻漢，在他惱怒的時候，沒人敢近他的身！講到他的性情、舉止，竟和水滸傳上的李鐵牛一樣，本領卻比李鐵牛還多一樁會水。

他二十幾歲的時候，他母親死了。家中一文餘蓄沒有。三兄弟商量，二人推他去舅父家報喪，並告借些銀兩，好安葬母親。他不能推諉，祗好跑到舅父家中，對他舅父叩頭號哭，報告如此長短。他舅父自然顧念兄妹之情，當即拿了十兩銀子給他，教他先歸家準備葬事，自己隨後就來。他拿了那十兩銀子，一路回來，無意中遇了幾個平日同賭錢的賭友。不知如何知道他身上有十兩銀子，生拉活扯的拖他去賭。

他一時賭興發作，便轉念一想：這十兩銀子辦我母親的葬事，也太不夠了！莫不是我母親有靈，教我在賭博場多贏個幾十兩銀子，好回家熱熱鬧鬧的辦一番喪事，替我母親風光風光？這樣念頭一轉，即時祗覺得有利，不覺得有害。一面心中默禱他母親在天之靈，保佑他多贏些銀兩；一面跟著那幾個賭友，同進賭場。

但是他默禱儘管默禱，靈驗卻一點沒有，反比平日輸得痛快些，一注也不曾贏過，十兩銀子已輸得乾乾淨淨，毫釐不剩！孫開華到這時才著急起來，向同賭的借錢，想再賭幾下撈本。同賭的都素來知他是有借無還的，誰肯借給他呢？他氣極了打算行強，將輸去銀兩搶回來，又自覺得理虧，沒這勇氣。賭博場中的規矩：輸了錢不能再賭的人，連看都不許看的；因爲要賭的人多，不賭的把地位佔了，要賭的便沒地方下注。照例由開設賭場的人，在場上照料，誰的手上賭空了，就請誰下場。

孫開華既借不著錢撈本，便沒有在賭場中留戀的資格了，垂頭喪氣的走回家。不能隱瞞哥哥、弟弟。他哥哥、弟弟也都是好賭如命的人，不能責備他、埋怨他，衹得三人商量：舅父快要來了，沒有錢買辦衣衾棺木，這事怎麼了？虧得孫開華有主意，主張趁舅父還不曾來的時候，趕緊將母親的屍首，用蘆席包裹了；胡亂揀一塊地方，掘一個窟窿埋了，急忙做起墳塋來。舅父來時，見已經埋了，必不追究棺木衣衾的事，就可以模糊過去了。他哥哥、弟弟也都以爲然，依照他的主張，三人慌急慌忙的將母親埋了。

果然掩埋停當後，他舅父才來。見屋中並沒停放靈柩，動問方知道已經葬了。他舅父懂得些堪輿之術，帶了個羅盤來，教三人引他到墳上去看。三人都誠惶誠恐的，生怕舅父盤問裝殮時的情形。他舅父到墳上一看，孫開華那時靠近他舅父站著，他舅父猛不防朝著他就是兩個嘴巴，打得孫開華更加慌了！以爲用蘆席包葬的事，必然被舅父看出來了，嚇得跪在地下叩頭。

正待認罪說該死的話，他舅父已跺腳說道：「你這東西，不是不知道我懂得地理，你母親葬墳，爲甚麼不等我來看過再葬？你知道這地方，是一個大富大貴的好所在麼？於今可惜都被你們這三個不孝的東西弄壞了，已走洩了地氣，不中用了！這種地名叫豬婆地，不能用棺木衣衾裝殮好了去葬的，祇能用草包了；還不能深葬，祇能入土一尺五寸，就得掩埋。我悔不該拿十兩銀子給你，使你們好買衣衾棺木。」

孫開華聽到這裏，就截住問道：「不用草包，用蘆席包了葬的，使不得麼？」

他舅父見這話問得奇怪，連忙反問道：「是用蘆席包了葬的嗎？」

孫開華便將歸途遇賭博朋友，以及種種情形說了道：「我兄弟因恐怕你老人家跑來看見，不敢掘深了躭擱時間，果衹掘了一尺五寸深，就匆匆撥土掩埋了！」他舅父聽了，心中明白是有神助，他兄弟必然發達！

那時正是洪楊之亂才發動不久。湖南各地招兵，孫開華兄弟就去投軍。孫開華投在鮑春庭部下，仗著生性勇敢，武力絕倫，每次臨陣，必勇冠三軍，斬將搴旗，所向無敵！論功行賞，每打一次仗，陞一次官；不到幾年，已做到提督軍門，賞穿黃馬褂。衹是孫開華的官雖做到提督軍門，性情、舉動卻還和未曾做官一樣。

打仗的時候，果然是與士卒一般裝束，一般的起居飲食；就是不打仗了，也絲毫沒有官派！時常提著大壺的酒、大鉢的肉，到營盤裏找著一般會武藝的兵官，大家痛飲暢談。他軍隊駐紮的地方，必打聽有不有會武藝的人？衹要有會些兒武藝的，孫開華必延納到營盤裏來，談論拳棒。眞有能爲的，就留在營中，好好的安插位置。到處如是。後來這情形越傳越開了，有許多身抱絕技的人，知道有這條出身的道路，從多遠的趕到孫開華駐軍的地方來。

這時孫開華已做了廈門提督。衙門裏會武藝有能爲的人，一時沒有相當地位安插的，還有百數十人；衹得另設一個護衛的名目，將這許多有能耐的人，都充當護衛之士。但是這種護衛隊，應該有一個最有能爲的人當隊長，然而百數十人，個個都是身懷絕技，自以爲了不得的人，誰肯佩服誰，誰肯居誰之下呢？在勢又不能各顯本領，大家較量一番。

孫開華想來想去，想出了一個試驗本領強弱的方法來，對這一百數十個衛隊說道：「看你們各有甚麼絕技，一個一個顯出來，由我來評判高下，不許爭論。經我評判之後，認爲可以當隊

長的，再看你們服也不服？有誰不服，就請誰出頭較量一下！」一百數十人都說：這方法很好！

於是有一個人出頭說道：「我的本領，須用十石大豆方能顯出來！」孫開華即教人備辦了十石大豆，問他怎生顯法？這人將十石大豆，都傾在一個大廳上，平鋪了三四寸厚。脫出一雙赤腳來，在大豆上走一路過去。看他赤腳所踏之處，大豆都被踏得粉碎了；回身走一路過，也是如此。連走了數十百遍，十石大豆中所存留的整粒，不到十分之一了！

衛隊中許多人看了，都同聲讚好，孫開華也說：這個漢子的本領了得！忙問姓名、籍貫。原來這人是山東蓬萊人，姓曹名金亮。孫開華正待說曹金亮這種本領，可以當這隊長了，祇是話還不曾說出口，隊中又走出一

個人來，說道：「這種本領算不了甚麼！我有十石麵粉，便能顯出我的能為來！」

孫開華大笑道：「好的，好的！一個十石大豆，一個十石麵粉，這一隊人的本領顯過之後，我倒可以開設一個很大的糧食行了！」說得左右的人都笑起來。

孫開華繼續道：「也罷！既是要十石麵粉，才能顯出能為，就辦十石來罷。」不一刻照數辦來了。這人也是傾在一處地下鋪得平平的，卻不打赤腳，反著一雙有鐵釘的皮鞋，從容在麵粉上走了一路過去。腳落處，不但沒有腳印，連釘子的印也沒有。來回不停步的走了無數次，始終沒一腳踏下一點兒痕跡來！孫開華看了讚不絕口，問曹金亮：心服不心服？

曹金亮承認這人的本領比自己高，心服了，願意讓隊長給他當。這人很得意的說出姓名、籍貫來，是福建長樂人王允中。孫開華恐怕更有本領高強的，不敢就說出委王允中當隊長的話，祇望著隊中問道：「有本領更比王允中高強的，可快出來試一試！」

話未說了，果然又從隊中出來一人，對王允中笑道：「老哥輕身的本領，高是很高，不過還沒有到絕頂。老帥養了兩隻大猴子，求老帥打發人牽出來，試試我的能耐！」孫開華那時在提督衙門裏，不僅養了二隻大猴子，並餵養了許多的飛禽走獸。兩隻猴子的身體，立起來都有三尺多高；平日用鐵鍊鎖著，還關在鐵籠裏面。此時牽了出來，問這人怎麼試法？

這人要了十串長短不一的鞭炮，從一百響到一千響。先取了一串一百響的，用線縛在猴背上；解了鎖鍊，對孫開華說道：「這猴子的背上鞭炮一點著，放開手來，他必嚇得飛跑。我能不等到一百響鞭炮響了，就將他擒回來。擒回來又縛上二百響，點著仍放他逃走。我也能恰在鞭炮將響了時，又將他擒捉到手。一連十擒十縱，鞭炮響歇後才擒住，不算是能爲；擒到手後，鞭炮還響著沒了，也不算能爲！」

孫開華心想：這猴子從來沒解放過，背上就不縛鞭炮，都不是一個人的力量，所能擒捉得住的，何況點上一串鞭炮呢？心裏如此思量時，這人已點著了鞭炮，將猴子放開了。這猴子被鞭炮一嚇，脫手就躥上了一株大樹，在樹枝上亂梭亂跳。

這人的身體，就像是一張紙剪的人兒，用線繫在猴尾巴上一樣，緊緊的跟定那猴。猴梭到這個樹枝，人也跟到這個樹枝；猴跳到那個樹枝，人也跟到那個樹枝。湊巧鞭炮的響聲一停，猴子便被擒住在這人手裏了！在下面抬頭看的人，聽得孫開華叫一聲好，大家不由己的都齊聲叫好。好字的聲音未歇，這人已擒著猴子下樹來了。

正要再縛第二串鞭炮，隊中忽發出一種冷笑的聲音，說道：「這樣的輕身，算得了甚麼？不用再獻醜也罷了！」這人即停了手，說道：「就看你的罷！」

孫開華也覺得詫異，很注意的看隊中，祇見一個年約三十開外的漢子來，邊走邊笑著說道：「要看我的嗎？像這樣輕身的本領，就算已到了絕頂麼？猴子雖是個身體最靈巧的東西，然究竟飛不起!並且這猴子的身體不輕，他能上去的樹枝，人有甚麼不能上去?我要請老帥放出一隻會飛的鳥來，離我一百步遠近飛起，我能和你捉猴子一樣捉住。由自己放出去的，還不算眞本領!」

孫開華聽了，大笑道:「我手下有這們多的能人，終日和我在一塊兒廝混，我竟不知道!若不是今日選隊長，衹怕再過些時，也不會顯出這些能爲來給我看!我有一頭金砂眼的鵰，飛得最好，氣力也大。我平日帶出去打獵，不問甚麼會飛的鳥雀，都不能落他的眼，一落眼便休想逃得了!你能將他擒住麼?」

這漢子道:「且請老帥放出來試試。金眼鵰雖不同常鳥，然他的翅膀，到空中有一種聲響，落耳便能辨別，與常鳥不同。或者能託老帥的福，將他擒住，也未可知!」

孫開華即回顧身後的人，去後園裏將金眼鵰取來。那人領命去了。去不多時，衹見這漢子忽然吃驚似的問孫開華道:「老帥有幾隻金眼鵰?」

孫開華笑道:「好容易有幾隻!這一隻還不知費了多少的力，從甘肅弄來的!休說我衙門裏衹有這一隻，通福建也衹有我這一隻!」

這漢子聽了，失聲叫道:「不好了!要被他逃回甘肅去了!」這漢子說完這話，就轉眼不見了!

孫開華並左右的人正在驚愕，忽見那個去取鵰的人，慌裏慌張的跑出來，雙膝向孫開華面前一跪，說道：「小的該死！被那鵰在手上啄了一下，手不由放鬆了些，他便牽著金鍊條飛了！」

孫開華看這人已嚇得面無人色，忙安慰道：「你起來，不妨事的！已有那漢子追去了！」大家靜候了一會，孫開華忽向衆人問道：「你們聽得我那鵰的叫聲麼？」

衆人齊道：「沒聽得。」

孫開華喜形於色的說道：「那漢子一定將鵰擒住了！」話才說畢，就見那漢子飄然從半空落下了來，左手握住金鍊條，右手捉住那隻碩大無朋的金眼鵰。祇是已累得氣吁氣喘，滿頭滿額的汗珠，比黃豆還大；緊捉住那鵰，惟恐被他逃去的模樣！

孫開華不覺立起身來，迎著那漢子，笑道：「眞是好漢子，有能爲！」

那漢子雙手呈上那鵰，說道：「雖託老帥的福，未被他逃掉，但是已累得我苦了，直追趕了八十多里的程途！還幸虧有這樣長的金鍊條繫在他腳上，一則能使他飛行得稍緩，二則因有這金鍊條拋在後面，我才能將他擒住；若不然，就更費事了！這東西在空中，力大無窮，好幾次險些兒被他牽著我走；我祇好將他抱住，不讓他雙翅得力，他才沒可奈何了，惟有張開口亂叫！」

孫開華接了那鵰，笑道：「叫聲我倒聽得了。像你這樣的能爲，莫說在我這衙門裏當衛隊長，就當御林軍的隊長也夠得上，決沒有更高似你的人了！」

孫開華很高興的說這話，待要這漢子報上姓名、籍貫，忽從隊中又走出一個渾身著白的人，身材並不雄壯，走近孫開華跟前，從容說道：「這位的本領，確是不差！祇是在我的眼裏看來，一點兒也不希罕！我有比他再高出十倍的本領，不知老帥許我顯出來麼？」

孫開華現出吃驚的神氣，問道：「你還有比他高出十倍的本領麼？是甚麼本領？如何顯法？」

不知這著白衣的人，究竟有甚麼本領？且待第六七回再說。

第六七回　開諦僧峨嵋齋野獸　方紹德嵩嶽鬥神鷹

話說：上回寫到孫開華選拔衛隊長，奇才異能之士，層出不窮。那漢子身淩虛空，追拿金眼鵰，頃刻之間，來回八十多里。這種能爲，不但孫開華看了納罕，就是一般參與選拔的奇才異能之士，也都搖頭咋舌，恭維那漢子是天人，足有充當衛隊長的本領！

孫開華接過金眼鵰，正待問那漢子的姓名、籍貫，隊中忽又閃出一個人來，帶著訕笑的意味說道：「費了這們大的氣力，才將這一隻老母雞也似的東西抓住，算得了甚麼希奇本領？」

孫開華聽了，不禁吃了一驚，急抬頭看時，祇見這人年約三十多歲，身體瘦削而長，毫沒有魁碩武勇的氣概；全身穿著白色衣服，也不是通常武士的裝束，氣宇更安閒自在，不像是要和人爭奪甚麼的。

孫開華現出不甚高興的臉色，問道：「這樣飛得起的本領，還算不了希奇，難道你更有希奇的本領嗎？」

這人笑道：「沒有比他好的，也不出頭說話了！」

孫開華道：「你有甚麼本領？要如何才顯得出來呢？」

這人道：「我無所不能！看老帥要顯甚麼，我有甚麼，不拘那一項！」

孫開華略想了一想，說道：「你說他追這金眼鵰，費了這們大的氣力，不算希奇。你能不費氣力，從天空將金眼鵰抓回來嗎？」

這人仰天笑道：「這有何不能？」能字才說出口，孫開華已將兩手一鬆，厲聲向這人說道：「就看你的罷！」金眼鵰脫離了羈絆，兩隻翅膀祇一撲，從這人頭頂上掠過，但聞颼的一聲，早已沖霄高舉了。

這人祇當沒看見的，應聲說道：「請瞧我的罷！」隨說隨舉手向空中一招。煞是作怪！那金眼鵰飛到空中，禁不起這一招，就彷彿被這人用繩索縛住的一般；並且來不及斂翅迴身，竟是一翻一仰，不由自主的撲落下來，正正的落到這人手上。這人一不捏住鍊條，二不抓住腳爪，自然服服貼貼的伏著，沒有飛逃的意思。

這人雙手托住金眼鵰，說道：「這不過是一點兒小玩意，也算不得甚麼本領！眞本領是顯不出來的！」

孫開華看了這情形，心裏疑惑這人會妖法，不是眞實本領，口裏正待說出來，那個身凌虛空，追趕八十多里的漢子，已走到這人跟前，很誠懇的作了個揖，說道：「聽得江湖上的人稱道，當今之世，祇有方紹德有這種本領。老哥莫不就是方紹德麼？」

這人點了點頭道：「見笑之至！這算不了甚麼！」許多參與選拔的武士，都同聲讚歎方紹德的本領，願推爲隊長。

孫開華當時以衆武士同聲推許的緣故，祇得任方紹德爲護衛隊長，然心裏仍以爲手招飛鳥，是妖法，不是武功。

一日，孫開華清早起來，獨自走到花園裏閒步。花園裏有一口吊井，井水極深，特鑿了這井爲灌花用的。孫開華反操著手，緩緩的在花叢中走著，耳裏忽聽得咚咚的聲音。仔細聽去，好像是吊桶在井裏打得水響。心想：這時候有誰在這井裏打水？心裏一面疑惑著，兩腳一面向井邊走去。才走到離井邊一丈來遠，就見一個渾身穿白衣服的人，面朝井口盤膝坐著；右手張開五指，向井中抓上來、放下去，井底的水，就跟著咚咚作響。

孫開華雖祇看見這人的背影，然就身材的模樣及衣服的顏色，一望已知道是方紹德，祇猜不透他無端向井抓些甚麼？看他空著手，並沒牽扯甚麼，何以抓得井底的水咚咚作響？決不躊躇的走到切近。方紹德回頭見是孫開華，連忙停了手，立起身來請安。

孫開華忙搖手止住道：「我正要看你在這裏幹甚麼玩意？怎麼把井裏的水，弄得這們咚咚的響？再做給我看看。」

方紹德笑道：「這沒有甚麼道理，鬧著玩玩罷了！」

孫開華道：「照樣玩幾下給我看。」方紹德推卻不過，隨意伸手向井中一放，井水就如落下一塊很重的石頭，咚的一聲，水珠四濺；接著將手往上一提，井水隨手向上湧起二三尺高。一放一提的接連幾次，井水便越湧越高；不到十次，與磁石引針相似，水已引到掌心了！

孫開華看了詫異，問是甚麼法術。方紹德搖頭道：「連我自己也不知道是甚麼法術！」說罷，即走開了。

方紹德回房向同夥的說道：「孫開華名雖好武，實在不懂工夫。我不願意在這裏了！」同夥的也不在意。方紹德即日不辭而去，孫開華也並不覺得去了可惜。

祇是這方紹德畢竟是怎樣一個人物呢？說起他的來歷，卻眞有些奇怪。相傳：他原是四川一個富貴人家小姐的私生子，一出娘胎就被接生的捏死了，用破衣服包裹著，教人乘黑夜提到山上去掩埋。誰知那人一到山上，就聽得許多猢猻在樹林中啣啣的叫;那人膽小,不敢在山裏久停,便將這嬰孩的包裹,擱在草地上,打算等到次日天明了,再來掩埋。當下即轉身回家。

次日再來那草地上看時,那包裹已不知去向了!那人以爲是被野獸拖去吃了,誰還破工夫去山裏尋這私生子的死屍呢?隔了四五年,那地方上的人,時常從遠處望見那山頂上,有一個赤身露體的小孩,跟著一大群猢猻,上樹打跟斗玩耍,身上也好像有寸來深的毛,不過不及猢猻那般濃厚罷了。從遠處望見的人,一趕到那山上尋覓,便不看見了。

那時峨嵋山伏虎寺裏,有一個老方丈和尚,法名開諦,是個極有道行的長老,也不知從那一年開始,每年二八兩月兩次齋期,專供養種種飛禽走獸。到期在伏虎寺正殿屋脊上,豎起一幅長幡;幡上懸了無數的小鈴,迎風發響,清音遠聞數里。

開諦長老在寺內獨自陞座講經,接連七日。種種的飛禽走獸,群集座下,鳥都斂翼,獸皆俯首,各自爲伍,絲毫沒有相侵害的意思!長老講經完畢,搬出齋供來,一一散放。衆獸之中,惟有猢猻成群結隊,最大的在前,越是在後的越小,結隊向伏虎寺走來,沒有一個亂跑亂跳的。

走到將近伏虎寺一百步遠的所在,最大的首先跪下來膝行;跟在背後的,也都照樣匍匐,不敢抬頭。長老散齋的時候,每一隻猢猻給蜀黍一合;小猢猻的喉囊太小,裝不下一合,剩下來的給大猢猻吃，從來沒有爭奪的事！

峨嵋山附近的居民，因欽敬開諦長老，多受了長老感化的緣故，知道這些聽經的禽獸，都有來歷，也皆不敢存侵害的心思。每年到了這兩次齋期，遠近來看的人極多；凡是見過那種聽經、領齋情形的，無不感歎開諦長老的德行！

這年二月的齋期當中，來了一大群猢猻，就夾了一個年約五六歲的小孩在內，跟著一隻絕大的老母猴，跪在山門之外，不肯走近長老講經的法座下去。比較小些的猢猻，也就依次跪著，沒有進山門以內的。

開諦長老在壇上看了，連稱：「阿彌陀佛！善哉！善哉！」隨即停了講，走下座來，伸手撫摸著小孩的頭頂，說道：「小子不要迷了來路！暫且隨老僧過度些時，再給你一個安身之所！」小孩彷彿懂得長老的言語，不住的望著長老點頭。

老母猴聽了這幾句話，也似乎懂得的，回身摟住小孩，現出依依不捨的樣子。當時立在山

門外看熱鬧的人，又覺得奇怪，又覺得淒慘。雖無人知道這小孩的底蘊，然看了這兩相依戀的情形，都不能不爲之感動！

開諦長老等老母猴放了手，才將小孩引進伏虎寺，做衣服給他穿著，漸次教他言語，一年以後，因吃的是煙火食，又經衣服的磨擦，身上原有寸多深的黑毛，都脫落乾淨了，祇是瘦削仍與猢猻相似。年齡雖僅六七歲，然因是在山野中長大的，力大無窮，矯捷賽過飛鳥。

無論如何陡峻的石巖峭壁，他總是和走大路一般的，決不吃力就上去了；在樹木茂密的山上，他能在樹梢上奔走數十里，由這株樹梢，跨到那株樹梢，枝葉都不顫動一下！開諦長老見他有這們好的根底，便傳授他的道行。他的資質異常穎悟，練到一十二歲，已有絕大的神通了。

一日，長老清早起來，教他把山門外面的道路打掃乾淨，就在山下等候；等到有一個騎黑騾的老人，向上山的這條道路走來了，即上前行禮，迎接到寺裏來。他依著長老的話，在山下等了些時。果見一個年約五十多歲的老者，鬢眉半白，穿得遍身綾錦，滿面慈善之氣，騎在一匹很肥大、鞍轡鮮明的黑騾背上，緩緩的向上山的這條道路走來。

他料知必是長老教自己迎接的人到了，連忙上前行禮，說道：「奉師父的命，專誠在此地迎候你老人家！」老者在騾背上拱手答禮，兩眼不轉睛的向他渾身打量，面上很現出驚疑的樣子。

他將老者引到山上，開諦長老已立在山門外，合掌向老者笑道：「居士別來無恙？六年之約，不差時刻，眞信人也！」

老者跳下騾背，拱手答道：「豈敢失約！」

原來這老者姓方，名維嶽，是四川石泉縣的第一個富紳。少時讀書，未成年就中了舉人，因性好黃老之學，不喜仕進；家業百多萬，爲一縣的首富，也用不著做官謀利，就在家鄉蓋造了極精雅富麗的庭園，招納各處方士，專一研究長生修養之法。祇是從來方士，都是挾術以騙人錢財的，那裏有甚麼長生修養的法術？

方維嶽從方士的指導，修練了若干年，不但沒得著一些兒進益，反因服食的丹藥不得法，服成一種不能人道的毛病；四五十歲了，還沒有兒子。當少壯的時候，因一心想成道，將一切身外之物，都看得不値一顧；妻室兒女，也已置之度外了！

後來因遊峨嵋山，遇著開諦長老，才知道以前若干年，完全是盲修瞎練，去道還不知幾千萬里！歸家後，便謝絕一般方士，摔碎丹爐藥鼎，不信那些邪教了；但是這種成道的心思一退，世俗想兒子承宗接嗣的心思，又不由得發生了。

因正室夫人已有了四十多歲，不能望生育了；買了兩個身體強壯的姨太太，日夕望他生兒子。無奈少壯時所服啬精的丹藥太多，本人已絕了生育之望。開諦長老知道方維嶽想得兒子的心事，收養這私生子的時候，就打算給方維嶽做兒子。

祇因那時這私生子初從山野中收來，一則還不通人言，二則野性不易馴服；有開諦長老那般道行，才能將他收服。若在平常人，便用鐵鍊也收鎖他不住，因此開諦長老不肯當時送給方維嶽去。

湊巧那年方維嶽重遊峨嵋，到了伏虎寺，開諦長老遂乘便向他說道：「居士不須著急沒有兒子。現正有一個根基最好，資性最高，無父無母的孩子，由老僧收養在此。於今他的年齡才得六歲，須經老僧教養六年，他有十二歲了，便可送給居士做兒子。」

方維嶽問：是那裏來的這們好的孩子？父母是不是都已死了？開諦長老不肯說出來由，祇說道：「居士但牢記在心，六年後的今日再到這裏來，包管居士帶一個稱心如意的兒子回家去！倘不是與居士有父子因緣的，老僧也不這們多事了！」

方維嶽自遇著開諦長老之後，心中極欽敬長老的德行，知道長老所主張的，決無差錯！沒有兒子的人，在想望兒子情切的時候，忽聽說有這們一個兒子，當在六年之後的今日見面，怎得不把日期牢牢的記住呢？所以這日如期到伏虎寺來了。

在山下見這私生子前來迎接，並恭恭敬敬的說那幾句話，心裏便已猜著是這孩子了，所以目不轉睛的向這孩子渾身打量。此時這孩子年齡雖祇十二歲，然已具絕大神通。得乎中者形乎外，那種雍容溫雅的氣宇，已能使人看了，油然生敬愛之心。方維嶽想不到有這般氣概的人物，所以臉上不免現出驚疑的樣子。

開諦長老親自在山門外將方維嶽接進寺內，未曾讓坐，即招手教這孩子過來，說道：「你可知道我教你打掃山路，專誠迎候的這位老居士，是你的甚麼人麼？」

孩子聽了，翻起兩眼望著方維嶽，不知如何答覆才好的神氣。

長老哈哈大笑道：「老僧出家人，可沒有父母親族。你不是出家人，豈可不認識父母？快過來叩頭，這位便是你的父親！」

孩子以爲師父說的，必無虛假，誠惶誠恐的叩了好幾個頭，爬起來很親切的叫了一聲父親，叫得方維嶽笑起來了！

開諦長老也笑道：「這孩子不但不曾見過自己的父親，並不曾見人叫喚過父親，連一聲爹都不知道叫喚！」孩子忙改口喚了一聲爹。

開諦長老問道：「你父親也見過了，爹也叫過了，但是你爹的姓名、籍貫，你還沒有知道。老僧因你在這裏六年，沒有說身世給你聽的機緣，直到於今，才是機緣到了。你父親姓方名維嶽，是石泉縣的首富。少年科第，二十多歲就中了舉人；原可以青雲直上，做一個金馬玉堂的人物。祇因性喜黃老清靜無爲之學，又誤於江湖方士，至今不願仕進。你命裏合該出母胎即遭磨難，應受猢猻撫育，並非猴能生人。此刻你的能爲已足夠將來應用而有餘了，此地不是你長久安身之所，從此就跟著你父親回石泉縣去罷。老僧給你一個名字，叫作紹德。你的後福無量，好自為之，不可迷了來路！」

方紹德聽罷，不禁雙膝向長老跪下，淚如泉湧的哭起來說道：「師父的吩咐，弟子本不敢違；衹是弟子若無師父，將永遠不得齒於人類！於今承師父收養，並賜教訓，正要永侍師父法座，徐圖報稱於萬一，今忽教弟子遠離；雖說父母是應該侍奉的，但是弟子受師父的恩多，報師父的恩少。父親年非老耄，儘有侍奉的時候，望師父格外開恩，許弟子侍奉到師父西歸之日，再回家盡人子之道！」

開諦長老拈著鬍鬚，微笑點頭道：「好可是好，但何苦又自尋這一番煩惱啊！」說時，隨掉頭對方維嶽說道：「既是如此著念，居士且在這裏多留兩日。」

方維嶽見開諦長老的舉動，料知方紹德對於他自己的身世，全不明瞭，所以開諦長老能這般說法，心裏異常高興！及見方紹德不肯同回家，開諦長老並不解勸，神氣之間，好像已許可方紹德的要求，心裏又不覺有些著急起來了！

暗想：開諦長老的年紀雖已很高了，然精神充足，步履康強，且是一個有大神通的高僧。就現在的情形看，休說三年五載不會死，便是再過十年八年，也還能過得去。眞個再過十年八載，方紹德的年齡越發大了，世故也越發深了；即算是親生骨血，不從小帶在跟前撫養，長大

成人了，尚難得親切；何況並非親骨血，沒有天性的關係，等到二十多歲才見父母，能望他將來孝養嗎？並且他既不肯就此同我回石泉縣去，我便在此多留幾日，也沒有用處。

祇是方維嶽心裏雖如此著想，然開諦長老是這們吩咐，也祇得在伏虎寺暫時住下。想不到方紹德對他，倒很親熱，能恪盡人子之禮。

容易過了兩日。第三日，開諦長老忽然召集寺中僧侶，一一話別，說：就在今日正午，當往生西方極樂世界！方維嶽看長老的精神態度，一些兒沒有改變，心想：此時已離正午不遠了，那裏有這樣急症病死呢？正在這們疑惑，祇見長老一一話別完了，有話叮囑的也叮囑完了。

滿寺的僧侶，平日都是極敬信長老的；到這時候，面上也不知不覺的露出狐疑的神氣。長老盤膝合掌，閉目誦佛，聲音朗澈，與平時一樣。念誦到那時候，滿寺的僧侶，都忽然聽得空中有音樂之聲；大家正相顧錯愕，再聽長老的念佛聲音停止了，仍是那們坐著不動，臉上也沒改變顏色。

衆僧侶還侍立著等候，以爲長老尚有法音傳出；祇方紹德因年輕性急，湊近長老面前細看了一看，說道：「師父不是已經圓寂了麼？」

一句話提醒了衆僧侶。大家爭著細看撫摸時，可不是已死去好一會了！方紹德伏在地下痛哭。衆僧侶才披法衣做佛事，忙著了結開諦長老的遺骸。方維嶽至此，方知道長老教他多留兩日的用意。

開諦長老既已示寂，方紹德侍奉終天的志願已達，自不能再在伏虎寺停留。開諦長老的葬事一了，便跟隨方維嶽回石泉縣。方家的人，見無根無據的，突然來了一個這們大的小主人，自免不了群相疑訝。不過方維嶽夫婦承認方紹德是兒子，方紹德也承認他夫妻是父母；旁人疑訝，祇是一時的現象。

方紹德因是在山野中由猢猻撫養大的，天賦的武功，已非同小可，便不再練習武藝，高來高去的能爲，誰也趕他不上！何況加以開諦長老六年的訓練，還愁不登峰造極嗎？方紹德到方家當大少爺，襲豐履厚，原用不著這們高深的能耐；但他從嬰孩時代，就在山野中與群猴生活，過慣了清苦日月。

六歲後雖經開諦長老收養，然伏虎寺的起居飲食，也很清苦；像方家那種錦衣玉食，連見也沒有見過！初到方家，反覺得衣冠禮節，束縛得很不自由；情願穿著破舊衣服，終日在外面遊行。偶然見有不平的事，多挺身出頭干預。後來人世的情形愈熟，所見不平的事愈多，經他出頭救助的人，也日見其多了。

古語說得好：人的名兒，樹的影兒；有多高的樹，就有多高的影！以方紹德這種能爲，終日出頭行俠做義，他的聲名，自不期然而然的大了，交遊也自然寬了！

在方家做不到十年兒子，方維嶽夫婦都死了。方維嶽死的時候，他不待說是做孝子，寢苫枕塊，盡人子之道。方家族人，覬覦方家豐富的產業，合謀想趁方維嶽初死，排擠方紹德出外，說方紹德不是方家的骨血。

方紹德聽了，宣言道：「你們眼裏看的，不過是這點遺產！你們便不轉這點遺產的念頭，我也早已打算衹待父母去世，即行分散給一干窮苦的親族戚友，我自己一文不要。於今你們想排擠我，正中我的心願；不過你們幾個強梁的，想將遺產朋分，是做不到的！」

族人都知道方紹德有絕大的本領，不能不存些畏懼之心；一般處境窮苦的親族戚友，聽了方紹德這般言語，當然稱頌不置。方紹德將方維嶽的喪葬辦妥，便實行俵分遺產。戚族原有家業的，及平日爲人刁狡強梁的，一文也分不著。俵分妥當了，將餘剩的錢，替方維嶽夫婦建了一所家祠；留了幾畝香火田，委託族中正直的人，經管春秋祭祀。一切應辦的事都辦理完結了，單身脫離了四川。就憑著一副俠義的心肝，一身過人的本領，闖蕩江湖，結交天下奇才異能之士。

一日，行到河南。心想：嵩山居五嶽之中，必有了不得的人物，在山上隱居修練。我何不去那山裏遊歷一番？也說不定能會見一兩個雄奇魁傑的人物，使我增進些學問！主意已定，即向嵩山進發。胸無俗累的人，到處流連山水，也不覺得道途遙遠。

他從小野宿山行慣了，入夜並不投宿旅店；走到甚麼地方，天黑了，人疲了，就在甚麼地方，揀一處略可避免風雨的所在，放下身軀安睡。腹中飢了，也不必投飯店吃飯，山中木實，在平常人不能入口的，他都可以取來充飢。遇著毒蛇猛獸多的所在，他睡著了恐怕受其侵害，就在樹枝上，也可以打盹一宵。有時那地方沒有大樹，他能於頃刻之間，搬土運石，砌成一處毒蛇猛獸不能侵入的堡壘。所以他遊山玩水，比古來喜遊歷的人，都來得方便，一不用帶盤纏，二不用帶行李。

這日，他已到了嵩山，在山裏盤桓了幾晝夜，並不見一個雄奇魁傑的人物。山巖石洞之中，都已遊歷了一轉，也不見有隱居修練之士。打算再遊一日，將一座嵩嶽遊遍了，即下山往別處遊覽。這夜他睡在一個巖石之下。

一覺醒來，天光正才發亮，迷濛曉色，尚看不清山中景物。方紹德剛待起來，忽有一塊斗大的圓石，從半空中跌落下來，恰好落在方紹德的頭頂旁邊，著在一塊極大的頑石上，祇碰得火星四濺，石屑橫飛！突如其來，倒把方紹德嚇了一跳，心想：這是甚麼人，這般惡作劇？

隨即抬頭向空中一看，祇見一隻絕大無比的黑鷹，正張開兩片門扇也似的翅膀，在空中盤繞，偏著頭向方紹德望著，好像留神窺察方紹德如何行動的一般。

方紹德怒道：「你這東西，也敢來戲弄我嗎？我本待取你的性命，姑念你長到這們大，不是容易；下來罷，懲處是不能免的！」說畢，伸手向空中一招。

方紹德這一招，足有千斤的吸引力；那鷹身不由自主的，在空中打了個翻身，從斜刺裏翻下山去了。

方紹德更大吃了一驚，不覺跳起身來說道：「這東西的本領不小，居然能逃出我的掌心！

倒要追下去看看！」

不知方紹德追去看了甚麼情形？且待第六八回再說。

第六八回　睹神鷹峰巔生欽慕　逢老叟山下受嘲諷

話說：方紹德跳起身來往山下追去，才追了十來步，忽見從半山巖裏，比箭還急的飛出兩隻一般兒大的黑鷹來。四片翅膀搏空的聲音，隱隱如走雷霆，樹林的枝葉，頓時激蕩得與波濤洶湧一般；半山巖裏的沙石，被刮得在空中冰雹也似的紛紛打下。四隻圓溜溜金黃色的眼睛，向四山瞬了幾瞬，彷彿尋覓獐兔的樣子；眼光一射到方紹德身上，即發出一種極尖銳的叫聲，好像表示得意的神氣。

方紹德看了，不由得心下詫異道：「這樣大的鷹，我平生不但沒有見過，並不曾聽得人說過！我在這嵩山，也遊覽過幾日了，又何嘗見過有這們大的鷹呢？如果嵩山本來出產大鷹，見過的人必不少，我來這裏也應該聽得人說。並且這鷹的翮骨，強健異常，估計他兩翅膀的力量，就沒有一千斤，至少也有八百斤。這種神鷹，實不容易遇著！我若用飛劍傷了他，未免可惜！何不將他收服下來，好生調養得馴熟了，豈不是我一對好幫手？」

方紹德心裏這般計算，祇見那兩鷹一面一遞一聲的叫著，一面在頭頂上翻飛迴繞，顯出欲下不敢、欲去不捨的模樣。

方紹德仰空笑道：「怕甚麼？也知道不敢下來嗎？你們這一對孽障，在深山大澤之中，修練得有今日，也非容易！我和你們並無仇怨，不值得將你們傷害；你們若是能領會我的言語，明白我的好意，我不嫌你們是異類，願意收你們做徒弟。」

話才說到這裏，忽聽得遠遠的一聲長嘯，其聲幽揚清脆，山谷生風。方紹德一聽這嘯聲，心裏便猜度必是高人隱士所發。正待向四處張望，在頭頂上迴繞的兩鷹，已各將雙翅一展，流星般快的，飛進山坳中一片樹林裏面去了。

方紹德喜道：「原來這兩隻鷹是有主兒的。這人能馴伏這般兩隻神鷹，不待說本領是高強到絕頂的了！我不可失之交臂！」

此時一輪紅日剛湧出地面，方紹德遠望兩鷹飛進去的那片樹林，受初出的陽光照著，雲籠霧罩，與初揭蓋的一甑熱飯相似；無論如何的眼力，在外面也看不出裏面是怎樣的情形。祇是那一片樹木，並不十分穠密；若不是被雲霧籠罩，在樹林中發聲長嘯的人，是何模樣？及兩鷹飛進去後，是何情景？以方紹德的眼力，必能一目了然。再看別處的樹林上面，都清清朗朗，一點兒雲霧沒有。

方紹德心想：這人昨夜必是在那片樹林中歇宿，恐怕有山妖、野魅前來侵擾，所以噴起一團霧來，隱藏他的身體。不過這人既經馴伏了這般兩隻神鷹，正是山行野宿的好伴侶。飛禽中眼力最厲害的就是鷹，和走獸中的狗一樣，人眼所不能看見的鬼物，鷹狗都能看見，何用再噴起這一團霧幹甚麼？

方紹德心裏如此思想，腳下不停步的朝那山坳走去。眼看那山坳，實不甚遠，至多也不過一里來山路；但是朝著那方向不停步的走了好一會，看那山坳仍在眼前，樹林上面的雲霧，也還沒有消退，更騰騰的如冒熱氣。初出地面的日輪，在人的眼光看去，升騰的速度，似覺比在中天的時候，來得快些。

方紹德聽得嘯聲的時分，紅日剛湧出地平線，此時已離地平線有數尺高下；日光的色彩，也由深紅色漸變深黃色了。心中猛然一動，即停步暗忖道：「這事太蹊蹺了！我腳下雖不算快，然以我的能耐，像這們不停步的走去，日行千里，卻非難事。這一眼望得見的山坳，至多不到兩里路；何以走了這一回，望去還是那們遠近的光景呢？然則我方才不停步所走的路，走到那裏去了呢？」

旋作念旋回頭向來路上一看，山嶺的形勢大都彷彿相似，沒有特殊的標識，也看不出動身的所在是何處，行走時曾經過了些甚麼地點。隨即又向四周的形勢打量了一會，也看不出畢竟曾走了多遠。這們一來，倒把一個具絕大神通的方紹德弄糊塗了；衹得就地坐下來，定了定神智，仍舊立起身，向那樹林望去。

濃雲密霧，早已沒有了，也是清清朗朗的樹林，全不是未坐下以前所見的景象。樹林不密，可以一望無餘，不但不見有甚麼高人隱士在內，連親眼看見飛進去的那兩隻大鷹，也不知去向了！方紹德不相信眼前景物，會變幻得這般快，大踏步走入樹林之中，四處張望了一會，確是除樹林青草之外，一無所有。細看這山坳樹林的形勢，與在遠處望見的，又確是一點兒不錯。

正在心中疑惑，忽低頭見陽光射在青草上，有一個黑影閃了過去：連忙抬頭看天空，祇見那兩隻大鷹，一前一後的飛到嵩山頂上去了。

方紹德獨自作念道：「我在這嵩山遊覽了五六日，雖負著中嶽盛名，實在毫無可取。原打算今日再盤桓一日，明日便往別處去的，不料遇見了這兩隻東西，倒使我不捨得就這們走開了。這兩隻鷹，若不是經高人調教出來的，決沒有這般本領！我自從離開四川，足跡遍南七省，沒遇見一個有驚人道法的人：倒是這兩隻背脊朝天的扁毛畜類，能耐實在不小。若能會見調教這鷹的人，我必能得些進益！」

方紹德出了那樹林，又向那兩鷹飛上的山峰走去。到山峰上舉目四望，仍不見一些兒蹤影。暗想：這才奇了！分明看見他一前一後的飛上了這山峰：這山峰上並無處可以隱藏，何以跟蹤追上去，就不看見了呢？獨自在山頂徘徊了一會，不見有甚麼動靜，祇得心灰意懶的，打算下山。

但是，還不曾舉步，就猛覺得頭頂上發生一種可怪的聲音，十分細微；若非方紹德那般有能耐、有機警的人，斷難察覺。方紹德既聽得那種聲息，即抬頭仰看天空，衹見那兩點黑星，在雲中徐徐移動；仔細定睛半晌，才看出就是那兩隻大鷹，漸飛漸下，約莫離山頂還有數十丈高下。

方紹德忽然轉念道：「這兩隻東西的情形太可惡，簡直是有意作弄我！我也不管他有沒有主兒？主兒是何等人物？既敢有意作弄我，我不能不給點兒厲害他瞧瞧，且把他捉到手裏來，他果有主兒，就不愁他主兒不出頭和我見面。說得好時，我立刻可以把兩鷹還他；如出言不遜，我便硬奪人家兩隻鷹，也算不了強梁霸道！」

主意打定，即使出生平本領來，雙手向兩鷹一招，口呼一聲下，即見半空中一翻一覆的掉下兩隻黑東西來！方紹德張開兩掌，兩隻黑東西直向掌心落下！

方紹德心裏好生歡喜，逞口而出的笑道：「看你還能逃得了麼？」這話才說了，覺得兩掌所捉住的不是飛禽，撈過來看時，那裏是兩隻鷹呢？原來左手握住的，是一隻金錢花的豹子；右手握住一隻梅花點的小鹿，都是剛死了不久的，肢體還溫軟。方紹德不禁忿怒起來，將死豹、死鹿往山下一摜，兩手仍向空一指，從食指尖上發出兩道劍光來。衹是劍光在空中繚繞，並不見兩鷹所在，無可擊刺。

方紹德滿腔忿怒，無處發洩，兩手忽東忽西的亂指了幾下，那兩道劍光，便如游龍繞空，橫掃過來，豎掃過去，將山頂上所有樹木，都攔腰斬斷了，才將劍光收斂。也懶得尋覓兩鷹的去向，忿然移步下山。

正沒精打采的走著，祇見迎面走上來一個鬢髮如銀的老叟，笑容滿面的點了點頭，問道：「請問老兄是從山頂下來麼？」

方紹德口中應是，兩眼打量這老叟仙風道貌，神威逼人，不是尋常老年人的模樣，心裏逆料必是一個有些來歷的老頭。正待請問姓名，這老叟已接著問道：「老兄既是從山頂上來，請問看見我的兩個小徒麼？」

方紹德聽了，暗自好笑道：「這老頭祇怕是老糊塗了！我和你初次在這裏會面，彼此連姓名都還沒有請教，我知道你兩個小徒是誰呢？」

祇是方紹德心裏雖這們暗笑，口裏卻不好意思這們直說，祇搖搖頭說道：「不曾看見兩位令徒！」

老叟臉上露出疑訝的神氣，說道：「這事卻有些古怪！我兩個小徒今早回來對我說，有一個有大本領的人，願意收他們做徒弟。他們聽了歡喜，就要辭別我，跟那個有大本領的人去，並將我家裏養的一隻金錢豹、一隻梅花鹿，拿去做拜師的贄敬。我不答應他們，追了出來，誰知他們已跑得無影無蹤了，祇好親自上這山裏來尋找！我倒要看看是怎樣一個有大本領的人？爲甚麼要搶奪我的徒弟去做徒弟？」

方紹德一聽這話，知道是有意挖苦自己的，忍不住說道：「老丈不要當面瞧不起人！我並不知道那兩隻背脊朝天的扁毛畜類，是老丈的高足！因見他們還生得好，果曾說過願收做徒弟的話，誰也沒有搶奪的意思！不過那兩隻扁毛畜類，既是老丈的高足，老丈就得好生管教管教，以後不得平白無故的拿石頭打人！我以爲是山野之中沒人管束的東西，所以犯不著拿人和畜牲較量；若早知是老丈的高足，我也不放他過去了！」

老頭笑嘻嘻的對方紹德拱手道：「好極了，好極了！我兩個小徒生性頑皮，我多了幾歲年紀，簡直沒精力能管教他們！我在家不知道小徒要跟誰做徒弟，不大放心；於今既知道是老哥了，我還有甚麼不放心？從此就交給老哥去管教罷！」說畢，用手揑住下嘴唇，吹哨也似的叫了

一聲，音高而銳，不像是從人口中發出來的，臨風揚抑，十里以內的人，必能聞得著這叫聲。

老頭的叫聲才歇，祇看那兩隻大鷹已從左右很茂密的樹林中飛出。老頭將兩手向腰裏一叉，兩鷹便集在兩邊肩膀上。老頭仍是開玩笑的神氣說道：「請問老哥，打算怎樣不放他們過去？我這兩個小徒，仗著八十年前在峨嵋山伏虎寺聽過經，與開諦和尚是同門弟子，就心雄膽大，不把一般後輩看在眼裏！老哥高興管教他們很好，但是得留意些，須不錯了班輩才好！」

方紹德聽這話，不由得吃了一驚，暗想：我才離開四川不久，認識的人物有限；天下儘多比我行輩高，神通大的。虧得我不曾冒昧，這兩鷹既與我師父同班輩，這老頭的班輩，不待說比我師父更高了。我若冒昧和他們動手腳，無論勝負如何，天下人總得罵我，目無尊長！我何必跟他們在這裏糾纏些甚麼呢？不如一走完事，免得在此地受他們的奚落！

方紹德五遁都精，當下主意打定，也不說甚麼，身體一晃，就借土遁走了。後來結交的人一多，才知道那老頭子是綽號金羅漢的呂宣良；那兩鷹在八十年前聽經伏虎寺的話，一點兒不虛假！

江湖上老前輩曾聽人傳述兩鷹事跡的很多，方紹德雖知道了呂宣良和兩鷹的歷史與能耐，然對於呂宣良那種當面瞧不起他的神情，及兩鷹戲弄他的舉動，當時一點兒不曾報復得，心中很不能甘！不過一則自顧力量不見得能勝過呂宣良與兩鷹，二則自己的班輩太小，對前輩無禮，勝得過倒也罷了；萬一不能討勝，當時受辱受窘，還在其次，事後更得遭人唾罵。因此心中儘管不甘，不能對呂宣良有甚麼舉動。

這次從嵩山借土遁走後，又在各省遊覽了幾年。有本領的人，所至之處，自容易顯出聲名；並且方紹德有些本領，是尋常劍俠之士所沒有的。因為開諦和尚的神通，是佛家的神通，與道家修練的不同；方紹德仗著這們一身本領，行為又甚正當，江湖上自然稱道他的人很多！他見劍俠之士，在夜間行動，多是青黑兩色的服裝，覺得不甚光明正大，還存了些怕人看見的意思，他就改用全身著白，使人在遠遠的一望便知！他原想依附一個有地位、有大志的人，使出平生本領來，做一番名垂久遠的大事業。

聽得孫開華在廈門招賢納士，海內有能為、負時望的人，去投奔的不少。他心想：廈門的地勢很好，孫開華是一個身經百戰的驍將，於今在那裏有這種舉動，必是蓄有大志，因此也特地去廈門看看情形。

他到廈門的時候，正遇著孫開華甄選衛隊長，所以他出頭奪得錦標。後來細看看孫開華的舉動，並用言語試探，才知道是一個平庸的人物，不但沒有大志，而且並不識人。其所以招納許多有能耐的人來做衛隊，不過壯壯他自己的聲威，搭高他自己的架子，絲毫沒有識拔英雄的眞意；逆料依附他決無出息，所以毅然決然的走了。

方紹德從廈門走出來，一路遊覽到新寧縣附近的苗峒。因貪戀著苗峒中山水清幽，風俗純樸，與他山野之性，極爲相合；在那叢山之中，流連了許多時日。

那時苗峒裏的風俗習慣，素來不許漢人到裏面窺探遊覽的。若漢人無端跑進苗峒，被苗子打死了，決不算一回事，不僅有冤無處伸訴，往往連屍都無法能取出來！

方紹德知道這種習慣，雖仗著一身本領，不怕苗子與他爲難，然方紹德心想在苗峒裏長久居住，若不能與本峒苗子融洽，時時得提防苗子暗害，何能安居呢？

不知方紹德最初怎樣住進苗峒中去的？且待第六九回再說。

第六九回　伏猢猻神術驚苗峒　逢妖魅口腹累真傳

話說：那時藍辛石因生成異人的稟賦，文武全才，是苗峒中首屈一指的人物。一峒苗子，無有不欽敬藍辛石的；藍辛石替苗族謀利益，也無不盡力！在前幾回書中說過的，苗峒裏有傷人的毒蛇猛獸，藍辛石仗著天生的大力，與從山澗中得的那把大刀，驅除了不少！惟有深山巖穴裏的猴子，藍辛石沒力量能驅除。因爲那些猴子，比一切野獸都精明機警；又能合群，多則十數隻、數十隻不等，至少也有三四隻，高大的比成人差不多。

獵戶裝設的毒弩、陷坑，別的野獸中之機警的，不過自己不上當，不到裝設的那一方走動；有時偶然忘記了，或裝置得巧妙，表面上看不出的，就是機警的野獸，也免不了喪生！猴子則不然，無論獵戶裝置得如何巧妙，沒有看不出來的；即算偶然也有上當的時候，然因能合群的緣故，一隻兩隻上了當，其餘的連忙上前救護，必將毒弩、綑網，破壞得一乾二淨，並能偵查得出裝置這類器具的獵戶，施種種報復的手段！

猴子的知識，有時比人還高。猴子是不會泅水的，遇了水深又闊的山澗，跳也跳不過，浮也浮不過的時候，居然能從他們本身上想方法過去。那種方法，確是好看又好笑。

他們遇了那種所在，知道山澗那邊多有可吃的東西，非過去不可，就邀集附近所有的猴子，立在一塊。由其中最大的，爬上澗邊一棵大樹，兩腳和尾巴用力勾住樹枝，兩手倒懸下來，抓住第二隻猴子的雙腳；第二隻猴子的尾巴，緊緊纏住第一隻猴子的腰，兩手也向下懸著。第三隻照第二隻的樣。

是這般一隻一隻的聯絡起來，看山澗有若干寬，便聯絡若干長。聯絡好了，即由多餘下來的猴子，推的推，挽的挽，將這一串猴繩，和打秋千相似的擺動起來；越擺越高，擺到與對面澗邊的樹枝相接了，聯絡在尾上的那隻猴子，就一把將樹枝撈住，死也不放，兩頭牽起成了一道橋梁。多餘下來的猴子，就由這橋梁上爬過去。

等到都過去完了，第一隻將抓在樹枝的腳和尾巴一鬆，又如前打秋千一般的，擺到了對岸。這種猴子過河的事，在苗峒時常能見著，一點兒不希罕！

藍辛石因那些猴子害得苗族耕種不安，發願要把所有猴子驅除乾淨。知照滿峒的苗子：每遇猴子過河的時候，就一面吹角傳集眾苗子，一面送信給他。大家攜帶打獵的器具，趕到群猴齊集的所在去，將群猴圍住廝殺。無奈人類爬山越嶺、攀藤拊葛的本領，究竟趕不上猴子；苗峒中除弓箭而外，又沒有更厲害的武器！

大猴子十九會接箭，小猴子目標小，不容易射中！並且每次不待苗子圍過去，群猴即已知道大禍將臨了，急忙爬到極高的樹頂，向四下裏一瞭望；看那一方面沒有人，或來人稀少，就相率向那一方逃去，一隻也殺不死！那些猴子竟像是通了靈性的一般，農夫、獵戶都受過猴子的報復與侵害；祇有藍辛石住宅的前、後、左、右山裏，沒有猴子的足跡！

藍辛石原存了個殺盡山中猴子的念頭，祇因見那些猴子都不敢來侵犯他，轉念一想：他們既知道畏懼我，我也不可做得太毒了！但使他們能不侵害人，我就不妨留他們一條生路！祇是猴子不通人言，人類又不懂猴語，如何才能使所有的猴子，不侵害人類呢？尋思了許久，實在沒有方法擺佈！

這日，藍辛石早起，正在大門外閒步。忽有一個瘦長身體的漢人，穿著一身白衣服，緩步從容的走了過來，向藍辛石突然問道：「我聽說藍辛石住在這裏，特地前來訪他。請問他此時在家麼？」

藍辛石一聽這話來得很突兀，一時猜不透是甚麼用意？便不肯自認就是藍辛石。先打量這人枯瘦如柴，肉如黃蠟，手如雞爪，兩目神光如電，使人見了害怕！問話的神氣，也似不懷好意的樣子！很注意的提防著，才答問道：「你是那裏來的？訪藍辛石有甚麼事？」

這人傲然說道：「我是四川的方紹德。因為聽說藍辛石有降龍、伏虎的能為，所以特來訪他，順便領教領教！」

藍辛石平日異常自負的，此時說不出推諉的話，祇得點頭道：「原來如此！請去寒舍坐談罷。我便是藍辛石。」

方紹德跟進藍家，分賓主坐定後，即開口問道：「老哥旣有降龍、伏虎的能爲，何以峒裏的獼猴，如此猖獗，老哥卻不使出些本領來降伏他們呢？難道祇要那些猴子不侵犯到老哥跟前來，老哥便可以不過問嗎？」

藍辛石不覺紅了臉，說道：「閣下初到我這裏來，何以知道我不過問？」

方紹德笑道：「原來老哥已過問了！那麼是降伏不下嗎？我想么魔小醜的獼猴，有何能耐？豈有能降龍、伏虎的老哥，尚降伏不下的道理？我一路走來，見凡是種有雜糧的地方，都有猴子侵害；有許多農夫上前驅趕，那些猴子都不畏懼！敝省是有名出產猴子的地方，也不曾聽人說過有這般猖獗的情形。我因此不能不上老哥這裏來問問。」

藍辛石雖是個苗子，但生性誠實，不肯說假話，當下便直說道：「這些猴子，雖沒有了不得的能耐，然要驅除乾淨，卻不是一件容易的事！閣下如有本領能把這些猴子降伏，我情願拜閣下爲師，終生侍奉！」

方紹德道：「你打算要我怎生降伏？」

藍辛石道：「能使一般猴子都藏在深山之中，不敢出頭，就算是降伏了！」

方紹德點頭道：「山中有果實足供他們的糧食，不許出頭害人，也不為過！但是這事情要做到果不容易；你要我降伏他們這本領倒是有的，祇是你得依遵我三件事，我方能為你們地方除害！」

藍辛石喜道：「甚麼三件事？三十件事都可依遵！請你說出來罷！」

方紹德道：「第一件：要搭一座台，在這一帶最高的山峰上；準備十石蜀黍，安放在台下，我有用處。第二件：你同族的男、婦、老、幼，祇要能到那高山下看我降伏猴子的，都得前來；我臨時有話吩咐，不得違拗！第三件：我降伏衆猴子之後，要在這地方長久居住；但不須你們供應一切，我連房屋都有。」

藍辛石立起身來，說道：「就是這三件事麼？這算得甚麼，都是極容易辦到的事！祇看搭台要不要選擇時日？」

方紹德搖頭道：「用不著選擇！你們若來得及，今日就很好！」

藍辛石見有這種人來替他地方除害，自是非常高興；連忙吩咐家中的壯丁，分頭去辦第一、第二兩件事。

峒裏的苗子，聽了藍家壯丁傳達的話，一因除害心切，二因好奇心衝動，頃刻之間，台也搭好了，蜀黍也準備好了；所有聽得說的苗子，更不必有方紹德的吩咐，有誰不想瞻仰方紹德這種異人，與見識降伏猴子這種異事呢？不一刻，壯丁回報：事已辦妥，人已來齊。藍辛石即引導方紹德到那最高的山上去。

才走到離那山還有七八里遠近，就望見滿山滿谷的苗子，將那一座高山團團圍住。藍辛石在前面走著，衆苗子都知道跟在藍辛石後面的，便是有降伏衆猴本領的方紹德。平日苗子見了漢人，面上總免不了要露出些仇視的樣子；這回見方紹德卻不然了，凡看得見方紹德的，沒一個不表示一種歡迎親熱的態度，紛紛如潮湧一般的，向左右讓出一條道路。藍、方二人直走上山峰。

方紹德在台上向藍辛石道：「你去吩咐大衆：東西南北四方，都得像剛才你我上山的樣，向左右讓出一條道路來。再挑選十個壯健的人，上來挑著這十石蜀黍，隨我往各處布置。」

藍辛石一聲答應，即下山對大衆說了。帶了十個蠻漢上山，挑著蜀黍，跟隨方紹德走到一處山上。方紹德教藍辛石幫著用手抓蜀黍灑向山谷之間，灑完一石，又換一處山頭，又照樣灑一石。接連灑了十處，那座高山的四圍八方都灑遍了，才回到高山上來。方紹德盤膝坐在台上，合掌閉目，好像默念咒語的樣子。藍辛石立在旁邊，大家都寂靜不敢聲張！

約莫過了一刻工夫，藍辛石立處的地位高，偶然向對山望去：啊呀！衹見成千累萬的猴子，與出洞的螞蟻相似，從遠遠的朝這座高山跑來。大的在前，小的在後，也看不出牽連若干里路。峒裏的猴子，雖素能合群，然從來也沒見過有合到這們樣多的！

在前面走的大猴子，邊向前走，邊回頭向後望，惟恐背後的猴子，不跟著上來的樣子。藍辛石忙掉頭看左、右、背後三方，也和前方一樣，不知有多少，都朝這高山跑來了。

正在覺得詫異，忽聽得山下的衆苗子都嘩噪起來。原來：四隻走在前面的大猴子，已走進人叢中讓開的那條道路來了。衆苗子都不曾見過猴子有這們大的膽量，敢直挺挺撞進人叢的，突然遇了這種情狀，所以禁不住都嘩噪起來。祇是儘管大衆嘩噪，那些猴子都像有恃無恐的樣子，一些兒不露出畏葸退縮的神氣。

衆苗子也都明白，這些猴子是方紹德用法術招得來的；祇初見的時候嘩噪一陣，並沒一個敢動手打猴子的！四隊猴子同時走上山來，四隻最大的一擁上台，倒把藍辛石嚇了一跳！以爲來勢這般凶猛，對方紹德必非好意！

正打算動手幫助方紹德將四隻大猴子趕走，誰知那四隻猴子擁上台後，並不敢撲到方紹德身上，就在台角各自朝方紹德跪下來，與人一般的叩頭禮拜。

再看方紹德，這時兩目張開了，口裏不知說了幾句甚麼話，聲音並不嘹喨。四隻猴子都聽得了似的，蛇行匍匐，慢慢挨到方紹德跟前，都做出十分親熱的樣子，或用鼻嗅方紹德的腳；或用舌舐方紹德的手。台下四大隊猴子，也都挨次序跪下，抬頭望著台上；平時跳踉浮躁的氣概，至此完全消滅了！

方紹德對這四隻大猴子，也像是多年不曾見面的朋友；一旦相逢，心裏高興得說不出話的模樣！人與猴糾纏在一塊好一會工夫，方紹德才立起身，揮手教四隻猴子下台去。四隻猴子片刻也不遲延，翻身向台下便跳。牽連跪了若干里遠的四大隊猴子，同時都站起身，後隊變作前隊；台上跳下來的大猴子，儼然是四個督隊官，押著衆小猴，頭也不回的去了。

衆猴走到灑了蜀黍的地方，全體散開了，爭著拾蜀黍往嘴裏塞；猴多黍少，頃刻便拾得一乾二淨，便不再成行結隊了，三五一群，各自分頭散去。

衆苗子看了這情形，無不歎服方紹德是天神下降！即時就山下跪拜的，一望不計其數。

藍辛石也對方紹德跪下叩頭，說道：「弟子在家裏的時候，已經說過了：師父果能降伏這些猴，便拜在師父門下，侍奉終生！此刻得求師父允許了！」

方紹德伸手拉了起來，笑道：「好好！我歡喜這地方的山水好，打算在此久住，就收你做徒弟也使得！」說罷，一同下台回到藍辛石家。從此方紹德便在苗峒中隱居不出了。

他因從小在石巖中住慣了，仍喜在石巖中居住。衹是苗峒中沒有像四川那們深邃不畏風雨的石巖，又非人力所能建造。藍辛石體貼方紹德的意思，特地到缸窯裏定燒一口絕大的瓦缸，留一個缺口做門；覆在地下，遠看一座墳塋，裏面與深邃的石巖彷彿。方紹德住在裏面很舒服。

苗峒中的猴子，經過方紹德那番舉動後，果然都絕跡不到種糧食的地方騷擾農民了！不過獵戶所裝置的毒弩、陷阱，猴子不遇著則已，遇著仍不免拿來破壞，衹不存心與獵戶爲難便了！

藍辛石想傳方紹德的道法。方紹德道：「我並非不願將我所有的道法，全傳給你，免得吾道失傳。無奈要傳我的道法，非童男之身不可！你已破了身，無復純陽之體！僅能傳你一些兒法術，大成是無望了！」

藍辛石著急辯道：「弟子固不曾娶妻，平生也未嘗與婦人交接過。師父怎麼說弟子已破了身，無復純陽之體呢？」

方紹德現出詫異的神色，問道：「你平生未嘗與婦人交接過嗎？這話就奇了！你自己心裏明白的事，應該知道瞞不過我！」

藍辛石衹急得跪在地下哭道：「弟子實在未嘗近過婦人，怎敢欺瞞師父？求師父明察，開恩傳弟子道法！」

方紹德越發驚訝起來，問道：「你果是一次也不曾與婦人交接過？」

藍辛石又叩了一個頭，答道：「不但不曾交接過，平生實未嘗動過這種念頭！如敢說欺瞞師父的話，應遭天雷轟頂之報！」

方紹德一面揮手教藍辛石起來，一面低頭沉吟了半晌，忽然在大腿上拍了一巴掌，叫道：「哎呀！了不得！你的元陽，一定是被妖精吸去了！」藍辛石一聽這話，即時驚得呆了！

方紹德道：「你成年之後，必在極僻靜的地方，遇見過極妖豔的婦人，那婦人並曾送東西給你吃了。你想想，是不是曾有過這們一回事？」

藍辛石想了一回，搖頭說道：「生得妖豔的婦人，確曾在僻靜地方遇見過一次。衹是弟子生性不喜婦人，且少讀詩書，頗知禮義；非禮的事，素不敢做！就是有婦人送東西給弟子，弟子是決不敢受，何況吃呢？」

方紹德衹管沉吟著說道：「你再仔細想想，我說的必無差錯！」

藍辛石又偏著頭尋思了一回，也忽然失聲叫著哎呀，說道：「弟子想起來了，果曾有過這們一回事！那妖精確是生得極美，又確是在極僻靜的地方遇著的。他送東西給弟子吃，還不止送一次，接連送了三次。不過弟子直到第三次才知道罷了！」

方紹德問道：「畢竟是怎麼一回事，可詳細說給我聽？」

藍辛石想到自己元陽被妖精吸去，不能傳授道法，不由得急得哭起來。叩頭如搗蒜的，求方紹德慈悲解救。

方紹德道：「我祇能替你報仇，將妖精除了。至於被吸去的元陽，須你自己有了這種能耐，才能再吸回來。然童身已破，縱能再吸回來，也不復如前圓滿了！因你稟賦異人，妖精才生心前來採補。但是你非糊塗人，何至直到第三次才知道呢？這事也就太奇了！」

藍辛石揩著眼淚，說道：「總之，是弟子貪口腹該死！在去此三年前，弟子因喜吃蝦蟆，一到了秋夜，就每夜去山澗裏尋蝦蟆，捉了回來剝吃。這夜天氣很熱，山澗裏蝦蟆極多，竟用不著尋覓，隨手就抓滿了一布袋，從來也沒見過有那們多蝦蟆的！次日吃了一個飽。次夜又去，也是越捉越多，頃刻又捉滿了一袋。

「那時弟子心裏雖覺得奇怪，然因貪吃的念頭太重，不暇仔細尋思是何道理。第三夜更換了一個大些兒的布袋，仍到山澗裏去。這夜的蝦蟆，又多又大，也不知隨手捉了多少，塞進了布袋。

「祇是捉了許久，還祇捉了半袋。貪念一起，便想將布袋裝滿了才回去。一路隨捉隨往布袋裏裝，直到了山澗盡頭之處，才覺得奇怪，心想：怎麼裝了這們多，這布袋還不曾裝滿呢？提高布袋看時，原來袋底下穿了一個窟窿，恰好能容一隻蝦蟆漏出；袋裏存留的，不過十來隻，其餘所捉的都漏跑了！一時氣忿得甚麼似的，打算將窟窿綴好，回頭再捉。

「正將手中照蝦蟆的火把，往澗邊上一擱，祇見一個妖豔驚人的少婦，立在澗邊上，望著弟子含笑點頭，問道：『你吃了我這們多的蝦蟆，可以不向我道謝嗎？』弟子看那婦人說話的神情，實在是美妙極了！心旌搖搖不定，竟不知應該怎生回答？

「那婦人見弟子望著他不回答，即向弟子跟前走來；相離還有幾尺遠近，忽覺有一種腥羶之氣，衝入鼻孔。弟子心裏頓時明白了，知道：這時分那有人家女子到這山澗邊來？這來的必是妖精鬼魅！隨即厲聲喝問道：『你是那裏來的？我捉蝦蟆，爲甚麼要向你道謝？這山澗裏的蝦蟆，怎麼是你的？』那時弟子腰間帶了一把大刀，即拔刀在手，看那妖精怎生舉動。

「誰知那妖精反做出千嬌百媚的樣子，笑盈盈的說道：『你每夜來這澗裏捉蝦蟆，曾捉過前、昨兩夜那們多的嗎？你要知道那些蝦蟆，都是我平日蓄養在家；前、昨兩夜特地放出來，送給你吃的！你吃了我的蝦蟆，如何不應該謝我呢？』」

方紹德聽到這裏，已長歎了一聲，說道：「冤孽，冤孽！」

不知方紹德說出甚麼冤孽來？且待第七〇回再說。

第七〇回　搶徒弟鏢師挨唾沫　犯戒律嶽麓自焚身

話說：藍辛石聽得他師父說是冤孽，連忙辯道：「那妖精雖是做出千嬌百媚的樣子，然弟子當時並未被他迷惑！」

方紹德點頭道：「我知道你至今還自謂沒有被他迷惑！你那裏知道，你在和他見面的時候，早已被他迷惑了！你的元氣，就在你心旌搖搖不定的時分，被他攝取去了！他不攝取你的元氣，你怎能嗅得著他腥羶之氣？這妖精我不難替你除掉，但除掉了妖精，於你並無益處！你傷生的罪孽太重，所以妖魅敢於近前！你從此果能洗心滌慮，力戒傷生，將來的結果，尚不至十分惡劣！遇了可以傳授你道法的機緣，我必傳授給你！」藍辛石悔恨不該貪圖口腹，從此再也不敢無故傷生了！

方紹德一日向藍辛石說道：「我自從到這地方隱居，原不打算再去外面遊覽了。祗因苗族裏面的人，除你以外，找不出第二個能做我徒弟的人來。我恩師開諦長老傳給我的道法，不能不急覓傳人。我昨夜虔占一課，收徒弟的機緣已熟；課中雖不十分美滿，然也顧不了許多，我祇得再出外遊歷一遭。你好好在家修練。我遇了可收的徒弟，便帶了回來。」

藍辛石問歸期約在何日，方紹德道：「至多當不出三載。」方紹德離開苗峒，在湖南各府、縣遊行物色了多時，沒遇著相宜的人物，遂由湖南入江西。

這日遊到萬載，正在一座高山頂上徘徊眺覽，忽聽得東南方半空中有破空的響聲，彷彿如響箭劈空而過，心裏不知不覺的吃了一驚！暗想：這類響聲，我平生祇在嵩山頂上，聽過一次；那是金羅漢呂宣良的神鷹，在空中飛過的緣故。於今這響聲相似，難道又是那東西來尋我的開心麼？旋想旋抬頭努目向東南方望去，祇見一條白東西，比箭還急，直朝這山頂射來。

方紹德眼快，已看出那白東西不是禽鳥，是一個練氣的人；逆料是偶然在此遇合，並非有意尋仇而來，便也不存敵抗的心思，立著見那人漸近漸低，已在相離數丈遠的一個山頭落下了。那人雙腳才著落山頭，身上的白布便紛紛掉下；抖了

幾抖，已露出一個儒冠儒服，年約五十來歲的人來。那人面上很透著些斯文之氣，花白鬍鬚，于思于思的下頷都滿了。一眼看見了方紹德，似乎被人識破了他的行藏，很吃驚的樣子，不住的用兩眼向方紹德打量。

方紹德暗想：這人的本領不凡，難得在此地無意中遇著！我正苦獨自一個遊覽，寂寞無聊，何妨上前與他攀談一回？或者也能使我增加些見識！

方紹德剛這們著想，那人已走過來，帶笑拱手說道：「幸會，幸會！老哥不是四川的方紹德嗎？」

方紹德連忙回揖，答道：「請問閣下貴姓大名？緣何知道鄙人姓字？」

那人笑道：「天下何人不識君？我便是河南的劉鴻采，偶然到這山裏休息休息，想不到與老哥相遇！因見老哥的容貌清奇，渾身著白，若是平常人，突然見我從半空中落下，必露出驚慌的樣子來。今見老哥看了我若無其事，料知非有大本領、大胸襟的人，不能鎮靜到這樣！所以不揣冒昧，試問一聲，誰知果然是了！」方紹德心裏並不知道河南劉鴻采是甚麼人？也不便追問，祇得口頭謙虛了幾句。

劉鴻采問道：「聽說，老哥近年來隱居在苗峒之中，何以來這山裏遊覽呢？」方紹德見劉鴻采是同道中人，對於他自己的情形很熟悉，以為必是個關切他的人，遂把特地出來物色徒弟的話說了。

劉鴻采聽了，低頭尋思了片刻，說道：「老哥想物色好徒弟，我心裏倒想起一個好的來了！就在這江西吉安府屬下，有一個大富紳盧敦甫；他這個兒子，單名一個瑞字，眞是天生聰俊，不同等閒！可惜生長在富厚之家，沒有眞實本領的人，去傳授他的能耐！現在雖延聘了一個會把勢的人，在家教盧瑞的武藝，無奈那個會武藝的叫胡大個子，原是一個唱戲的人，並沒了不得的本領！

「那年湖南湘潭城隍廟裏，戲子與市民打大架的時候，這胡大個子便是其中的要犯，事後祇他一個人變裝逃脫了。回到吉安，專替富人家當鏢師。盧敦甫還費了許多手腳，才將他延聘來家；盧瑞拜在他手下做徒弟，日夕不離左右。老哥想得好徒弟，不妨去吉安打聽打聽，能中選也未可知！」

方紹德聽了劉鴻采的話，很歡喜的說道：「閣下所見的必然不差！我已到了江西，當順便去吉安府走一遭。」劉鴻采復拱手作別，下山而去。

方紹德遠遠的望著他走進一座很壯麗的廟中去了，也懶得獨在山頂流連，照著劉鴻采所走的方向下山。看那廟宇的大門牌樓上面，懸掛一塊金字大匾，題著「清虛觀」三個大字，不由得點了點頭，暗自尋思道：「我幾年在江湖上常聽得人說：萬載清虛觀是崑崙派中人聚會之所，劉鴻采到這觀裏去了，可知他也是崑崙派的人。曾聽說：崑崙派仗著人多勢大，每有欺侮崆峒派的舉動，兩下結了深仇，時常借著一點小事兒，就彼此爭鬥起來。幸虧我恩師在峨嵋不肯傳徒，另開派別；不然，數十百年之後，祇怕峨嵋一派，也要和這兩派互相爭鬥了！」邊想邊走離了清虛觀，逕向吉安府走來。

在路上不止一日，這日到了吉安府。盧敦甫是個大富豪，倒容易打聽得著。在盧家附近調查了幾日，本地方人都推崇胡大個子的本領了得，說，胡大個子在吉安府各富紳家，保了若干年的鏢，一次跟斗也沒栽過；於今雖有了幾歲年紀，氣勁膽力，少年人都還趕不上他！方紹德到吉安正是八月十五，就在這夜進了盧家。

若論方紹德的本領，不問甚麼時候，都可以將盧瑞偷出來，使胡大個子連風聲都得不著。祇因方紹德見那地方的人，把胡大個子推崇到三十三天去了，不知道胡大個子的本領，究竟怎樣？存心想試驗他的氣勁膽力，到底如何？

盧家的房屋，在盧敦甫自以爲建造得如金城湯池，縱有大本領的強盜，也不能飛渡幾丈闊的護莊河，誰知方紹德如走平地一樣！胡大個子替各富豪保了若干年的鏢，威名遠震，從沒有大膽的強盜，敢來嘗試。因此推崇的越多，胡大個子的氣燄越盛，眼眶越大，以爲這碗把勢飯，可以吃到老！每逢三節生期，東家照例辦酒席款待。

這日中秋節，胡大個子正吃喝得酒醉飯飽，放翻身軀睡了，作夢也沒想到方紹德存心要試驗他的能耐！胡大個子若沒有那種虛名，方紹德的那一口凝唾沫，決不至吐到他臉上，栽那們一個跟斗，把牙齒都打落！這些事在前幾回書中已說過了，不用重述。

於今，且說：方紹德將盧瑞挾在脅下，幾起幾落的就出了盧家。盧瑞早已清醒過來，祇因被挾著動彈不得，以爲是被擄到了強盜手裏，知道叫喚無用，動也是白費氣力！初時還希望胡大個子來救，後來見方紹德一口唾沫，便將胡大個子吐翻了，心裏自不免越發害怕起來！及聽了方紹德對他父親說的那幾句話，心裏才略安了些，仍是不言不動。

方紹德出了盧家，瞬息就跑了四五十里路，在一片很密的樹林之中，慢慢的把盧瑞放下來，他自己也待坐下來休息。誰知盧瑞的腳才著地，一抹頭就向樹林外逃跑。方紹德看了也不追趕，祇對著盧瑞的脊梁，招了招手，笑道：「回來，回來！打算跑到那裏去？」

盧瑞正在往林外飛奔，經方紹德這一招手，煞是奇怪，就和被繩索牽扯住了的一般，不但不能再往前奔逃一步，並立時身不由己的倒退了回來，比向前奔逃時還快，直退到方紹德跟前，兩腳才能立住！

方紹德牽了盧瑞的手，笑問道：「你打算跑到那裏去？」

盧瑞不慌不忙的答道：「打算跑回家裏去。」

方紹德點頭道：「爲甚麼要跑回家去？」

盧瑞道：「不回家去，在這裏幹甚麼？我又不認識你！我睡在家裏好好的，你爲甚麼把我抱到這裏來？」

方紹德見盧瑞說話口齒伶俐，雖在這種非常的時候，而態度安閒，神智清澈，休說尋常未成年的人做不到，就是平日自負有些學養的人，遇了這種時候，也難得如此鎮靜！不由得欣然說道：「好孩子！不枉我辛苦了這一遭！你且坐下來，聽我說出將你抱到這裏來的緣故。

「你要知道，我一不是強盜，二不是拐帶。祇因你與我合該有師生的緣分，我是特來收你去做徒弟，傳授你道法的！你將來學成之後，不僅隨時可以回家；數千里遠近的所在，可以於頃刻之間，任意來去。你有這種緣分，我才不遠千里前來找你；你若沒有這種緣分，就跋涉數千里來找我也找不著！你明白了麼？」

盧瑞似領會似不領會的問道：「甚麼叫作道法？怎生傳授？」

方紹德笑道：「道是道，法是法。此時費千言萬語，你不能了解的，將來不用片言隻字，你自然能領悟！即如剛才我叫你來，你不能不來；你想去，我不叫你去，你便不能去。這就是我有道法，你沒有道法的緣故！又如在你家保鏢的胡大個子，他自以爲本領了得，地方上人也恭維他本領了得，而我衹一口唾沫，就吐得他跌了一個倒栽蔥！這也是我有道法，他沒有道法的緣故！你明白了麼？」

盧瑞好像登時領悟了似的，隨即爬在地下叩了幾個頭道：「明白了！願意拜你老人家爲師！求你老人家傳授我的道法！」

方紹德喜道：「我既特地來收你做徒弟，自然會傳授你的道法。不過在未學道法之先，須牢記我的戒律。我於今雖已收了一個比你年紀大、本領高的徒弟，但因他在數年前於不知不覺中，被妖精吸去了元陽，非復童身，不能直傳我的道法。不能直傳我的道法，便不能做我的大徒弟！

「因爲大徒弟是將來要執掌戒律的，不能得道法的眞傳，焉能執掌戒律，使同門諸徒心服？你此刻年紀雖輕，夙根甚好，所以收你做我的大徒弟。我的戒律，衹三條最關緊要，你須

牢記在心，謹愼遵守！」

盧瑞眞是天生才智，一聽方紹德的話，就歡天喜地的說道：「我祇要能傳師父這樣的道法，自願遵守戒律。請師父說出是那三條來？」

方紹德道：「你仔細聽著罷，第一條：不許干預國家政事。我這道法，傳自佛家，佛家是不許干預國家政事的；那怕昏君臨朝，奸臣當國，我門下的弟子，永遠不許有出來干預的事。你能遵守麼？」

盧瑞拜了一拜，說道：「能遵守！請問第二條？」

方紹德道：「萬惡淫爲首，第二條：就是戒淫。凡在我門下的，須終生保持童陽身體，不許娶妻納妾，不但不許奸淫他人婦女。你能遵守麼？」

盧瑞心想：這條太難了！我雖不怕絕了盧家宗嗣，然要終生保持童男之身，是不是一件容易做到的事，我此刻還不得而知！祇是要傳師父的道法，有這條戒律，便不能不答應遵守！想畢，遂隨口應道：「願遵守！請問第三條？」

方紹德見盧瑞躊躇了一會，才答出願遵守的話來，不覺望著盧瑞噓唏了一聲道：「第三條：戒偷盜。無論窮困到甚麼地步，寧飢寒交逼以死，不許仗著所學的能爲，去偷盜人家的財物。你能遵守麼？」

盧瑞想了一想，問道：「假使有爲富不仁的，置數十百萬金銀於無用之地，使無數貧民，無處得錢爲活。我乃取有餘以補不足，而無自利之心，這也在偷盜之例麼？」

方紹德搖頭道：「安得無自利之心！即不自利，也犯刑章！這三條戒律，須遵守到底，絲毫不能假借！」

盧瑞連連答應：「能遵守！能遵守！」

方紹德道：「在我門下，必須恪守這三條戒律。如犯了其中一條，便得承受處罰，毫不通融！」

盧瑞問道：「犯戒的當怎樣處罰呢？」

方紹德道：「稍知自愛的，犯戒後，應圖自盡以掩恥！不能自盡的，惟有驅而逐之門牆之外！」

盧瑞道：「這人既得了師父的傳授，在師父門下，有管束的人在，尚敢犯戒，被驅逐後，沒有能管束的人了，不越發肆無忌憚了嗎？」

方紹德笑道：「既要驅逐他，何能使他再得我的傳授？我自有方法，使他回復未入我門下以前的原樣！不但如此，要出離我的門牆，祇有三條大路可走，就是儒釋道三教。要從儒教，還得取科名，列仕版，方能上算。不入這三教，是不能出我門牆的；因爲入了三教，便不愁沒有管束的人了！我門下的戒律，是有這們謹嚴的。寧肯使吾道失傳，不能移易以誤後世！」

盧瑞連聲應是道：「我此後一定恪遵戒律。如有過犯，甘願自盡，誓不跳出師父的門牆，再走那三條大路！取科名、列仕版的願望，不是中途改業的人所能做得到的！至於此刻的和尚、道士，我寧死不願做他們的徒弟。」

方紹德稱讚道：「你果能犯戒後自盡，便能拚死遵守戒律！同是一死，與其犯戒而死，毋寧以死殉戒！」誰知論情理雖則如此，事實卻又不然！

盧瑞從這八月十五夜拜在方紹德門下，猛勇精進，不到五年，已得了方紹德十分之七的眞傳，其能耐已遠在藍辛石之上了。在第三年的時候，已獨自歸家一次。自後本領越高，來去越容易。盧敦甫見盧瑞已長大成人，幾番要給他娶妻，他都以師父的戒律太嚴，不許娶妻、納妾爲辭推脫了。

在方紹德門下十多年，經過了多少事故，從來一步不苟！這次破戒行淫的緣由，便是方紹德也祇好委之前生冤孽！若論盧瑞平日爲人，斷沒有這般容易破戒的道理！既經破戒之後，悔恨也來不及了！他在拜師的時候，曾說過如犯戒即圖自盡的話，而他又是生性要強的人，不願苟且偷活，因此決心以一死償還孽債！所以在柳遲被困的這一夜，他遇著他四師弟周季容，有那一番談話。這日，來到藍辛石家，也無非是為託付後事。

且說：當日盧瑞與藍辛石見面後，將糊里糊塗就破了淫戒的情形，照著說給周季容聽的話，述了一遍道：「我枉做了師父的大徒弟，這一點兒操守也沒有，眞是辱沒師門，更有何顏偷生人世！你我同門十多年，情逾骨肉，明知道你聽了我為破戒將要自盡的話，心裏必然悲傷難過，我要死就死，原可以不必前來見你，使你悲傷的！無奈有兩種緣因，不由我不當面向你說說。

「第一：因師父定這極嚴的戒律，是為見現在最盛的崑崙、崆峒兩派，祇為戒律不嚴，兩派的門徒，都仗著有些能耐，橫行無忌，奸盜邪淫的事，全由他們做了出來。曾聽師父說過：以呂宣良那們高強的本領，那們清高的品行，他徒弟劉鴻采在河南，也是無惡不作，他竟不管教！若照這樣長此下去，甚麼國法也用不著了！師父是峨嵋一派的開派祖，所定的戒律，若在他老人家還活著的時候，就不去實踐，將來流傳數代之後，還知道甚麼叫作戒律呢？

「我侍奉師父左右十多年，深知師父垂戒的苦心。若不幸是你和三、四兩弟犯了戒，我也斷不敢以姑息愛人，使戒律歸於無用！於今鬼使神差，竟是我執法的犯法！我如果就是這們悄悄的尋個自盡，不但天下後世，無人知道我峨嵋派戒律之嚴，毫不假借；便是我同門的兄弟，也不知道前車覆轍，後車當戒！因此，我不能不親來說個明白。

「第二：因我既存心以死殉戒，便得選擇一個好地方自盡，使同道中人容易知道。於今地方已選擇妥當了，在長沙省會對面的嶽麓山。我是十五年前八月十五日拜在師父門下的，到今年八月十五日，整整一十五年，所以我自盡的日期，也定了八月十五日子時。身後的事，此刻都已辦妥了，就祇我這個自盡後的孽報之軀，雖已託四師弟替我收拾，因怕他年輕，獨自經營不了；三師弟又不在跟前，祇得累你也陪我去嶽麓山走一遭。」說罷，向藍辛石拱手道拜託。

他們師兄弟雖是情同手足，然這種違戒的事，非同小可，誰也沒力量能使盧瑞不死！除了流淚歎息之外，沒有旁的話說。

到了八月十四的這日，盧瑞即拜辭了方紹德，同著藍、周兩個師弟到嶽麓山來。行到嶽麓山，已是二更時分。盧瑞跳上雲麓宮前面的飛來石，盤膝坐了下來，運用他的內功。不一會，就張口噴出一股烈燄，彷彿左右前後都有東西擋住了似的，火燄祇圍繞著盧瑞的身體焚燒，直燒到皮焦骨爛，那火燄才停熄了。藍辛石、周季容看了，都忍不住向屍痛哭，才拿出帶來的皮袋，將燒化的灰骨裝好。

忽聽得有人在黑暗中問道：「前面不是周季容兄麼？」周季容聽那聲音好熟，祇是不見面，又在悲痛的時候，想不起來。

正待回問，那人已走近前來，說道：「我便是前承老兄解救的柳遲。因敝老師命我八月十五日子時，在這雲麓宮大門外等候他老人家，才到不久，想不到就看見了令師兄這種難能可貴的舉動！若從此我等學道的人，皆能以令師兄為鑑戒，正是可喜可賀的事，何用如此悲傷？我那夜被困的時候，聽得令師兄這們說，心裏就祇是疑惑：現放著三條生路不走，卻存心走上死路，恐怕易說不易行。誰知此刻竟得親眼看見了！」

柳遲剛說到這裏，猛聽得山上很大的聲音喊道：「柳遲！你曾親眼看見了麼？」

不知喊的是甚麼人？柳遲怎生答應？且待第七一回再說。

第七一回　論戒律金羅漢傳道　治虛弱陸神童拜師

話說：正在和周季容說話，猛聽得山上是那們大喊了一聲；那聲音一到柳遲耳裏，便聽得出是他師父呂宣良的腔調。當即隨口應道：「是弟子親眼看見的！」

藍辛石、周季容都愕然問道：「誰呢？」

柳遲還不曾回答，呂宣良已在飛來石上笑道：「不是別人，是你師父的老朋友。承你師父的盛情，上次救了小徒弟的難，並承他教小徒弟帶信給我。小徒雖到此刻才會見我，然他說的那些話，我早已知道了！

「我也託你兩位回去拜上你師父：以開諦和尚那們高的道行，尚且不敢以開派祖自居，須知不是本領夠不上！當開派祖的，得享千秋萬世的香火，沒有那們大福分的人，儘管神通廣大，法力無邊，也當不了開派祖！這便是我對他的忠告！至於我那個不守戒律的徒弟，祇等到他自己的惡貫滿盈，我自會去收拾他，決不姑息！」在這說話的時候，天光已經亮了。

周季容知道這老頭是呂宣良，連聲應是，不敢回答甚麼話。藍辛石生就的苗蠻性質，半生

在苗峒裏受人推崇敬服慣了，養成一種目空一切的脾氣；除了他師父方紹德而外，無論甚麼人，他都不看在眼裏！

此時見呂宣良說出來的話，隱含著譏諷他師父的意味，那裏按納得住火性？即瞪了呂宣良一眼，說道：「你既與我師父是老朋友，我師父沒有當開派祖的福分，何不去當面直說，卻要託我們呢？」

呂宣良決不驚疑的打著哈哈，笑道：「這個不當面去直說，卻要託你們轉說的道理，你是個被妖精吸去了元陽，不能得你師父眞傳的人，如何能知道？祇可惜你沒福分做我的徒弟，我不便教給你，你還是回峒裏去向你師父請教罷！你不妨當著你師父罵我不懂道理，不應該拿著罵師父的話，託徒弟去說！」

藍辛石聽了呂宣良這話，心想：我師父不是也曾拿著責備呂宣良的話，託柳遲去說嗎？呂宣良這番話，分明就是罵我師父不懂道理！這老東西說話眞可惡！偏巧我今日不曾帶得大砍刀來，若帶了那刀在身邊，從這老東西背後冷不防劈他一下，怕不劈得這葫蘆頭腦漿迸裂！

藍辛石心裏才這般一想，呂宣良似乎已明白了他的心事，目不轉睛的望著他，笑道：「你那把大砍刀，可惜那夜被妖精劈成一個大缺口；於今祇能稱爲大缺刀，不能稱爲大砍刀了！」

藍辛石聽了，不由得大驚失色，暗想：那夜劈妖精，將刀劈成大缺口的事，除我自己而外，甚麼人也不知道！並且事已相隔二十來年了，他竟如親眼看見的一樣，神通果是不小！原來，藍辛石在未遇方紹德以前，因貪捉蝦蟆遇見那個女妖的事，對方紹德祇述了一半情形，方紹德即已知道他的元陽，就是被那妖精吸去了；藍辛石心裏一著急，便沒將結局的情形述出來。

實在那夜見那妖精之後，藍辛石雖明知不是人家女子，然因爲生得太嬌豔了，一時心猿意馬，委實有些把持不住！那女子又柔情軟語的與藍辛石糾纏，藍辛石一則仗著自己的膽力，不知道畏懼；二則也不捨得決然撇了那女子就跑！

那女子見藍辛石雖拔出刀來厲聲叱喝，然眼光並沒露凶殺之氣，知道已動憐惜之念；當即立住腳不再追前，祇用極風騷的態度，瞟了藍辛石一眼，笑道：「何必使出這們凶惡的嘴臉來做甚麼呢？你歡喜吃蝦蟆，我將家裏養的蝦蟆送給你吃，難道還對你不起嗎？我向你討酬謝，論情理是應該的；你便不講情理，不酬謝我也就罷了，爲甚麼還要對我這們凶惡呢？」

藍辛石道：「這山峒裏的蝦蟆，近三天果是比平日多些，但是從沒聽人說過有家裏養蝦蟆的！並且我與你素不相識，即算你家裏養了蝦蟆，爲甚麼無端送給我吃？這事也太不近情理了！」

那女子笑道：「我爲的就是要得你的酬謝！你不相信，不妨同去我家裏瞧瞧，看是不是養了許多的蝦蟆？」

那時藍辛石的年紀輕，膽氣壯，好奇的心更切，經這些軟語一說，早把那拔刀叱喝的勇氣收歛了，改換了客氣些兒的聲調，問道：「你家住在那裏？離此地有多遠的路？」

女子伸手向一座高山說道：「沒有多遠，就在那山腰裏面。你若果是名不虛傳的好漢，要走就走，不用遲疑！」

藍辛石果然不肯示弱，左手拾起火把，右手握著大砍刀，教女子在前引導，自己步步留神的跟在後面走。

一會兒，走到了山底下，看那山很陡峻，並沒有上山的道路，攀藤拊葛的爬上去。才爬了幾步，布袋就被樹枝掛落了；再爬了幾步，火把也熄了。剛爬到一片略爲平坦些兒的地方，見女子在前面不動，彷彿爬得疲乏了，立住歇息歇息的樣子；藍辛石忽然心裏一動，覺得：今夜凶多吉少！火把又熄了，天上僅有一點兒星光，十步之外，便看不清人物。萬一這女子不懷好意，我的性命不怕斷送在他手裏嗎？

古語說得好：先下手爲強，後下手遭殃！這女子祇怕是合該要死在我的大砍刀之下，此時他偏背著我立住不動，我再不動手，更待何時！藍辛石殺心一動，隨手就舉起大砍刀，對準那女子的後腦，用盡平生之力，劈將下去；祇聽得嘩喳一聲響，眼前火星亂迸，大砍刀飛了起來，把虎口都震開了，那裏還握得住刀柄呢？險些兒被飛回來的刀背，倒劈開了自己的額頭！不禁大叫了聲：哎呀！大砍刀已脫手從頭頂上飛落到山下去了！

藍辛石掉轉身便跑，卻忘記了自己爬上了極陡峻的山，祇一失腳，即骨碌碌滾下山來！幸虧他的皮粗肉糙，又還爬得不高，不曾滾傷身體，從山底下沒命的逃回家！次日，白天才敢出來，仍到那山下尋刀找布袋；尋著那刀看時，已砍了一個半寸多深，二寸來長的大缺口！心想：這妖精眞厲害！怎的有這們硬的後腦！回想昨夜上山的情形，再依樣爬到平坦的所在一看，祇見一塊五尺來高的大石碑，豎在那裏；碑頂被劈去了一角，正是刀缺口那般大小！

藍辛石因這是自己失面子的事，從來不肯向人漏出半個字，就是在無可掩飾的時候，對方紹德說起來，也還不願意盡情吐露。他自以爲：除了他自己，是再無人知道的！今忽然聽呂宣良若不經意的就道了出來，更在他正轉念頭，想拿大砍刀照樣劈呂宣良後腦的時候，安得而不大驚失色呢？

藍辛石生性雖蠻，然遇了這種時候，也就不敢再倔強了！祇是要他伏低就下，反向呂宣良說陪禮的話，卻又不願。心想：大師兄託我收拾屍骨的事，既已辦了，何不趁早回去？要站在這裏受他的形容挖苦！當即拉了周季容一下，掉轉身往山下便跑。周季容不知爲著甚麼，也祇得跟著就跑。

呂宣良也不呼喚，也不追趕，望著二人跑得遠了，才回頭向柳遲說道：「你這一年來的進境很好！你生成祇有修道的緣分，妻財子祿都與你無緣！你這回爲娶妻的事去新寧，你表妹才被鬼纏，你自己才落陷阱。落陷阱之後，接著就聽得犯淫戒、謀自盡的話。這都是可以使你憬悟的地方，而你卻糊裏糊塗的經過了，當時心裏並未加以思索；直到今早親眼看了犯淫的結果，你心中才有些感覺！

「若不使你有這回的經歷，將來一犯淫戒，便難免不墮落！這是修道人最大的關頭，所以必須你自己徹悟！我約你到這裏來，爲的就是這事！你於今已明白了，我再傳你修練的訣竅。」

當下柳遲就在飛來石下，拜受指教。修練祇在得訣，訣竅祇在名師指點，三言兩語，一經道破，豁然貫通！

呂宣良傳授了訣竅，說道：「方紹德想做峨嵋派的開派祖，他定的戒律，第一條是：不許干預國家大事。這條就沒有道理！我們修道的人，有甚麼國？有甚麼家？祇問這事應干預不應干預，不能說誰的事就可以干預，誰的事不可以干預。即如：現在就有一樁事，若依照方紹德定的戒律，是不能干預的，而我卻不能不管！不過這事我暫時不能露面，就是清虛門下諸弟子，也有不便之處！你初列我門下，不曾出外交遊，外面認識你的人少，惟有差你去較爲妥當！你附耳過來，我教你幾句話。」

柳遲忙湊近身去，呂宣良低聲叮囑了一番，柳遲連稱遵命，師徒二人即此分別。柳遲自遵著呂宣良附耳叮嚀的話，幹那方紹德所定戒律不許干預的事去了。畢竟那事是甚麼事呢？後文自有交代。

於今，且說那個與諸位看官們久違了的陸鳳陽。他自從在瀏陽人幫裏當隊長，爲爭趙家坪被平江人打傷之後，幸遇常德慶替他治好了傷，並留藥替一般受了傷的瀏陽人都治好了。陸鳳陽和衆瀏陽人，都日夜思量如何報仇雪恨。祇是平、瀏兩縣人為趙家坪爭鬥的事，一年照例一次。這一年爭鬥輸了，祇得吞聲忍氣，以待來年。

這一年中，在平、瀏兩縣參加戰團的人，原沒有甚麼準備，就祇忙煞了常德慶。常德慶當日對陸鳳陽說是江西撫州人，並說我本來不合多管這些不關己的事，那都是臨時隨口說出來掩飾他自己行藏的話！其實，他們崆峒派與崑崙派久成水火。

常德慶這回來替瀏陽幫治傷，原是已知道此次的爭鬥，有崑崙派人出頭，幫平江人助陣；正有意借此在暗中幫助瀏陽人，使崑崙派人栽一個跟斗，消消積怨！不料就因留藥治傷的事，一時傳遍遠近，楊天池當時就得了這個消息，知道崆峒派的人久已存心報怨，這種替瀏陽人治傷的舉動，不是偶然的！

楊天池此時雖也有些失悔不該魯莽助陣，無端替平江人結下這一場仇怨，更惹出崆峒派的人來！然一時失檢，已弄成了這們一個局面，在勢萬不能就此罷休！並且兩派人，因彼此都不服這一口氣，誰也不肯退讓半點！從來不問所爭執的事由大小，都不過祇借這點兒事做引子！究其實，平、瀏兩縣爭趙家坪，與兩派有何關係？為的祇要借這爭趙家坪做引子！所以，兩方都盡力準備！

以前兩派的人雖常有爭鬥，然多半是狹路相逢，少數人決鬥幾下而已，這回卻不是平常了！崆峒派因勢力較小，被崑崙派壓抑的次數太多了；要借這回的事，大舉與崑崙派拚個強存弱亡！無奈本派的勢力既小，明知就拚著不要性命，也決鬥不過崑崙派的人多勢大，祇得求助於崑崙以外修道的人。

崆峒派爲首的，是楊贊化兄弟；崑崙派爲首的，是笑道人。笑道人探明了楊贊化兄弟的舉動，曾邀集同道，準備與崆峒派人較量。柳遲初次在清虛觀所見的情形，便是崑崙派人將要出發與崆峒派人廝殺了。

楊天池送柳遲走後，兩派人已決鬥了一次，畢竟仍是崆峒派鬥輸了！祇是笑道人因爲忽略了一點兒，被楊贊廷一劍掠去了頭巾，幾乎連頭頂皮都削了！所以呂宣良在柳遲家與笑道人相遇，說出那幾句不倫不類的話。

楊贊化兄弟求助外人，一時沒有願意無端與崑崙派人爲仇的，崆峒派人祇得大家勉強暫將一腔無窮的怨氣按納住，等待報復的機緣！

不過他們兩派雖格於形勢，不能眞個大舉出頭露面，一邊幫平江人相殺，一邊幫瀏陽人相打，然平、瀏兩縣的人，並不因兩派不出來相幫，便停止每年在趙家坪的例鬥。祇是那種蠻爭觸鬥的勝負，既無兩派人夾雜其中，便不與義俠傳相干了！惟有陸鳳陽的兒子陸小青，與本書中好幾個義俠生了關係，要寫楊天池骨肉團圓、胡舜華兄妹見面，都不能不先從他下手寫起來。

陸小青在八歲的時候，因在鴉片煙館裏對對子，一般人都稱他為神童，後來讀書越發肯猛勇精進了。祇是當孩童的時候，知識開得太早，又加以刻苦讀書，陸鳳陽是個一句書不曾讀過的農人，祇知道想望兒子多讀書早發跡，替家族爭光，那裏知道孩童身體發育未完全，腦力用得過度，呆坐不運動的時間過久，於身體大有妨礙的道理！

因此，陸小青讀到十二歲的這一年，書是讀得不少，文字也都能得地方上有名的文人學士推許，但是身體就瘦弱得不成個模樣了！年齡才十二歲，背也彎了，眼也花了；步行兩三里路，就走得氣吁氣喘，滿身是汗，還一陣陣的頭眼發昏！尋常孩童嘻笑跳踉的舉動，從來不曾有過一次！

陸鳳陽夫婦這才著急起來，不敢再教陸小青讀書了，每日逼著他和左鄰右舍年齡相等的孩童玩耍。祇是無論甚麼玩耍的事，在尋常孩童覺得極有趣味、極可笑樂的勾當，總引不起陸小青的興趣！

陸鳳陽以為鄰舍家孩童不曾讀書，沒有知識，自己兒子瞧不起他們，不願在一塊兒玩耍；因此他們以為有趣味、可笑樂的事，引不起自己兒子的興趣！仗著家中殷實，將地方上的讀書人，平日與陸小青說得來的，卑詞厚禮迎接到家裏來住著，陪伴陸小青；殷勤拜託這些人，想方設計引陸小青快樂。以為：陸小青心裏一舒暢，再加以起居有時、飲食有節的調養，身體就可以望日漸強壯了！

誰知身體已經衰弱的人，凡事振不起精神，如何能憑空使他的胸襟舒暢？談笑的時間太多了，反傷了他的神！陸鳳陽將陸小青這個兒子，看得比甚麼寶貝還貴重，是這們一來，祇急得陸鳳陽夫婦求神拜佛，恨不能折減自己的壽數，使陸小青多活幾年！無如家族的人都說：祇有子女請折減壽數給父母的，沒有父母折減壽數給子女的。若這們求神，必反使子女受折磨！

陸鳳陽夫婦無奈，祇好遍求名醫，給藥陸小青吃。藥祇能治病，像陸小青這樣的虛弱身體，服藥也沒有效驗！陸鳳陽急到無可奈何的時候，忽發出一種奇想，教人寫若干張招貼，張貼繁華市鎮。

招貼中寫出陸小青的體格症候，以及致病的原因，招請能醫治的人；如醫治好了，敬謝白銀一千兩！這招貼出去，來想得這一千兩銀子的醫生很多；但和陸小青談論一番，就被陸小青拒絕診治了！因說出來的治法，與以前所延請的名醫治法，都彷彿相似，都說是童子癆的病症。不到幾個月，遠近的醫生，以及江湖上的術士，都來嘗試過了，陸鳳陽夫婦至此也已絕望了！

這日，忽然來了一個年約五十多歲的人。身上行裝打扮，背上馱一個不甚大的包袱；像貌很端正，卻沒有驚人出色之處；說話長沙口音。進門向陸家的人說：特來替陸小青治病的，要見陸鳳陽。陸家人打量這人的手腳極粗，不像個做醫生的，心裏已存了個瞧不起的念頭；然東

家既有招貼在外，不能不立時報給陸鳳陽知道。陸鳳陽在受了傷神智昏迷的時候，能看得出常德慶是個異人，總算是有些胸襟，有些眼力的。

聽報走出來招待，看這人果不像是一個做醫生的；然也不像是江湖上行術的，面目透些慈善之氣，彷彿一個做小本生意的人。陸家自發生那種招貼以來，無日不有專替閻王做勾魂使者的醫生上門。

陸鳳陽初時忙著招待，以爲：重賞之下，必有能人！後來漸漸把那些應招醫生的伎倆看穿了，招待也不願意殷勤了。平日應招而來的醫生，多是不騎馬便坐轎，做出很有身價的樣子來。陸家開發轎馬費的錢，都不知用了多少？從沒有像這人步行自馱包袱的，因此陸家的人，更瞧不起！

陸鳳陽祇遠遠的立著，向來人抱拳說道：「聽說老哥是特來替小兒治病的，感激之至！請進來賜教！」來人卻很謙和的答禮，到裏面分賓主坐定。

來人先開口道：「我姓羅，名春霖，住在長沙。從來並不懂得醫道，不能替人治病。」

陸鳳陽聽到這裏，忍不住笑了一笑，說道：「老哥既不懂得醫道，不能替人治病，又何必勞步，遠道賜臨呢？」

羅春霖點頭道：「是，我本不能來應招的。不過我細看那招貼上寫出來的得病原因，疑惑老先生的少爺不是害病。若不是害病，是因年輕用功過度，妨礙身體的發育，以致虛弱得奄奄一息，和害了重病的一樣，我倒有方法能使他強壯！」

陸鳳陽聽了，又不由得歡喜起來，忙立起身作揖道：「小兒正是因用功過度，將身體累得虛弱了！一般醫生都說是甚麼童子癆，用藥卻又毫不見效！老哥說不是害病，祇怕果然不是害病！我就教小兒出來，請老哥瞧瞧。」羅春霖應是。陸鳳陽隨即起身將陸小青帶了出來。

此時的陸小青，年紀雖祇十三歲，頹唐萎弱的樣子，比六七十歲的老翁還厲害！渾身上下，瘦刮不到四兩肉；臉上如白紙一般，不但沒有血色，並帶些青黑之氣；兩眼陷落下去，望去就和土裏挖出來的骷髏一般；嘴唇枯燥，和面龐同色。

羅春霖起身握住陸小青的手，周身看了幾眼，笑道：「我猜度不是害病，眞個不出我所料！」

陸鳳陽喜問道：「老哥何以看得不是害病呢？不是已顯出許多病症出來了嗎？」

羅春霖搖頭道：「身體有強有弱，身體弱的不見得都有病！他這顯出來的症候，是身體虛弱的人應該有的，不是病症，可以從他身上三處地方看出來。

「第一：他的兩眼雖然陷落，眼光的神並沒有散；這種昏花，與老年人的兩眼昏花不同。老年人是由內虧損，他這是由外蒙蔽，容易治得好的！

「第二：他的嘴唇雖枯燥沒有血色，然人中不吊不欠，平時口不張開；若是童子癆，便免不了有那些敗像！

「第三：他的兩隻耳根豐潤，像他這們瘦弱的人若眞是病到了這一步，兩耳根早應乾枯得不成個樣子了，那有這們豐潤的！」

陸鳳陽聽了，仔細看所指出來的三處，祇喜得張開口笑得合不攏來！也不說甚麼，掉轉身向著裏面就跑。

一會兒，同著一個五十來歲的婦人出來，向羅春霖介紹道：「這是敝內。可憐他望兒子病好的心，比我還急切；難得今日遇見老哥，確是我夫婦的救星！老哥這般高論，我夫婦從來沒聽過；我聽了歡喜得甚麼似的，也使我內人歡喜歡喜！他也實在著急得夠了！」

羅春霖對陸鳳陽的婦人說道：「令郎的身體，已虛弱到極處了；若從此永不服藥，安分隨緣的過下去，倒不要緊，不過不能望他強壯罷了！如群醫雜進，百藥紛投，無論所服的怎樣，儘管都是極王道的藥，至多也不能再延三年的壽命！」

陸鳳陽問道：「不服藥將怎生治法呢？」

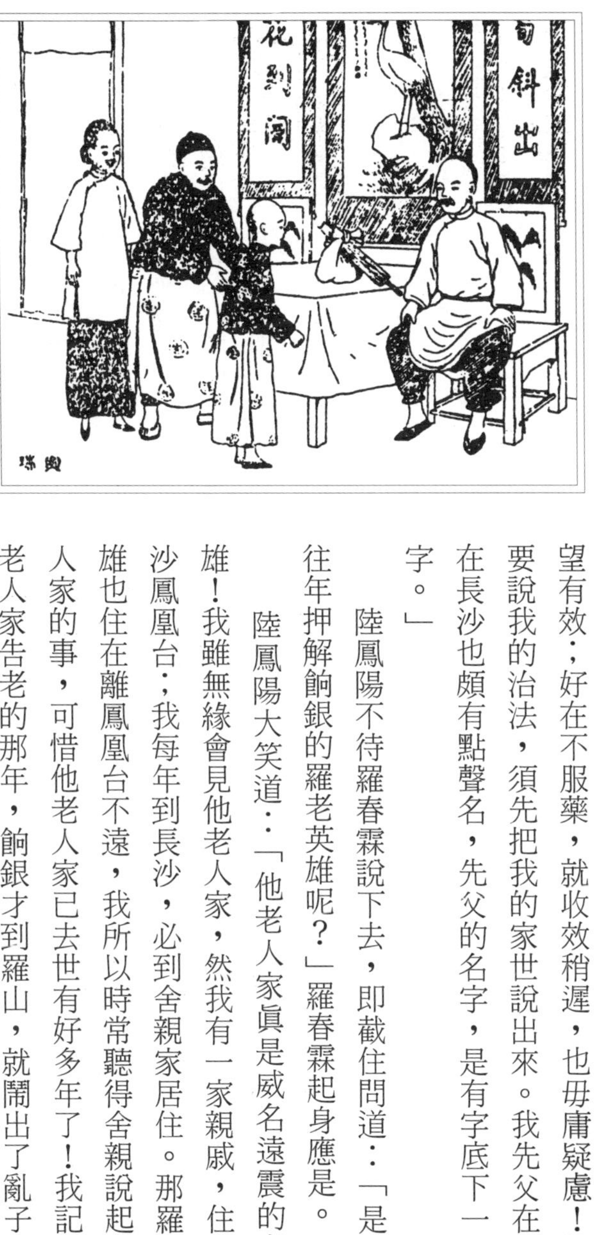

羅春霖道：「我的治法很平常，也不是十天半月可望有效；好在不服藥，就收效稍遲，也毋庸疑慮！於今要說我的治法，須先把我的家世說出來。我先父在日，在長沙也頗有點聲名，先父的名字，是有字底下一個才字。」

陸鳳陽不待羅春霖說下去，即截住問道：「是不是往年押解餉銀的羅老英雄呢？」羅春霖起身應是。

陸鳳陽大笑道：「他老人家眞是威名遠震的老英雄！我雖無緣會見他老人家，然我有一家親戚，住在長沙鳳凰台；我每年到長沙，必到舍親家居住。那羅老英雄也住在離鳳凰台不遠，我所以時常聽得舍親說起他老人家的事，可惜他老人家已去世有好多年了！我記得他老人家告老的那年，餉銀才到羅山，就鬧出了亂子；押餉的兵士，還有些被強盜捉去了！可見得他老人家的本領，實在了不得！」

羅春霖道：「先父的武藝，固是少有人趕得上，然他老人家按摩推拿的手段，更是絕技，獨得異人的傳授；於今除傳了我而外，可斷言全國沒有第二個知道的人！這種按摩推拿的法子，有起死回生的神效；令郎的身體，就用我這獨得的方法，包管一年之內，使他強壯！不過，令郎須得拜我門下做徒弟！不是我好爲人師，衹因令郎的天分太高，非拜在我門下，我犯不著容易給他知道了我祕傳的手法！」

不知陸鳳陽夫婦怎生回答？且待第七二回再說。

第七二回　訪名師歎此身孤獨　思往事慰長途寂寥

話說：陸鳳陽見羅春霖要收陸小青做徒弟，才肯替陸小青治病。心想：我這兒子經過多少名醫診治，都沒有效驗，並且都說：已成了不治之症，眼見得是離天上遠，離地下近了！衹要可以延長我兒子的壽命，莫說要拜他爲師，便是要給他做義子都可以！

陸鳳陽心裏正在這們打算，他妻子已開口向他說道：「拜師是好事，也是很容易的事！不過我曾聽說有徒弟要伺候師父，無論師父到甚麼地方去，徒弟都得跟著同走。不知這位羅師父收徒弟，是不是這般規矩？」

陸鳳陽還沒回答，羅春霖已笑著搖頭道：「我收徒弟沒有這種規矩。我父親一生沒有第二個徒弟，所有藝業，僅傳我一人。我今年五十歲，也還不曾收得一個徒弟。大凡一種絕藝傳人，非得有緣的不可！每有從中年就到處物色有緣的徒弟，直到八九十歲臨終才得著的，也有至死不遇有緣人的！令郎能傳我的藝業，是令郎的緣分，於我並無好處。我在長沙若肯胡亂收徒弟，到此刻就沒有一千，也有八百個了！我於今替令郎按摩推拿，一年半載之後，使他的身體與尋常年齡相等的人差不多了，才可漸漸傳他的藝業。」

陸小青聽了羅春霖的話，不待陸鳳陽夫婦開口，就雙膝向羅春霖跪下叩頭，口稱師父，說道：「既蒙師父救我的命，又傳我的藝業，眞是恩同再造！就教我伺候一生，也是應該的，無不情願！」羅春霖欣然扶起陸小青來。

從此，羅春霖就在陸家住著。陸小青無論吃喝甚麼東西，都得由羅春霖察看仔細，限定分量，一些兒不許過多，也一些兒不許過少。初時每日早晚替陸小青按摩兩次。平日陸小青夜間苦睡不著，現在經羅春霖一按摩，每次不待摩遍全身，就呼呼的發出鼾聲，極酣美的睡著了。每夜必俟陸小青按摩得睡著了，羅春霖才睡。

恰好睡到天光一亮，羅春霖就起來替陸小青按摩。按摩的手段，彷彿魔術：分明精神抖擻，眼睜睜睡不著的人，經他一按摩，就自然睡著了；疲倦到了極點，昏昏欲睡的人，經他一按摩，頃刻之間，便見精神煥發，無纖微睡意！陸小青夜間被他按摩得睡著了，天明非待他按摩不醒來。

是這般調治了一個月，陸小青的食量也增加了，遇著有趣味的事，或聽了有趣味的話，也覺著高興了，羅春霖才傳他幾下拳腳工夫。這種治療虛弱的方法眞妙，祇有一年多的時間，陸小青已變成一個極精幹、極活潑的青年了！

陸鳳陽夫婦感激羅春霖，自不待說！祇是陸小青虛弱的身體，經羅春霖一年工夫就調治得壯健了；而陸鳳陽夫婦本來康健的身體，這一年來，倒日甚一日的衰弱了！少年人的虛弱有治法，老年人的衰弱無治法。從得病不到半年，夫婦都相繼去世了！

陸家世代務農，陸鳳陽到中年以後，自己才不打赤腳下田做工夫了；請了十多個長工，由陸鳳陽指揮耕種。若是陸小青不改業讀書，陸鳳陽夫婦雖死，農事也還能繼續下去。既是從小就寢饋在詩書裏面，對於農事一點兒不知道；年紀又輕，又沒有叔伯，這樣大農家的門面，當然不是他所能撐持得住的！陸鳳陽夫婦的喪葬一了，陸小青便將田土招佃戶耕種，辭退了十多個長工，迎接羅春霖來家，專心一志的練武。

這也是合該羅有才的本領，應得傳人！陸小青剛得了羅春霖的眞傳，羅春霖就一病死了！陸小青家中雖有些遺產，然因沒有妻室，又沒有其他骨肉親人，便懶得在家撐持門面。他從小原是讀書望科名發達的，祇因身體虛弱之後，與他相關切的人，都力戒他不可再近詩書，羅春霖也不許他再用心思腦力。在書裏面受了痛苦的人，又已改變了途徑練武，對於詩書文字，自然不願意再親近了；科名發達的心思，因此也就沒有了。

他自有生迄今，終年困守在家，不曾到外面遊覽過；於今一戶熱烘烘的人家，轉眼就祇剩了他一個孤單單的人，在家也太覺得寂寞寡歡！他心想：我從恩師練了這一身武藝，若仍和往日一樣，終年拘守家園，不但單身寂寞，生趣全無，並且也太沒有出息！曾聽恩師說過：欲求藝業精進，必須多與名人逸士交遊！所以古時有本領的人，無有不出外求師訪友的！

我現在娘死爺不在，一身無掛礙，一無叔伯兄弟，二無妻室兒女，再不於此時出外求師訪友，更待何時？主意既定，便將陸鳳陽遺傳的產業，託付一個公正族人經管；獨自帶了些盤纏，出門遊覽。

長沙省城他雖跟著陸鳳陽到過幾次，不過那時還是在小孩子時代，糊裏糊塗的，祇知道比瀏陽鄉下人多熱鬧而已！至於省會五方雜處，交通便利的地方，實為奇才異能之士薈萃的場所的道理，是不懂得的！並且那時正是沉迷書史，便懂得這道理，也不知道去訪求請益。這番特地為求師訪友出來，所以從家裏出門，就直向長沙進發。

自他家到長沙省城，祇有二百多里路。若是平坦大道，至多不過三日的程途。祇因那一帶地方，曲折多山，山路極不易走；尋常人行走起來，總得走四五日。陸小青沒有急切到省的心思，祇緩緩的隨著腳步走去。

正是八月間天氣，白天還很熱燥；行行歇歇，一日祇走三四十里山路，遇著清爽些兒的飯店，就停歇不走了。是這般一連走了四日，這日是中秋節了。一面走著，一面心想：今夜是中秋佳節，須揀一家四周風景好的飯店歇下，夜間弄些酒菜賞月；雖在客中，也不可太辜負了良宵！

陸小青雖有這般雅致，不過一路走來，沒有一家風景稍好的飯店。鄉下的飯店，必相隔十多里，才有三五家連在一處；有飯店的地方，便是一個小市鎮。一錯過了這市鎮，又得多行十多里。

陸小青在將近黃昏時候不曾落店，再走不到十里，天色便已快要黑了；打算加緊些腳步，趕到前面市鎮上，不問四周風景如何，祇得歇宿了！正急急的走過一座山嶺，忽見山底下有一所很高大的廟宇，雖天色已經向晚，看不出房屋的新舊，然那雄壯的形勢，是可以看得出來的。廟裏鐘聲梵樂，熱鬧非常，使人一聽就知道廟裏正做功德。

陸小青聞到這種聲音，不知不覺的觸動了他一樁心事。是一種甚麼心事？他想起他父母去世的時候，請了紅蓮寺十幾個和尚做道場。那夜用許多張桌子，搭起一座高台，方丈和尚上台放焰口。不知怎的那台搭得不牢實，方丈和尚正抓著饅頭往台下扔的時候，突然嘩喳喳一聲響，高台傾倒下來！

方丈和尚已有五六十歲了，那台一倒，大家都嚇得大叫起來！以爲：老和尚倒栽蔥跌下，必跌得頭破血流，不死必得重傷！誰知在台下年輕的人，倒有好幾個被台壓傷了，老和尚卻安然立在地下，連驚慌的神色都沒有！

於是一般人都說：這是陸家的福氣好，若把老和尚跌死了，紅蓮寺的和尚是斷然不肯善罷甘休的！因爲紅蓮寺是一個很大的叢林，寺產極豐富，寺裏常住有百多個和尚。那方丈和尚法諱知圓，知識高妙，品行端方，在紅蓮寺住持了二十年；寺裏的清規，是再嚴沒有的了！

知圓和尚最喜與人方便，寺裏每年有三四千租穀的出息，穀價比一般富戶便宜十之三四；祇是不許買了他的穀，搬運到幾百里以外去，也不許數十石、數百石的整買！知圓和尚說：這人能一次買數十石穀，不待說是有錢的人；有錢的人，不應該爭買窮人喜買的便宜穀！至一次能買數百石的，自然是穀販；我與其賣賤價給穀販賺錢，窮人一般的得不著好處！這錢我何不留給自己賺呢？

每年到青黃不接的時候，附近數十里小農家，都可以到紅蓮寺借穀；秋收後一石還一石，並不取息。要借錢做種田貲本的，也是一文息錢不要。鄉紳官府都因知圓和尚這般慈善，又有才學，無不歡喜與他往來，他倒輕易不到鄉紳家去！至於縣衙、府衙，更是殷勤迎接他也不肯走動的！他時常向人說：我們出家人，祇一走動衙門，結交官府，便不愁不造出種種的罪孽來！既是名心不死，何必出家做甚麼呢？

紅蓮寺的和尚，不問年齡老少，在寺裏的名位大小，沒有一個不循規蹈矩的！有時在路上行走，遇著婦女，和尚總是遠遠的就低下頭來，揀寬闊的所在，立住等候；必讓婦女走過了才走，從來沒有敢多望一眼的。有婦女到寺裏燒香，知圓派定寺裏招待的和尚，年齡多在六十以外。俗人想出家的，往旁的廟裏受戒都容易；惟有在紅蓮寺出家，眞是比登天還難！不問這人在俗的時候，人品如何好，學問如何好，身家根底如何好，要想在紅蓮寺受戒，可不是一件容易辦到的事！寺裏的飲食，粗惡到了萬分，便是當乞丐的也吃不來！

這還在其次。最使人不容易遵守履行的，就是那戒律細如牛毛：一舉一動，一言一笑，都有一定的規則；偶一失錯，處罰極嚴！那怕在俗時是個很有身分、很有名望的，或出家時的年紀已很大的，也和責罰小孩子的一般責罰；連受到三次責罰，就得被驅逐出來！因此出家人能在紅蓮寺受戒的，不但俗人都特別尊敬，便是遊方到各地寺院裏掛單，各寺院的當家師，都得拿他們當高僧迎迓！

知圓和尚平日足不出寺門，去拜訪他的，也不肯輕易接見！惟有請他講經，或死了人請他做道場，他說：這是度人的大事，從來毫不推諉！因他有這們多難能可貴的地方，四周幾縣的人，異口同聲的稱他為活菩薩！若這夜因在陸家放焰口跌死了，休說紅蓮寺的和尚，不肯善罷甘休；就是遠近的地方上人，也都要責備陸家不小心，非還出他們的活菩薩不可！當時既不曾跌傷，有的說：是陸家福氣好，合該不遭人命；有的說：這不干陸家的事，像知圓和尚這樣的活菩薩，本應該有百神呵護，逢凶化吉，遇難呈祥；豈有這般慈悲的好和尚，會得這種慘結果的道理？

陸小青當時也立在台下，看了祇覺得太奇怪：知圓和尚是坐在一把太師椅上，仰天向後倒栽下來，照理應該頭先落地，被太師椅壓住；即不然，也應該隨著桌椅倒下，躺在倒塌的桌子旁邊，何以分明看見倒栽下來，落地卻直挺挺的立在離倒塌的台很遠呢？並且知圓和尚年紀已有五六十歲了，平時舉動雖沒有老態龍鍾的樣子，然地方上人都知道他是個文弱書生出家的。因他初到紅蓮寺當住持的時候，年紀才得三十零歲，簡直是一個斯文人。他自己說二十歲進了學才出家，可知不是個強壯矯健的人。陸小青為此不由不覺得奇怪！不過那時因父母去世，心裏方在悲哀，祇要老和尚不曾跌傷，便是萬分僥倖！一時須忙著救護台下壓傷的人，這種覺得奇怪的思想，僅能在腦海裏面略轉一轉，立刻就消滅了。幾年來偶然想到這上面，仍覺得是一件不可解的事。

他也曾拿這事與年老及自謂明白事理的人研究，年老及自謂明白事理的人，反大笑說道：

「你怎的忽然這們糊塗了？這是很容易了解的事！一因知圓和尚是個有道德的高僧，應有神靈保護，不使他跌傷；二因放焰口是賑濟孤魂野鬼，那些來受賑濟的孤魂野鬼，感知圓和尚的德，見知圓和尚有難，正好齊心合力的擁護，以圖報答。有了這兩個原因，台就搭得再高些，也不至把他跌傷！

「還有你父母的英靈，更不能不竭力把他扶住；如果跌死在你家，你是逃不脫的一場人命官司！你父母念你年輕，沒有幫手，如何能遭得起這種人命官司？所以祇好在暗中將知圓和尚扶住，好好的腳先下地，不使跌倒！假使不將知圓和尚扶得離台遠遠的站住，仍恐怕被倒塌下來的桌椅碰傷了！

「你想：若不是有這們多鬼神在暗中保護，五六十歲的老和尚，從一丈多高的台上倒下來，能有那們平安無事麼？你要知道，這些話不是我們憑空揑造出來說的！當時我們圍住知圓和尚，問：何以好好的站住，一點兒不曾跌傷？知圓和尚就說：想必是有鬼神護佑；若不然，骨肉都已跌碎了，那裏還留得下性命！」

陸小青聽了這些議論，口裏不能反駁，心裏總覺得鬼神在暗中保護的話，太沒有憑據，祇是自己仍想不出有憑據的道理來！這事擱在心裏幾年了，此時聽得寺裏做功德的聲音，所以不知不覺的把這樁心事觸動了。

當下，陸小青心裏尋思道：「我不曾到過紅蓮寺，祇聽說從我家到長沙去，須走紅蓮寺門口經過。我小時候雖走過這條路，然那時不關心，不知這廟是不是紅蓮寺？此時天色已經昏黑了，若是紅蓮寺，我何妨就在這裏借住一宵。聽說紅蓮寺的和尚，都肯與人方便，孤單客商錯過了宿頭，及窮苦文人在外遊學，到了這地方，無錢到飯店歇宿的，去寺裏借宿，無不容納，並有很整齊清潔的被褥，次早還留吃一頓早餐。每年這筆接待俗客的費用，卻不在少數！那十幾個曾在我家做過佛事的和尚，或者還能認識我，即算不認識，說起來也應該記得！」陸小青旋尋思著旋向山下走。

不知這廟是不是紅蓮寺？且待第七三回再說。

第七三回　值佳節借宿入叢林　度中秋賞月逢冤鬼

話說：不一會，陸小青繞到了山門前面，定睛細看山門上的匾額，幸依稀辨認得出，果是「紅蓮寺」三個大金字。上面兩邊角上，還有兩個小些兒的，就形式猜去，大約是「敕建」二字。山門大開著不曾關閉，望見裏面佛殿上燈燭輝煌，無數的和尚都身披袈裟，手執法器，念經的念經，拜佛的拜佛；那種又華麗、又莊嚴的氣象，使人在遠遠的望著，就油然生敬重三寶之心，不敢冒昧闖進去，擾亂他們的佛事！祇得緩緩走進山門，拱立在佛殿下等候。雖隔幾年沒見知圓和尚了，然此時還認得出他正領率著衆和尚拜佛。

衆和尚已有看見了陸小青的，但是都在一心拜佛，沒一個肯作理會，祇當不曾看見的一樣。約莫經過了一頓飯久的工夫，功德才做完了。知圓和尚自走進佛殿裏面去了，其餘的和尚也都各歸各的寮房，沒有一個開口說話的。陸小青暗想：這才眞是整齊嚴肅，怪不得遠近的人，同聲稱讚紅蓮寺的法規好！不過他們都各自散了，我若再不上殿去，隨便拉住一個，說出借宿的話頭，一會兒都走散了，教我去那一間寮房裏找誰呢？一這們著想，便提步往佛殿上走。

就在這時候，祇見一個五六十歲的老和尚，從衆和尚中走出佛殿，迎面向陸小青合掌念了一聲佛，現出極謙和的神氣，問道：「居士從那裏來？有何貴幹？」

陸小青連忙打拱，答道：「請恕冒昧！我是打從此地過路的，因貪著多走幾里路，錯過宿頭，天色已晚，前面山路不易行走，祇好來寶刹借宿一夜。當隨緣奉納香金！」

老和尚就佛殿上燈燭之光，略略打量了陸小青幾眼，說道：「原來是錯了宿頭來借歇的。這很容易，祇是沒好款待！」陸小青連聲稱謝。

知客老和尚即引陸小青走下佛殿，到東邊一所連三間的房內。陸小青看這房中陳設的桌椅，雖很粗劣、很破舊，然打掃得潔淨無塵。房中懸了一盞玻璃燈，燈光僅能看清房中的陳設，左右兩間的房門都關著。

知客老和尚讓陸小青坐下，問道：「居士既是錯過了宿頭，想必此時還不曾吃晚飯。敝寺的齋供，苦不適口，祇能充充飢腸，不嫌粗惡麼？」

陸小青忙謝道：「承賜地方歇宿，已覺心裏不安；若再打擾，不太過分了麼？」知客老和尚謙遜了一句，轉身出去了。

不一會，托出一個木盤來，盤裏一小桶飯，兩樣素菜，就桌上擺好碗筷，讓陸小青吃。陸小青正覺腹中飢餓了，看飯菜果不精美，知道紅蓮寺的和尚素來是飯食粗惡的，在勢不能為招

待俗客，另辦精美的飲食。有兩樣素菜，還是款客的排場，寺中和尚每餐都祇有一樣素菜。

陸小青腹中正在飢餓的時候，雖是這般粗惡的飯菜，也一頓狼吞虎嚥的吃了。知客老和尚點一枝寸多長的小蠟燭，送他到左邊房間裏；四圍靠壁都架了床，好像是特地預備給俗客睡的。知客老和尚道了安置，自將小蠟燭插在壁縫中去了。陸小青獨自坐著太沒有趣味，祇得倒在床上睡起來。

睡了一會睡不著，燭光一滅，忽見房中有月光射進，不由得暗自好笑道：「我這番出門，連走了五天路；前四天都落在飯店裏，雖不及在家時的飲食起居方便，然大致也還過得去。今日因是中秋節，不願意辜負了良宵，在上午就打算今夜要揀一處風景好些的飯店落下，準備弄些酒菜賞月，也可借此以消客中寂寞。

「誰知在黃昏以前走過了一處飯店，便直走到天黑，也再遇不著飯店了。幸虧有這紅蓮寺，素來喜與人方便，我才得了歇息之處；若不然，休說弄酒菜賞月，再走幾里路，落店太遲了，各飯店都住滿了旅客，還不見得能留一個安身的地方給我呢！即此可見得萬事皆由前定，合該我今年應在這紅蓮寺裏，過這種人世第一的寂寞中秋節，才會轉那揀好飯店賞月的念頭；若沒有那樣念頭，前四日都是黃昏以前落店的，今日何獨不然呢？」陸小青自拜羅春霖為師後，幾年來都是每到夜間睡覺，頭一落枕，便萬念俱寂，闔眼就悠然睡著了。前四夜在飯店裏歇宿，也是如此。

獨這夜看見從窗格裏射進來的月光，無端的思潮起伏不定，輾轉了幾次，又忽然轉念笑道：「中秋的明月，難道定要在有風景的飯店裏，弄得酒菜來吃喝著才能賞的嗎？這也未免太俗了！這廟裏清高絕俗，正能替中秋的月光生色不少！衹看從窗格裏射進房來的這一點兒月光，有多明亮！我既睡不著，何不起來去外面欣賞一回？」一想到這裏，雅興頓增，一翻身就坐了起來。

熱天起睡，不須穿脫衣服，更覺便利。下床開了房門，步出這一座三開間的房屋，走廊廡下出來，就是大佛殿下面的一個大坪。坪地都用四方石塊鋪著，平坦坦的，受那極清明的月光照著，就和結了一層厚冰的水面一般。坪的兩邊，安放了兩隻高有一丈的鐵香爐，此外別無一物。陸小青反操著兩手，仰面在月光中走了幾轉，覺得萬物都靜悄悄的，連風動林葉的聲音都沒有。

心想：這寺裏住了一百多個和尚，此時還不過二更時分，便各處全聽不出一些兒聲息，彷彿是一座無人的空廟；這種清規，確是旁的廟宇中和尚所萬萬不能遵守的！

認眞說起來：出家人實在應該如此，方足使人欽敬！若出家人的起居飲食，及一切舉動，都和在家的俗人一樣，就祇剃光了頭髮，穿上圓領大袖的衣，便算是和尚，受十方供養，那簡直是天地間的罪人；懶惰無業的遊民，都不妨借著做和尚騙衣食了！

祇是可惜守清規、守戒律的和尚，遠處的寺院如何，我不知道；這方圓數百里以內，就僅有這紅蓮寺，怪不得這寺裏的寺產豐富！原來寺裏的和尚，待自己都極刻苦，待人卻處處行方便，實行佛菩薩慈悲度人的志願。

有錢的人不想積功德則已，想積功德，不拿錢捐助在這種寺裏，待捐助甚麼地方呢？我父親給我的那些遺產，我一個人那裏用得著那們多？我憑著胸中學問，手上的能爲，也不愁一生謀不著衣食；何不將遺產提一半出來，捐在這寺裏，替我父母做些功德呢？陸小青想到這一層，心裏異常高興，覺得這功德非做不可！

此時的月光已漸偏西了，照得東邊廊廡下，安放了一口五、六尺高的大銅鐘。隨意走近前看那鐘，是雲白銅鑄的；上面鐫了製造的年月，計算已有百多年了。貢獻的人，是一個做湖南按察使的。細看那鐘並沒有破壞，鐘上打掃得乾淨，一點兒灰塵沒有，好像是才安放在這裏不久的樣子。正待伸手摩挲，猛覺得佛殿上有一陣很怪異的風，吹得殿上懸掛的東西，都瑟瑟作響！

陸小青不覺回頭向佛殿上望去，那般莊嚴宏偉的佛殿上，祇佛座前面，點了一盞懸掛的琉璃燈，以外別無燈火。琉璃燈的光線，四圍都還明亮；祇燈的底下，是照例有一塊籃盤大小的黑暗圓圈。陸小青朝佛殿上看時，那琉璃燈的寸長火燄，正在搖搖不定，因此燈底下的黑圓圈，也跟著忽然明暗。

就在這當兒，祇見那忽然明暗的圓圈裏面，有好幾個婦人，集聚在那一塊地方，齊向佛像叩頭禮拜。陸小青不禁吃了一驚，暗想：這時分怎得有這們多婦人來拜佛呢？並且寺門關著，婦人從何處進來？不是奇了嗎？一面心裏這們想，一面再定睛看那燈下，卻是一個也不見了：祇依稀隱約的，看見一群黑影，同時向佛座下藏躲的模樣！

陸小青隨即吐了一口唾沫，低聲呸了幾下，說道：「這才是活見鬼了！我這兩隻眼睛，自遇恩師之後，一日光明一日，近年來尋常人看不清晰的東西，我都能一望了然；昏花的毛病，一點兒沒有了！若在五年前看了這情形，還可以疑是兩眼昏花誤認，於今我自信不至如此！不是活見鬼了嗎？」當下舉眼向殿上四周看去。

陸小青初進紅蓮寺的時候，一因寺內的和尚，都整齊嚴肅的在念經拜佛，不知不覺的發生了一種敬畏之心，不敢隨便抬頭亂看；二因此來目的是在借宿，在未得和尚許可以前，無心瀏覽景物。因此雖在佛殿下拱立了多時，然佛殿上的情形，並不曾看明在眼裏。

此時才看出這佛殿從殿基到屋脊，足有三丈多高。正中蓮座上的一尊佛像，還是坐著的，頭頂已直衝屋脊。那蓮花座有一丈二三尺高，朱漆的蓮花瓣，一片一片張開來，每片和門板一般大小。蓮座前面的香案，也碩大無朋。佛像的兩旁，排列著許多金漆輝煌的木龕，龕裏約莫是五百尊阿羅漢的像。

因離琉璃燈太遠，祇借著佛殿下明月反射的光，陸小青又立的地方太遠，所以看不大明白。心裏又轉念道：「我為甚麼祇管站在這廊廡下，朝佛殿上呆看呢？這時又沒有和尚在殿上做道場，索性上去瞻仰瞻仰，不好麼？」遂舉步向佛殿上走去。

才走了幾步，偶一抬頭，又分明看見那琉璃燈底下，擁擠著一大堆的婦人，向佛像叩頭禮拜。這次所見，比前次更多更清晰，前次大約衹有十來個，這次就有二三十個了。陸小青既發現了這種怪異情形，衹得立住不動，目不轉睛的望著燈底下，仔細看怎生變化。

說起來奇怪極了！陸小青一仔細定睛，便看出那一大堆婦人，並不是陡然出現的，明明白白的一個個從蓮座下走了出來，向燈底下一擠，就掉轉身叩頭禮拜起來。每出一個都是如此，好像衹有那燈底下的黑圓圈裏面，才可以容身似的。漸出漸多，約計已有七八十個了。猛聽得嗆喇一聲，佛殿上的瓦，好像被貓兒踏踤了一片；這響聲一出，燈底下的婦人，登時驚慌得往蓮座下一閃，睜眼便一無所見了！

陸小青如癡似獃的望著，也被那響聲驚得清醒轉來了，連連說：「怪事，怪事！」三步作二步走上佛殿，心裏自尋思道：「佛殿之上，是何等清淨莊嚴的地方？如何會有這些女鬼，齊集在此？並且看這些女鬼拜佛的神情，好像是伸訴冤苦，哀求佛祖超度的一般。這是甚麼道理？我兩次都看得明明白白，向這蓮座下一晃就沒看見了；剛才更分明看得清楚，一個一個從蓮座下走了出來，莫不是這蓮座下有甚麼蹊蹺？」

看香案上有點不完的蠟燭，便拔了一枝，跳上香案，就琉璃燈火上點著，細細的照看蓮座前面的蓮花瓣。一片片都看了幾眼，搖了幾下，看不出一點兒可疑的痕跡，也搖撼不動。照到後面，畢竟被他看出一些破綻來了！

原來：其中有一片蓮瓣，邊上有數寸遠的所在，特別的光滑，可以看得出是時常在這地方捏手的。就那光滑的所在，用手捏住一搖；不搖這下沒要緊，衹這們一搖，搖得那蓮瓣往旁邊一歪，裏面跟著一股陰冷之氣衝出來，衹衝得陸小青皮膚起粟！

古人說得好：藝高人膽大！雖則發現了這種可怕的情形，然陸小青仗著一身出色超群的本領，並不知道害怕。換左手捏住蓮瓣，右手拿燭向衝出陰冷之氣的所在一照，衹見這蓮瓣原來是一扇洞門；蓮瓣讓開了，即時現出一個洞口來，洞口裏面，漆也似的黑暗，就有燭也照不見洞有若干深？洞裏有甚麼東西？衹覺有一股臭氣，衝入鼻孔，比無論甚麼臭氣都難當！使陸小青聞了，禁不住要嘔，心裏已猜著必是屍臭！

正要想方法進洞裏探看一個究竟，陡聽得有腳步的聲音，嚇得陸小青忙噗的一口將燭吹滅，隨手仍將蓮瓣扶正。跳下來，將燭插在原處，打算回房再作計較，免得被和尚出來看見了，知道識破了他寺裏的機關，不是當耍的事！再聽腳步聲音倒沒有了，然在佛殿上徘徊也沒用處，仍由東邊廊廡下走進那三開間的房。

腳才跨進睡房，就見那個知客老和尚坐在床上，笑容滿面的立起身迎著說道：「居士適從何來？」陸小青這時眞是懷著鬼胎的人，忽看見老和尚坐在房裏，這一驚眞是非同小可！

不知他怎生支吾應付？且待第七四回再說。

第七四回　逼出家為窺祕密事　思探險因陷虎狼居

話說：陸小青忽一眼看見知客老和尚坐在房裏，眞是一驚不小！見他問話，祇得竭力裝出行所無事的樣子，答道：「因爲今日是中秋佳節，我在白天行路的時候，便打算揀一處地方風景好的飯店落下，準備弄些酒菜賞月，免得虛度良宵！誰知所經過的飯店，我都覺得不好；原想多趕一程路，以求能滿我這心願的。

「無奈山路難行，剛近寶刹，天色已昏黑不能行走了，因此祇得來寶刹借宿。方才正上床睡了，忽見從窗格裏射進來的月光，清明如畫，偶然想起這樣皎潔光明的月色，照著這樣清淨莊嚴的佛地，應該比一切的地方都好看！在飯店裏賞月，怎趕得上在這地方賞月呢？我何幸於無意中遇了這種良宵美景，若就這們糊裏糊塗的睡了，辜負了這樣好時光，豈不太可惜？

「雖說一時間取辦不出酒菜，然我以爲在這種清淨莊嚴的地方賞月，飲酒食肉，反覺太俗！於是就翻身起來，在外面廊廡下及石坪中，徘徊欣賞了好一會。我生平所歷的境遇，實以剛才這一刹那爲最高潔！」

陸小青有意是這們接連不斷的說了一大篇，好掩飾他偷窺祕密的痕跡。知客老和尙也不打斷他的話頭，祇管笑嘻嘻的望著他說。他見知客老和尙不像有惡意的樣子，以爲：知客老和尙另有事故到這房裏來，偶然湊巧在這時候，並不是爲知道他有偷窺祕密的舉動而來的。自己疑心生暗鬼，無端吃了那們一大驚！

說完了這一大套話，看知客老和尙不住的點頭笑道：「居士眞是雅人，才有這般清興！貧僧欽佩之至！」

陸小青這時心裏已安定了，問道：「老和尙怎的這時分還不去安睡？來此有何見教？」知客老和尙兩眼祇是不轉睛的望著陸小青的臉，笑道：「並沒有甚麼事。祇因貧僧心裏，異常欽佩居士，想來這裏與居士多談一回。」

陸小青道：「我生平一無所能，怎敢當老和尙欽佩兩個字！」

陸小青口裏這們說，心裏卻疑惑這和尙，必是從甚麼地方，看出他是一個有本領的人來，所以回答說生平一無所能。

想不到知客老和尙聽了，伸手豎起大拇指，說道：「居士的能爲很多，貧僧久已知道。不過貧僧欽佩的，不是欽佩居士的能爲，是欽佩居士獨一無二的膽量！」

陸小青覺這話很詫異，隨口問道：「老和尙和我初次相逢，何以知道我有獨一無二的膽量?」

知客老和尚大笑道:「居士可明白貧僧的職務,是幹甚麼事的?如何會不知道居士的膽量好呢?」

陸小青雖明知話裏有因,然仍猜不透是甚麼用意,衹好說道:「我生性太愚笨了!老和尚的話帶著禪機,我仍是不能領悟,請老和尚明白說出來罷!」

知客老和尚道:「居士故意裝獃也罷了,教貧僧明說,貧僧也衹得明說了。世間上的人,不論男女老少,沒有一個不怕鬼的;雖也有些自負膽壯的人,青天白日說大話欺人,他不怕鬼,究其實何嘗不怕!明知青天白日是不會有鬼的,才敢說這種大話;若在深夜無人的時候,眞個有鬼出來,給那些說大話的看見了,看他到底怕也不怕?我看誰也不能有居士那般大的膽量!居士說

生平的境遇,以剛才一刹那爲最高潔,貧僧很相信居士的話確不虛假!像剛才那一刹那的境界,人生原不容易遇著,但是貧僧要請教居士剛才所遇的,究竟是如何的情形?」

陸小青聽了這番話，已經安定了的一顆心，不由得又衝跳起來了！暗想：我若承諾是看見了許多女鬼，便不能不承諾偷窺了蓮座上的黑洞。這寺裏和尚，表面裝作得個個是羅漢，個個是菩薩，暗中卻造下彌天罪孽！如果被我識破了揭穿出來，這寺裏百多個和尚，不待說都沒有活命；就是這座堂皇壯麗的紅蓮寺，也必付之一炬！這樣關係重大的祕密，被我識破了，可知他們決不肯與我甘休！我還是一口咬定不曾見鬼的好！

陸小青當時心裏雖這們細細的思量，然面上並不敢露出一點兒躊躇的神氣，聽完知客老和尚的話，故意裝出驚訝的樣子，說道：「老和尚這些話從那裏說起？我聽了完全莫名其妙！我生平沒見過鬼，並不相信世間上果有鬼，也沒有很壯的膽量！老實對老和尚說：我剛才起來賞月，固然是因中秋月色好，然大半也因平日不曾獨睡得慣。就是前昨幾日在飯店裏歇宿，也是四五個客商同歇一房；獨自睡一間房的時候，從來沒有過，免不了有些膽怯！不如索性起來，到月光下賞玩一會。老和尚倒來欽佩我的膽量，這簡直是有心挖苦我的一般！」

知客老和尚至此，忽然改換了一副嚴厲的臉色，伸手在桌角上拍了一巴掌，怒道：「你這人太不識好歹，敢在眞菩薩跟前燒假香！我的話已向你說明了，你還敢是這們瞎扯淡！你以爲不承諾有這回事，便可以支吾過去麼？你也不想想，我這紅蓮寺裏一百多個和尚，不都是死的；你在佛殿上的行爲，豈能瞞得過我們的耳目？我勸你自己知趣點兒罷！」

知客老和尚此時的神情聲口，與初見面的時候，前後截然兩人。初見面時春風滿面，開口必合掌躬身，無論如何會巴結的小老爺，見上司也沒有這般殷勤恭敬；此刻一翻轉臉來，那種橫眉豎目的凶惡樣子，就是殺人不眨眼的強盜，也沒有這般厲害！

陸小青初次經歷這樣險境，又早已自覺心虛，此時見了知客老和尚這般凶像，更不由得膽怯起來！那些無禮的話聽到耳裏，雖不免有些冒火，然不敢發怒，恐怕鬧得決裂了，單身一個人，縱有絕高的本領，身入虎穴，也斷乎討不著便宜！

祇得竭力按納住火性，平心靜氣的說道：「老和尚這些話實在來得太奇怪了！我來寶剎借宿，是老和尚允許了我的，我並沒有偷進寶剎來。實心實意的與老和尚說話，爲甚麼無端責罵我是瞎扯淡？我睡不著出房外賞月，本除賞月光而外，甚麼東西也沒看見，老和尚卻硬栽在我身上，說我看見鬼！

「我便退讓一步，就算是我看見鬼了，也不干朝廷的國法，不犯寶剎的法規！老和尚何必這般惱怒？我不知道知趣兩個字怎麼講？祇是我乃過路的人，明早天光一亮，就要動身趕路的，因此我也毋庸請教是怎生解說？既承情許我借宿，於今時候也不早了，請老和尚進去安歇，讓我安睡一覺，明日好趁早登程。」說罷，拱了拱手，做出準備送客的樣子。

知客老和尚那裏作理會呢？虎也似的哼了一聲，指點著陸小青的臉，說道：「眞是天堂有路你不走，地獄無門闖進來！你借宿便借宿，誰教你多管閒事？你既沒看見鬼，好好的佛座蓮台，要你點著燭東尋西覓些甚麼？你要知道，嘴巴硬是不中用的！我因憐念你年紀輕，不知世事，在佛殿上那些舉動，或者是出於無意，我才不辭煩瑣，用好言來開導你！誰知你是狗咬呂洞賓，顛倒不識好人！反想在我跟前賣弄你的口才，以爲說得近情理，便可以支吾過去！試問你此刻還能有話支吾麼？」

陸小青見點燭照蓮台的事，已被老和尚看見了，知道再掩飾也不中用，越是膽怯害怕，越想不出對付的主意！到了這種時候，明知就是哀求苦告，也不見得便能免禍；倒不如索性和他硬來，看他把我怎生辦法？我若命中注定了要死在這寺裏，任如何也逃不脫！我恩師傳授我的本領，不在這時候應用，有何用處？

凡事祗在一轉念，陸小青賴有此一轉念，膽氣登時豪壯了！也陡然在桌上拍一巴掌，叱道：「你不要欺我太甚！我是從此地過路的人，第一次到這寺裏來，誰知道你這寺裏有不能見人的機關？佛座蓮台安放在大殿上，原是給人瞻禮的，我就拿燭照看一會，算得了甚麼？」

知客老和尚見陸小青生氣，面色倒和緩了，說道：「在你自然算不了甚麼！然你知道我們也算不了甚麼嗎？」

陸小青道：「我鬼是見了，蓮台也是照了，你既怪我不應該看，祇看你打算將我怎樣？你有甚麼手段，儘管使用出來！」

知客老和尚點頭道：「你既肯承認見了鬼，照了蓮台，以下的話就好說了！你依得我的話，我並沒有甚麼手段使用。我這寺裏的機關，萬不能給寺外的人看破；誰看破了，便取誰的性命，不問是有意無意，善人惡人！你今夜識破了寺裏的機關，照例本沒有閒工夫來和你說話，一炷悶香將你薰翻過去，隨便派一個小沙彌來，可以了你的帳！

「祇因我們當家師說：你是個有些來歷的人，不忍拿對待平常人的法子對待你！佛眼相看，開你一條生路！你祇立刻皈依當家師，剃度出家，從此你也成了這寺裏的和尚；不但不追究你偷窺的罪，凡是寺裏一切祕而不宣的事，你都能預聞，比眞個成佛成仙的，還要快樂多少倍！

「這是你的大造化！有幾多大富大貴的人，勘破紅塵，要求皈依我當家師的，當家師那裏把那些人看在眼裏，多是連瞅也不瞅一眼！又有幾多大叢林裏的大和尚，要求在當家師跟前參學的，沒一個不被當家師一口回絕！你是前生修積了，今生才有這樣好機緣。你的意思以爲怎樣？」

陸小青問道：「你這話是教我出家做和尚麼？」

知客老和尚道：「不錯！除了立刻出家做和尚，沒有第二條生路給你走！」

陸小青冷笑道：「出家做和尚，我知道是再好沒有的事！我父母都已去世，沒有兄弟叔伯，沒有妻室兒女，出家也正相宜！不過我不能被你們逼迫出家，我到了願意出家的時候，自會皈依三寶，此時不是我出家的時候！」

知客老和尚笑道：「虧你說得好太平話！你在這裏作夢啊！若由得你此時不出家，也不說沒有第二條生路給你走了！你趁早打定主意罷！你存心要走死路，就是活佛臨凡，也不能度你！」

一面說，一面突然從衣底拔出一把雪亮的單刀來。祇是看那單刀的形勢，和尋常的單刀不同，刀背不過半分厚薄；刀長約二尺四五寸，寬才一寸五六分；刀把也比尋常單刀把短些，僅夠握一手的地位；刀葉十分綿軟，好像是卷起來繫在腰間的；拔出來時，彎曲得與一條皮帶相似；隨手舉向桌上一拍，登時挺直與尋常的單刀無異。

知客老和尚即用刀尖指著陸小青道：「你不立刻皈依三寶，就請試試我這緬刀的滋味！」

陸小青雖不曾見過這種又軟又薄的單刀，然一聽試試緬刀滋味的話，心裏卻想起他師父羅春霖曾對他說過：緬刀是緬甸出產的，極鋒利無比！緬甸的風俗尚武，無論何等人家生了男孩子，親戚六眷送三朝周歲禮物的，都少不得要送些毛鐵；至少也得送三五斤，多則數十斤百數十斤不等。

這生男孩子的人家，將各處送來的鐵集合起來，用鍊鋼的方法，終年不斷的鍊起來；直鍊到行冠禮的這一日，才打成一把刀。這把刀就歸這個男孩子終生使用。這種鋼鍊得純熟到了絕頂，能和盤皮帶一般的，卷成一個圓圈，繫在腰間，從表面一點兒看不出。

這種刀雖是鋒利無比，然使用也極不容易！因爲刀葉太軟，若使勁略偏斜了些兒，每每將刀口劈將翻轉過來了！緬甸人從小操練，然能使用如意的，一百個之中，也還不過幾個人！中國人少有用這種刀的！能用這種刀，必有驚人的本領！羅春霖曾拿這些話向陸小青談過。此時想起來，知道這老和尚必有些了不得的本領！

但是陸小青是個好強的性質，又是年紀很輕的人，正想憑著一身本領，做些事業，如何肯出家做和尚呢？當下也顧不得自己的本領，是不是知客老和尚的對手？

他是練童子功的，周身能不避刀劍，所以雖明知道緬刀厲害，並不畏懼，反掉轉臉望著旁邊笑道：「你這類東西，毋庸拿出來嚇我！莫說我這時候，寧死也不出家；就是要出家，也不得在你這萬惡的紅蓮寺出家！你休得妄想！你有手段殺我，儘管殺來！」陸小青說完這話，以爲知客老和尚必眞個動手殺過來，倒很留神他的舉動。

誰知他又自行轉過臉來，從容說道：「古人說的：螻蟻尚且貪生！豈有一個少年人，無端自願走上死路的道理？你此刻這般桀驁，難道疑惑我不敢殺你麼？你這個念頭就錯了！你代替我們想想：你既識破了我們的機關，又不皈依我當家師，我們敢留你一條性命，放你出去麼？你自問能有多大的本領？自問能打出這紅蓮寺麼？」

陸小青道：「我既說了寧死也不在這時候出家，還有甚麼話說！」知客老和尚趁陸小青在昂頭說話的時分，冷不防舉刀撲殺過來，口中隨著罵道：「好不識抬舉的東西！」

其實陸小青早已處處提防著了，見一刀劈下，有意伸出左膀迎上去，一則存心賣弄他自己的工夫；二則想借這一下試驗這緬刀，究竟怎樣鋒利？想不到老和尚一刀未曾劈下，忽然哎呀一聲，自行將刀掣了回去，一低身躥出了房門，回頭向陸小青說道：「好！看你有本領，能插翅飛出紅蓮寺去！」說時，房門劈拍響了一下關了。這們一來，倒把陸小青怔住了，猜不透老和尚是一種甚麼舉動？

不知這究竟是一種甚麼舉動？且待第七五回再說。

第七五回　破屋瓦救星來月下　探蓮台寃鬼泣神前

話說：陸小青見房門已是關閉，連忙回身一腳踢去。誰知這一腳用力過猛，門板動也不動，倒把腳尖震得痲了，不禁大驚失色！暗想：這房門開著的時候，我進房就看見的，好像是一扇半寸多厚的木板門，和尋常的單片房門，並沒有不同之處；不知究竟是甚麼東西做的，竟有這們牢實？可恨房裏的燈早已熄了，不能仔細照看，衹得用手去摸，觸手便能分別得出不是木板門，搖著不動絲毫，有極密的鐵釘釘在上面，可知是用多厚的鐵皮包裹的！邊摸索邊心裏詫異道：「這又奇了呢！我進房的時候，若看見是這般用鐵皮包釘的一扇房門，豈有不留心看看的道理？並且知客老和尚道了安置退出去之後，房門是我自己關閉的，衹輕輕一撥就關了，也沒有剛才這們大的響聲。難道有兩層房門嗎？」隨即摸到門框上，所猜的一點兒不錯，果然這關閉的，又是一扇房門；這門是從牆壁裏面推出來的，不關閉時一點也看不出！

陸小青將通身氣力，都提到兩隻手上，自信沒有一千斤，至少也有八百斤的實力；連推了幾下，就和生了根的一般，料知是打不破、推不開的。心裏計算：這門既不能開，就衹有看窗格怎樣？即走近窗前。偏巧這時的月光，已不射在窗格上了。摸窗柱雖知道是木做的，然因窗孔太小，所有的窗柱，都是很粗大的雜木；沒有刀鋸，誰也不能用手捏斷！再看屋瓦，離地足有兩丈多高。

陸小青到了這時候，一想到是自己的生死關頭，便不由得不努力尋出路！一面默祝他師父羅春霖英靈保佑，一面運用氣功，運到了那時分，忽發一聲吼，兩腳朝下一蹬，身體直向瓦屋衝去，原打算用一頭兩手，將屋瓦衝破一個窟窿，身體就可以衝出屋頂去的！

論陸小青的能耐，休說這房屋衹兩丈多高，便再高一二丈，也能衝得出去！無奈這房的懸皮屋梁，都用鐵皮包釘在靠瓦的那一面；從下面抬頭看去，與平常人家房屋的懸皮屋梁一樣，看不見有鐵皮包釘的痕跡！

陸小青這一頭衝上去，衹衝得嘩喳一聲響，屋瓦衝碎了一大塊，紛紛往房裏掉下，懸皮屋梁一條也不曾衝斷！懸皮屋梁既不曾衝斷，身體便不能衝到屋頂上去；凌空沒有立腳之處，也跟著碎瓦掉落房中，反衝得頭頂生痛！衹好揉擦著頭皮，歎道：「作夢也想不到，我一條性命會斷送在這紅蓮寺裏！這紅蓮寺既是這般一個萬惡的地方，而外面的聲名，平江、瀏陽、長沙數縣幾百里的人，莫不異口同聲的稱讚，二十多年來不曾敗露過。不見得這二十多年中，直到今夜才被我看出了破綻！

「聽那老賊禿剛才說對我是佛眼相看的話，可知平日對於識破寺裏機關的人，也不知用悶香迷翻殺了多少！知圓和尚在我家放焰口，台塌沒將他跌傷的時候，我就疑惑他不是個尋常的老和尚！無如那時稱讚他是活菩薩的人太多，使我不敢疑心他來歷不正；大家又都說他是讀書人出家，我因此才沒拿著當一回事！

「於今方知道這寺裏和尚，其所以敢於作惡，毫無忌憚，就是仗著各有一身武藝！那老賊禿已經動手殺我，卻無緣無故的，忽然叫了聲哎呀，將劈下來的刀，掣回去不殺了，並即時躥了出去把房門關閉；這種離奇的舉動，雖猜不出是甚麼用意，然聽他出門的時候，所說的那幾句話，可見他不是好意！不待說就要再來對付我的！

「那當家的知圓和尚，能不提防在幾丈高的台上跌下來，面不失色，那種本領，便不是我趕得上的！若是他親自來和我動手，我赤手空拳的，拿甚麼東西抵擋他呢？於今逃既無望，終不能坐以待斃！總得找一件可以拿在手中當兵器的東西，人多動起手來，方不至因短手上當！」

陸小青心裏想著，兩眼向房中搜索。雖沒有燈光，看不大明白，但是窗外的月色光明，反射進些兒光亮來，可以看得見靠窗一張方桌，是很堅牢的木料做的；四條桌腳，更是粗壯。心裏很歡喜，折兩條桌腳下來，可以馬馬虎虎的當兵器使用！

剛待扳翻桌子，將腳卸下，祇是還沒動手，陡聽得有許多腳步聲，在外面石坪中走得響。因是十分寂靜的深夜，萬物都和沉沉的睡著了一樣，甚麼聲息也沒有，所以雖相隔不近，響聲都能聽得進耳。

那響聲一步近似一步，且來得非常急驟；不待思索，就料定是知客老和尚叫來的幫手！那裏再敢怠慢！一手將桌子掀翻，喳喇喳喇兩聲響亮，兩條桌腳已在陸小青雙手中握著了，打算當門立著等候，祇要外面和尚一開鐵門，就用毒龍出洞的身法，出其不意衝殺出去！

才一霎眼，便聽得腳聲已到了房外，好像有幾個走進了中間吃飯的房裏，有幾個走到了窗戶外邊。兩處都唧唧噥噥的說話，祇不見推開鐵門。陸小青異常著急，恐怕那些和尚從窗眼裏放悶香進來。心想：守在這房裏，橫豎免不了是一死！與其落到這些賊禿手裏去死，不如拚命再向屋瓦上衝他一回！衝出去了是我的造化，衝不出去，就衝得腦漿迸裂而死，也強於死在賊禿手中！遂仰面朝屋瓦上一看，不看時幾乎急煞，這一看卻又幾乎喜煞！屋瓦上有甚麼可喜的事呢？

原來剛才衝了一下，不曾衝成窟窿的所在，此時不知怎的，已成了一個很大的透明窟窿，懸皮屋梁都斷了！已經在生機絕望的時候，忽然看見了這一條生路，教他如何能不喜煞呢？既有這

現成的透明窟窿，要衝出去，便是很容易的事了！陸小青抖擻精神，雙腳一墊，身體就從窟窿裏躥到了瓦面。腳才立住，猛聽得背後有人說道：「不肯在這裏出家，倒是一個好漢！」

陸小青驚魂初定，聽得背後有人，又是一驚不小。急回頭看時，祇見一個身材不大的人，神氣很安閒的立在瓦上。此時月已啣山，這人又背月立著，猝然看不清面貌，但是頂上有髮，知道不是和尚。

然而陸小青自忖，沒有好武藝的朋友前來相救，並且也沒人知道他在紅蓮寺借宿的事，逆料這說話的，必是與寺裏和尚一類的人！覺得：先下手爲強，後下手遭殃！當即折轉身來，打算向這人一腳踢去。

這人從容避開一步，笑道：「我是救你的恩人，你反認作害你的仇人！怪道那老賊禿罵你狗咬呂洞賓，顛倒不識好人！你瞧罷，追趕你的來了！」說時，手向對面屋上一指。陸小青看時，果見有三個大袖光頭的人影，從對面屋上飛也似的向這邊屋上撲來，手中都操著明晃晃的單刀。

陸小青道：「我們從這邊走罷！」

這人道：「不行！你不見嗎？這邊屋上也有人來了！」

這人沒說的時候，陸小青眼睛雖望著這邊，祇因這邊是背月光的地方，甚是黑暗，並不曾看出有人上來。經這人一說破，即見四個光頭，正冒上房簷，東張西望的尋覓；一眼看見在這屋上，便也撲奔過來。

陸小青剛要朝有月光的地方跑，免得有人黑暗處殺出，難得提防，這人已伸手牽住陸小青的衣袖道：「那邊也去不得！隨我來罷！」

陸小青不知不覺的被這人牽得倒向黑暗處飛跑，兩腳似不曾點著屋瓦。耳裏分明聽得背後有人追趕上來，起初還覺得很近，後來越聽越遠，知道追趕的腳慢，已跑得落後了；這人還牽住衣袖，跑個不止。

陸小青是練童子功的人，輕身的本領，自信也不弱示人，衹是看這人的輕身本領，卻又自愧不如！一口氣約莫跑了三四十里路，那怕是極陡峻的高山，就如走平地一樣，一轉眼便翻過山那邊去了。

直跑到東方漸次發白，這人才停步鬆手，向陸小青說道：「我們就在這裏等候著罷。」說著，就路旁石上坐下來。

陸小青這才對這人作揖稱謝道：「請問老兄尊姓大名？何以知道我被困在紅蓮寺，深夜前來相救？」

這人道：「我姓柳名遲。並不是特地前來救你，是奉師父之命，前來搭救一個很要緊的人。想不到一到紅蓮寺，就看見你從床上起來，走到石坪中賞月。我當時跟了你出來，就伏在東邊廊廡的屋瓦上，看你正仰面對著冰輪也似的明月，好像有甚麼心事的樣子。

「忽然佛殿上一陣陰風吹起，登時琉璃燈下，現出幾個女鬼的陰魂來，朝著佛像禮拜，我衹當你不曾看見，回頭看你也正在望著殿上露出驚疑的樣子，才知道你已看見了！等我再回頭看殿上時，不知怎的陰魂都沒有了！因你漸漸的走到東邊廊廡下去，我在瓦上伏著，看不見你，衹得到簷邊伸出頭來看。

「那時還在上半夜，月亮不曾偏西，我才一伸頭，就見我自己的影子，照在地下，恐怕被你看出，連忙縮轉身伏著。看殿上的鬼影又出現了，正待仔細定睛，因見你已從廊下走出來。我疑心你是看見了照在地上的人影，出來向屋瓦上尋覓的；逆料你不抬頭朝我看則已，若朝我一看，我必無處藏形！那時也顧不得再看殿上的鬼影了，慌忙從屋脊背後，飛上正殿，不留神一腳下重了些，踏碎了一片瓦，隨即看你聽了瓦聲，有甚麼舉動？祇見你並不抬頭，兩眼呆呆的望著佛殿上，似乎看了可驚的事，怔住了的一般，隨即就見你向殿上走去。

「我這時在佛殿的屋脊上，又不能看見你到殿上的舉動；知道你毫不疑心屋上有我，正在見鬼的時候，祇要我不再踏著瓦響，你是不會回頭尋覓的，因大膽飛到佛殿對面的屋上。看你果然全不覺得屋上有人，一心一意的在殿上張望，料知你是尋覓那些陰魂的去向。

「你點燭照蓮台的時候，我雖離那蓮台很遠，然那蓮台是多少蓮瓣合成的，我一望便知道，大小共一百零八瓣。這是我從小時候練就的這種眼力。你照到蓮台殿後去了，我在對面又看不見。明知那蓮台內必有機關，不親眼察看一番，我是奉命特為這事來的，怎能放心得下？雖不認識你是何等人，然見你的膽量很大，處那種可怕的境遇，並不驚慌失措，反能從容點起燭來，從蓮台上尋覓破綻，可知你也是一個有心人！我便存心想結識你。

「正在打算也到佛殿上來，忽一眼看到佛像頂上，彷彿有一個黑東西動了一動，接著就見那個老賊禿從佛殿正梁旁邊，鑽到了屋上。原來佛像極高，頭頂抵著正梁，佛像裏面大約是空的；老賊禿在裏面，必已看見你用燭照看蓮台。

「我伏的地方，因比佛殿低了許多，恐怕被老賊禿看見，惟有緊緊伏著不敢動。再看你已慌裏慌張的，將燭吹滅了，仍插在原處，逕回睡的那房裏去。老賊禿的身法很快！他在屋上，你在地下，同時向那房裏走，他卻先到，在你床緣上坐著！我也跟著在屋上細聽。你兩人所說的話，我句句都聽明白的！祇不知道你的能為，畢竟怎樣？及見他舉刀劈你，你居然伸膀膊迎上去，正想因此看看你的能為，不知那老賊禿陡然想起了甚麼事，無端叫了聲哎呀，掣緬刀便往外跑。我不敢躭誤，緊跟著出來，祇見他跑到佛殿的蓮台前面，一霎眼就不知去向了！

「我也到蓮台背後，揭開一片能搖得動的蓮瓣，向裏看了一看，祇覺有一股屍臭味衝出來，裏面黑漆也似的看不見甚麼！我奉命要救的人，終不知在甚麼地方？但是我又惦記著你，被困得不能出來，回到你睡房的屋上，你正衝那一下沒有衝出來。

「我將懸皮屋梁弄斷後，想向你打個招呼；因見老賊禿統率十來個和尚，其勢洶洶的奔來，恐怕開口被他們聽得，有礙我的大事！心想：瓦上有那們大的一個窟窿，料你不至看不出，所以祇在窟窿旁邊靜等。不一會，你就衝出來了。我的眼睛比你的明亮，他們從那邊追來，我很遠就看見了！若不向無人之處奔逃，被他們堵住了，也很危險！你手無寸鐵，我也是赤手空拳！」

陸小青聽了這些話，才恍然大悟。正待問柳遲：奉命來救的是誰？在這裏等候那個？猛聽得有人說著話來了。柳遲即起身笑道：「來了，來了！」

不知來了甚麼人？且待第七六回再說。

第七六回　坐渡船妖僧治惡病　下毒藥逆子受天刑

話說：陸小青見柳遲立起身說：「來了，來了。」即抬頭看前面，衹見一行來了九個人：一個武官裝束，年約四十多歲，生得濃眉巨眼，膀闊腰圓，面上很帶著憂愁的樣子；無論甚麼人一望，便可以看得出他有很重大的心事。

同行的八個人，一色身穿得勝馬褂，頭戴捲邊大草帽，背上斜插一把單刀，刀柄紅綢飄拂；一種雄赳赳、氣昂昂的模樣，好像就要去衝鋒陷陣的一般！

那武官裝束的人在前面走著，並不注意柳、陸二人，漸漸走近跟前，將要走過了，柳遲才擋住去路，問道：「你們是從湖南巡撫部院來的麼？」

那武官低頭見柳、陸二人年紀又小，衣服又平常，說話更率直沒有禮貌，官場中的勢利眼睛，那裏瞧得起這們兩個人物！隨將那副捲簾式的面孔往下一沉，兩隻富貴眼向上一翻，說道：「你管我們是那裏來的幹甚麼？」

八個帶刀的兵士，以為柳、陸二人不是善類，當即一字兒排著包圍上來，來勢都很凶惡。

柳遲一看這情形，連忙拉著陸小青往旁邊讓開，說道：「對不起，對不起！是怪我不該多管閒事！請快去送死罷，明年今日，我準來擾你們的抓週酒！」

湖南的風俗，小兒滿週歲的這一日，照例用一個木盤，裏面陳列士農工商所用的小器具，以及喝的糖果，當著親戚六眷，給這週歲小兒伸手到盤裏去抓。看抓著甚麼，便說這小兒將來必是這一途的人物。那時風俗重讀書人，小兒抓著筆墨書本的最好。這種辦法，謂之抓週。抓週的這日，是要辦酒席款待親戚六眷的，吃這種酒席，叫作吃抓週酒。柳遲一時氣忿不過，對那武官說出這話來，祇把那武官和八個兵士，都氣得頓時橫眉豎目，怒氣如雷！

那武官忽然指揮著八個兵士，喝道：「且把這兩個混帳王八蛋綑起來，回頭送到長沙縣衙裏去，每一個的狗腿上，挖他兩個大窟窿！這時候沒有閒工夫和他們多說！」八個兵士眞個如奉了將軍令，一齊張手來捉。本來八個兵士，不是柳、陸二人的對手，加以八人欺柳、陸年輕，不看在眼裏，以爲蕎麥田裏捉烏龜，手到擒來，算不了一回事！

誰知八人才一擁上前，連手都不曾沾著柳、陸二人的身，早被陸小青三拳兩腳，將奮勇上前的幾個打跌了；立在後面的幾個，不由得嚇得呆了，不敢再上前討打，祇圓睜著眼看陸小青，倒安閒自在的，不像曾與人廝打的樣子！

柳遲笑嘻嘻的說道：「你偏有這些精神和他們糾纏！他們今日起得太早，敢莫是遇見鬼了！不過一會兒工夫，好歹都是要去送死的！這時把他們打倒幹甚麼呢？」

陸小青也笑道：「誰値得去打倒他們？他們自己和喝醉了酒的一樣，一個個立腳不住，祇怕眞是起得太早了，想在這地下睡一睡！」

那武官看了柳、陸二人的言語舉動，心裏甚是納罕！不過做官的人，祇慣受人奉承，不慣受人凌辱；今見手下的兵，被這兩個不足輕重的青年打跌了幾個，那裏按納得住心頭火起？一疊連聲的催促這幾個不曾跌倒的兵士動手捕捉。這幾個兵士不敢違抗，都從背上拔下單刀來。這幾個跌倒在地的，因身上沒有受傷，倒地一個翻身，又跳起來了，也各將單刀拔下，齊吼一聲殺，刀光如閃電一般的飛舞過來。

陸小青忽想起剛才聽得柳遲說，在紅蓮寺將要與知客老和尙動手的時候，正想看他的本領如何，叵耐那老和尙一刀不曾劈下，就哎呀了一聲，無端將刀掣回去跑了的話；有心想在這時候，顯點兒能爲給柳遲看！喜得是八月間天氣，身上穿的是單衣，乘那些兵士正在拔刀的時候，故意將上身的衣脫下來，露出一身枯蠟也似的瘦骨；兩條胳膊，就和兩根枯柴梗一般，連骨朶縫裏都尋不出一點兒肉；肋條骨一道一道的排列著，彷彿是紗蔽的鐵絲燈籠。

柳遲雖也是瘦弱身體，然看了陸小青這般雞骨撐持的樣子，反覺得自己是很肥壯的了。那些兵士一見陸小青消瘦得如此可憐，倒嚇了一跳！原是各人舞動手中單刀，待沒頭沒腦劈殺下

去的，及見是這們一個骨朶架子，都不知不覺的手軟起來！

有一個兵士用刀指著陸小青，先開口說道：「你自己也不去撒一泡尿照照，看你這種的樣子，是不是從土裏挖出來的枯骨？眞是豆腐進廚房，不是用刀的菜！」

陸小青聽了，忍不住生氣說道：「我本來不曾惹你們，你們要不自量，來和我動手；此時自知鬥不過我，卻又做出假惺惺的樣子！我瘦雖瘦，結實倒很結實；你們有氣力，儘管砍過來，避讓一下的也不算是好漢！來罷！」說罷，將兩條柴梗般的胳膊向左右張開來，挺著胸膛等他們砍殺。

那些兵士平日雖是狗仗人勢，凶惡非常，祇是對於無寃無仇的人，是這般脫了衣服，等待他們砍殺，倒眞有些不敢下手！一個個擎著刀，望著陸小青發怔！陸小青忿不過，祇將身體一縮，便溜到了一個兵士身邊，如從兵器架上取兵器似的，毫不費力就奪了一把單刀在手，隨即旋舞了幾下，逼得那些兵士紛紛退後。

陸小青忽然挺身立著，說道：「你們不用害怕倒躲！我若有意殺你們，你們便插翅也飛不了！你們因見我的身體瘦弱，以爲禁不起一刀，我就借這把刀，劈給你們看看！」旋說旋舉起刀來，刀口對準他自己的額頭，猛力一刀劈下去，同時將額頭往上一迎；祇聽得哧的一聲響，和砍在棉花包上相似，砍著的所在，一些兒痕跡沒有！接連又砍了幾刀，才換過手來，在周身都砍了一遍。

將刀向那兵士跟前一擲道：「這刀是一塊死鐵造的，太不中用了！你拾去瞧罷！」

那兵士連忙彎腰拾起來看時，祇見刀口全捲過來了，都驚得吐舌搖頭，同聲說好厲害！

柳遲笑道：「你們這種刀，眞是截豆腐都嫌太鈍了！帶在身邊做甚麼，不是丟你祖宗十八代的人嗎？」

那武官看了陸小青的舉動，聽了柳遲的言語，那種不屑和小百姓說話的傲慢態度，不因不由的取消了；那一雙翻起來朝天的勢利眼，也不因不由的低下來活動了！他們這種在官場中混慣了的人，轉臉比甚麼都快！

那武官祇念頭一轉，臉上便登時換過了一副神氣，對八個正在吐舌搖頭的兵士喝道：「還不快給我滾開些！你們跟我在外面混了這們多年，怎麼還一點兒世情不懂得？寃枉生了兩隻眼睛，在你們的臉上，全不認識英雄！這兩位都是有大本領的英雄，你們居然敢當面無禮！幸虧今日有我一同出來，若不然，你們不到吃了大苦頭，那裏會知道兩位的能耐！」

八個兵士好像領會了那武官說這派話的用意，一片聲應是，都忙著將刀插入鞘內，誠惶誠恐的垂手站著。那武官拿出神氣十足的樣子，望了兵士幾眼，好像竭力表示他不滿意兵士剛才的舉動，尚有餘怒未息的模樣。

這幾眼祇望得八個兵士，都似乎在那裏打寒噤！那武官這才覺得顯出他自己的威儀了，回過頭來，趕緊又換過一副堆笑的面孔，打算向柳、陸二人說話。

誰知柳遲已拉著陸小青的手，說道：「我們走罷！弄得不好，說不定又要把我們綑送到長沙縣裏去！我們的腿子要緊，若眞個打成兩個大窟窿，還能跑路嗎？」

二人才走了幾步，那武官已搶到面前，陪笑拱手說道：「兩位不要生氣！祇怪我肉眼凡夫，錯認兩位是青皮光棍一類的人，所以對兩位說了些無禮的話，並且還有一個原因，得請兩位原諒！我此刻正是有極重大的事在心裏，很不耐煩；偏巧兩位擋住去路，問出來的話，又恰好觸動了我的心事，使我登時更不耐煩起來！若在平日，就是兩位問我甚麼話，我也決不至無端用惡言惡語來回答！我於今得請教兩位貴姓台甫？從那裏來？怎麼知道我們是從湖南巡撫部院來的？」

柳遲指著陸小青說道：「這位老兄，我也是昨夜才會著，因見面倉卒，至今還不曾請教他的姓名。不過能在無意中遇著這樣一個人物，確是天假其緣，大非易事！」

陸小青趁此便將自己的姓名、履歷，簡單說了幾句，柳遲也將姓名說了道：「我昨日奉了我師父的命，教我到紅蓮寺救一個貴人；說：那貴人已在紅蓮寺被困三日夜了，若我一個人的力量不能救，祇須回頭向長沙這條路上行五十里等候，自有湖南巡撫部院的人來，可以與他們商量救法！至於在紅蓮寺被困三日夜的，究竟是甚麼人？我師父不肯說，祇說是五十多歲的一個貴人，被困在紅蓮寺的事，是不能給外人知道的而已！」

那武官聽了，很現出驚慌失措的樣子，問道：「貴老師尊姓大名？我確是從巡撫部院到這裏來，祇是昨夜三更過後才動身，臨行除了院裏幾個重要的人，沒外人知道！貴老師怎麼能在我未動身之前，就教足下到這裏來等候呢？」

柳遲笑道：「我師父的大名，在南七省我敢說無人不知，無人不曉，就是江湖上人都稱他老人家為金羅漢的呂爺爺。他老人家道法高深，千里以外的事，都能明如觀火，何況就在眼前的事？」

那武官更現出驚訝的樣子，問道：「是金羅漢呂宣良嗎？」

柳遲道：「怎麼不是？你也認識麼？」

那武官哎呀了一聲道：「這就奇了！這就奇到極處了！」

柳遲看了那武官十二分驚詫的神氣，也不由得驚詫起來問道：「這話怎麼說？有甚麼奇到極處？」

那武官自言自語的說道：「祇怕這個金羅漢，不就是那個金羅漢！」

柳遲不悅道：「普天之下，祇有我師父呂爺爺配稱金羅漢，沒有第二個人配稱金羅漢，也沒第二個人敢稱金羅漢！你何以見得不就是那個金羅漢？你所知道的那個金羅漢，究竟是甚麼樣子呢？」

那武官道：「那個金羅漢，我祇知道姓呂名宣良，甚麼樣子，我卻不曾見過，不得而知！但知道那金羅漢有兩隻極大的神鷹做徒弟，片刻也不離身！」

柳遲笑道：「原來你所知道的，也不過如此！我師父金羅漢，正是養了兩隻極大的神鷹，也是片刻不離左右。不知你何以會疑心恐怕不就是那個？」

那武官又陪著笑，說道：「足下不要因我的話說得不好生氣！且待我將原因說出來，足下自然不怪我疑心不就是那個金羅漢了！我姓趙名振武，是巡撫部院裏的中軍官。我在十來歲的時候，就聽得家裏的人說：我高祖趙星橋在湖南做巡撫的時節，有一個年約七八十歲的老和尚，生得體魄魁梧，態度瀟灑。頭戴毘盧冠，身披大紅袈裟，左手托一個石臼也似的紫色鉢盂，右手握一柄三尺來長的鐵如意。估計那鐵如意足有百多斤輕重，那和尚握在手中，行所無事的樣子。

「從嶽麓山那邊坐一隻渡船過來，到城裏化緣，一不要錢，二不要米，不論貧富人家，都祇化一碗白米飯，便高聲念一句阿彌陀佛，用鐵如意在鉢盂邊上輕敲一下。一到黃昏時候，仍坐渡船過河到嶽麓山那邊去了。

「每日是這般來城裏募化。有人問他：是那個寺裏的和尚？法名甚麼？他說：老僧素來山行野宿，隨遇而安，沒有一定的寺院。一心在深山修練，不與世人往來，因此名字多年不用，早已忘記叫甚麼了。

「有人問他：從甚麼地方，在甚麼時候到嶽麓山來的？他說：全世界都任意遊行，祇知道從某世界遊到某世界，在這一個娑婆世界之中，卻不能記憶小地名！此地在娑婆世界中，叫甚麼地名？老僧並不知道。

「那時長沙城裏的人，聽了老和尚這種奇怪的語言，又見了那些奇怪的舉動，不到幾日，已鬨動滿城的人，都爭著化白米飯給老和尚吃。老和尚的食量，大得駭人，每家化一大碗，隨化隨吃，從早到晚，至少也得化一百多家，便能化一百多碗飯，吃到肚裏，還不覺得很飽的樣子！因此城裏的人，都知道他是一個有道行的和尚，有當面稱他聖僧的，有拿著前程休咎的事去問他的，他都搖頭不肯說。

「那時有個做泥水匠的人，姓王行二，大家就叫他王二，家住在嶽麓山下水麓洲。家中有一個六十多歲的老母，一個妻子，三個女兒，兩個兒子，一家連自己八口人，就靠著王二一個人，憑著做泥水匠的手藝生活。

「這日，王二在人家做手藝回來，忽覺得胸脯上，有一塊碗大的地方脹痛，起初不紅不腫，他這種做手藝的粗人，身上雖有些痛苦，也不拿著當一回事，次日仍忍痛去人家做工。下午回家，便覺脹痛得比昨日厲害了！用手去摸那脹痛的所在，皮膚裏簡直比鐵還硬，呼吸都很吃力，好像飽悶得很的樣子！第三日就紅腫得和大饅頭一般，不但不能去人家做工，連在家中走動都極不方便；祇得坐在家裏，也無錢請外科醫生診視。四五日後，祇痛得王二呼娘叫爺的哭！

「做手藝的人，家中毫沒積蓄，八口人坐吃得幾天，那裏還有東西吃呢？可憐王二的老婆，祇得帶著兒女出來行乞！王二胸前的瘡，更潰爛得有碗口大小！久而久之，知道王二害瘡的人多了，雖也有願意做好事的外科醫生，不要王二的錢，送藥替王二診治；無奈這瘡的工程太大，不是尋常敷瘡的藥，所能見效！

「一日，王二的老婆，帶著兒女過河，到城裏行乞，順便打聽會醫毒瘡的外科醫生，居然被他找著一個在長沙很有名的外科醫生了。王二的老婆帶著五個兒女，向那醫生叩了不計數的頭，才求得那醫生許可了，不要醫藥費，替王二診治；不過須將王二抬到醫生家裏來上藥，醫生不肯親到水麓洲去。王二老婆已是喜出望外了，連忙要求王二的同行，用竹床將王二抬到城裏來，請那醫生診治。

「但是那外科醫生的聲名雖大，身價雖高，醫病的手段卻甚平常。他自以爲是莫大的恩典，不要錢替王二醫瘡，實在他那藥不敷上去倒也罷了，不過是潰爛，不過是疼痛；敷了三四次藥之後，不僅毫末見效，反紅腫得比不敷藥的時候更厲害了，從胸脯腫到頸項，連話都說不出來！那醫生至此才知道自己的手段不濟，恐怕王二死在他家裏不吉利，祇好說這種瘡是沒有治法的，教王二的幾個同行，將王二抬回水麓洲安排後事。

「王二老婆不能把王二賴在外科醫生家，祇得哭哭啼啼的跟著幾個同行的抬起王二，走到河邊，恰好有一隻渡船停泊在碼頭下，一行人便走上那渡船。王二睡的竹床，就安放在船頭上，奄奄一息的哼個不了，王二老婆坐在旁邊哭泣。

「長沙河裏的渡船，照例須等載滿了一船的人才開頭的。他們上船等了好一會，剛等足了人數，快要開頭了，忽見那個老和尚走到碼頭上來。駕渡船的梢公，知道老和尚是要過河的，遂向碼頭上招手，喊道：『老師父要過河麼？請快上來，就要開頭了。』

「老和尚一面舉步上船，一面低頭望著睡在竹床上的王二，祇管把頭搖著，現出看了不耐

煩的樣子。同船的人都覺得老和尚這種情形很奇怪，出家人不應如是的！

「當下就有一個年輕口快的泥水匠同行，對老和尚說道：『出家人多是以慈悲爲本，方便爲門！老師父每日到長沙化緣，長沙人無不知道老師父是個有道行的高僧。這睡在竹床上的王二，是個孝子，一家大小七口人，全靠他做泥水匠養活。於今他胸脯上，忽然害這們大的一個毒瘡，經許多外科醫生治不好，眼見得是沒有命了！他不死便罷，祇要一口氣不來，他將近七十歲的老母，不待說是得餓死、凍死、氣死、急死；就是他這個嫂子，和這五個不曾長大成人的兒女，恐怕也難活命！老師父是出家人，見了他這樣可憐的人，不憐憫他也罷了，爲甚麼反望著他做出討厭他的嘴臉來呢？』」

「老和尚聽了，益發做出愛理不理的樣子，將臉向旁邊一揚，冷笑了兩聲，說道：『你這些話向誰說的？祇能拿著向兩三歲的小孩說，或者可以瞞得過他，使他相信。拿著對老僧說，你就認錯人了！』

「這同行的少年，一聽老和尚說出這些不倫不類的話，不由得氣往上衝，逼近老和尚跟前，問道：『我那一句話說得不對？怎麼祇可以瞞兩三歲小孩？我一不想騙你的錢，二不想騙你的米，爲甚麼向你說假話？你倒得說個明白，看我剛才說的話，那一句是假的，不能相信？』

「老和尚仍是鼻孔裏哼了一聲，說道：『這眞好笑！老僧出家人，管你那一句眞，那一句假？你說他於今胸脯上，忽然害這們大的一個毒瘡，經許多醫生治不好，這話就顯見得是假的，你還說不是想騙我嗎？一個好好的壯健漢子，無端是這般裝出害重病的樣子來，教老僧看了如何不討厭呢？』

「這同行的少年又是好氣，又是好笑，拖住老和尚的袈裟，說道：『你若說我旁的話是假的，我一時拿不出證據來，不能和你爭論！至於說他胸脯上害毒瘡的話是假的，他這樣子是裝出來的，我卻不能由你說！於今人在這裏，這船上坐了這們多人，可以請大家做個見證：我去揭開他胸前的衣，請大家來看，若眞是胸脯上不曾害毒瘡，算我們是騙人，聽憑你們怎生懲治，我們都情願領罪，沒有話說！若果是害了毒瘡，看你怎麼說？』

「當時同船的人，有一大半認識王二的，知道王二確是害了毒瘡；就是駕渡船的梢公，因王二用竹床抬著，來回坐過好幾次渡船，也曾看見王二的毒瘡。這時忽聽得老和尚說王二假裝害瘡騙人，不由得都替王二和這同行少年不平，齊聲向老和尚說道：『這話很公道！若揭開衣看沒有毒瘡，隨便老師父罵他們一頓也可以，打他們一頓也可以！萬一王二不是假裝病，他們罵老師父，老師父就不能生氣！』

「老和尚氣忿忿的伸手向王二一指道：『你們去看罷！看有甚麼毒瘡在那裏！』

「這少年也是氣忿忿的兩步跑到船頭，將王二胸前蓋的衣一揭。不揭看沒要緊，經這下揭開一看，祇把這少年驚得呆了！原來：王二胸脯上果然是好好的，不但不見有甚麼毒瘡，連痱子也沒有一顆！王二的老婆在旁邊看了，也彷彿如作夢的一般，半晌，才輕輕推著王二，問道：『你胸脯上的瘡還痛麼？』

「王二原是閉著眼睡的，此時張開眼來，不答他老婆的話，且用手在胸脯上緩緩的摸了幾摸，說道：『我難道在這裏作夢麼？我的瘡到那裏去了呢？』王二的老婆答道：『我也祇道是在這裏作夢呢！』老和尚仍是怒氣不息的問道：『瘡在那裏？你們能瞞得過我麼？』說話的時候，船已到水麓洲，老和尚跳上岸，大踏步不顧而去。

「王二摸胸脯不見了毒瘡，一時連痛楚也不覺得了，頸項原腫得不能說話的，此時也暢快了！同行的幾個人，見渡船靠了岸，正待大家仍舊抬起他上岸，他不知不覺的已坐起身，說道：『我若不是在這裏作夢，害了半個多月的毒瘡，怎的忽然好得這般快？』

「同船的人都覺得這事奇怪。有年老有些兒見識的說道：『依我看，王二的瘡就是那老和尚治好的！那老和尚是個有道行的聖僧，必是他老人家看見王二病得可憐，用法術將瘡治好！』滿船的人見這人如此說，也都附和說是老和尚顯神通。祇有那個和王二同行的少年，因受了老和尚的叱罵，心恨不過，不承認老和尚有神通，說：老和尚若眞有這樣大的神通，何不當衆說明替王二治瘡，也好揚揚名呢？

「同船的人道：『老和尚又不是做外科醫生的，完全是出於一片慈悲之心，要人揚甚麼名？我看他老人家就是怕知道的人多了，傳揚出去，以後求他老人家治病的太多，推也推託不了，難得麻煩，因此故意說王二裝假，好使人不疑心是他老人家治好的！』

「經過這回事以後，不到兩三日，長沙滿城的人都知道，老和尚有法術，能替人治不治的病。等老和尚一到長沙化緣，就有許多人抬著病人，或攙扶著病人，跪求老和尚診治。老和尚一口咬定不會治病，王二本不害瘡，不干他的事！然曾當面跪求老和尚診治的，老和尚雖睬也不睬，但是病人回家，多有登時就好了的！

「一日清晨，南門的城門才開，就進來個六七十歲的老婆婆，左手牽一條大黃牛，右手握一根樹枝，走進城來，就立在城門洞口不動。經過城門洞的人一看這黃牛，都大驚叫怪！原來：這黃牛全體與平常的黃牛無異，祇有一顆頭是人頭，頭上也有兩隻角，並看得出這人頭的年紀，大約已有四十來歲了，是一個做工人的面貌。城門口陡然來了這們一條怪牛，凡是經過這地方的人，誰不立住腳問問這怪牛的來歷呢？老婆婆初時衹流眼淚不說話，後來圍著看的人，越來越多了，老婆婆才連哭帶訴的說出來。

「原來：南門城外十多里，有一個姓張的木匠，因手藝平常，沒有多少人家雇他做木器。張木匠衹有一個老母，已有六七十歲了，沒有妻室兒女。張木匠平日對他老母，雖不能盡孝，然左右鄰居都還不見他有忤逆的舉動。這年因田裏收成不好，雇木匠做工夫的人家更少了，張木匠漸漸不能養活他母親。

「不知怎的，張木匠忽然起了狠毒的心，心想：我若不是爲有這個老母，獨自一個人，天南地北都能去，怕甚麼沒有飯吃！何不買點兒砒霜來，將老母毒死了，獨自出門去呢？張木匠一起了這念頭，就跑到藥店裏，推說要毒耗子，買了一包砒霜。又跑到熟人家借了兩升米，提回家交給他老母道：『這裏有米，你老人家自己煮飯吃罷，我還有要事出去，須到夜間才能回家。這裏還有一包好東西，煮好了飯，就把這包東西拌在飯裏，那飯便非常好吃，一點兒菜不用，吃下去並能幾日不吃不餓！』他母親信以為實，歡天喜地的收了，張木匠隨即走了出去。

「他老母剛待洗米燒飯，忽聽得外面有人高聲念了一句阿彌陀佛。張母走出看時，祇見一個老和尚，身體高大，頭戴毘盧冠，身披大紅袈裟，左手托紫色鉢盂，右手握鐵如意，右膀上掛一件灰色面的皮袍，立在大門口向張母說道：『老僧是特來府上化緣的，祇是我並不白化，能化給我十串錢，我這件皮袍就留在這裏。』

「張母道：『可憐，可憐！我家連飯都沒得吃，那來的十串錢？請到別家化去罷！』

「老和尚道：『便沒有十串錢，少化些也使得！』

「張母道：『我家一個錢也沒有，拿甚麼化給老師父呢？』

「老和尚道：『實在沒有錢，米也是用得著的！』

「張母道：『我家僅有兩升米，還是我兒子剛才提回來的。』

「老和尚道：『就是兩升米也罷！這件皮袍我出家人用不著，留在這裏，給你兒子穿罷！』

「張母見兩升米能換一件皮袍，自是很歡喜的，將張木匠提回的兩升米，都給了老和尚。老和尚接了米，留下皮袍，自敲著鉢盂去了。

「張母因沒了米，不能燒飯吃，衹是忍餓等候兒子回來。張木匠直到夜間才回，自以爲老母是已經吃下砒霜死了的，打算回家收屍。誰知進門見老母還坐著不曾死，不由得心裏就衝了一下，連忙問道：『我白天拿回的那包好東西，不曾拌在飯裏面吃嗎？』

「張母還喜孜孜的說道：『快不要提那包好東西了！我從你走後，直挨餓到此刻，一顆飯也沒得入口！』隨即就將和尚來化緣的情形述了一遍道：『皮袍現在床上，你拿起看看，明日拿到城裏去賣，必能多賣些錢！』

「張木匠聽說兩升米換了一件皮袍，心裏也禁不住歡喜，拿起皮袍看了幾看道：『我活到四十歲，還不曾穿過皮袍，且穿上身試試看！』說著，將皮袍向背上一披。想不到皮袍剛一著身，張木匠便立不住腳，身體不由自主的倒在地下，口裏聯珠般的叫痛！頃刻之間，全身都已變成一條黃牛了！衹有面孔不曾變換，口裏仍能說話。這一來，把張母嚇得痛哭起來！

「張木匠親口向張母供出買砒霜毒母的心事來道：『這是上天降罰，將借我這個忤逆子，以警戒世間之爲人子不孝的！娘衹有我一個兒子，於今我既變了牛，沒人養活了！娘可牽我到城裏去討錢，看的人若問我的來歷，娘衹用樹枝在我背上打幾下，我自然會供給衆人聽；若不忍打我，便說不出來！』

「張母心裏雖是不忍把兒子變成的牛，牽出去討錢，然肚中飢餓難挨，張木匠又哭著求張母牽出去，好慢慢的減輕些罪孽，張母衹得牽進城來。在城門洞口見聚集的人多了，大家盤問來歷，張母舉起樹枝，在牛背上打了幾下，張木匠眞個口吐人言，一五一十的照實說了。聽的人不待張母開口，都爭著給錢，一會兒就有十多串錢了！

「大家因聽得送皮袍的和尙，就是那個替王二治瘡的老和尙，更是異口同聲的稱讚那老和尙是活佛臨凡，不僅稱爲聖僧了。從此老和尙到人家化緣，有許多人家用香花供養的；老和尙說出來的話，大家都看得比聖旨綸音還重！

「這年正月十三日，老和尙忽對城裏許多婦孺說道：『今年玉帝有旨：從明日起，在長沙大西門城外，搭天橋一座，接引有緣的人上天。十四、十五、十六連搭三夜。這是登天堂的捷徑，千載難逢的，不可錯過！』

「當時就有人問道：『從天橋就可以走上天堂裏去嗎？』

「老和尙點頭道：『走不上天堂，怎好謂之天橋呢？你們見了天橋，不可害怕，儘管大著膽量走上去！』

「又有人問道：『天橋是在夜間搭下來嗎？』老和尙道是。

「這些人又問道：『夜間沒有燈火，橋上如何能看見行走呢？』

「老和尙道：『夜間沒有燈火便不看見行走，還能算是玉帝搭的天橋嗎？那時天門開了，自有兩盞天燈，高懸在天門兩旁；上橋的人一到橋上，自然看得明瞭，一步也不會走錯！有塵緣未了，暫時不能就登天堂的，到天堂裏面遊觀一番，仍可回家，並非一去不回的！』

「老和尙自說了這番曠古未有的奇談，城裏城外的人，十個之中，竟有八個相信活佛的話，是不會有假的！其餘的兩成人，也還不敢斷定說是假的，不過因爲從來不曾聽人說過有這種怪事，略有點兒疑慮罷了！

「十四日天色才到黃昏時候，大西門城外河岸一帶地方，已是人山人海。大家都抬頭望著天上，等待開天門，搭天橋下來。直等到三更過後，還不見有一些兒動靜。老弱婦孺不耐久等的，有些灰心回去了。體格強壯的，都相信老和尙的話，決不至於騙人，誓必等到天明沒有才回去。看看等到敲過了五更，相差不過半個時辰，就要天亮了。

「將近天亮的時候，照例天色必有一陣漆黑，此時更忽然起了一天的霧，眞是伸手不見五指！到了這時分，便是十二分相信的人，也實在等得有些意懶心灰了，頸也脹了，腿也瘦了，精神更提不上來。

「大家正在商議不再等了，打算各自歸家，陡聽得天空中如響雷一般的，發出一種很洪大的聲音，祇嚇得衆人一個個抬頭仰望，即見有兩道電也似的亮光，在天空閃灼了好幾下。隨即就有人喊道：『好了，好了！天橋搭下來了！』」

柳遲聽趙振武說到這裏，忍不住截斷話頭，問道：「難道眞個有甚麼天橋搭下來了嗎？」

不知趙振武如何回答？且待第七七回再說。

第七七回　遭災劫妖道搭天橋　發慈悲劍仙授密計

話說：趙振武對柳遲、陸小青二人述那老和尚搭天橋的事，述到衆人中有人大呼天橋搭下來了的時候，柳遲截斷話頭問了那們一句。趙振武不慌不忙的笑道：「自然是眞個有天橋搭下來了！祇是衆人看那天橋，不過有兩尺來寬，因爲起了極濃厚的霧，看不了多遠，但是確見有兩盞天燈，燈光能照透重霧；眼力足的少年，能隱約看得見兩盞天燈之中，有一個彷彿似門的黑洞，大家都斷定那黑洞便是天門！再仔細定睛一瞧，這座天橋，就是從那天門裏搭出來的。

「想看天橋的人雖多，敢上天橋的卻少！立處與天橋相近的幾個人，趦趄不敢上去；立在遠處有想上去的，又被人多擁擠住了，一時走不到橋前，祇急得大喊道：『前面的人，想登天堂的就得快走！沒有這種福分的，就得趕緊滾開些，讓我們好上去！這樣千載難逢的機會，豈可錯過？有多少修道的人，勤修苦練一輩子，還不能上天堂；我們若不是蒙活佛臨凡指引，誰知道玉帝有這道意旨，連搭三夜天橋來接引凡夫呢？』

「在前面的人，聽得後面的人這們說，登時都鼓起一腔勇氣，同聲應道：『不錯，不錯！

我們記得活佛曾說過的，我等若是塵緣未盡，暫時不能脫離塵世的，到天堂遊觀一會，仍可由天橋上走回塵世來。活佛吩咐的話，決沒有虛假！我們即算沒有登天堂的福分，到天堂上去開一開眼界也是好的！』這些人說著，眞個舉步向天橋上走去。

「凡事難於創始。沒有人奮勇上前，大家都存心觀望；一見有人走第一，以下走第二、第三的，就接著爭先恐後了。當時也沒人在旁計數，大約已走上去二三十個人了，忽然兩盞天燈同時熄滅，天橋跟著往上一收，天門也隨即關閉了！已走上天橋的人，一個也不曾掉下，衹在天橋剛收上去的時候，隱約聽得半空中喀喳響了一聲。於是來不及上去的人，同聲喊道：『天橋收了，天橋收了！』有許多跺腳歎息，歸咎各自的福命薄，不能走這條捷徑上天堂的；有歸咎天橋太收快了的；有怪立在天橋跟前的人，既自己無福上去，就應該趕緊走開，讓一條路給旁人上去的。總之，無一個不以未得走上天橋爲可惜！

「那二三十個已經走上天橋去了的，各人家中都有親戚六眷，及地方鄰居前去道喜，都說：這樣上天堂，就和修道的白日飛升一樣，一人得道，雞犬同升，將來各家都是要得好處的！相信最篤的人，以為不得上去，是由於心不堅誠，多有在元宵節這一日，齋戒沐浴，焚香禱祝虛空過往神祇，保佑他得上天堂的！滿城人如發了狂的一般，簡直沒人敢說半句輕慢侮辱的話。

「這夜到大西門外去看的，比昨夜更多了！昨夜有些等不及回去了的，都後悔不迭，這夜誓必等到天明！這夜的天橋，比昨夜卻搭得早些了，才到三更時分，便和昨夜一樣，陡起一天濃霧，濃霧一起，天燈即懸掛出來，天橋也就接著搭下來了。昨夜悔恨不曾上去的人，今夜一見天橋，一個個爭先向天橋跑！約莫已跑上去了五六十個，地下的人，正接連要往上跑，天橋忽然收了，天燈也熄了，天門也關了！

「須臾之間，一陣怪風突起，吹得雲消霧散，一輪寒月當空，天上除幾點寒星而外，甚麼東西也沒有。地下想上去不曾來得及的人，都搥胸頓足的哭起來！長沙是這般一連鬧了兩夜，如此奇怪消息，傳播得比甚麼還快！四鄉的人，二三里遠近的，都趕到省城來看。

「那時是我高祖趙星橋做湖南巡撫，聽了這消息，明知沒有眞個搭天橋的事，不過究竟是怎麼一回事，他老人家也猜度不出！逆料兩夜上天橋的人，必無生還之理，心裏著急長是這們鬧下去，一則妖言惑衆，煽亂人心，二則一般無知無識的愚民，相率是這般平白無端的枉送了性命，也太覺可憐可憫！待出示禁止妖言，不許衆人在大西門外集聚罷？祇因天橋天燈，確有那件東西經數千百人的眼睛看見的，要出示禁止一般愚民上去，告示上面須說出一個不足信的所以然來；自己既不知道究竟，幾句空空洞洞的官樣文章，如何能禁得住那一般愚民呢？

「他老人家著急得無可奈何，祇得瞞著滿衙門的人，獨自改裝一個平常人出來，打聽外面的議論，並查訪兩夜上天橋的實在情形。在大西門外搭天橋的地方，勘驗了好一會，看不出一點兒可疑的痕跡。

「當下找了一個接連看過兩夜搭天橋的船戶問道：『你記得那兩盞天燈懸掛在甚麼地方麼？』

「船戶答道：『我當時看得最清楚，兩次的天燈，都懸掛在一處地方，沒有移動。天燈的光亮，彷彿看見是淡綠色的；若不是有那們厚的霧，我連遠近都能看得出來。』

「他老人家一聽船戶這們說，就覺得這裏有可疑之處，連忙問道：『天燈懸掛在天上，你怎麼能看得出遠近呢？』

「船戶伸手向那方一指，說道：『確實就在那地方。雖是在霧裏看見，但我駕了半生的船，在河江裏遇霧，是極尋常的事；我兩隻眼睛，看霧也看慣了！不過前昨兩夜的霧，比平日濃厚幾倍，所以我衹看得出在那地方！畢竟離地下有多遠，不敢亂估！』

「他老人家就船戶所指的方向看去，好像就在嶽麓山頂上。他老人家連問了幾遍，船戶斷定是在那地方。船戶走開後，他老人家獨自遠望著嶽麓山頂出神。

「那時天氣晴明，從大西門河岸到嶽麓山頂，照弓丈量起來，雖也有好幾里路，然山頂的樹木房屋，尚能歷歷看得分明。忽見那山頂上有兩隻黑鳥，一上一下的翺翔飛舞，有時沖天高舉，健翮凌雲；有時斂翼卑飛，疾如星火。

「我高祖心想：相隔這們遠，平日山頂上有人，立在這裏尚看不清楚，如何能看見飛起來的鳥雀呢？這必是我的眼睛發花，不是眞個有這們兩隻鳥在那裏飛舞！一時心裏雖這般疑惑，然放不下就此不看個仔細；用衣袖將兩眼揉了幾下，自覺很光明了，再定睛看那山頂，實在是有兩隻黑鳥，飛起來的時候，並能看得出兩鳥的肚皮上，都有一塊白毛。

「我高祖看得仔細了，不禁大吃一驚，暗想：這是從那裏來的這樣兩隻怪鳥？若不是比尋常鳥雀高大到數百倍，相離這們遠，決看不見！方才船戶說天燈懸掛的地方，就是嶽麓山頂上，而此時又湊巧看見這般兩隻怪鳥，我何不趁現在天色尚早，親到山頂上察看一番？若因此看得出一些兒形跡來，能設法將前昨兩夜的事弄明白，豈非地方人民之福？

「我高祖生性極強毅，膽量又極大，主意一定，便雇了一隻划船，頃刻就渡河到了嶽麓山下。抬頭看兩隻黑鳥，已不知飛到那裏去了；祇是既到了山下，不能因看不見兩鳥，便不上山。振作起精神，一口氣走上山巔。舉眼向四處一望，飛來飛去的小鳥很多，再也尋不見那大鳥的影子，其他可疑的形跡，更是一點也看不出！在山頂上立了些時，覺得上山很吃力，身體異常疲乏，口裏也渴得厲害，祇得走進雲麓宮去。

「剛跨進山門，祇見一個童顏鶴髮的道人，迎面走了出來，顯出很誠謹的樣子，向我高祖行禮，說道：『貧道早知今日有貴人降臨，祇因不便遠迎，尚希原諒！』那道人說這話的時候，聲音很低，好像怕旁邊有人聽去的樣子。我高祖那時雖已在湖南做了一年多的巡撫，然不曾到過嶽麓山；這道人是誰，更沒有見過。

「這回微服私訪，連衙門裏左右的人都不知道，這道人怎麼說早已知道今日有貴人降臨呢？這不是很奇怪嗎？並且道人既是知道我高祖是貴人，這日會到雲麓宮來，何妨大大方方的出來迎接；說這幾句客氣話，又要是這們低聲，怕人聽見做甚麼呢？我高祖當時著實吃了一驚，欲待不承認自己是貴人，因料想這道人必有些來歷，決難賴過去，祇得答禮謙遜。那道人不再開口說話，即邀我高祖到裏面一間樓上。

「那樓上陳設得非常精雅，毫無塵俗之氣；已有一個白鬚老頭，笑容可掬的立在樓上，好像知道有客來，特地起身迎迓的樣子。看那老頭的頭頂，光溜溜的一根頭髮沒有；頷下那部雪白的鬍鬚，倒十分茂密，飄飄過腹；面目慈祥，風神瀟灑，和這道人一樣的仙風道骨，不是尋常年老人的氣概，使我高祖看了肅然起敬！

「道人指著老頭介紹道：『這位是貧道老友呂宣良，江湖上人稱他為金羅漢的便是。因知道大人今日想為民除害，必親身來這山裏探看；他願助大人一臂之力，所以在此恭候。』

「我高祖一聽這話，又是驚訝，又是歡喜，連忙向呂宣良拱手道：『幸會，幸會！難得老先生如此古道熱腸！但不知前、昨兩夜那種奇離的景象，究竟是何妖魅，竟敢如何橫行？兩位想必知道詳細。』

「呂宣良笑道：『老朽是山野之夫，舉動言語，素來放誕慣了，不知道禮節，望不見怪！這樓上是我這位道友靜修的地方，四圍窗壁，都貼了符籙，不問甚麼妖魔鬼怪，都不敢到這樓上來。我們無論如何縱談，都不要緊，若出這樓門一步，我便不敢回答了！』我高祖才想起進山門時道人低聲說話的情形來，原來果是怕有妖物在旁聽得。

「呂宣良又接著說道：『我們這位道友，因生性喜種梅花，又喜畫梅花，就自稱梅花道人。在這樓上已七十多年了。前、昨兩夜那種景象，非妖非魅，乃是一條數千年的大蟒。相傳禹王治水的時候，這大蟒就在洞庭湖裏興妖作祟。禹王用法術將他拿住，鎖在嶽麓山飛雲洞裏。因恐年深鎖壞，又逃出來害人，當時並刻畫一道符籙在一塊大石碑上；就用這石碑堵住洞口，把飛雲洞封了。這碑便是現在大家都知道的禹王碑。也是合該長沙的人民要遭劫！幾千年來，不曾有人敢將禹王碑汙穢！

「『偏幾個月以前，忽有一隻母狗，在禹王碑旁邊深草裏面，產了一窩小狗，糊了許多狗血在禹王碑上，將碑靈汙穢了！這大蟒身上的鎖鍊，久已銹斷，祇因有這一塊碑封住洞口不能衝出來；碑既汙穢得不靈了，那裏還禁得他住呢？就在產小狗的這夜，衝出洞來，出洞便化一個老和尚，來雲麓宮求見梅花道人。

「『道人知道這東西陰毒異常，接見必受其害，不敢出面。雲麓宮大門上，有道人的符籙，他也不敢冒昧進宮裏來！這幾個月內，他每日到城裏化齋，我這道友就知道他是存心欺騙愚民，好落他的圈套！他的本身，能大能小，小的時候，和平常的水蛇無異；大時十數丈、數十丈不等。發威的時候，充其量能長至百多里，昂頭與衡嶽齊高！

「『他因爲顯出本身來，雖在黑夜，也容易被人看出，所以前、昨兩夜，特地先噴了一天濃霧，然後顯形。他的心思，原想欺騙得一般愚民都信仰他到了極點，以爲眞是上天堂捷徑的天橋，源源不斷的走上去。那天橋到底是甚麼呢？就是他本身上的一條舌頭！大人請想：他頭在這嶽麓山頂上，舌頭能伸過河去，使一般愚民認作天橋，可想見他的身體，有多們長，有多們大！』」

「我高祖聽了這些駭人的話，在正月那們寒冷的天氣，都驚得遍體流汗，即截住問道：『那們長大的身體，當時卻在何處呢？』」

「呂宣良笑道：『地下那有好安放他的所在！當時僅有頭擱在這山頂上，身體還懸在半空中。依他幾個月的處心積慮，本打算祇須三次，便能輕輕巧巧的，吃盡一省城的人民！虧了我這位道友在這山上，不容他如此作惡，特地找我來做個幫手。然我和道人，都沒有收伏這東西的力量，僅能使他略略受創，不得安心吃人！兩夜都乘他剛將舌頭伸過河去的時候，同時各賞了他一劍，所以兩夜都祇走上幾十個人，他就負痛不能不將舌頭收回。」

「『若不是這們對付，祇怕省城裏的人民，此時已存留不到一半了！道人算定這東西，非有大人這般福分與剛正之氣的人，斷不能傷損他！預知大人今日必親臨此地，已爲大人準備了軟胎弓、鵰翎箭，箭簇上並敷好了見血封喉的毒藥。憑大人的威福，雖未必能取他的性命，使他終生殘廢，也可減退他不少的惡燄，料他以後不敢再來肆毒了！』

「我高祖見說前、昨兩夜，因有呂宣良和梅花道人兩個，在暗中各刺了大蟒一劍，舌頭才收得那們快，使滿城的愚民，免遭大劫，一時心裏感激，眞是不可言喻！立起身來，恭恭敬敬的向兩人作了兩個揖道：『我枉受朝廷重寄，做一省封疆大員，坐視人民被毒蟒吞噬，不能解救，眞教我愧怍欲死！苟非兩位道長仁愛爲懷，救人民於毒蟒之口，這樣亙古未有的奇禍，出在長沙，我便萬死也不足以蔽辜了！衹是雖承兩位道長的仁愛，已替我準備了弓箭，無奈這惡物在伸舌頭吃人的時候，身體懸在天空，又在夜深霧厚之際，尋常弓箭如何能射傷他呢？並且說起來愧煞！我的射法平常，更久疏弓馬，沒得倒打草驚蛇，惡物不曾受傷，反惹發了他的毒性，益發肆無忌憚，那卻怎麼好咧！』

「梅花道人大笑道：『這不過憑仗大人的威福，假手大人射他而已！若專憑本領去射他，休說大人射他不著，就是養由基來，也奈何他不得！』

「梅花道人的話才說到這裏，忽見一個小道童走進樓來，直到梅花道人身邊，湊近耳朵低聲說了幾句話。祇見梅花道人臉上登時露出驚疑的樣子，我高祖以爲：必是那毒蟒在外面又有了甚麼舉動，道童前來報信，所以道人現出驚疑的臉色。

「我高祖心裏也不由得有些驚慌不定，呆呆望著梅花道人，看道人有甚麼言語舉動？祇見突然伸手向呂宣良一指，笑道：『哦！是了！一定是你兩位高足幹的玩意，不能胡亂怪火工道人！』

「呂宣良也現出吃驚的樣子，問道：『甚麼事是我小徒幹的？』

「梅花道人笑道：『去年有一個獵戶，送兩條臘鹿腿給我，我一向因沒有嘉賓，不捨得弄來吃。今日難得有貴人光降，早就吩咐火工道人取一條好生烹治出來，餉宴貴客。此刻小徒來報，說：兩條臘鹿腿，素來是掛在廚房裏的，昨夜還看見掛在原處，方才打算取下來，不知怎的兩條腿都已沒有了！

「『小徒說：曾屢次聽得火工道人說：這們肥的鹿腿，好生用文武火燉出來，想必好吃得很；可惜師父不教燉了吃，我們也就沒有這樣口福！火工道人本來嘴饞，又曾說過這些想吃的話，因此疑心是他偷吃了。我想火工道人雖說嘴饞，究沒有這們大的膽量！豈有他偷吃了，我推算不出來的道理？並且即算他忍不住饞，竟敢偷吃，至多也不過偷吃一條；我此刻雖不曾推算，然估料偷我這兩條臘腿的，必是你兩位高足無疑！』」

不知這兩條臘腿究竟是何人偷吃的？且待第七八回再說。

第七八回　射毒蟒大撫台祭神　除凶僧小豪傑定策

話說：柳遲聽趙振武說到這事，又忍不住插嘴笑道：「哦！你於今說起這事，我也想起一件事來了！我師父呂爺爺初次到我家來的時候，我記得曾提過這回事。那兩個高足，就是那兩隻大鷹，還不僅偷吃了兩條鹿腿，並偷吃了臘麂子，和臘豬肚腸。」

趙振武點頭道：「那些東西也被偷吃了，我卻不知道。我衹知道當時呂宣良聽說，面上很覺有些難爲情的神氣，隨即撮口長嘯了一聲。

「梅花道人忙起身搖手道：『這算不了一回事！你將他們叫來幹甚麼呢？何況我並不曾推算，不敢斷定是他們吃了；即算確是他們吃了，吃也吃到了肚裏，難道還叫他們來責打一頓麼？也未免顯得我這東道主人太寒酸了！』梅花道人雖是這般說，呂宣良的嘯聲已發將出去，不能收回來。

「兩鷹剛躲在樹林裏，各將一條鹿腿吃完，聽了他師父的嘯聲，不敢不到，衹得飛到樓上窗口邊站著。我高祖一見，不禁大吃一驚，然而心裏卻明白在大西門河岸邊看見的，就是這兩隻大鷹！呂宣良指著兩鷹大罵了一頓，祇罵得兩鷹低頭縮頸，渾身戰慄不止！梅花道人代替求情，呂宣良才漸漸的平了氣，大喝一聲：滾開些！兩鷹如得赦旨，眞個就身一滾，轉眼便衝上半天去了，好像不敢撲翅膀，驚動了樓上的貴客一般！

「不一刻，小道童開上飯來，留我高祖吃了飯。梅花道人從櫥裏取出一副弓箭，送給我高祖道：『大人不要輕看了這副弓箭！這弓雖是軟胎，尋常最強的硬弓，十把也趕不上這一把！大人用時自然知道。這箭有貧道的符籙在上，憑仗大人的威福，雖在百里之外，不愁射不著妖魔！煩大人親手帶回衙去，今夜不到二更，那毒蟒必照前、昨兩夜的樣出來。大人可在初更以後，二更以前，將督撫印信帶在腰間，並帶了這副弓箭，儘管乘坐大轎，開鑼喝道，多帶護衛之人，使一般愚民知道是憲駕到了！預先在河邊陳設香案，大人一到，就對天焚香禮拜，默禱虛空過往神祇，暗中保佑。

「『等到河面有熱氣上騰時，便是將要起霧了，大人即可拈弓搭箭等候。天燈就是那惡物的兩眼，雖在濃霧裏看不分明，然祇管對準那發光之處射去，自有妙用！那惡物受了這一箭，免不了有一番發作，有貧道和呂兄在此，惡物既經受傷，大約還不難制止！大人射過這箭之後，回衙即須暗中派人傳諭城內外各藥店：如果見有瞎了一眼的和尚來買眼藥，務必拿極厲害的爛藥給他；縱不能把那惡物爛死，然能將他的眼爛瞎了，永遠不能看見，也可少造些孽！』

我高祖受了那弓箭，即刻作辭回衙。

「這夜遵著梅花道人的話，在河邊等到雲蒸霧湧的時候，兩盞天燈閃灼而出，我高祖也不管相離有多遠，弓力能射到與否，祇對準那方一箭放去。眞是作怪！那箭一離開弓弦，箭鏃上發出一種響聲，就和響了一個晴天霹靂相似；響聲還不曾停止，那對天燈已同時熄滅了。祇見兩道金蛇一般的白光，在天燈附近之處，來回繚繞了幾次，便也熄滅得一無所見了！轉眼之間，仍是雲消霧散，一輪冰盤也似的明月，隨即湧了出來。次日，九芝堂藥店才開張，果然那個披紅袈裟、執鐵如意的老和尚來買眼藥；左眼閉著，流血不止。

「九芝堂的膏丹丸散，素來是很有名的，因我高祖已派人吩咐了給爛藥，當時就包了些極厲害的爛藥給和尚。從此以後，便沒人再見過那和尚的面。我高祖也不久離了湖南，沒遇著金羅漢和梅花道人，不知道那毒蟒究竟怎樣了？」

柳遲笑道：「我做小孩子的時候，也曾聽人說過趙撫台射蟒的事，祇因不知道有我師父和梅花道人在內，不相信有這種事。以為：如果有那們大的毒蟒，也決不是一個文官用箭所能射傷的！既有我師父在內，這事就無疑義了！」

趙振武忽然向柳遲恭恭敬敬的作了一個揖道：「既是尊師呂爺爺教老兄來紅蓮寺搭救一個貴人，並教老兄在此地等候巡撫部院的人來，雖不曾說明貴人是誰，但是他老人家既說等候巡撫部院的人，可知教老兄搭救的貴人，必不是別個！我於今就是為一個貴人，自前日出門私訪，至今不曾回衙。我昨天尋訪了一日，沒有著落；祇因這事關係重大，不能給外人知道，尋訪起來，更是為難！老兄是奉呂爺的命，特地前來搭救那貴人的，這事便不妨向老兄明說：不曾遇著老兄的時候，我已疑心到紅蓮寺了，此去就是打算到紅蓮寺探尋。

「不過沒有想到紅蓮寺的和尚，竟敢做出那些無法無天的事來！祇因我們大帥素來信佛，自到湖南巡撫任上，就聽得紅蓮寺是湖南全省最清淨、最莊嚴的叢林，方丈和尚的學問人品更了不得！所以我們大帥到任不久，便親去紅蓮寺拈香，與方丈和尚談得十分投機！從那次以後，曾三次派人接那方丈來院裏講經，可惡那方丈擺架子，僅來了一次，坐談片刻就告辭走了，餘兩次都推病不來。

「我們大帥平日最歡喜遊山玩水，雖是官居一品，然時常青衣小帽，裝出尋常人模樣，一個隨從的人也不帶，獨自走出來。或在城裏三街六巷遊覽，或到城外山野田畝之中，拉著種田的、砍柴的，談論些人情風俗。各處守城的都認識他老人家就是卜巡撫，每次見他老人家獨自步行出城去了，便立刻到院裏來報：我們帶了人去迎接，十九得挨一頓罵！這回他老人家早幾日就對左右的人說：今年的中秋節，要找一處很清淨、很雅潔的地方賞月才好！

「左右的人回說：上林寺、開福寺、妙高峰幾處，都很清淨、很高雅。他老人家沒置可否。到十四日下午，我們見北門守城的來院裏報告，才知道我們大帥又獨自出北門城去了。我們因屢次帶了人夫轎馬去接，都得挨一頓罵，雖聽了守城的報告，仍不敢就去北門外迎接。直到黃昏時候，還不見大帥回來，我們祇得去城外找尋。誰知尋到初更過後，尚沒有尋著他老人家的蹤影！滿院的人都嚇慌了，又不敢張揚出去，恐怕一時驚傳不見了巡撫，因而鬧出旁的亂子來！

「遵太太的吩咐，不許向外人提出半字，對一切上院來拜節的官員，都說大帥有病，不能起床，暗中卻派了好幾班人，出四城尋訪。昨日整整的尋訪了一晝夜，毫無消息！我思量：我們大帥既和紅蓮寺的方丈和尚說得來，幾番迎接那禿驢不到，莫不是我們大帥偶然高興，步行往紅蓮寺找那禿驢談禪去了？因此我才帶了這八個人走到這條路上來。想不到在此地遇見老兄！」

柳遲道：「我常聽得人說，現在這個卜撫台，是一個極清廉剛正的好官。他有難，怪不得我師父打發我前來搭救！不過據我看紅蓮寺那些賊禿，其所以敢是這們無法無天的作惡，一則因仗著佛寺的左右前後，都沒外人居住；無論甚麼事，祇要自家人不去外面漏出消息，外面決無由知道。二則因各賊禿的出身來歷，大概都不是正派安分的人；各自都仗著會些武藝，越做越膽大！我料想他們擄掠婦女、搶劫銀錢的事，斷不在近處地方下手，至少也得出湖南境界。手腳做得乾淨，出事的地方，就有著名的捕快，祇因窩藏的所在太遠，事後從那裏去破獲呢？

「此番若不是這位陸小青兄於無意中，看出多少鬼魂，聚集在琉璃燈下拜佛，也無從看出寺裏的破綻！這也是衆賊禿的惡貫滿盈，該當破露，才鬼使神差的，陸小青兄來這寺裏借宿；若不如此，我就奉了師父之命來寺裏搭救貴人，然既不知道貴人是誰？又不知道貴人如何在寺裏被困？寺中寂靜靜的，看不出那些賊禿一點兒爲惡的證據；這時便遇著你們，我因不知道紅蓮寺究竟是何等樣的地方，也就沒有把握幫你們去搭救貴人！

「祇是於今雖已看破了那寺裏賊禿的行徑，但要去搭救你們大帥，就祇我們這十來個人去，恐怕救不出大帥來，倒把事情弄糟了！此刻你們大帥被困在紅蓮寺內，畢竟是怎樣的情形，雖不得而知，然那些賊禿既敢下手將一個堂堂的巡撫困住，彌天大罪已經闖下來了，一不做，二不休，必已有了準備！我們這裏統共祇有十一個人，就是都有驚人出衆的本領，也不容易從那種龍潭虎穴裏面，將你大帥安然救出！何況你帶來的這八位夥計，祇能湊湊人數，不能靠他們做事的呢！」

趙振武聽了著急道：「然則我們將怎麼辦咧？難道因人少了，便不去救嗎？」

柳遲道：「紅蓮寺這種害人的巢穴，就是不將卜大帥困住，也得斬草除根，不許他們再能害人！然要不許那些賊禿漏網，惟有你趕緊回省城去，火速調一標人馬，前去將紅蓮寺團團圍住，方能不使一個得逃脫！

「不過此刻既有卜大帥被困在內，投鼠忌器，不能就這們領兵去圍！我和陸小青兄先回到紅蓮寺去，見機行事。我料卜大帥爲一員封疆大臣，應有百神呵護，不至爲賊禿所算！若叨天之幸，我兩人能不動聲色的將他先行救出，你們的兵力再來圍勦，固是再好沒有的事；即算我兩人的力量弱，不能做得那們乾淨，也務必在裏面盡力保護他，使不至爲賊禿所害！」

趙振武連忙對柳、陸兩人一躬到地，說道：「能得兩位先去寺內暗中保護大帥，這件功勞眞了不得！兄弟就將這千斤重擔，付託兩位老兄了！」柳、陸二人也連忙還揖。趙振武率著八個巡撫部院的親兵，匆匆回頭去了。

柳遲向陸小青說道：「我從小就是個慕道法、喜修眞的人，不問多大的功名富貴，於我都沒有緣分，我也不把富貴看在眼裏！這回卜撫台被困在紅蓮寺裏，非你我不能將他救出！將他救出之後，這件功勞，確是不小！你在青年就練得這們一身好武藝，將來的前程不可限量；而這回的事，說不定就是你進身的機會，所以有這般湊巧！」

陸小青道：「我承老哥救了我的性命，老哥教我怎麼辦，我便怎麼辦。至於做官、賺錢的兩樁事，老哥是修道清高的人，果然不看在眼裏，就是我也從來不曾將這兩樁事放在心上！做官，我沒有學問，朝廷名器，不是我這種草茅下士所可濫竽的！銀錢這樣東西，先父母棄養的時候，遺傳給我的還不少，足夠我一生的衣食。並且這回搭救卜撫台，全仗老哥一人之力！我在紅蓮寺被困的時候，自己尚不能脫險，若不得老哥援手，此時早已死在那些淫僧手裏了！我縱年輕不知廉恥，何至貪老哥的功勞，做自己進身的機會呢？」

柳遲哈哈笑道：「你把我這話的意思弄錯了！你以為我是和你謙讓麼？我雖是今日才初次與你見面，然你的性情舉動，與我十分投契，我很有心與你結交。你我既一見如故，說話就用不著客氣！你要知道，世間人各有各的路數不同，不是富貴這條路上的人，便癡心妄想的去求富貴，富貴終輪不到他頭上來！反轉來說，是應該富貴的人，便視做官爲畏途，見銀錢如仇敵，竭力的想躲避，也躲避不了！我自知於富貴無緣，並不是故意這們說！」

陸小青道：「話雖如此，但是現在卜撫台還不知是怎樣的被困在紅蓮寺，我們既打算竭力去搭救，就應該趕緊前去，看如何方能救得出來。這些救出來以後，論功行賞的話，似乎可以不必早計，就是我也未見得便於富貴有緣！」

柳遲搖著頭笑道：「我何嘗不知道論功行賞，是救出來以後的話，用不著在此刻計議，並且救出來以後論功行賞的權，也在卜撫台，不能由你我私相授受。你知道我在這時候，特地說出這話是爲甚麼呢？因爲我這回奉師父的命來救卜撫台，其中另有一種緣故，我本人不宜露面。我師父自己的能爲，早已登峰造極，是不待說，他老人家沒有幹不了的事。若得他老人家親自救卜撫台，眞是不費吹灰之力！何以他老人家不親自來呢？即算是他老人家懶得親自煩神費事，在他老人家門下的大徒弟，以及同道的晚輩，比我能爲高出數倍的，不知有若干人？何以不打發他們來救，卻偏要我這個初出茅廬的小徒弟來呢？

「就是因爲這紅蓮寺的賊禿，行爲雖與吃人不吐骨子的妖魔相似，來歷倒很是不錯！犯下了這種彌天大罪，由官府用國法來懲治他，那怕懲治得極慘酷，罰浮於罪，也不要緊，他們同黨的祇能歎息委之氣數，不能怪人；祇一聽得有崑崙派的人出頭幫助官府，那麼他們同黨的一股怨氣，便不問情由的，都結到我們崑崙派頭上來了！

「我師父明知這回救人，救得好便沒事；救得不好，就是替崑崙派結下一個大大的冤仇！待坐視不救罷？一則違反了他老人家平日行俠做義的素志，二則恐怕因紅蓮寺賊禿之無法無天，將來國法若有伸張的一日，必拖累到崑崙派身上！再三審愼，因我是個不曾走過江湖的人，外人少有知道我名字的，出頭來幹這件事，或能瞞得過去。我仔細思量：既不可替崑崙派結怨，我於今雖說在江湖上沒有聲名，認識我面貌的人更少，然能保將來永遠不到江湖上行走麼？這般重大的一樁事，是誰幹出來的，便是沒聲名也有聲名了！

「如果昨夜不遇著你，我奉命而來，說不得也衹好出頭露臉的做去；天假其便，有你在這裏，我何不讓你一個人出頭，我始終在暗中幫助呢？你沒有派別，論根源更可說是官府這邊的人，我在暗中不出頭，也不居功，也不任咎，免得替崑崙派結下無窮的仇怨。你的意思以爲何如呢？」

陸小青笑道：「既是老哥有這種不宜露面的原因，此去不露面便了！莫說老哥還跟我同去，許我在暗中幫助；就是老哥不去，教我一個人去做，我衹要力量做得到，拚著性命也得去幹一幹！不要再躭擱了，我們就此去罷。」二人說畢，仍回身撲奔紅蓮寺來。

不知二人如何搭救卜巡撫？且待第七九回再說。

第七九回　常德慶中途修宿怨　陳繼志總角逞英雄

話說：柳遲和陸小青回身撲奔紅蓮寺，才走了二十多里，忽見前面一個跛腳叫化，蓬頭散髮，滿面泥垢；身上衣服破爛不堪；肩下搭著七個布袋；手中撐著一根拐杖，甚是粗壯，彎彎曲曲的，左一個節，右一個包，雖看不出是甚麼樹木，祇是一望便能知道這拐杖的分量不輕；一顛一跛的迎面走來。拐杖所點之地，一個一個的窟窿，和牛蹄踏在爛泥裏的形跡一般。

柳遲曾在叫化隊裏混過幾年，分得出叫化的資格等第。當下看了這叫化，便低聲向陸小青道：「你瞧前面來的那叫化，是一個尋常的大叫化麼？」

陸小青望著笑道：「看他那根討米棍，倒是不小！叫化手裏的棍是準備打狗的，甚麼惡狗能受得起這們一棍！祇怕是一個有些兒來歷的人，不是尋常的叫化！」

二人說話時，那叫化已拐到了跟前。原是低著頭祇顧走的，至此因二人立在旁邊讓路，那叫化忽然抬頭向二人望了一望。柳遲一看那叫化的兩隻眼睛，眞是神目如電，威勢逼人，不由得心裏一驚！暗想：這人那裏是叫化，分明是有大能爲的人假裝的！但不知是甚麼人？爲甚麼要假裝叫化？
正躊躇著想向這人打招呼，忽見他對陸小青笑道：「陸少爺久違了！」
陸小青望這人打量了一眼，不覺哎呀了一聲，問道：「你老人家不是那年替先父治傷的常師父嗎？近年來我時常想慕師父，祇恨不知道師父的住處，無從拜訪。想不到今日在這裏遇著了！師父此刻打算去甚麼地方？」
看官們看到這裏，大約不待在下表白，也都知道這個常師父，就是第一集書中，因押解三十萬兩餉銀，在羅山遇盜傷足的常德慶。
常德慶當下見問，笑道：「我是個乞食糊口的人，那裏有一定的去向！你打算去那裏呢？」
陸小青道：「我原是要到長沙省城裏去的，不料在半路上出了差頭，險些兒把性命都送掉了！於今要到紅蓮寺去。」柳遲見陸小青對常德慶說實話，心裏甚是著急，當面又不好阻止得，祇好輕輕在陸小青的衣角上扯了一下。
但陸小青的話已說出，一時提不回來，雖不繼續再說下去，然常德慶聽了那幾句話，已似乎很注意的問道：「在半路上出了甚麼差頭？於今到紅蓮寺去幹甚麼呢？」
陸小青因柳遲在他衣角上扯了那們一下，又聽了趙振武說這事不能聲張出去，心裏很後悔

自己說話太魯莽，不該露出半路出差頭和去紅蓮寺的話來；不過話已說出，常德慶又很注意的盤問，一時那有可以遮掩的話呢？祗急得紅了臉望著柳遲。

柳遲知道陸小青這時心裏是很窘的，便挽著陸小青的手，對常德慶道：「改日再會罷！此時實在有點兒很要緊的事去，不能在此地多躭擱！」說畢，二人提腳便走。

祇聽得常德慶哈哈大笑道：「泥菩薩過江，自身難保！還打算保人家麼？」

柳遲一聽這話，心裏不由得動了一下，不知不覺的停步回頭問道：「這話怎麼講？」常德慶不作理會，支著拐杖祇顧一顛一跛的往前走。

陸小青低聲對柳遲道：「這常師父是個異人，先父在日，是極欽佩他的。我記得，先父時常說常德慶的能耐，大得不可思議！那時我瀏陽人正爲爭趙家坪的事，和平江人相打。我瀏陽人打輸了，先父受了重傷，命在呼吸，多虧了常德慶師父前來醫治！

「據常師父說：先父受了平江人的暗器，那暗器名叫梅花針，非練劍和修道的人不能使用。我先父痛恨切齒，誓必報這仇恨，當面哀求常師父幫助。常師父當時雖不曾明白應允，然看他那時的神氣，對於那個使用梅花針傷人的人，確也非常忿恨；不過從那回醫治先父的傷以後，便不曾再見他到我家來了。第二年平、瀏兩縣的人，又在趙家坪相打，使用梅花針的也不見再來，常師父也不曾到場，我瀏陽人卻打勝了。

「後來我先父彷彿聽得人說：常師父就爲爭趙家坪那回事，曾邀集多少能人，和使用梅花針的本人及其師父、師兄弟等，大大較量了一次；好像兩邊的本領都了不得，沒分出誰勝誰負來。我彼時因年事太輕，又專在讀書用功的時候，聽了也不在意，不曾追問個究竟怎樣！

「總而言之，這常師父是個有絕高本領的；他剛才說泥菩薩過江，自身難保的話，其中必有道理！我想：紅蓮寺既是那們一個萬惡的所在，裏面能人不少，並且我昨夜窺破了他寺裏的底細，那知客僧將鐵板門關上，原是要置我於死地的，想不到有你在屋上幫助我逃了出來。我料他們此刻必已有了準備，我二人就有登天的本領，也敵不住他們數百個凶惡的和尚！不如回頭去追上常師父，求他幫助，同去除了那個萬惡的害人坑，搭救卜巡撫！」

柳遲躊躇道：「這事衹怕向他說不得！我師父既叮囑我不許露面，我想露面尚且不可，怎好拿這事去向人說，胡亂求人幫助呢？你不知道我師父的神通，是通天徹地的；若是我幹不了的事，決不至差我來幹。你如果害怕不敢前去，儘管請便！我師父原是差我一個人到紅蓮寺搭救貴人的，想不到卻先救了你！我明知紅蓮寺的僧人惡毒厲害，論本領你我都不是他們的對手；不過一則因師命不可違，二則我也略知數理，算定這回的事雖是險惡，祇是好在幫助我成功的人很多，並且無須我去求助，所以我敢大膽前去！」

陸小青道：「安知這常師父不就是幫助你我成功的人呢？我的性命，若不蒙你搭救，昨夜早已斷送在紅蓮寺了！死裏逃生的人，還有甚麼害怕？我想不先不後的，偏巧在這時候遇見常師父，也可見得是你的數驗了！常師父既是不約而來，自然無須你去求他幫助，但是總得向他說一番。你還是可以不露面，我去追上他向他說，好麼？」柳遲聽了，不好再說不肯，祇得微微的點頭，陸小青即回身向常德慶走的那條路追趕上去。

追過一個山嘴，就見常德慶撐著那根拐杖，在前面一顛一跛的走著。陸小青一面跑，一面喊道：「常師父請停步，我有話說。」

常德慶隨即掉過頭來問道：「甚麼事？」

陸小青已跑到了跟前，說道：「你老人家聽了我說去紅蓮寺的話，便說甚麼泥菩薩過江，自身難保。我仔細思量你老人家這句話，我此去紅蓮寺，必是凶多吉少！我不在這裏遇著你老人家便罷，既有緣遇著了，就得求你老人家助我一臂之力！紅蓮寺那種萬惡的地方，你老人家必早已知道，他們如今竟敢將一省的督撫軟困在裏面，不放出來，這還了得！」

常德慶聽了，且不回答，祇探頭朝陸小青後面望了幾眼，問道：「和你同行的那小子呢？他不是暗中扯你的衣角，不許你和我說話的嗎？怎的你獨自追來，對我說出這些沒頭沒腦的話？」

陸小青紅了臉說道：「我那朋友並不是不許我和你老人家說話，實在是因心裏著急，恐怕在路上多躭擱了誤事，所以挽著我走。求你老人家大度包容，不要見怪！」

常德慶笑道：「不干我的事，我怪些甚麼！你不追回來找我，我就懶得說！你聽了我泥菩薩過江的話，便知道此去凶多吉少，也難得你有這般機警。我看在你亡故的父親面上，老實對你說一句：你既不爲官做宰，又不當差供職，管甚麼督撫被困的事？休說你此刻祇有羅春霖傳授的這點兒能爲，夠不上管這些閒事；便是有再大些的本領，事不干己，也以不過問爲好。你想去長沙，就和我一同到長沙去罷！」

陸小青搖頭道：「這卻使不得！不是我敢不聽你老人家的吩咐，也不是我仗著這點兒能耐，愛多管閒事！祇因男子漢大丈夫，受了人家的好處，不能不盡力圖個報答！」

常德慶很詫異的問道：「你幾時受過那督撫的好處嗎？」

陸小青道：「不是！督撫與我分隔雲泥，那有好處給我！我於今安心要求你老人家幫助，不能不向你老人家說實話。我昨夜因是中秋節，想找一個地方好的飯店歇宿，倒把宿頭錯過了，衹得在紅蓮寺借宿。半夜在月下徘徊，無意中看見了許多女鬼在佛前禮拜，忽然屋上一聲瓦響，那些女鬼登時都鑽進那蓮花台下去了。我趕到蓮花座跟前看時，原來座下是一個地洞。我想佛殿乃清淨莊嚴之地，如何會有鬼魂出沒？如何會有地道呢？心裏正在疑惑。誰知回到睡處，那知客和尚已坐在我床緣上，說我已窺破了他寺裏的曖昧，勒逼我非立時剃度出家不可！我不依從，他就抽刀要殺我。

「我正待舉手迎上去，卻不知道那禿驢爲甚麼忽然將刀抽回去不砍下來，並來不及的往門外跑去。那禿驢剛跨出房門，拍的一聲就將一扇鐵板門關上了！我被禁在房裏，想衝破屋瓦逃走，誰知那房子的懸皮屋梁都是鐵的；衹衝得頭皮生痛，不曾衝得出來！那禿驢出去，耳聽得帶了許多人向那房子裏奔來。你老人家替我設想：在那時急也不急？就虧了剛才和我同行的那位朋友，他因爲到紅蓮寺想搭救卜巡撫，正在我被禁的屋上躲著，將懸皮屋瓦打了一個窟窿，才把我救了出來！於今卜巡撫還不曾救出，我自然應該幫同他去救，才是道理！」

常德慶點頭道：「原來是這們一回事！救你的那人姓甚麼？他爲何要去搭救卜巡撫？」

陸小青低頭想了一想，說道：「我那朋友原是不肯露面的，不過我既來求你老人家幫助，便不能不說實話。他與卜巡撫並不相干，他是奉了他師父的命而來的。他姓柳名遲。據他說：

他師父姓呂名宣良，綽號金羅漢，好像在江湖上很有些名聲，大約你老人家也認識。」

常德慶睜開兩眼望著陸小青說到這裏，彷彿忍耐不住了的樣子，搖著手，說道：「不用往下說了！我不但認識他，並且時時刻刻想會他，衹苦會他不著！今天難得有你對我說實話，有他的徒弟來了，沒當面錯過！我願意出力替你們幫忙，就此一同到紅蓮寺去罷。」

陸小青不知道崑崙派與崆峒派積有仇怨，也聽不出常德慶的話來，以爲眞個肯出力幫忙，當下喜不自勝的引常德慶走回來。

走到與柳遲分手之處，卻不見柳遲的蹤影了。一聽路旁的山裏樹林中，有婦人、小孩的說笑聲音。

陸小青道：「那柳遲本是站在這裏等候的，此刻不知跑到那裏去了？這山裏有人說笑，莫不是上山看去了？你老人家同到山裏去瞧瞧，好麼？」

常德慶現出不耐煩的神氣，說道：「既約了在此地等候，爲甚麼不等到你回來，就獨自跑到山裏去呢？我懶得上山，你自去叫他下來便了！」

陸小青便不勉強，衹得獨自跑進樹林裏面尋找。但是這山裏的樹木非常茂盛，幾步外就被樹木遮斷了望眼，看不見人物；而聽那說笑的聲音，卻很明晰，並聽得出有柳遲的聲音在內。依著發聲的所在尋去，甚是作怪！尋到東邊，一聽說笑聲，又彷彿在西邊發出來；尋到西邊，再聽得笑聲又彷彿到了南邊；尋來尋去，祇是見不著！尋得陸小青心裏焦躁起來了，叫了幾聲柳大哥，也不見柳遲答應。

心想：這不是青天白日遇見鬼了嗎？怎麼這們一塊巴掌大的地方，聽得著說話的聲，見不著說話的人呢？柳遲並不曾對我說有同來的女伴，我上山的時候，分明聽得有年輕女子的聲音在內。我曾聽得人說：常有少年人被狐狸精迷了的事。柳遲年紀很輕，人物又生得漂亮，莫不是眞個有狐狸精來採取他的元陽，使神通將他迷在樹林中？我肉眼凡胎，所以看不見他們，常師父的本領大，請他上山來，必能把狐狸精的法術破了！柳遲昨夜救了我的性命，我何能坐視不救他？想罷，即向山下奔來。

才跑出樹林，就見常德慶已撐著拐杖，正一顚一跛的朝山上走。一見陸小青，便帶氣說道：「怎麼祇管教我在路上等著，連回信也不給我一個呢？那小子十九是逃跑了，你還是同我去長沙罷，不要多管閒事！」

陸小青道：「他是奉了他師父的命，特地前來救人的，無端的怎肯逃跑？不過這事很是蹊蹺，我分明聽得是他的聲音，和一個年輕女子的聲音，在樹林裏說話，並有一個男小孩子的聲音，夾在裏面說笑。估計那發聲的所在，至多不過十來丈遠近，不知是甚麼緣故，再也見不著他們的面！」

常德慶偏著頭聽了一聽，點頭道：「不差！那說笑的聲音，我耳裏也分明聽得。」隨即舉眼向樹林中望了一望，笑問道：「你以爲是甚麼道理？」

陸小青道：「我知道他是一個人到紅蓮寺來的，並沒有女人、小孩子同行。若是偶然遇著的，好人家女子，決沒有和面生男子是那們說笑的道理。聽說有種狐狸精，最會迷惑少年男子，採取元陽，我料柳遲必也是遇著那一類妖精了！你老人家的本領大，千萬救他一救！」

常德慶哈哈大笑道：「甚麼狐狸精，有這大的膽量，敢在青天白日裏迷人！你那裏知道，這是那小子有意在我跟前賣弄神通的！嘎，嘎！我不知道你是呂宣良的徒弟便罷，既知道你是那老賊的徒弟了，今日狹路相逢，祇怕由不得我做人情，放你過去！」

說罷，舉左手向樹林中一照，隨手起了一個霹靂，祇震得山搖地動，樹林跟著一起一伏，如被狂風摧折，把個陸小青驚得渾身發抖起來！心裏才明白常德慶是和柳遲的師父有仇，怪不得柳遲不肯露面，不許說實話，不由得十分懊悔自己不該魯莽；常德慶本已走過去了的，自己不合不聽柳遲的言語，將常德慶追回來，又把實情對常德慶說了，以致好意弄成了惡意！若常德慶眞個把柳遲打死了，自己不是恩將仇報嗎？

陸小青心裏一著急，就不知不覺的雙膝朝常德慶跪下來，身體篩糠也似的抖著，說道：「柳遲是我的救命恩人，他和你老人家沒有仇怨，何必是這們給他過不去呢？」

常德慶滿面的怒容，還不曾回答，祗見一個年約十二三歲的小孩子，從樹林中走了出來。那孩子生得眉目如畫，齒白唇紅；頭上二三寸長的短髮，用紅絲繩結成五個角兒；身上穿著花團錦簇，儼然一個富家公子的氣概。常德慶覺得這孩子生得可愛，正很注意的看著，不提防那孩子的身法眞快，還相隔兩三丈遠近，祗見他頭一低，雙腳一墊，已比箭還急的，對準常德慶懷中撞將過來。

常德慶知道不妙，想躲閃那來得及！哎呀都不曾叫出，已被那孩子一頭撞中胸膛，就是一個仰天倒栽蔥，骨碌碌滾到了山下！常德慶曾練過多年內功的身體，平日刀劍都砍刺不入，想不到那小孩頭上的五隻角兒，竟比五隻鋼錐還來得鋒利，胸膛上險些兒被撞成了五個窟窿！常德慶身體才著地，就待跳起來和那小孩拚命。無奈栽下來是背脊著地的躺著，他原是斷了一條腿的人，終不能像有兩條腿的一般便捷；仰面朝天躺著的時候，更不大好使力，必須翻一個身才能爬起來。剛翻過身來掙扎，想不到那孩子眞刁狡，不先不後的，正在常德慶背脊朝天的時候，餓鷹撲兔也似的撲將下來；祇用腳尖在常德慶背脊上一點，正點在穴道上！

常德慶禁不住身體一軟，鼻尖擦地，伏在地下動也不能動了！不但全身的本領施展不出，就是一肚皮的法術，和多年的苦功練成的飛劍，也因被那小孩在無意中點著了穴道，渾身登時失了知覺，也一點兒不能使用了！

祇耳裏明明聽得那小孩在背上笑道：「你這個臭叫化，眞不自量！從那裏學會了一手掌心雷，就隨處拿來獻醜！我們坐在樹林裏說話，與你這臭叫化有甚麼相干，平白無故的用得著下這種毒手！我若不取你的狗命，你也不知道你小爺爺的厲害！」當即覺得頭頂上的

亂髮被小孩抓住了，背脊上如失了千斤重負，身不由己的被小孩提了起來。

就在這時候，忽聽得山腰裏有嬌滴滴的女子聲音喊道：「弟弟放手罷！這叫化不是外人，

原是我們家裏的小夥計；且放下來問他：爲甚麼無端下毒手打人？」

常德慶聽聲音，想不起是誰；等那小孩放了手才抬頭看時，不由得兩眼冒火，七竅生煙！原來他認識山腰裏的女子，不是別人，正是背父母跟丈夫私逃的甘聯珠小姐！

登時想起甘二嫔馳的老命，雖是斷送在呂宣良的神鷹爪下，然當日若不爲甘聯珠背父圖逃，呂宣良幫助桂武，又何至有那種慘事鬧出來！就是今日用掌心雷去劈柳遲，也無非爲那回的事，尋報呂宣良仇不得，殺了他的徒弟，也可以消消胸中的惡氣！誰知這賤丫頭偏巧也到這裏來了！我知道這賤丫頭除練就了一身驚人的武藝而外，並沒有別的本領，也是我今日合該倒楣，略不小心，倒被這小鬼頭欺負了！這裏面必然還有能人；若不然，我一掌心雷也就把他們昏倒了！祇是我受了這小鬼頭這般凌辱，自後也沒有面目見人了；不管他裏面還有甚麼能人，我情願把這條命拚了！

常德慶將心一橫，即仰面向甘聯珠罵道：「我想不到你這賤丫頭還有臉來見我！我不把你殺死，你祖母也死不瞑目！」一說罷，一拍後腦，祇見一道金光射出，直向甘聯珠頭上飛去。說時遲，那時快，那小孩笑嘻嘻的叫了一聲好寶貝，也從腦後射出一道白光來，對準那金光横截過去。

常德慶一見白光射出，好像知道敵不過的樣子，忙伸手將金光招了回來，改變了一副很和

悅的面孔，對那小孩作揖，說道：「好本領！使我欽佩之至！請問你的尊姓大名？」

小孩也伸手招回了白光，笑道：「你是打算問了我的姓名，好日後報仇雪恨麼？我也不怕你！我姓陳名繼志，紅姑就是我的母親。我母親的神數，知道你這臭叫化爲甘家報仇，要害金羅漢徒弟的性命，特差我和表嫂來救的。你知道嗎？」

常德慶歎了一口氣道：「崑崙派有這們多的能人，那得不強盛！」旋說旋彎腰拾起拐杖，一顛一顛的走了。

且說：甘聯珠見常德慶走後，向樹林中招了柳遲出來，說道：「你此時用不著先到紅蓮寺去。我料常德慶受了這番凌辱，知道有能人在此，他們是與紅蓮寺賊禿通氣的，必然去紅蓮寺通信。那些賊禿原沒有逃避之心，有常德慶去通消息，便不怕他們不急急逃避了！你可在此等候那中軍官帶了官兵前來，再一同到紅蓮寺去，免得和那些賊禿見面廝殺起來，又結下無窮的仇怨！我奉了我姑母的命，和表弟到這裏來，就是要借常德慶的口，去說些厲害，給紅蓮寺的賊禿聽，所以是這般做作！」

柳遲問道：「現在卜巡撫還被困在紅蓮寺裏，不怕那些賊禿殺了他洩忿麼？」

甘聯珠笑道：「那些賊禿若能把卜巡撫殺死，還等到此刻嗎？」

柳遲不懂這話怎麼講，正待發問，祇見陸小青從樹林中探頭探腦的走了過來。陳繼志見面，就指著對甘聯珠笑道：「昨夜見鬼的那人來了！」

邊說邊掉過臉望著陸小青，說道：「我是你的救命恩人，你知道麼？」陸小青聽了，摸不著頭腦，也望著陳繼志發怔。

陳繼志道：「我昨夜用梅花針救了你的性命，你還不知道嗎？」

陸小青祇得陪笑說道：「祇怪我的本領太低微，實在不知道在甚麼時候，承情救了我的性命！」

陳繼志道：「昨夜那賊禿舉刀要劈你，你可知道那刀是甚麼刀？」

陸小青道：「我認得是緬甸刀。」

陳繼志道：「你既認得是緬甸刀，就應該知道緬刀的厲害，是能削鐵如泥的！怎麼倒舉著胳膀迎上去呢？那刀若眞個劈下來，不但你這條胳膀登時兩斷，說不定連頭帶肩劈成兩半個！那時我和表嫂戴了我母親給的遁甲符在頭上，能隱形使人不看見，已在紅蓮寺守了三晝夜了。

「寺裏賊禿幾次想害卜巡撫，都是我在暗中用梅花針打在賊禿的光頭上，有髮根遮掩住了，使他們看不出來。直到昨夜那賊禿舉刀來劈你，我想打他的頭來不及，祇得向他的脈腕打去。你的命雖然救了，祇是我這把戲卻玩穿了，賊禿中也有好幾個是練劍的，齊出來和我兩人作對！我因家母不許我兩人露面，恐怕被賊禿破了遁甲符隱不了形，給他們知道了是家母的主使，祇好退出紅蓮寺來！」

柳遲笑道：「到底還是非露面不可！」

甘聯珠道：「在常德慶跟前是這們露面，是不妨事的！常德慶爲甘家的事向你尋仇，我自不能坐視不救！這另是一樁事。崆峒派的人便不講道理，也不能因此結怨！」

陳繼志對甘聯珠道：「我們的事情已了，好回去消差了罷？」

陸小青連忙恭恭敬敬的作了兩個揖道：「承兩位救我的命，祇好銘感在心，徐圖報答！」

陳繼志笑道：「我是向你說笑話的，那裏算得了一回事！」

甘聯珠率著陳繼志已走了幾步，忽回身叫了聲啊唷，說道：「還有一句要緊的話，忘記向你們說！」柳遲忙問甚麼話。

不知甘聯珠說出甚麼要緊的話來？且待第八〇回再說。

第八〇回　遊郊野中途逢賊禿　入佛寺半夜會淫魔

話說：甘聯珠回身說道：「你們知道那些賊禿將卜巡撫藏在甚麼地方麼？」柳遲道：「我正著急不知藏在甚麼地方！偌大一個紅蓮寺，又有地洞和機關暗室，尋找起來很不容易！」

甘聯珠笑道：「知道了便極容易！一不在地洞裏，二不在機關暗室裏，就在那左側廊簷底下的銅鐘裏面！」

陸小青聽了，笑道：「原來就在那裏面罩著嗎？我昨夜還在鐘的左右徘徊了許久，因見殿上有鬼魂出現才走開的呢！」甘聯珠說明了這話，自帶著陳繼志走了。

且說：柳遲同陸小青遵著甘聯珠的話，在路旁等不多時，便見趙振武統率一大隊兵馬，風馳電掣一般的來了。一同殺奔紅蓮寺看時，果然滿寺的僧人，早走得不見一個蹤影了！扛起那口銅鐘救出卜巡撫來，已被悶得奄奄一息了，灌救了一會才醒來，說已三日不沾水米！

原來：八月十三這日，卜巡撫又私地走出衙門，在街上閒行訪問民間疾苦。這種舉動，在平常爲官做宰的人，不必做到督撫，衹要是一個上了流品的官兒，便不肯單獨步行，恐怕失了體統！惟有這卜巡撫，在湖南巡撫任上，每月至少也有二三次青衣小帽的，閒步出來遊覽。在巡撫部院裏聽差供職的人，習久也都見慣了，不以爲異。

八月間郊外田禾正熟，一望如黃金世界；卜巡撫久想去城外看看秋收豐歉，走出南門城，不覺信步向田畝中走去。遇著年老的農夫，便立著閒談片刻。

是這般且行且止的，不知不覺就離城五六里了。口中有些發渴，見前面大路旁邊，有一所小小的茶鋪，茅棚中安放了許多坐椅，原是給行路人息肩解渴的。已有幾個小販模樣的人，很疲乏的坐在棚裏休息，卜巡撫遂也緩步進去，就一處當風的所在坐下來。

茶鋪主人見卜巡撫的服裝，比尋常小販齊整，氣概也與尋常小販不同；料知茶錢是可望多得幾文的，很殷勤的招待。卜巡撫坐了一會，喝了一杯茶。他是在四鄉遊行慣了的，每次總得帶些零錢在身邊，準備做渡錢、茶錢。這時取出些零錢來，給了茶鋪主人，正待起身走回衙去。

衹見有兩個少年男子，從省城裏這條路上走來，都是身穿長衫，腳著緞鞋白襪，很像個文人的裝束。衹是二人頭上，各戴一頂青布緣邊的草帽，步履很慢的走入茶棚。在前的就近拖一把椅子坐下，從袖中取出一塊潔白的手帕，揩臉上的汗珠。

在後的剛待取椅就坐，好像突然想起了甚麼事的樣子，回身對那已坐下的說道：「時候不早了，快點兒走罷！」茶鋪主人正在滿面春風的托了兩杯茶出來，這兩人已舉步朝棚外走了。卜巡撫回頭望著兩少年的背影，見走出棚外有數十步了，那在前的忽回頭朝棚裏探望一眼，隨即掉頭走去。

那人不回頭探望倒沒事，這一回頭，卻使卜巡撫生出疑心來了！因爲卜巡撫看得清晰，見在後的才和在前的交頭接耳說了幾句話，在前的便回頭來探望；而在後的神氣之間，又似乎在那裏禁止他不許回頭探望，所以一回頭就急忙掉過去了！

卜巡撫不由得暗自思量道：「這兩個東西的舉動很蹊蹺！這種青布緣邊的白細草帽，雖是有錢人戴的，然十九是因騎馬不便撐傘，才戴這種草帽遮陰。上流人步行，何妨打傘？並且這們炎熱的天氣，草帽戴在頭上不透風，豈不更熱？即算這兩個東西嫌兩手難擎，不願意打傘；衹是已進了茶棚，何以還將草帽戴在頭上，不取下來涼涼呢？我看那個在前的，氣概不像是男子，步履又遲緩不似少年男子的活潑；已經坐下來又走，更顯得其中有情弊！天色尚早，我何不跟上去探個究竟？若是傷風敗俗的行徑，也是我應該整頓的！」想罷，便不遲疑，立起身就跟蹤前去。

眼見兩人仍在前面緩緩的行走，但是恐怕跟得太緊，兩人生疑，一分頭逃跑，便不容易查出他們的根底了！因自己有地位與力量的關係，即看出了破綻，也不便就這們動手逮捕人；衹能查出一個下落來，回衙著落府縣官去究辦。幸喜跟在背後行走，兩人全不覺得！這時路上的行人稀少，在後的少年，用右手挽住在前的左手，彷彿扶持著行走的模樣。那種腰肢軟弱，體態輕盈的形象，更完全透露出來了！兩條辮子垂在背後，都是又小又短，並不光澤。

那時少年男子的辮髮，一般的甚是講究，從來不見有像這兩人的。卜巡撫仔細留神，越看越能斷定：在前的必是小尼姑改裝，在後的必是小和尚改裝！勤政愛民的好官府，見了這種行徑的人，自忍不住心頭氣忿！當下卜巡撫旋走旋猜度這一對狗男女，住處必不遙遠，所以一同步行。衹要知道了他們的巢穴所在，就不愁他能逃出法網了！一時爲一股剛正之氣所鼓動，絲毫不覺得可怕，也不覺得離城太遠了，不容易回去。

約莫跟了三四里，那兩人忽轉向一條小路上走。卜巡撫心裏歡喜道：「轉上小路必是離住處不遠了。」看那小路前頭，多是山嶺，卜巡撫恐怕在山嶺樹林中容易走失，不敢相離過遠，和兩人相差不到兩丈遠近。

山中寂靜，聽得在前的說道：「我兩腳實在走不動了！好哥哥讓我在這樹林裏歇歇罷。你自己疑心生暗鬼，害得我一身都走痛了！」

在後的答道：「你也太不行了！這一點兒路都走不動！定要歇歇，就歇歇罷！」兩人說著，同時就一塊草地坐下來。

卜巡撫聽在前的說話聲音，嬌脆非常，無論甚麼人聽了，都能辨出是個女子。兩人才坐下，那在前的又說道：「你瞧我額上的汗，和水一般的淌下。這山林裏沒人來，取下這撈什子涼涼好麼？」一面嬌滴滴的說，一面已伸手將草帽取下，露出一個又光又白的禿頂，不是小尼姑是甚麼呢？

卜巡撫看得分明，心想：這一對狗男女，此時雖是都臉朝那邊，不曾見有我在這裏跟著，然萬一他們回過頭來望望，我一時不是無處躲藏嗎？低頭一看，就在身邊有一塊大粗石，有兩尺多高，石後足夠藏身。

剛要移步向石後蹲下，但是已來不及了！小尼姑說要取下草帽涼涼的時候，這小和尚也脫下草帽現出禿頂來，先朝左右看了一看，隨即回轉頭，一眼便看見了卜巡撫。卜巡撫不禁嚇了一跳，以為：兩個狗男女忽看見有人來了，也必大驚失色。

誰知小和尚倒顯得毫不在意的樣子，對著卜巡撫點了點頭，笑道：「既跟上來了，又藏躲做甚麼呢？請過來談談罷。」

卜巡撫見已為人識破，當然不能再向石後藏躲，衹得大搖大擺的走過去，笑道：「我光明正大的行路，又不犯法，無端的要躲藏做甚麼？你們兩位是佛門弟子呢？還是在俗的呢？」

小和尚也笑道：「那卻隨便！要說我是僧，便是僧；要說我在俗，便在俗！這們大熱的天氣，你也跟著走得太辛苦了！請坐下來歇息歇息，再跟我們走罷！」

卜巡撫裝出行所無事的樣子，說道：「你們也是行路，我也是行路，怎麼是跟你？難道這條路衹許你兩人行走嗎？」

小和尚剛要回答，小尼姑伸手拉了小和尚一把，說道：「他行路也好，跟我們也好，管他做甚麼！」

小和尚做出十分親暱的神氣，說道：「哎唷！小妹妹！你那裏知道啊！你以爲他是尋常行路的人嗎？他貴人多忘事，祇怕不認識我，我倒還認識他呢！此刻在湖南一省當中，要算他一個人最大！他跟我們走到這地方來，簡直不懷好意！」

卜巡撫聽了這幾句話，險些兒驚得呆了，暗想：這賊禿既認識我是此刻湖南一省最大的人，居然還敢拿這般傲慢的神氣待我，可見他已是目無王法了！倒得留神一點對付他才好，不要吃了他的眼前虧！

心裏是這們想著，口裏便說道：「你說的是甚麼話？我到貴省來探親訪友，今日才是第三天，你在甚麼地方曾認識我？你眞不要疑心生暗鬼，以爲我是跟著你們走，不懷好意。其實我是外省人，甚麼事也不與我相干！我就不懷好意，於我又有何好處？我改換一條路走罷，不要害得你們疑疑惑惑的不自在！」說罷，回身提步想走出樹林，早離開這是非之場。

無奈這小和尙自知行藏已爲人瞧破，不是一件當耍的事，仰天打了個哈哈，托地跳起身來，喝道：「待跑到那裏去？」這去字才脫口，卜巡撫已覺得胳膊被人捉住了！掙了幾下，那裏掙得脫，彷彿被夾在鐵鉗裏面，越掙扎越鉗夾得緊，衹覺得鉗處痛徹心肝！

轉臉看時，原來小和尚用兩個指頭揑住胳膊，輕輕的搖動幾下，笑道：「你好好的在督撫衙門裏安享，何等自在，何等快樂！偏是生成的賤相，這們炎熱的天氣，要獨自跑出來討苦吃！或是在衙門裏悶得慌，要獨自一個人出來走走，瞧瞧風景也就罷了，偏要多管閒事，死死的盯住我們不放！若眞個被你盯上了，那還了得！

「你開口就說你沒有犯法，用不著藏躲；不錯！我是犯了你的法，落在你手裏，是斷不肯輕輕放過的！衹是你不盯我，你不犯法；既是盯我到了這裏，便犯了我的法了！於今落到了我手裏，我也斷不肯輕輕放你過去。隨我來罷！」和牽小孩子一般的，將卜巡撫牽到樹林深處。

卜巡撫痛得忍耐不住，口裏哎唷哎唷的喊叫起來。小和尚順手往地下一帶，卜巡撫便立腳不住，撲地就倒了！小和尚用一腳踏住，招手叫小尼姑過來，取了那條揩額汗的潔白手帕，先把卜巡撫的口縛了，使他喊叫不出。小尼姑又從長衫裏面解下一條很長的綢巾來，小和尚接著將卜巡撫的兩眼並兩手縛了。卜巡撫既無力反抗，衹好緊閉雙目，聽其所爲！手眼都失了作用，又是背脊朝天的倒在地下，小和尚的腳雖已不踏在背上了，然因雙手是反縛著，更牽連著後腦，撲在地下一點兒不好著力，處了這種境遇，惟有聽天由命，連哼也不哼一聲。

隨聽得小尼姑的聲音呼著哥哥說道：「就是這們縛著攢在此地嗎？我想這山裏來往的人很稀少，就有人走這山裏經過，也不會無端跑進這樹林裏來。他一不能動彈，二不能叫喚，有誰來救他呢？至多不過兩三日工夫，便不餓死也得悶死！我們不管他，走罷！」

小和尚發出躊躇的聲口，說道：「這是使不得的！此地並不是深山窮谷，那能保得沒人行走？祇要有一個砍柴的走進這山裏來，就能將他救去！他一旦得回衙門，便是放虎歸山，終究要出來傷人的！我戴了草帽的時候，他自然認不出我是誰，祇是我已把草帽脫下，他不見得還不認識我！他原是對我們不懷好意才跟上來，若使他留得性命回去，那還了得！」

小尼姑道：「然則就用綢巾將他勒死，攢到山巖裏去，好麼？」

小和尚仍是沉吟不決似的，半晌方答道：「這也使不得！你不知道我師父的規矩很嚴，在周圍百里之內，休說不能私自傷害人的性命，就是對於畜類草木，也不許有一些兒傷損，並不許在一百里之內，與俗人口角鬥毆，便被俗人打了罵了，都不許計較的！」

小尼姑發出帶笑的聲音說道：「咦，咦，咦！罷了，罷了！不要信口亂說了罷！我都知道！」

小和尚辯道：「你這話怎麼講？難道還疑我這些話是假的嗎？我無緣無故哄騙你做甚麼？」

小尼姑笑道：「誰說你是哄騙我？你是忘記前幾天向我說的話了！你們寺裏尚且不禁止傷害人，出來倒有這們規矩了！」

小和尚接著哈哈大笑道：「原來你是這般著想，怪道你以爲我是隨口亂說的！你是個聰明人，卻怎麼不懂得這道理？你可知道我們寺裏的清規戒律，遠近百多里無人不讚歎，是甚麼道理？就是這個道理！寺裏都是自己人，那些清規戒律，有甚麼用處？」

小尼姑道：「這也使不得，那也使不得，到底打算怎麼辦咧？」

小和尚道：「不用著急！好在天色已快要黑了，把他扛回寺裏去，聽憑師父發落，死活我們可以不管了！」

卜巡撫聽了二人談論的話，心想：我自到任以來，時常單獨步行出外，認識我的自是不少。不過他說他寺裏的清規戒律，百里遠近的人無不讚歎。我所聞清規戒律最嚴的，莫過於紅蓮寺。紅蓮寺的知圓長老，我曾迎接到衙裏講過經，我記得他來的時候，帶了法隨侍六人，其中有兩個的年紀很輕。祇因我當時不曾留意，相貌記不清晰了，或者這賊禿便是其中的一個！

卜巡撫雖則如此猜度，然始終不相信知圓長老是個惡僧，以爲到寺裏見了賊禿的師父，是不是知圓，落眼便能認識。若是知圓，除了他蓄志謀叛便罷，不然，決沒有這大的膽量，敢公然害我的性命！並且我待他那們殷勤，見面總應該有點兒情分！所慮就怕不是紅蓮寺，落到強盜窩裏去了，便更難望生還了！想到這個生死的關頭，委實有些慌亂。

也不知在地下躺了若干時刻，忽覺身體被人提起來，彷彿是在肩上扛著，一高一低的行走得很快。耳聽得背後還有一個人跟著走，逆料：扛自己的就是小和尚，跟著走的是小尼姑，不過二人在路上都不開口說話。兩眼雖被綢巾縛了，不看見所經過的地方是何情景，但是就身體起落的情勢推測，所經過的多是山路。並且一路之上，都是靜悄悄的，不僅不聞人聲，連雞鳴犬吠之聲，也不聽得。祇覺有一陣一陣的風吹到身上，是很涼爽的，不似白晝的熱風，料知此時至早也已在黃昏過後了。不知經過了多少里道路，忽隱隱聞得鐘聲，隔半晌才撞響一下。

思量：已聽得著鐘聲了，離寺大約不遠了。果然沒一刻工夫，陡覺身體往上一拋，凌空與騰雲相似，惟恐這一跌落下來，勢必粉身碎骨！誰知卻是不然，並不是單獨將他的身體拋起，原來是小和尚扛著他往上一縱，大約是縱上了一道高牆，或是屋頂；聽得腳底下有細微的瓦碎聲，行走比在地下時還快了數倍，也沒有高低起落。

約莫是到了高牆盡頭之處，陡覺得身體又往下一沉，不一會就卸了下來，仍和在山裏的時候一樣，背脊朝天的撲著，即聽得一路腳聲走出來了。不到一盞茶時候，那腳聲又響了回來。有人將縛手的綢巾一扯，兩手就放鬆了；再在後腦上扯了一下，兩眼也能睜開看物了，祇見眼前有不甚明瞭的燈光。

正待抬頭向四面瞧瞧，已聽得小和尚的聲音，立在身旁說道：「解了你的縛，還不自己掙扎起來，難道想人扶你嗎？」卜巡撫想用兩手在地下掙扎，無奈反縛得太久了，臂膊已痳痺不仁；休說不能在地下掙扎，想運動一下都如失了知覺，不由自主衹得伏著不動。

小和尚似乎不耐煩了，說道：「怎的做官的人這們不濟！起來罷，你的老朋友在方丈等你！」說時，伸一隻手握著肩胳衹一提，就提得站起來。

小和尚又把縛口的手帕解下，湊近鼻端嗅了一嗅，說道：「原是一條香帕，一用著縛你的臭口，就變成臭帕了！若不是我心上人的東西，我眞不要了呢！隨我來罷！」旋說旋揣了手帕，牽著卜巡撫的衣袖就往房外走。

穿門過戶，走到一處，燈燭輝煌，陳設精雅富麗。卜巡撫一眼看見靠牆根安放著的一張花梨木禪榻，頓時想起這房間就是知圓和尚的方丈。卜巡撫曾到紅蓮寺燒香，知圓和尚便是迎接在這方丈裏款待。方丈中陳設的器具，仍與從前所見的無異，不過晝夜的光景不同罷了。

此時禪榻上並不見知圓和尚，也沒有旁的僧人，心裏又不由得詫異道：「這小賊禿說我的老朋友在方丈裏等我，所謂老朋友，不待說必是知圓了！何以方丈中又沒有他呢？」正在如此疑惑，小和尚牽著衣袖直到禪榻跟前，一腳跨上去。衹見他伸手在牆上不知如何推按了幾下，才一霎眼工夫，禪榻自然向後移動了一二尺，牆根上閃出一個洞門來。

小和尚指著洞門，說道：「走進這裏面去罷。你來晏了一時半刻，你的老朋友已進宮取樂去了，懶得出來，教我引你進宮去見。儘管放膽走，若是存心要取你的性命，隨便怎麼下手你都逃不了，這不是爲要害你才哄著你進去！」

卜巡撫落圈套已到了這一步，是早拚著一死了；然一瞧洞門裏面，漆也似的烏黑，房中的燈燭光，卻被禪榻遮掩了，一點兒看不出洞門以內是何模樣，畢竟讀書人的膽力不壯，不敢跨進腳去。

小和尚現出輕視的神氣，說道：「怕死的人也終免不了一死！我引你進去罷！」回身握了卜巡撫的手，彎腰向洞門裏走去。卜巡撫跟著一進洞門，祇覺得涼氣襲人，腳下一步低似一步，好像是很平坦的石級，二三十

步外才是平地。更行數步，即見有自裏面射出來的燈光了。在未見燈光的時候，兩耳如在甕中，彷彿有數十百種聲音，同時在遠處發作，但覺滿耳嗡嗡的，辨別不出一種聲音來！及一見

燈光，種種龐雜的聲音，立時都入耳分明了，原來有絲竹管絃的聲音；有歌喉宛轉，高唱入雲的聲音；有笑語喧譁的聲音；有喝好鼓掌的聲音。

卜巡撫暗自尋思道：「誰也想不到萬人稱讚清淨高尚的紅蓮寺地下，會有這種所在！這寺裏賊禿平日之無法無天，槪可想見了！我的命若不該喪在此地，脫險後又不能爲民間除了這一大害，從此誓不再做官了！」

才思量到這裏，小和尚一手握著他，一手撩起一條門帘，將握手的手向門帘裏一帶，說道：「你老朋友在內，你自去見面罷。」隨將手一鬆，卜巡撫險些兒栽了個跟斗，立穩腳一看，竟把個官居極品的卜巡撫看得呆了！

這間房子，分明是一間地下室。然尋常地室，都是湫隘卑溼，僅能容幾人起臥而已，那裏有這樣堂皇高大的！這房彷佛極寬大的廳堂，橫直穿心都有三四丈，四圍上下，裝飾得耀睛奪目，巨燭高燈，照徹通明，與白晝無異！上首安放了一個形似禪榻而大倍尋常的東西；一個脫得精光的老和尚，頽然高臥在上面。兩個妙齡的女子，也是一絲不掛的坐在旁邊，替老和尚搥腿、揑胳膊。

榻前原有帳幔的，此時向兩邊懸得高高的並沒放下。幔前約有十來個粉白黛綠的女子，也有古裝的，也有時裝的，也有赤條條毫無遮掩的，在一團舞的舞，唱的唱。奏樂的坐在四角，也有十多個，盡是青年和尚：不用說衣服，連帶也不見有一條在身上。一個個涎皮涎臉的，彌縫著兩眼望了歌舞的女子。

那些歌舞的女子，也故意賣弄風騷，做出種種淫蕩不堪的神態，撩撥得那些青年和尚，簡直如雪獅子向火，渾身骨頭骨節都融了，卻又各自距離得遠遠的，不敢挨近身去！老和尚看得高興，就高聲喊起好來，也看不出老和尚是甚麼用意！

卜巡撫雖與知圓和尚見過幾次面，然這個老和尚因脫得一身精光了，又是睡在榻上，相隔有二丈遠近，竟看不明白不知是不是知圓和尚？也不敢冒昧走上前去瞧個仔細。卜巡撫見了這種邪淫的現象，心裏雖不由得忿恨到了極處，但轉念一想：這些賊禿居然敢如此無法無天，那裏還知道甚麼忌憚！我不去觸怒他們，猶恐他們不放我出去；惹惱了他們，就更不要望活命了！於今祇要能委屈求全性命，便是千萬之幸了！卜巡撫一這們著想，即做出老實可憐的樣子，低頭站著不動。

歌舞的女子一會兒停止歌舞了，奏樂的青年和尚也都停止吹彈了，老和尚忽從榻上抬起頭來，問道：「還不曾來嗎？」

歌舞的女子見問，同時十幾雙清妙的眼光，齊射到卜巡撫身上，都伸手指了一指，向老和尚回道：「喏！早已在這裏站著！幸虧是男子漢大腳，若是教我們一動也不動的站這們久，祇怕兩條腿早已痛斷了！」

老和尚轟雷也似的喝一聲道：「貴人在這裏，你們也敢胡說亂道，這還了得！都聽我趕緊滾到帳幔後頭去！」十來個女子都吃吃的笑著，躲藏到帳幔後面去了。

坐在榻上的兩個女子，也待下榻跑去，老和尚搖手止住道：「你們不要走，祇顧好好的替我捏著、搥著罷！」邊說邊抬起半邊身子來，對卜巡撫招了招手，笑道：「請過這裏來。」卜巡撫假裝老實人害怕的樣子，縮縮瑟瑟的挨近禪榻，仍低頭立著。

老和尚在卜巡撫渾身上下端詳了幾眼，笑道：「果然是貴人到了！有失迎候，罪過，罪過！別來不久，貴人更見發福了！老衲眞說起來慚愧，一日衰似一日，於今已是頽唐得不堪了！」

卜巡撫這時已看出老和尚是知圓了，卻仍做出發怔的模樣，兩眼一翻一翻的望著知圓，說道：「老師父莫不是認錯了人麼？我姓張，名伯和，從河南來貴省探親，才到了三日。不知爲著甚麼事，少師父在路上遇著我，就不由分說的，將我綑起扛到這裏來。我曾在甚麼地方看見過老師父，已想不起來了！望老師父慈悲，放我出去，免得舍親盼望！」

知圓和尚已坐起身來，大笑道：「這一派話用不著說了！若是聞名不曾見面的人，便不難用花言巧語瞞混過去；我和你是老相識，燒成灰我還認識你，由你假裝不認識就行了麼？我這地方，不但外邊俗人不能來，就是同寺的僧人，非經我呼喚，也不敢跨進一隻腳來！你雖是官居極品，然是對於俗人才有高低上下。我們出家人佛法平等，人世的官階，與我們釋家無涉，不過你既到我這祕密地方來了，不得不謂之與我有緣，你我就此暢飲一場罷！」

說時，舉眼向房角上的青年和尙說道：「傳話出去，從速開一席酒菜上來。」便見青年和尙走到門口，撩起門帘，照知圓和尙吩咐的話說了一遍。大約門外有人伺候著，青年和尙說了自還原位。

頃刻之間，酒菜就送進來了。就在大禪榻上安放一張坑几模樣的矮腳方桌，金杯牙箸，海錯山珍，羅列一桌。知圓讓卜巡撫在對面坐下，親自執壺斟了一杯酒，笑道：「我這裏的酒，是不容易飲著的，雖趕不上天宮裏的玉液瓊漿，可以延年益壽，也實在能忘憂解悶。奉勸你多飲幾杯罷！」卜巡撫此時那裏還有閒心飲酒？衹急得不知要如何才好，也不願意與知圓虛謙假讓，接過酒杯就擱下，也不敢飲。

知圓好像已看出他不敢飲的意思，先舉杯一口飲乾了，將杯照著，說道：「我要害你性命，豈用得著毒酒？你且乾了這杯，我有話說。我爲你設想，既到了這一步，就憂愁煩悶到死，也不過是白送了性命，有甚麼用處呢？你要知道人生壽命有限，苦多樂少。我們活在世上，若不自己尋些快樂，簡直從出娘胎以至老死，沒一時一刻不是苦惱！我明白你此時的心事，總以爲我難免不傷害你的性命，所以急得要想逃生的方法。

「老實對你說一句：你若是一個平常與我不相識的人，到了我這地方，窺破了我的行徑，便插翅也休想能逃得出去！因爲我不能不將他殺死，不能滅他的口，使他不能去向外人亂說！你的官階大小，雖與我佛門無涉，但是你曾殷勤迎接我到衙門裏講經，又曾來這寺裏拈過香，畢竟比較尋常人多一些兒情分，我決不取你的性命就是了！」

卜巡撫料知不能再瞞混過去了，祇得放開了膽量，說道：「老和尚的話，固是不差，我也知道人生苦多樂少，爲人須及時行樂！不過像老和尚是出家人，不受王法拘束，沒有國家責任，可以一心尋樂！我是薄福的人，爲何能與老和尚同日而語？」

知圓緊接著說道：「你想學我的樣，不是極平常極容易的事嗎？有一句俗語道：和尚是人做成的。誰生成是和尚？我立刻給你剃度，你便立刻做成和尚了。你心裏不要擱不下一個湖南巡撫的虛名，須知終歸是要擱下的！我這寺裏雖有一百多法侶，祇是還不曾有可傳我衣鉢的人，你剃度後，便可傳我衣鉢！你居了我的地位，不用說一個巡撫趕不上我的尊榮快樂；就是貴爲天子，富有四海，也不及我的自在舒徐！」

卜巡撫道：「我此時的俗務糾紛，塵心未退，還不是出家的機緣。望老和尚寬假些時，等我回去將一切俗務了脫，一定皈依座下！也不敢望傳老和尚衣鉢，就做一個火工道人，也是心甘情願的！」

知圓笑道：「你這個想回去的念頭，快點兒打消罷！非是我少了徒弟，要勉強你出家；祇怪你無端要多管閒事，存心窺破人的陰私！小徒在路上行走，實不曾有干犯你的地方，你偏要緊緊跟隨不放！你那時若不是動了殺念，小徒又何至將你扛到此地來！如果到此地來過的俗人，居然能帶著性命回去，我這所在不早已變成瓦礫之場了嗎？我自從住持這紅蓮寺，對於窺破了我底蘊的人，早限定了祇有兩條路給他走，從來沒有絲毫通融改變！」

卜巡撫問道：「請問是那兩條路？」

知圓道：「我佛以慈悲度人為本，所以第一條路就是立刻剃度。若這人不識抬舉，不願剃度，就祇有即時給他一布袋石灰，送他到西方極樂世界去。想留著活口去外面胡說亂道，無論是誰也休作這夢想！」

卜巡撫道：「剃度後是應遵守怎樣的清規戒律？」

知圓道：「清規戒律倒不難遵守。不過我這寺裏此類剃度，與其他佛寺裏的剃度不同，終年祇能在地室中逍遙快樂，不許任意行動！」

卜巡撫心想：這種剃度，何異活埋在這地窖裏！衙中人見我獨自出來不曾回去，勢必四處探尋；若僥倖得救出去，頂上的頭髮已經剃了，此後豈但不能為官，並不能為人了！寧死也不能受這大辱！

主意已定，即正色對知圓說道：「我受朝廷封疆重寄，豈可偷生忍辱？你若尚有絲毫畏法之心，趁早送我回衙，我倒可通融，不認眞追究！如你執迷不肯放我，任憑你處治便了！」

知圓點了點頭道：「兩條路我也任憑你走！你既以爲剃度是受辱，也罷，就由你走第二條路罷！」

隨即向房角上的和尚道：「取彌勒來，送他到西天去！」便有兩個青年和尙應聲而去。祇一轉眼的時間，忽見一個青年和尚面如土色的奔回來說道：「不知是甚麼緣故，師兄才一伸手去取彌勒，就一跤跌倒了！弟子祇道他提不起，用力過猛閃了腰肢，彎腰去扶他，誰知他和死了的一樣，鼻息都沒有了！」

知圓吃驚似的跳下禪榻來道：「這是怎麼一回事？」

不知究竟是怎麼一回事？且待第八一回再說。

第八一回　賓朋肆應仗義疏財　湖海飄流浮家泛宅

話說：知圓聽了青年和尚那種奇異的報告，即起身走到那倒地的青年和尚跟前一看，燈燭之光照得分明，不是死了是甚麼呢？知圓不由得躊躇起來，暗想：卜巡撫官居極品，大概他所到之處，必有百神呵護。這彌勒布袋取去，便是他生死的關頭，所以百神要保護他的性命，就得是這般顯點靈應出來，使我好消滅殺他的念頭。不過我今日不殺他，來日他必殺我！

像紅蓮寺這們好的基業，一旦敗露了不能再在此地立腳，卻教我們到何處更創一個這般穩固的所在呢？他既不肯剃度，難道因取彌勒布袋的人死了，便饒了他放他出去不成？生死原有一定，安知不是這小子應該得急症病死，適逢其會在這時死了？我倒不相信眞有神靈如此保護這狗官！我命裏若也注定了要死在這時候，就躱也躱不了，我何不親自動手將布袋提過去？

知圓這們一想，立時似乎下了一個決心，才向布袋跟前移了兩步，正待彎腰伸手，猛覺得呼的一陣旋風，房中的燈燭，登時齊被吹熄了；有幾盞燈竟被那風刮倒在地，祇吹得知圓毛骨悚然！連忙伸起腰來，左手揑訣，口中念動禁壓妖魔鬼怪的眞言。

這是知圓和尙的看家本領，無論山魈、野魅、鬼怪、妖精，那怕在百里以外，知圓將這種眞言念動，立刻都不能行動，惟有俯首貼耳的，聽知圓的指揮號令。知圓何以有這般本領？畢竟他是如何的來歷？前幾回連篇累幅的寫紅蓮寺，卻沒工夫把紅蓮寺的歷史敘述出來，大概看官們心裏總不免有些納悶，以爲：光天化日之下，逼近省會之地，怎的會忽然鑽出一個這般鬼鬼祟祟的萬惡紅蓮寺來？一定是不肖生活見鬼，青天白日在這裏說夢話！看官們不要性急，這是千眞萬確的一樁故事！諸位不信，不妨找一個湖南唱漢調的老戲子，看是不是有一齣火燒紅蓮寺的戲？

這戲在距今三十年前，演的最多，衹是沒有在白天演的。因爲滿台火景，必在夜間演來才好看！不過演這齣戲，僅演卜巡撫落難，陸小青見鬼，甘聯珠、陳繼志暗護卜巡撫，與卜巡撫脫難後火燒紅蓮寺而已；至於知圓和尙的來歷，戲中不曾演出。並且當時看戲的，都衹知道知圓的混名鐵頭和尙，少有知道他法號叫知圓的。在下卻破工夫打聽了知圓的一生履歷，正好趁這時分寫出來。

知圓的俗家姓楊，原籍河南人。他父親單名一個幻字，二十五歲上就點了武狀元，專好結納海內豪傑之士。論到楊幻的武藝，能大魁天下，自然是了不得的高強！不過他點狀元的本領，是他極不得意的工夫；他得意的工夫，爲一般會武藝的行家所推崇佩服的，在會試場中都用不著！他最會縱跳和使放暗器。身體魁梧奇偉，無論甚麼有眼力的人，一眼看去，無不以爲他這們高大的身材，必然笨滯不堪；誰知他上起高來，竟比猢猻還加倍輕捷。渾身筋骨，要硬便硬如鋼鐵，要軟便軟如絲綿。身材矮小人鑽不過去的縫隙，楊幻鑽過去倒像綽有餘裕，一點兒也不覺得那縫隙仄狹了。

尋常會武藝的人，使放暗器，儘有準頭極好，百發百中的，然普通祇能近放，不能遠放。就是有力量能放遠的，也祇能在那毫無遮攔阻隔的地方打人；若在樹林當中，及有窗格阻擋的所在，暗器便發放出去，也不能遠，效力是更差了！惟有楊幻的暗器，不拘在甚麼地方，祇要有一線之路，能看得見心裏想打的人，不問上下左右有多少層障礙，他的暗器能照著那一線之路，直射過去！

他正練習暗器的時候，每在牆壁上掏一個茶杯大小的窟窿，點一枝線香在牆那邊；他立在牆這邊，暗器從窟窿中打過去，將香頭打滅。後來練習的日子長了，能在黑夜之中，暗器穿過兩層牆洞，將點在第三間房裏的香頭打滅。凡是有人使用的暗器，他無有不會，無有不精！

他祖傳的產業，原極豪富，自奉卻非常儉約，銀錢專用在交遊上面。祇要是有點兒能耐和聲名的人，走他家經過，或是專誠去拜訪他的，他總得奉送些程儀。若有緩急去求他幫助，看需要多少，開出口來，沒有不如數奉送的。受他殷勤款待與銀錢幫助的人越多，楊幻兩個字的聲名也越大！那時在江湖上一提起楊狀元，不問認識不認識，都得稱讚一聲：仗義疏財的好漢！後來楊幻的家產，被楊幻沒限制的贈送得精光了，在原籍不能居住！

一則因為遠處聞名的人，不知道楊幻的處境不如從前，以為永遠是一個可擾之東，源源不斷的來楊家拜訪；楊幻慷慨慣了，一旦沒力量幫助人，面上覺得很慚愧！

二則因家境既不寬舒，便不能款待朋友；他是生性好友的人，沒有朋友在一塊兒盤桓，更覺得索居無味！有這兩個原因，衹得離開原籍出門訪友。

這時楊幻的年紀，已有了五十多歲。衹有一個兒子名從化，年已十六歲了。楊從化得他父親傳授的武藝，雖趕不上他父親那般高妙，然不但和他一般年齡的人，沒有能敵得過他的，就是從來在江湖上稱好漢的老手，看了他的工夫，也都得說一句後生可畏，不敢存與他嘗試的心！

楊從化才到十歲，他母親便死了。楊幻也沒續絃，也沒納妾。楊幻一帶著楊從化出門，原籍地方就沒有楊幻的家了。楊幻父子到處遊行訪友。

這日在陝西境內，坐船經過一處很大的碼頭，天色已將近黃昏了。船靠碼頭的時候，楊幻坐在艙裏，推開窗門向碼頭上看熱鬧。祇見離船約一箭遠近的岸邊，有一個大石巖伸在水裏，石巖上巍然矗立著一個和尚，右手撐著一條臂膊粗的禪杖，左手握拳抵在腰間，挺胸昂頭，豎起兩道濃黑如漆的掃帚眉，睜起兩隻光如閃電的巨眼，不轉睛朝船上看著。

楊幻一見面，就不由得吃了一驚，暗想：我自己的身材已是很魁梧的了，這和尚祇怕比我還要高大一倍！這和尚的年紀雖也不小，然像這樣金剛一般的氣概，出門怎用得著撐拐杖？並且看這拐杖的形式，十九是用純鋼打就的，怕不有一百來斤重！看他兩眼露出凶光，下死勁盯住在我這船上，難道曾和我有甚仇怨，知道我今日到這裏來，特地先在此地等候我嗎？祇是我平生並不曾見過這樣的和尚，也不曾有開罪和尚的事！我於今也不管他是不是有意來與我爲難的，今夜祇小心一點兒睡覺便了！

楊幻心裏這們思想著，兩眼懶得與那和尚對望了，移向碼頭上閒看了一會，再向石巖上看和尚時，已不知在何時走到何處去了！

這夜楊幻父子都不敢安然就睡，準備那和尚前來有甚麼舉動。但是提心吊膽了一夜，直到天明，絲毫動靜也沒有！楊幻不由得暗自好笑道：「我眞是疑心生暗鬼，白躭了一夜的心思；

不敢安睡，誰知是偶然遇著！祇是這和尚雖不知道我，我既遇見他，倒得上岸去訪訪他，看他的本領畢竟怎樣？這和尚在此地的聲名必不小，逆料沒有訪不著的！」

楊幻父子所坐的船，是單獨雇的，行止可以自由。因爲他父子的目的在訪友，沿途遇著名人、好漢，隨處都得流連。這日楊幻吃了早飯，即帶著楊從化上岸，專訪本地的叢林古寺，卻不見有那般模樣的和尚。找著地方年老誠實的人打聽，也沒人知道有這們一個和尚。整整的訪了三日，不曾訪著，祇得罷了。

第四日仍開船向前進發。行了幾十里，天色向晚，又到了一個埠頭停泊。每次泊船的時候，楊幻照例憑窗向岸上眺望。想不到一舉眼，又見那個和尚，仍是與前日一般的眼睜睜向這船上望著，右手還是撐著那枝臂膊粗的黑色禪杖。

楊幻心裏想道：「難道這番也是偶然的遇著嗎？我看這禿驢的神情，逆料他對我必不懷好意！我平生雖不曾有事得罪過和尚，祇是和尚是凡人做成的，說不定這禿驢在未出家以前，曾與我有甚麼事過不去！我當時不留意，相隔的年數多了，他又出了家，改變了裝束模樣，我見面不認識他；他是存心圖報復的，自然能認識我！有一句古話說得好：先下手爲強，後下手遭殃！他若不是爲尋仇報復的，便不應該是這般跟著我，現出這樣神氣來！我乘他不防備的時候，賞他一袖箭；我寧可錯殺了他，不能因姑息之念，反爲他所算！」

主意既定，再看那和尚，正掉頭望著後面。楊幻不由得暗喜道：「這眞是絕好的機會！」一點兒不躊躇，右手一起，一枝箭早已如掣電一般的，直向和尚的後腦射去！楊幻自以爲一箭射在沒蓄髮的光頭上，至少也得射進去兩寸多深，將腦髓射出來！那知道事實完全與理想不對，那箭不偏不倚的射在和尚後腦上，衹聽得喳的一聲，就和碰在鋼板上一樣，不但沒射進去一分半分，反碰得那箭射回來，足有一兩丈遠近，落到水裏去了！

和尚彷彿吃了一驚似的，一面用左手在袖箭射著的地方搔著，好像表示射著的地方，如被蝨子咬著一般的癢；一面掉轉臉來，望著楊幻含笑點頭。這一來，倒把一個見多識廣、武藝高強的楊幻，弄得不知待怎麼才好！

此時船已靠好了碼頭，那和尚便拖著禪杖，一步一步的向船跟前走來，現出滿面的笑容，不似以前那般橫眉鼓眼，凶不可當的模樣了。楊幻這時心裏雖甚後悔不該魯莽動手，然事已到了這一步，吉凶禍福，已來不及計慮了！惟有連忙吩咐楊從化在隔艙蹲著，端整兵器在手，準備和尚一動手時，就冷不防的鑽出來，幫著廝殺。自己也將應手的兵器，安放在便於攜取的地方，裝出安閒的樣子，走出艙來。

祇見和尚已到船頭立著，將禪杖倚在身邊，雙手合十，迎著楊幻笑道：「來者果是楊狀元麼？貧僧迎候了好幾日，祇因不知究竟是也不是，不敢冒昧進見！幸蒙賞賜了這一袖箭，貧僧方能斷定，若不是楊狀元，他人決不能打得貧僧的頭皮這們發癢！眞是幸會之至！」

這幾句話，祇說得楊幻的臉紅一陣，白一陣；祇是看和尚說話的神氣，甚是誠懇，並沒帶著譏諷的意味，也不像是前來尋仇報復的，祇得也陪著笑臉，抱拳說道：「不知大和尚法諱怎麼稱呼？寶剎在那裏？何以知道不才會來此地？」旋說旋讓和尚進艙裏，分賓主坐定。

和尚接著答道：「貧僧法號無垢。這番因雲遊到陝西，在西安報恩寺雪門師叔那裏，聽說楊大居士已動身來陝西訪友。貧僧久慕大居士的聲名，本打算親到河南來拜訪，無奈一向都不得方便！近來正喜有機緣可以成行了，偏巧小徒從河南回來，據說：曾到了大居士府上，適逢大居士已離開原籍，出門訪友，並無一定的行蹤。貧僧聽了，惟有自歎緣慳，卻想不到一來西安，無意中倒得著了大居士的蹤跡，所以特地來河邊等候！」

楊幻見無垢和尚說得這般懇切，料知決無惡意，忙起身拱手道：「承大和尚如此厚意殷勤，不才眞是又感激、又慚愧！大和尚剛才說西安報恩寺的雪門師叔，不知是不是和江南周發廷老爹同門的雪門師父?」

無垢連連點頭，笑道:「正是他老人家!居士原來和江南周老爹相熟麼?那是貧僧的師伯。」

楊幻笑道:「江南周老爹誰不知道，更是不才平生最服膺的老輩!聽說周老爹同門兄弟，並雪門師父祇有三人;還有一位田老師，多年隱居不出，外人知道的很少。想必大和尚的尊師，就是他老人家了?」

無垢和尚微笑點頭道:「貧僧俗姓田，字義周。居士所說的，便是貧僧的俗父，已於五年前去世了。」

楊幻喜道:「怪道大和尚有這等驚人的本領，原來是大名家之後!我眞是肉眼凡胎，唐突了大和尚，罪該萬死!」

無垢和尚擺手，說道:「居士不用客氣，貧僧雖是出了家，然貧僧的工夫，不是在出家後練的，你我都是同道的人。貧僧因聽得小徒說，居士有一位公子，工夫甚是了得，居士帶著一路出門。何不請出來給貧僧見見?」

楊幻謙遜道:「小孩子頑劣不堪，怎夠得上說工夫!」旋說旋向隔艙叫道:「我兒快出來向大和尚請安!」前艙說話，楊從化在後艙聽得分明，連忙放下手中兵器，理了理身上衣服，應聲出來，恭恭敬敬的向無垢和尚行禮。

無垢慌忙雙手拉了起來，兩眼在楊從化渾身打量了一遍，不住的點頭笑道：「好氣宇！好骨格！怪不得小徒再三稱讚！」

楊幻問道：「令徒是那位？曾見過小子麼？」

無垢道：「自然是見過的。」說著，拉了楊從化的手問道：「你今年有十六歲了麼？」楊從化應是。

無垢又問道：「從幾歲起練工夫？」

楊從化道：「五歲。」

無垢叫著哎呀道：「練過十一年了，難得，難得！你也讀過書、認識字麼？」

楊從化道：「書也略讀了些，字也略認識一些。」

無垢道：「書是從幾歲讀起的？」

楊從化道：「也是五歲。」

無垢聽了，歡喜得哈哈大笑道：「書也不間斷的讀了十一年。像這般文武全才的童子，除了你恐怕沒有第二個！」楊從化不作聲。

楊幻在旁謙謝道：「大和尚太誇獎他了！小子今日能遇見大和尚，實可謂之三生有幸，得懇求大和尚玉成他才好！」說罷，起身對無垢一躬到地。

無垢欣然答道：「令郎合該與貧僧有緣！貧僧在十年前雖收了一個徒弟，祇是他有他自己的事業，不能隨侍左右。多久就存心要物色一個，無如稱我心願的實不容易找著！就是我那小徒，也隨處替我留意；因此見了令郎，對貧僧稱道不置！」

楊從化生性極聰明，聽得自己父親求無垢玉成他，無垢已應允了，不待他父親開口，即雙膝往艙板上一跪，搗蒜一般的叩了四個頭。

無垢很高興的坐受了，對楊幻說道：「貧僧近年募化十方，已在湖南長沙、瀏陽交界之處，買了些田地。那地方原有一所古寺叫紅蓮寺，規模不大，地形卻甚好。貧僧已從四川、陝西兩省，雇了二三十名很工巧的泥木匠，到湖南重新蓋造起來，此刻已造成一所大寺院了。那地方最好修練。令郎既拜給貧僧做徒弟，就得跟隨貧僧到紅蓮寺去，不過出家不出家，倒可聽憑尊便，那是不能勉強的！」

不知楊幻如何回答？且待第八二回再說。

第八二回　述根由大禪師收徒　隱姓氏張義士訪友

話說：楊幻聽了無垢的話，笑道：「師父知道我父子此刻雖不曾出家，卻已沒有家了麼？十年前我父子在河南原籍，不但有家，並是轟轟烈烈、熱熱鬧鬧的大家，自己家裏的眷屬奴僕不在內，就祇每日在我家盤桓的親戚朋友，至少也有四五十人，這還不是熱熱鬧鬧的大家嗎？誰知敝內去世後，家政經理無人，家業便一年不如一年的凋零下來，漸漸供給不起親友，親友就也漸漸的疏遠不大上門了！更漸漸蓄不起奴僕，奴僕也就一個一個的換上主人了！

「所有相依不去的，祇有這個小子！為人到了這一步，還有看不透的世情嗎？這小子若沒有安頓的所在，我也不捨得就此不顧他；於今既遇著師父了，正是他的福報！他果能即時皈依三寶，求師父剃度，我心裏不但沒有捨不得的念頭，並且深慶他能得所！」

無垢合十口念阿彌陀佛道：「這就更難得了！」無垢和尚這夜就在船上歇宿。

楊幻陪著談論了多少時事，評隲了多少人物，忽然想起無垢所說的徒弟來，忍不住問道：「師父在十年前收的那位高足，畢竟姓甚名誰？既到寒舍見過小子，一定也見過我的，我祇是想不起何時來過會武藝的出家人來！」

無垢略沉吟了一下，笑道：「我那小徒原不曾出家，居士如何想得起來呢？居士不是外人，貧僧不妨直說。小徒到尊府去的時候，貧僧雖不知道他假託甚麼姓名，然可料定他決不肯將眞姓名說出。因爲他身上的案件很多，在河南地方說出眞姓名來，多有不便，並且怕拖累居士！居士廣結納天下豪傑之士，張汶祥這個人，居士曾聽人談起過嗎？」

楊幻道：「不是四川的梟匪頭目張汶祥麼？」

無垢和尚笑道：「除了那個張汶祥，那裏還有第二個張汶祥，夠得上稱天下豪傑之士呢？」

楊幻也點頭笑道：「那是時常聽得有人談起他，說他武藝高強，性情豪俠，實在是一個數一數二的好漢！不過談論他的人，沒一個不歎息他，說他可惜走錯了道路；以那們好的天資能耐，不走向正路上去，建功立業，將來封妻蔭子，卻專一結交川中無賴，成群結隊的販私鹽！聽說幾次與官兵對壘，都是張汶祥打勝了；官廳幾番想招安他，他不但不理，並殺戮了好幾名官員，弄得官府沒有法子，祇好懸重賞捉拿他。我聽了張汶祥這種行爲，也委實有些替他可惜！大師父的高足，就是張汶祥麼？」

無垢也歎了一口氣，說道：「凡事不是身歷其境的，不容易明白！以張汶祥的聰明智識，何嘗分辨不出邪正?譬如騎在老虎背上的人,豈不自知危險,急想跳下虎背來?但是不跳下,不得近虎口,跳下來反不能免了!如果有方法能跳下虎背,又可免遭虎口,張汶祥早已改邪歸正了!」

楊從化偏著頭思索了一會,忽向無垢問道:「張師兄是不是三十來歲年紀,長條身體,紫色臉膛,兩道長眉入鬢,說話略帶些口吃的呢?」

無垢笑道:「你何以見得這般模樣的是他呢?」

楊從化望著楊幻,說道:「爹爹不記得那個姓趙的嗎?他說姓趙行一,就叫趙一,沒有名字。他去後,爹爹不是很覺得奇怪嗎?說像他這般本領高強的人,應該早有很大的聲名了,怎麼就叫作趙一?而趙一這兩個字,卻從來沒聽人談過呢?我當時聽得爹爹這般說,也疑心必是有名的人,或者因恐怕敵不過爹爹,壞了自己的聲名,所以不說眞姓名。依師父的話推想起來,那趙一不是張師兄,還有誰呢?」

楊幻沉吟著沒開口,無垢已笑道:「倒是你推想的不差!你且說那趙一是何時到你家去的?在你家是怎樣的情形?」

楊從化道:「那趙一在三年前到我家,祇歇宿一夜,就推說事忙走了。初時談論拳腳武藝,不肯和我爹爹較量,言動很是恭敬,很是客氣。問我練了些甚麼工夫,似乎十分仔細;後來定要和我交手，我推辭不掉，祇得和他走了兩趟。他卻祇是招架，決不回手！我見他身體矯捷得非常，祇顧向後閃退，打算將他逼到沒有退路的地方，看他怎樣？祇見他背貼牆壁，牆壁就洞穿了一個和他身體一般大的窟窿，用斧頭鋼鑿鑿成，也沒有這般迅速，這般齊整！我記得他次日臨走的時候，笑嘻嘻的向我連說了幾句後會有期。」

楊幻說道：「怪不得那人有如此高強的本領，原來是老師父的高足！我眞粗心，當時也不知道根究他一個來由！」

無垢道：「居士當時不根究他的來由也好！小徒生性甚是多疑，他去府上原是好意；沒得因無意的根究他來由，倒使他好意變成了惡意！」楊幻父子這夜又和無垢談論了一會，就彼此安歇了。

次日，帶著楊從化要走。楊幻心裏總不免有些依戀，對楊從化說道：「你的緣法好，能得

著這樣的高明師父，更有那們了得的師兄！衹要你能不辜負你師父的栽培，將來的造就，實不可限量！我現在已年將花甲，此後得一日清閒，便是享受一日的福報！沒有重創家業的心，自然沒有再行住家的事，遊到那裏是那裏，在何處死了，便在何處掩埋！你此去但一心伺候師父，不可想念我！

「我若有緣遊到湖南，必來紅蓮寺瞧你。你會著你師兄張汶祥的時候，說我問候他。他的境遇，我因與他衹有一面之緣，不得而知，不過我十分佩服他是好漢，也十分愛惜他這個好漢。師父說他騎虎不能下背，自是實在情形，但是我有一句話奉送他，就是：勸他得好休時便好休，綠林衹是好漢暫時存身之地，不是終生立足之區！他既得高師，出家豈非跳下虎背的第一妙法？」

楊從化流淚，說道：「爹爹的話，孩兒牢記在心，遇見師兄便說！」楊幻又拜託了無垢一番，無垢才帶著楊從化作辭去了。楊幻從此單獨一個人，遊蹤無定，不知遊了多少年？何時死在何地？正應了那句不知所終的老話了。

於今且說：楊從化跟著無垢和尚，一路並不躭擱的回到紅蓮寺。這時紅蓮寺裏，已有十來個和尚，都是無垢和尚的徒弟。寺裏雖一般的供奉了佛像，衹是並不開放給俗人燒香禮拜。無垢和尚在寺裏的時候，每日由無垢率領著衆和尚做幾次照例的功課；一到夜間關閉了山門，無垢便督率著衆和尚練習武藝。楊從化聰明出衆，武藝本來在衆和尚之上，無垢更特別的喜愛他，盡自己的能耐傳給他。

楊從化一因沒有六親眷屬，心無罣礙；二因年輕沒有損友引誘他入邪途，除學做佛堂功課以外，能專心一志的練習武藝。無垢在衆徒弟中，獨喜愛楊從化，也祇最信用楊從化。寺中有許多內容，衆和尚所不知道的，楊從化無不知道！

原來這紅蓮寺，表面雖是無垢募化十方得來的銀錢，蓋造這一所寺院作淨修之所的，實在就是張汶祥拿出錢來，由無垢經手蓋造這寺院，爲他自己將來下台地步的！所以泥木匠都從四川雇來，暗室機關，造得異常巧妙。非深知內幕情形，不但在房裏房外，都尋不出一點兒可疑的破綻來；儘管動手將這一座寺院拆毀，夷爲平地，也不會顯出可疑的地方！是這般建造紅蓮寺的主意，果然不是無垢和尚想出來的，也不是他徒弟張汶祥想出來的，這其中還有一個才高八斗、足智多謀的人物在內！這人是張汶祥的把兄，姓鄭，單名一個時字。

講到張汶祥的事，因爲有刺殺馬心儀那樁驚天動地的大案，前人筆記上很有不少的記載，並有編爲小說的，更有編爲戲劇的。不過那案在當時，因有許多忌諱，不但作筆記、編小說、戲劇的得不著實情，就得著了實情，也不敢照實作出來、編出來！

便是當時奉旨同審理張汶祥的人，除了刑部尚書鄭敦謹而外，所知道的供詞情節，也都是曾國藩一手遮天揑造出來的，與事實完全不對！在下因調查紅蓮寺的來由出處，找著鄭敦謹的女壻，爲當日在屛風後竊聽張汶祥供詞的人，才探得了一個究竟！

這種情節不照實記出來，一則湮沒了可惜，二則在下這部義俠傳，非有這一段情節加進去，荒唐詭怪的紅蓮寺，未免太沒來由！因此儘管是婦孺皆知的張汶祥刺馬故事，也得不憚詞費，依據在下所探得的，從頭至尾寫出來，替屈死專制淫威下的英雄出一出氣！

閒話少說。且說：楊從化到紅蓮寺有了半年，與聞了無垢和尚與張汶祥的一切祕密。這夜已在二更過後了，楊從化在夢中被人推醒。張眼看時，還彷彿認得出是幾年前在河南原籍和自己交手的趙一。心裏早已明白就是大師兄張汶祥，並非眞個姓趙行一，連忙翻身坐起來。

正待稱呼他一聲大師兄，張汶祥已笑著開口說道：「楊公子久違了！還認識我趙一麼？」

楊從化已下地對張汶祥叩頭行禮，口稱大師兄道：「自從來此半年，無一日不想念大師兄！」

慌得張汶祥連忙陪禮，笑道：「楊公子爲何稱我趙一爲大師兄？」

楊從化正色道：「還在這裏楊公子，楊公子，我眞不敢和大師兄說話了！那年自大師兄走後，我和家父都疑心趙一不是眞姓名，不過憑空想不到是大師兄罷了！所以我和家父在陝西初遇師父的時候，師父一提到大師兄曾去我家的話，我便知道大師兄必就是那個假趙一！」

張汶祥道：「我那時連對你說幾句後會有期，你不覺著我是有意麼？」

楊從化道：「那時雖不知道是甚麼用意，但已覺得說那話的語氣和神情，都不像平常臨別時照例說出來的套話！」

張汶祥笑道：「可見得凡事皆由前定！我若在那時向你和老伯直說，要引你到紅蓮寺來，拜我師父做徒弟，十有九是辦不到的，因爲那時的機緣還不曾成熟！雪門祖師在三年前，早算就了楊老伯必有在家鄉不能居住的一日，所以直待你隨楊老伯遊到了陝西，師父才來相見！」

楊從化想起自己父親吩咐轉達的話，即將那夜在船上楊幻與無垢和尚談論張汶祥的話，及次日臨行所吩咐的話，都很委婉的說了。

張汶祥聽罷，就窗眼裏向天空恭恭敬敬的作了三個揖道：「楊老伯愛我的厚意，我應銘心

刻骨的感激！我祇要略有機緣，誓不辜負他老人家這番厚意！你是我自己親兄弟一般的人，我的事不妨直告你知道。我此刻的境遇，若是出家可以了事，也不自尋苦惱了！

「我在四川，連我自己有三個把兄弟。大哥姓鄭名時，雖祇進了一個學，然學問淵博，四川的老生宿儒，沒一個不欽佩鄭時的才情文采！並且他不僅文學高人一等，就是行軍佈陣，劃謀定計，雖古時的名將，也不見得能超過他。數年來我輩在川中的事業聲名，全仗他一人運籌帷幄；我和三弟施星標，祇是供他的指揮驅使而已！不過每次與官兵對壘，總是我奮勇爭先，所向披靡，因此我在四川的聲名，倒在鄭大哥之上；其實我輩若沒有鄭大哥運籌帷幄，早已不能在四川立腳了！

「鄭大哥也知道綠林祇可以暫時托足，不能作爲終生的事業。無如手下數千同甘共苦好多年的兄弟，一個個都是積案如山的人；一旦散夥，他們都找不著安全立足之地。望著他們挨次斷送在那些狗官手裏，我們當好漢的人，於心何忍！」

楊從化截住，問道：「不是大家都說官府曾幾次派人來招安，大師兄不但不肯，反把官府派來人殺戮的嗎？這又是甚麼道理呢？」

張汶祥笑道：「招安兩個字，談何容易！在四川那些狗官，那一個配有招安我們的氣魄，配有駕馭我們的才能！既沒有氣魄，又沒有才能的狗官，就不應提起招安兩個字；招安兩字從他們口裏說出來，不過想邀功得賞，打算用招安兩字騙我們落他的圈套罷了！是這般居心，就應該殺戮，何況眞敢派人來嘗試？他既存心來要我們的命，我們自然不能饒恕他！

「如果眞有一位有才幹、有氣魄的好官，休說招撫我們之後，還給官我們做；那怕招撫我去替他當差，終日伺候他，我也是心甘情願的！我和鄭大哥都抱定一個主意：寧肯跟一個大英雄、大豪傑當奴僕，不願在一個庸碌無能的上司手下當屬員！」

楊從化點頭道：「這種主意，實在不錯！不過英雄可以造時勢，豪傑之士，雖無文王猶興！以師兄與鄭大哥這樣的文武全才，衹要有了這個改邪歸正的念頭，將來一有機緣，飛黃騰達，自是意中事，本來也不能急在一時，更不必急在一時！不知那位施星標三哥，是怎樣的一位人物？」

張汶祥道：「施三弟麼？論這人的本領，文不能提筆，武不能揮拳。衹是爲人誠實，外不欺人，內不欺心，現成的事教他去辦，他是能謹守法度，不能將事情辦好，也不至將事情弄糟。若教他去開始辦理一樁事，那是不成功的！我和鄭大哥就愛他爲人誠實，不知道世間有狡猾害人的人，並不相信世間有狡猾害人的事。他跟著我兄弟兩個，總不至有上人家當的時候；若離開我兄弟兩個，他就不行了！」

楊從化問道：「聽說師兄在四川，也時常攻城奪地，將府縣官拿住斬首，是不是確實有這種行爲呢？」

張汶祥道：「這不算希奇！攻城奪地、殺戮官府，也不但我們這一起人！凡是幹我們這種行業的，總免不了有與官兵動手的時候；既動手就有勝負，負則逃散，勝則奪取城池。不過祇我們這一起的力量大些，從來不曾打敗過，所以外面的聲名鬧大了！」

楊從化道：「那麼，師兄在四川佔領的城池，應該不少了？」

張汶祥笑道：「誰去認眞佔領，和官兵打一個不歇休呢？我們若和官兵認眞打起來，是無論如何討不了便宜的！我們的人，一陣少似一陣，一時沒有增加添補，官兵是可以有加無已的。惟有飄忽不定的一法，可以對付官兵！做官的人，誰也不願意打仗；祇要目前安靖了，就得粉飾太平，邀功討賞。便明知我們藏匿在甚麼地方，他也不顧問；不是面子上太過不去了，決不至興師動衆的和我們相打！我們也祇求生意上可以獲利，又何苦無端去找官府爲難？因此才能兩下相安的過下去！」

楊從化道：「此刻師兄到這裏來了，於那邊的事業沒有妨礙嗎？」

張汶祥道：「久離是不妥的；有鄭大哥在那裏，大致還可以放心！這地方就是鄭大哥出主意經營的。鄭大哥也多久就料定做私鹽不是長遠的局面，不能不趁這時候，積聚幾文血汗錢在這裏，作將來退步的打算！

「但是我們三兄弟的聲名鬧得太大，萬不能由我三人出面購產業，而這種銀錢上的事，又不容易託付得人！鄭大哥想來想去惟有託我師父，因他老人家是個出家人，銀錢可以由募化得來，不必定有出處；若在俗人，憑空拿出許多銀兩出來買田購地，旁人看了，沒有不生疑的。旁人一生了疑心，就難免不查根問蒂；萬一露了一點兒風聲出去，我三人便枉費心機了！我三人將來的下場，十九得依遵楊老伯的話，以出家爲上！」

楊從化道：「我的母親早已去世，父親雖健在，然風燭殘年，且萍蹤無定，今生能否再見，尚不可知！是則有父也和無父一樣，兄弟妻子更是無有，難得有這出家的門路。我一向打算求師父替我剃度，師兄的意思以爲怎樣？」

不知張汶祥怎生回答？且待第八三回再說。

第八三回　求放心楊從化削髮　失守地馬心儀遭擒

話說：張汶祥聽楊從化打算出家的話，很高興的答道：「賢弟能出家，是再好沒有的了！不過出家容易，既出家之後，又想返俗，就太不成話了！賢弟此刻年輕，有幾件出家人最難守持的戒律，還不曾經歷過，不知道艱難；所慮的，就怕將來守不住出家的戒，以出家人造在家人所不敢造的孽，那就不是當耍的事！賢弟若自問將來能保住決不至有犯戒的事做出來，那麼出家眞是再好沒有的了！」

楊從化問道：「將來怎麼樣，我不曾經歷，固是不知道，不過我得問師兄一句話：祇看出家人最難守持的戒律，是由旁人逼著我使我不能守呢？還是由我自己忽然不能守？」

張汶祥笑道：「那有由旁人逼迫犯戒的事！出家人犯戒，全是由於自己沒有操持的力量，與旁人無涉！」

楊從化道：「如果是由旁人逼迫的，我倒有些害怕！因爲我的能力有限，強似我的人多；若遇著一個能力強似我的人，要他逼迫我做犯戒的事，我拗他不過，又不肯拚命保守，那就難免不被他逼得犯戒！至於沒有能力強似我的人來逼迫，我自己不肯做犯戒的事，卻如何會犯戒呢？」

張汶祥微笑點頭道：「但願老弟能口心如一，能始終如一；將來成佛成仙，也都從這不犯戒中得來！老弟能從此立定腳跟，我即刻便去向師父說，求他老人家替你剃度。我也知道出家修行，是最好的事，無如我自知生成的塵心太重，和野馬一般的性格，絲毫受不了羈勒！甚麼菩薩戒、羅漢戒、比邱戒，種種繁難的戒律，我果然是守不了；就是極簡便的殺、盜、淫、妄、酒五居士戒，我除了妄語而外，這四戒都難保不犯。

「這是由於我的生性，到了那時分，自己也制自己不了！我也知道不可殺生，不過遇了有一種惡毒的人，正在幹惡毒的事，一落到我眼裏，心裏就不由得冒起火來；心裏一冒火，兩手就也不由自主的，非殺了他不可！刀光過去，心裏便頓時舒暢了！

「老弟生長名門，人心險惡，世路崎嶇，都沒有閱歷，又得早遇名師。譬如一株樹，出土就有人栽培扶植，不經風雨摧殘，冰霜侵蝕，所以能枝幹條達，沒有輪囷盤曲的奇形怪狀。老弟此時的心地，光明活潑，渣滓全無，出家修道最相宜的！快把身上衣服整理，就一同到師父那裏去，我好將老弟要求剃度的心願，當面稟明師父。」楊從化欣然答應，立時端整了衣冠，隨同張汶祥到無垢方丈裏。

這時無垢還不曾安歇，正盤膝坐在禪床上做禪定的工夫。張汶祥輕輕的立在一旁，不敢驚動。好半晌，無垢才出定，張眼望著楊從化問道：「你和他別了幾年，見面還能認識麼？」

楊從化上前一步，應道：「像大師兄這般英偉的氣概，便再過十年八載，見面也能認識！」

無垢笑了一笑，又問道：「你父親吩咐你對他說的話，你已說過了麼？」

楊從化道：「已向大師兄說過了。」

無垢即轉臉望著張汶祥，問道：「你聽了他父親的話，心下如何打算？」

張汶祥道：「弟子明知楊老伯的話，句句都是金石良言！師父是深知弟子的，暫時惟有盡人事以聽天命；若撇下數百個幾年來同甘共苦的兄弟，祇因自己能安然脫身，他們的死活都不顧，這是弟子萬萬做不到的！不過弟子出家的事，雖遙遙無期，楊師弟卻已動了出家之念，特地同來，要求師父給他剃度。」

無垢聽了，現出躊躇的神氣，問楊從化道：「你知道出家有甚麼難處麼？」

楊從化道：「弟子不曾出家，不知道出家有甚麼難處，但是弟子曾讀孔孟之書。孟子曾說：學問之道無他，求其放心而已！弟子思量出家修行，也祇在求放心上做工夫！這求放心的勾當，說難便難，說易也易！不知道是與不是？」

無垢原不是讀書人出家，祇因那次敗在朱鎮岳手裏，朱鎮岳逼著要見他，氣量偏仄的人，一時羞憤得跳窗戶出來；後雖自悔魯莽，然打聽得朱鎮岳在山中守制，自覺不好意思轉臉回山去，就此出家做了和尙。剃度他的師父，雖也是四川峨嵋山伏虎寺方丈，開諦和尙的徒弟圓覺大師，也是個大有道行的好和尙。無如田義周不是個十分聰悟的人，又非由他本人看破了紅塵出家的，迫得無家可歸，才出家借寺院爲棲身之所；因此在圓覺大師跟前，並沒領會多少修行眞諦。

不過他生小在俠義之門，平日的薰陶濡染，已使他不敢有背義害理的舉動，受戒後自能恪守清規，凡是普通出家人所應行的功課，他都能遵照實行罷了；至於禪機妙理，是沒有多大心得的！在紅蓮寺的和尙，大半出身鹽梟，通文理的更少。當下聽了楊從化求放心的話，便歡喜稱讚，以爲是寺裏許多和尙所不及的！次日，就替楊從化剃度了，賜名知圓。知圓的天分果是極高，遇事能得無垢和尙的歡心。寺裏衆和尙也因知圓的年紀雖輕，文才武藝都高人一等，又是方丈和尚得意的徒弟，大家都爭著巴結。知圓這時在紅蓮寺做和尚的事，暫且擱下。

再說：那張汶祥自聽了楊從化轉述楊幻勸他的那番言語，初時還覺得自己的處境，一時要改變途徑，有些爲難；在歸途上一路左思右想，越想越覺得現在的處境危險！因此改邪歸正的念頭，不知不覺的就決定了。

回到四川，將楊幻的話，又對鄭時、施星標二人說了一遍道：「同走我們這條道路的人，除了有幾個因洗手得早，打起綑包遠走高飛，不知去向的而外，簡直沒有聽說一個能善始善終的！未必他們的力量都不如你我，可見得這條路是不能多走的！依我的意見，果是趁早設法抽身爲好！」施星標素來是個毫無主意的人，聽了不開口，望著鄭時。

鄭時笑向張、施二人道：「這些兄弟怎麼樣，我都不管！我祇問兩位老弟，現在能出家做和尚麼？」

張汶祥道：「我說要設法抽身，就是爲現在不能去做和尚，所以說要設法。若願意就做和尚，有現成的紅蓮寺在那裏，去落髮便了！」

鄭時道：「好嗎？既不能出家，你們可知道抽身就很不容易麼？和我們同道的人，雖有打起綑包遠走高飛不知去向的，祇是我們不能照他們的樣！他們多是偷偷摸摸的不敢撞禍，沒鬧出甚麼聲名來，祇要離了四川，儘管行不更名，坐不改姓，也沒人知道他的履歷！你我此刻是何等聲勢？就是出家尚且恐怕有人挑眼，何況不出家呢？」

張汶祥道：「照大哥這樣說來，不是簡直不能下台嗎？」

鄭時道：「且看機會如何，暫時是沒有妥當的法子！我們既存了這個得好休時便好休的心，料不久必有機會，不過我們萬不可因動了這個念頭，便自餒其氣，遇事退縮不前，那就僨事不小！更不可露一點兒消息給衆兄弟知道。如果大家在未下台之前，先自餒了銳氣，便永遠沒有給我們好下台的機會了！」

張汶祥點頭道：「這是至當不移的道理！我和三弟兩人，橫豎聽從大哥的主張便了！」三人商議之後，並沒有改變行動，仍是各人督率手下兄弟，做私鹽交易。

又過了些時，一次與官兵對打起來，官兵敗退，梟匪照例攻奪城池。這次攻破了一座府城，將知府全家拿住了。這位城陷被擒的知府，便是馬心儀。馬心儀的品貌才情，當時四川全省的官場中，沒有能及得他的，在四川早有能員的聲望！

這回因兵力不足，又疏於防範了一點兒，被張汶祥等攻進城來，一時逃走不及，全家被捉！馬心儀早知張汶祥等這班梟匪，特別凶悍，官府落到這班梟匪手裏，從來沒有好好釋放過！自己這番被捉，也祇好安排一死，不存倖免的心思！

平時梟匪捉了官府，也和官府捉了匪徒一樣，由匪首高坐堂皇，將官府提出來審訊，並不捉著便殺。張汶祥等這部分鹽梟，在四川所殺戮的官府，盡是平日官聲惡劣的；若是愛民勤政的好官，為地方人民所稱道的，他們不但不拿來殺戮，並不去攻打好官所守的城池。馬心儀雖有能員之名，對於地方百姓，卻沒有恩德可感，沒有使張汶祥等欽敬之處，所以城陷的時候，便將他全家拿住了。他們從來拿了官府，照例是由鄭時坐堂審訊的。

這日，鄭時審訊過馬心儀之後，退堂傳集張汶祥、施星標二人，祕密會議。鄭時先開口說道：「前次二弟從紅蓮寺回來，因聽了楊幻勸勉的話，動了改邪歸正的念頭。我一向留心尋覓大家好下台的機會，卻苦於尋覓不著。剛才我審訊這個知府馬心儀，看他的談吐相貌，很不尋常，我料他將來發達，不可限量！我等要下台，這機會倒不可錯過！祇不知兩位老弟的意思怎樣？」

張汶祥道：「這知府的談吐相貌好，如何是我們下台的機會，我不懂得其中的道理？」

鄭時道：「我也知道老弟不懂，也祇問老弟願意不願意趁此下台？願意，我再說其中的道理。」

張汶祥道：「既是下台的好機會，安有不願意的！」

鄭時點頭道：「我看馬心儀的儀表非凡，逆料他將來必成大器。我打算好生款待他，和他結納，求他以後設法招安我們；於我們有好處，於他自己也有好處。我料他為人精幹，將來必能如我等的心願！」

張汶祥道：「他若自以爲是朝廷大員，瞧我們這些私鹽販不起，不願意和我們結納，大哥這番心機不是白用了嗎？」

鄭時搖頭道：「這一層倒可不慮！因爲我們平日捉拿了官府，都是置之死地；於今我們不殺他，反殷勤款待他，與他結交，人誰不怕死，豈有不願意的道理？」

張汶祥道：「世人能心口如一的絕少！我們殷勤款待他，他這時爲要保全他自己的性命，口裏說得很好，儘可對天發誓，與我等結交，將來盡力設法招安我等。一離開了我們，就立時變卦，甚至還記我們擒捉他的仇恨，反力圖報復。這片心機不仍是枉費了嗎？」

鄭時笑道：「我也想到了這層，不過我料他決不至有這種舉動！我知道馬心儀做官，十分熱中；我有方法能幫助他，使他陞遷得快，不愁他不落我的圈套！我既有力量幫助他，使他陞遷，就有力量陷害他，使他不安於位。他心裏儘管不高興與我們結交，一落了我們的圈套，便不能由他作主了！好處就在我們是私鹽販的，他爲他自己的地位、官聲起見，斷不敢開罪我們！」

張汶祥道：「大哥是心計素工的人，祇要大哥覺得是這們辦妥當，就這們辦下去！俗話說：求官不著秀才在！我們結交了他，他能如我們的心願，自是再好沒有；就是他轉臉不識人，我們也沒有吃甚麼虧！」鄭時見張、施二人沒有異議，便獨自到拘押馬心儀的所在，親手替馬心儀解開繩索，引著與張、施二人相見。

馬心儀不知鄭時是何用意，盛氣相向的說道：「你們這班逆賊，打算將本府怎生擺佈？要殺衹管就殺，休得囉唣！」張汶祥聽了這幾句話，又見了那種驕慢的神氣，已忍不住待伸手抽刀。

鄭時連忙望著張汶祥使眼色，納馬心儀上坐了，才從容說道：「我等若有相害的心，也用不著這些囉唣了！你在四川做官的能名，我等早已聽得；我等在四川的威望，你大約也有所聞。我三人雖是異姓兄弟，然情逾骨肉。三人一般的性格，生平痛惡貪官、汙吏、惡霸、土豪，所以貪官汙吏落到我們手中，簡直和有深仇積恨的一樣，頃刻不容緩的將他處死！你在四川沒有貪汙之名，我們兄弟原不存心和你作對！無奈你放我們不過，幾次派兵向我們窮追痛勦，逼得我們沒法，衹好努力攻進城來，和你當面說個明白。我等其所以甘觸刑章，拚死要做這私鹽買賣，全是迫於生計，不能坐待著餓死，就衹得鋌而走險了！如果有賢明官府，憐憫我等是出於無奈，設法安置我等，我等是情願效死的！」

馬心儀見鄭時沒有殺害他的心思，他也知道鄭時是個豪傑之士，便改換了很和易的臉色，說道：「你既說如有賢明官府，設法安置你們，你們便情願效死；何以官府幾次派人到山裏招安，你們反把派去的人殺戮呢？」

鄭時道：「那幾次招安，何嘗有一次是眞意？無非想用招安的名兒，騙我等入牢籠罷了！我的耳目很多，官府的一舉一動，都不能逃我的耳目！並且那幾個想騙我們入牢籠的官府，就是我們兄弟所深惡痛絕的貪官汙吏，正恨不能吃他的肉、寢他的皮，豈肯受他的招安？我粗知相人之術，看你的相，將來必位極人臣；因此不打算害你，並願盡我的能力幫助你，使你宦途平坦，一路陞遷上去。不過你得應允我一句話！」

馬心儀問道：「應允你甚麼話？且說出來，看能不能應允？」

鄭時道：「你不能應允的，我也不至向你說。就是我先幫助你陞遷，你陞遷之後，再盡力援引我們。我們非不知自愛的人，到那時決不會有使你爲難，或拖累你的舉動！」

馬心儀道：「你有甚麼能力，能使我宦途平坦，一路陞遷上去呢？」

鄭時笑道：「這倒是一件易如反掌的事！你應允了我的話，我自然要做給你看的。若以後我的話不驗，你也不妨將應允我的話勾銷！」

馬心儀暗想：這話倒爽快！他既能先幫助我陞遷，我陞遷之後再援引他，於我有益無損的事，如何應允不得呢？當下便答道：「我眞能宦途平坦，一路陞遷上去，將來一定盡力援引你們出頭，決不食言！」

鄭時道：「就是這們應允，大丈夫一言既出，駟馬難追，雖也未嘗不可，不過我與你地位懸殊，似乎非經過一種儀式，不足以昭愼重！常言：貴人多忘事！你將來大貴的時候，因與我們有雲泥之隔，若存心嫌我們微賤，我們也無可奈何。你是眞心打算將來援引我們出頭，此刻就應該不存貴賤高下的念頭，與我們三兄弟結拜；我們綠林中人最重結拜，一經結拜，便可共生死，永遠沒有改悔的！你肯和我們結拜，方可顯出你的眞心！」

馬心儀是個做知府的人，那有眞心和梟匪結拜爲兄弟呢？不過在初被擒的時候，以爲萬無生理，已拚著一死，說話才能氣壯！此時見有一條生路，便祇求能脫身，不肯再向拚死的這條路上走了！明知若不應允鄭時的話，使他兄弟惱羞成怒，翻過臉來，就不好說話了，遂不躊躇的答道：「我也知道你們都是些豪傑之士，將來必能爲國家建立功業，不是久困風塵的！結拜爲兄弟，我很願意，不過你我此時因地位不同的緣故，結拜的事，除了我們自己而外，無論誰人都不能給他知道！這風聲傳出去了，於我果然不利，你們也討不了好處；既討不了好處，又何必多此一舉呢？」

鄭時道：「敬遵台命！我所以親自來解縛，不許有一個跟隨的人在這裏，也就是因這事不宜使外人知道！」

當下雙方說妥了，就點燭焚香，四人對天結拜為兄弟。並照著尋常結盟的例，都對天發了有福同享、有禍同當的誓。論年齡：馬心儀最大，鄭時、張汶祥次之，施星標最小。鄭時原是做大哥的，此後的大哥，就得讓馬心儀做了。各人都降了一級稱呼。

四人結拜過後，鄭時早安排了豐盛筵席，算是慶祝成功。馬心儀在筵席上，雖是強作歡笑，然時時露出愁眉不展的樣子來。

鄭時看了不樂道：「難道大哥心裏有不甘願的地方，礙難說出嗎？這事雖由我等強迫做的，然我能斷定於大哥有益無損！大哥是有胸襟、有氣魄的人，料不至因我等出身微賤，便存不屑之心，何以大家正在開懷暢飲之際，卻時時露出愁苦的樣子來呢？」

馬心儀道：「二弟說盡力量幫助我，必能使我宦途平坦，一路陞遷上去，這話我也相信，因為素來聞二弟的名，知道是個足智多謀的人，不過那是以後的事！我所著慮的，就在目前的這個局面，教我不好擺佈！我是有守城之責的官兒，於今城被攻破了，我全家被擒；如果我能以身殉城，身後還可以得些榮典，除了身殉以外，敗兵失地的處分，總不能免！教我如何能不愁苦呢？」

鄭時大笑道：「這算得甚麼！我若沒有對付的方法，也不敢說幫助大哥的話了！大哥目前有爲難的事，我就不能幫助，以後幫助的話還靠得住嗎？大哥祇管開懷暢飲。我們今日雖結拜了成爲異姓兄弟，然因地位不同的緣故，此後料不定要到何時，方能與大哥再是這們共桌飲食；大約第二次能與大哥共飲，便是我們三個老弟出頭的時候了！」

馬心儀立時現出了笑容，問道：「二弟有何方法，就說出來讓我參詳一番。能得周全，我總知道感激！」

鄭時道：「感激的話，太顯得生分了！請大哥以後不但不可再是這們說，並不可想這們存心，祇求此後不忘記我們三個兄弟久困泥塗，就受賜已多了！這回的事，極容易對付！大哥不是在幾個月以前，曾出了教四鄉招募團練的告示嗎？」

馬心儀笑道：「就是爲你們鬧得太凶了，祇好是那們辦！」

鄭時道：「有了那道告示就好辦！大哥此刻趕緊辦一道告急求援的公文，倒塡今日黎明未破城的時刻，火速報到省城裏去。」

馬心儀道：「那倒用不著臨時辦了，黎明時原有告急求援的公文去了。」

鄭時道：「那就更簡便了！大哥衹須帶了印信，單身混出城去，將四鄉招募的團練，不問老幼強弱，數目能多越好，就由大哥率領了，趁明日絕早趕到城下來，虛張聲勢的將城圍了，衹留南門不圍。我也率領衆兄弟，到城上抵抗一陣，兩邊不妨打得熱鬧些！我們做出抵抗不住，不敢戀戰的神氣，率領衆兄弟擄了大哥的官眷，從南門敗逃下去。大哥一面進城安民，一面仍統率團練追趕，在路上又得虛打一陣，才把官眷奪回來。如此一番做作，照情形誇張一點兒呈報上去，大哥還得受處分嗎？」

馬心儀喜得立起來笑道：「二弟眞不愧足智多謀四字！能照這樣做，必不至再受處分，不過委屈了三位老弟！」

鄭時道：「大家都有妙用在內，也說不到委屈的話！」

馬心儀隨向三人拱了拱手道：「事不宜遲，我就不再躭擱了！」

鄭時點頭對施星標道：「守城的不知端的，不見得肯容大哥混出城去。大哥快改了裝束，四弟親送到城外再回來罷。」馬心儀連忙改裝一個粗人，隨身帶了知府的印信，由施星標護送出城去了。

四鄉的團練，原是招募現成的，有一個知府親身去召集，還怕不容易雜湊成軍嗎？決不費事的就集聚了一千多名高低不一、老幼參差的團兵。馬心儀誓師出發。離府城原不過幾十里路，半夜動身，不到天明就抵城下，將一座城三方面包圍起來，抬槍鳥銃，一齊向城上開放，城上也劈劈拍拍的對打。祇嚇得這一城的百姓，一個個從睡夢中驚醒，兒啼女哭，夫叫妻號！

鄭時等依照原定的計畫，擄了馬心儀的眷屬，率衆棄城從南門逃走。馬心儀進城分了一半團練兵，留在城裏假做搜捕餘匪；其實那裏還有餘匪留在城裏，給團練兵來搜捕呢？不得不是這們做作掩人耳目罷了！親自帶了一半團練兵，追趕出城。追不到幾里，就將眷屬安全奪回了。眞是齊打得勝鼓，高唱凱歌還！一府城的人民，無不稱讚馬知府的神勇，並沒一人知道其中內幕！

官場中照例最會鋪陳戰績，已經被梟匪佔領了的城池，居然能在一個對時之中，恢復轉來，表面上並殺得梟匪大敗虧輸，狼狽逃遁。在不知道內幕情形的人，自不能不恭維馬心儀有膽有略。

馬心儀有了這番的事功，更得上官信任，官運果然益發亨通了！屢次陞擢，不到一年工夫，就陞到了山東藩台。竭力提拔他的人，就是清室中興的名人曾國藩。曾國藩素知四川梟匪厲害，而他自己也是個得力於團練兵的人；見馬心儀能統率團練兵恢復失地，殺敗四川最以凶悍善戰著稱的梟匪，因此十分器重馬心儀是個有用之才，存心要提拔他出來，好做自己一個幫手。

那時曾國藩的權勢，傾動朝野，凡是經他賞識的人，無不功名成就，要算是有清一代中第一個熱心培植人材，獎掖後進的。馬心儀的才幹，本來不弱，又有這樣轉禍爲福的好機會，送給他利用，再加一個有大力的存心提拔、竭力保舉；有時遇了關於梟匪爲難的事，更有鄭時在暗中爲之劃策，宜乎無往不利，一月三遷了！

衹是馬心儀自規復失地後，不到一年就陞到山東藩台，而鄭時等一班梟匪，自從假敗之後，卻交上否運了。就在那日假敗出城，等馬心儀追來，將眷屬交還後，率著七零八落的隊伍，打算回山休息。不提防走了二十多里，忽然迎面衝出來一枝兵馬，見面就殺將起來。

鄭時以爲反中了馬心儀的詭計，氣得跺腳，歎道：「人心眞難測！我這們幫助他成功，他倒存心算計我，預先在這裏伏下一枝兵馬等待我們！」張汶祥也氣得磨牙裂眦，奮勇當先與官兵對殺。

往日張汶祥手下的兄弟，與官兵對壘，無不一以當十，所向無前。這回雖是假敗，並沒損耗軍實，兄弟們也非疲乏不堪應戰；無如隊伍散亂，毫無應戰的準備，臨時由少數人振作不起來！張汶祥獨自帶了些親近的兄弟，當先殺了一陣；回頭看四面都是官兵旗幟，自己不過一二百人，被困在中央。鄭時、施星標都不知被衝到那裏去了！心裏著慌二人被官兵擒捉了去，料知久戰必難倖免，祇得率了這一二百名兄弟，又奮勇殺出重圍。看前面也有一大堆兵馬，好像是圍困了自家兄弟在內。

張汶祥高聲對手下一二百名兄弟說道：「我大哥、三弟，量必被困圍在那一團兵馬之內；你們情願幫我去救的，請隨我來，我今日不要命了！」

衆兄弟聽了，轟雷也似的應一聲道：「我也不要命了！」虧了這一鼓勇氣，如衝發了一二百隻猛虎，齊發一聲吼，大地震動！張汶祥左手挽藤牌，右手握單刀，祇見就地一滾，賽過一團黑煙，馬撞著馬倒，人撞著人翻！衆兄弟緊跟在後，轉眼就殺進了重圍。鄭時正被困得無可奈何，張汶祥若再遲一刻兒趕到，他和施星標二人不落到官兵手裏，便是自刎而死了！

官兵見張汶祥這部分人如此驍勇，不由得膽都寒了！張汶祥所到之處，紛紛後退，讓開一條道路，給衆匪逃去，也不敢追趕！張汶祥等事後調查，才知道這一枝兵馬，並不是馬心儀預先埋伏的。

原來：是因省裏接了馬心儀告急求援的公文，星夜派兵來救援的。梟匪的旗幟裝束，都與官兵不同，遠遠的一見便能認識。鄭時等不提防有官兵來，官兵是來救援的，卻料知近城處必有梟匪，所以見面便動手殺起來，好像是預先埋伏了的一樣！

這次鄭時三兄弟雖不曾受傷，然手下的兄弟死傷不少。他們自當梟匪以來，從沒有是這們大敗過！行軍打仗，全賴一股銳氣；這銳氣一挫，就有善戰的好主將，也不能帶著沒銳氣的兵應戰。鄭時因在暗中幫助馬心儀的緣故，對於別部分梟匪，平時可以援助的地方，總得量力援助；既和馬心儀有了關係，就不便再助梟匪了。因此別部分梟匪，對鄭時等多懷怨望，也都不肯出力來相助了。

從來官兵勦匪，失敗則悄悄無聲，略得勝利，就雷厲風行的想斬盡殺絕！省城派來救援的官兵，無意中打了個大勝仗，官兵與鄭時這部分梟匪相打，要算是第一次得勝，那裏捨得就這們輕放過去！接著又加派了一標人馬，跟蹤追勦。任憑鄭時足智多謀，張汶祥驍勇善戰，梟匪都是烏合之衆，從來勝則奪勇爭先，敗則如鳥獸散，紀律兩個字是說不上的！沒有紀律的兵打了敗仗，那裏還能振作呢？接連又被官兵打敗了兩次，三兄弟每人手下所存留的，祇二三十個人了，尙且被官兵追趕得無處立足！

鄭時祇得率著敗殘的兄弟，逃進一座深山，向張、施二人提議道：「我想不到假敗弄成了眞敗，以致熱烘烘的基業，沒一年就虧敗到這步田地！這雖是因我的計謀不得當，然也有天意！我們此刻想再恢復以前的基業，等馬大哥招安，是辦不到的事了！我想馬大哥於今在山東，名位已是不小了；若有心照顧我們，並非難事！我打算教施四弟先去山東找馬大哥，我再詳細寫一封信給他。看他對待施四弟的情形如何，我兩人再作計較！不知兩位老弟的意思怎樣？」

不知二人怎生回答？且待第八四回再說。

第八四回　謀出路施四走山東　離老巢鄭時來湖北

話說：張汶祥聽了鄭時的話，躊躇了一會，說道：「現在也祇好如此。我與二哥的聲名，鬧得太大了！我總覺得馬大哥是做官的人，不見得可靠！四弟爲人誠實沒有多大的才能，不招人忌刻，他先去試探一番最好！四弟到山東見了馬大哥之後，看對待的情形如何，寫一封詳細的信來。他肯拿四弟當自己人看待，我和二哥便不妨前去；若他搭起官架子來，竟不認四弟爲把兄弟，或十分冷淡，我們就祇好別尋門路了！」

鄭時道：「他如果竟不認四弟爲把兄弟，我們自然用不著再去，就是四弟也以趕快離開山東爲好；不過我們去投奔他，也得替他原諒原諒！他是個熱中做官的人，萬一將和我們拜把的事，走漏了消息在外面，說不定立時就有殺身之禍！我們求他幫助，總以不至連累他爲主！四弟到了那邊，須先買通門房，將我的信遞上去，看他如何吩咐下來。

「在官場不比在山裏，任情率性的舉動，一點也來不得，凡事總以忍耐謹愼爲好！他就有十二分的心思想提拔我們、幫助我們，但限於地位，格於形勢，有許多不能在表面上露出來，不能因他外面十分冷淡，就賭氣不在那邊了！」

施星標道：「我祇要他肯認我是他的把兄弟，隨便他如何對我不好，我朝著他是大哥的名分上看，決不至和他賭氣！不過我們三兄弟，一向在一塊兒幹這營生，我的聲名雖不及二哥、三哥那們大，然也多久就已懸了賞格捉拿的。我從這裏動身到山東去，在路上就難保沒有人點眼藥；不過我動身時不給人知道，在路上不停留躭擱，並將姓名改變了，或者不至鬧出意外的事情！惟有到了山東之後，將二哥的信投上去，倘馬大哥竟抹殺天良，硬抓了我就地正法，我不是自投羅網，白送了性命嗎？」

張汶祥道：「這一層倒也是可慮的。二哥以為怎麼樣？」

鄭時偏著頭想了一想道：「我料他斷不敢這們做，也不值得這們做！想得賞得功的，是差役和候補小老爺。他已做到了藩台，何至有這些舉動？並且他在四川做了多年的府縣官，早聞了我兩人的聲名，也應該知道不是好惹的！殺了四弟，於他自己絲毫沒有益處；而留得我兩人在世，他從此就休想高枕而臥。他是個精明能幹的人，何至做這種於自己有害無益的事？四弟儘管放心前去，若他眞個被糊塗油蒙了心，殺了四弟，我兩人不出頭替四弟報仇，剜了他的心祭四弟，我兩人便不是人了！」

施星標是極信仰鄭時的，鄭時教他去做甚麼事，那怕赴湯蹈火，也不推辭！三人當時商議妥當，施星標拾掇了隨身包裹，帶了鄭時寫給馬心儀的信，即日動身向山東前進。

在路上免不了舊小說書上所說曉行夜宿，飢餐渴飲的兩句套話。一路不停留的，安然到了山東。也不落客棧，馱著包袱，逕跑進藩台衙門，找著門房裏人說道：「我是馬大人家鄉來的。這裏有一封信，請你就替我送上去，我在這裏等回信。」

施星標那般粗莽的人，加以身上是行裝打扮，藩台衙門裏的門房，眼眶何等高大，那裏把施星標看在眼裏！以爲不過是討了一封有點兒來頭的信，到這裏求差事的，連睬也懶得睬一眼！反抬起頭，蹺起腿，向旁邊的人說話。

施星標在四川當鹽梟的時候，手下也是一呼百諾，那裏受過這樣冷落！依得在山裏時的性格，已要動手打人了，祇是心裏一想鄭時吩咐凡事忍耐謹愼的話，火性就按納下去了。勉強陪著笑臉，對門房說道：「這封信請你替我送進去，我有要緊的事須等回信呢！」

門房聽了仍是不睬，祇鼻孔裏冷笑了一聲，繼續向旁邊的人說道：「也不知是那裏來的野瘟身！沒名沒姓的，究竟是向誰說話啊！」旁邊的人睄了施星標一眼，登時滿臉現出鄙視的神氣，也是鼻孔裏冷笑了一聲，臉又掉了過去。

施星標看了這情形，忽然想起鄭時吩咐買通門房的話來了，暗自思量道：「原來官場的門房，都是要有錢給他，他才肯替人傳報的！我忘記了鄭二哥吩咐的話，沒拿錢給他，怪不得他使出這般嘴臉來給我看！這是我自己不好，不能怨他！」

施星標心裏這們想著，即從包袱裏取出準備送給門房的一包散碎銀子，約莫有二十來兩；雙手連那封給馬心儀的書信，捧到這神氣活現的人面前，陪笑說道：「我是個鄉下人，初次到衙門裏來，不知道禮節，連一點兒小意思，都忘記拿出來！對不住，對不住！請你自己去喝一杯酒。」

門房聽了這幾句話，倒覺很中聽，隨即掉過臉來，先向施星標手中望了一望，似乎還有點兒嫌棄輕微的神氣，不肯就放出笑臉來。及伸手接過去，在掌心中略掂了一掂，知道分量不輕，竟不像是鄉下人的出手，不由得喜出望外，連忙立起身對施星標笑道：「何必如此破費！請在這裏坐一會兒。這信我立刻親自送上去，有不有回信，等我下來就知道了。」

施星標暗喜虧得鄭二哥有見識，若沒有這點子準備，我這一趟簡直是白辛苦了！施星標在門房裏坐等了一刻工夫，這送信進去的門房，已滿面笑容的走了出來，對施星標招手道：「大人傳你上去，隨我來罷。」施星標抖去了身上灰塵，一手提了包袱，跟著門房穿廳過廈，直走到上房內客廳裏。門房招呼施星標坐了，自去通報。

不一會，馬心儀就走了出來，施星標見面幾乎不認識了！因為初次見馬心儀的時候，馬心儀正在縲絏之中，滿臉憔悴憂煎之氣。別後馬心儀官運亨通，宦途得意，居移氣，養移體，此時的馬心儀已養成一個大胖子了，氣度也與從前迥然不同！施星標那敢怠慢，忙起身趨前請安。

馬心儀伸手拉起來，笑道：「老弟辛苦了！自家人不用多禮！坐下來好談話。」施星標諾諾連聲的斜簽著半邊屁股坐了。

馬心儀挨身坐下來，說道：「老二的信，我已見過了。那種局面，本來不是可以長久的。你於今打算在這裏弄點兒差事幹幹呢？還是由我薦到別處去呢？」

施星標道：「情願在這裏伺候大哥。承大哥栽培，就教我去死，我也不含糊！」

馬心儀緊蹙著兩道濃眉，說道：「依我的意思，還是由我寫一封信，薦到別處去的好，包你得著一個好撈錢的差缺！」

施星標道：「我從四川動身，就存心是來伺候大哥的，鄭二哥也吩咐我須小心伺候大哥。祇要大哥肯拿眼角照顧我一下，我便終生感激不盡，並不曾動撈錢的念頭！」

馬心儀道：「我知道你是個實心人，也未嘗不想留你在眼前，做個貼身的人。不過其中有些不便之處，不說大家不好，說了又對不起你！」

施星標道：「大哥何必這們客氣！我將要動身到這裏來的時候，鄭二哥已說過了，我到這裏來，大哥必有許多為難的地方，教我忍耐謹慎。大哥有甚麼話，儘管吩咐，我決不敢違拗！」

馬心儀笑道：「倒是老二有些見識！他既經對你說過了，知道我有爲難的地方，我爲顧全你們，便不和你客氣！你我雖是當天結拜的兄弟，但這一節事故，在當日已有約在先，祇有我四人各自心裏知道，無論對何人不能透露，因此稱呼上須大家留意！

「你的姓不能改，名字卻不能再用星標兩個字。你排行第四，我此後祇能叫你施四。你須記著，萬不可失口呼我大哥！暫時還沒有相安的事給你幹，且在衙門裏住著，等到有機會就安插你。我的事情忙，恐怕沒有工夫和你談話，你得原諒我！」施星標連聲應是，從此就住在藩台衙裏。

沒住到幾個月，山東巡撫出缺，馬心儀便陞了巡撫，教施星標當了一名巡捕。施星標也不懂得巡捕的官階大小，以爲巡撫是一品封疆大臣；巡捕的官銜，照字面上看，相差並不甚遠，必不十分卑小，興高采烈的當著巡捕。同事的人因施四不肯說出自己的出身履歷，並和馬心儀的關係，都疑心他是馬心儀的親戚，說出來恐怕辱沒了馬心儀，所以不肯直說，卻沒人疑心有那種不能告人的事實在內。

施星標幾番想寄信給鄭時和張汶祥兩人，無如從山東到四川的道路太遠，託人帶信本不容易；而施星標自己不能寫字，他們的祕密關係，又不能給外人知道，不敢請人代寫。因有這兩種緣因，施星標到山東一年多了，還不曾有一個信給鄭、張二人。

鄭、張二人在四川的勢力，一日薄弱似一日，盼望施星標在山東的消息，簡直望眼欲穿；等了七八個月，還杳無音信。鄭時衹得主張將手下親信的兄弟，每人給了些生活銀兩遣散。張汶祥並無家人妻室，鄭時的髮妻早已死了，因年來不得一時安居，便懶得續娶，二人都是孑然一身。手下的人既經遣散，就不能在四川逗留了。

二人假裝做生意的人，帶了盤纏行李，打算在東南各省閒遊幾處名勝，順便探聽施星標在山東的情形。若還得意，就到山東去走一遭。在重慶包雇了一條船，一路順流而下，遇著可以流連遊覽的所在，便將船停泊，遊覽些時又走。

他兩人在四川的聲名，雖鬧得很大，然一則因認識二人面孔的人還少，二則因他們當鹽梟時的舉動，從沒有結怨於人民的；地方人民不存心與他們爲難，官場緝捕的力量是有限的，並且二人既改了姓名，又不在一處地方停留多日，所以能平安無事的到了湖北。

他們到湖北的這日，正是七月初七。這夜天高月朗，微風不動，漢水波平，映著半輪缺月，光明如鏡。船泊黃鶴樓下，樓影也倒映在鏡光之中。

鄭時欣然對張汶祥說道：「我等半生勞碌，未嘗得一日清閒。像這般清幽的景致，那裏是勞碌人所能領略得到的！我們於今可算得天牖其衷，回頭是岸，才有這種景物，給我們在安閒中享受；若糊塗錯過了，實太可惜！我們何不趁這月色正好的時候，到黃鶴樓上去遊覽一番？」

張汶祥道：「既是二哥有這般清興，我陪二哥去便了。」

鄭時一團的高興，與張汶祥攜手上岸，抖擻精神，走到黃鶴樓上。憑欄俯首，衹見江流如帶，夾岸武漢三鎮百萬家燈火，隱約如在煙霧迷離中；幾條秋葉一般的漁船，往來蕩破一平如鏡的水光，下網的聲音，都彷彿送到耳邊來了。二人不覺心曠神怡，相視而笑。

正在這塵襟滌盡、榮辱皆忘的時候，忽聞長笛之聲，悠揚清遠。張汶祥聽了，笑道：「我記得小時候讀過黃鶴樓中吹玉笛，江城五月落梅花的詩。難道這黃鶴樓中，眞是時常有人吹笛子嗎？」

鄭時笑道：「那有這回事！你聽這笛子是在黃鶴樓中吹嗎？遠得很呢，說不定離這裏還有幾里路。」

張汶祥側耳聽著，說道：「好像是兩枝笛子同吹。二哥也是會樂器的，聽這笛子吹得好麼？」

鄭時一面用手在欄杆上拍板，一面答道：「吹得很好！祇是聽這音調淒涼抑鬱，估量必是兩個有心事的女子，在那裏吹弄。」

張汶祥問道：「聽吹出來的音調，就分得出男女嗎？」

鄭時道：「這如何聽不出？不但分得出男女，其人的老少美惡，以及性情行動，都能於所奏的音樂中求之。不僅這笛子可以聽得出，在一切樂器的音調中，皆能聽出。」

張汶祥笑道：「然則二哥聽這兩個吹笛子的女子，其年齡容貌，以及性情行動如何呢？」

鄭時道：「我既說是兩個有心事的女子，可知年紀不大，至多不過二十多歲，容貌決不醜陋。並可知道他兩人的樂器，是由高明的師父傳授的。」

張汶祥問道：「不是娼妓在那裏陪客侑酒麼？」

鄭時搖頭道：「不是，不是！世間恐怕沒有這們文雅的娼妓，就有也是由宦家小姐淪落入煙花的！」

張汶祥道：「細聽這聲音，好像是從江邊發出來的。我們何不順便去探尋一番，看二哥所料的究竟是也不是？」

鄭時點頭道：「也使得！我本來要回船去了。」

二人仍攜手走下黃鶴樓。聽笛聲覺得一步近似一步，直走到泊船的所在，用不著探尋，原來笛聲就是鄰船上發出來的。

二人回到自已船上，看鄰船的窗門都已敞開，看見艙裏堆積了許多箱篋，箱上都貼了封條，卻看不出封條上寫了些甚麼字。艙上首安放了一張床，床上枕席皆異常精潔。床前一張小几，一個年約二十歲的女郎，盤膝坐在几旁的一張湘妃竹榻上；一枝笛子握在手中，已停口不吹了，側轉臉向坐在床緣上一個年齡稍大些兒的女郎說話。几上也有一枝同樣的笛子，想必是坐在床緣上女郎放下來的。

兩女郎臉上都沒有脂粉的痕跡，而修眉美目，皓齒朱唇，天然絕麗。因兩船緊靠著船舷停泊，鄭、張二人所立之處，相離那床不過一丈遠近，女郎說話的聲音雖低，沒有關閉窗門的緣故，也能聽得分明。

衹聽得坐在床緣上的女郎悠然歎著氣，說道：「去依靠人家的事，總是爲難的，此去也衹好聽天由命罷！就是林家不能相容，也不見得便是不了之事，到那時再作計較！」

即聽得坐在湘妃榻上的女郎說道：「我想姨母、姨父，決不至存心歧視我們！我們此去，雖說是不得已，去依靠他兩老人家，但是銀錢上並不沾他家的光。父親在綿州的時候，我的年紀雖小，還記得姨父、姨母帶著海哥到那衙門裏住了一年半，臨行還向父親借了三千兩銀子；那三千兩銀子借去以後，聽說姨父很得了幾趟闊差事，卻不曾聽說歸還那銀子的話。「無論那銀子還了沒有，姨父曾向我家借銀子的事，總是確實有的。我們於今並不圖沾他家的光，祇圖他兩個年老的至親，照應照應；若還不能相容，就未免太不念我父母的舊情了！」

床緣上的女郎正色說道：「妹妹快不要將這些事擱在心裏！到林家之後，萬一不留神說到這些事上面去了，傳到姨父、姨母耳裏，定要背地責備我們不懂事！父母手裏做的事，我們不應該管！」

女郎說到這裏，偶然回過頭來，好像已覺得鄰船上有人偷看的神氣。當即立起身來，順手將這邊的窗門推關了。窗門一經關上，說話的聲音便聽不明晰了。鄭、張二人祇得縮身進艙。

不知鄭、張二人和這二個女郎要不要發生甚麼關係？且待第八五回再說。

第八五回　識芳蹤水濱聞絮語　傳盜警燭下睹嬌姿

話說：鄭、張二人縮身進艙以後，張汶祥說道：「二哥的本領眞不差，估量得和目睹的一樣！他說他姨父、姨母在衙門裏住了一年半，又借去了三千兩銀子，可知他兩人確是官家小姐。」鄭時彷彿思索甚麼，似乎不曾聽得張汶祥說話，坐下來半晌沒有回答。

張汶祥笑道：「二哥便著了魔嗎？」

鄭時搖頭道：「那裏的話！你可知道他兩人是誰麼？」

張汶祥道：「我又不曾去打聽，剛偷看了一面，如何得知道他們是誰？」

鄭時笑道：「你自粗心不理會！他已說出來了，怎的還用得著去打聽？老實對你講罷，若認眞說起來，我們還是他們的大仇人呢！你這下子可想得起來麼？」

張汶祥望著鄭時出神道：「從來沒有見過面，仇從那裏來？我簡直想不起了！」

鄭時道：「他說他父親在綿州時候的話，你沒留神聽麼？」

張汶祥忙接口說道：「我沒聽仔細，衹道他說的是在綿州的時候。然則二哥料他姊妹就是那個做綿州知州的柳剝皮的女兒麼？」

鄭時道：「不就是他的女兒，是誰的女兒呢！」

張汶祥道：「何以見得便是的？」

鄭時道：「我料的決無差錯！因為我知道柳剝皮是南京人，和福建人林鬱是同年，又同是福建藩台福保的女壻；兩連襟都仗著福保的奧援。林鬱在江蘇也做了好幾任的縣官。他剛才所說的海哥，就是林鬱在海門廳任上生的。林鬱做官與柳剝皮一般的貪婪殘酷，因官聲太惡劣了，被上司參革，耗了多少昧心錢才得脫身。丟官後就帶了妻子到綿州，在柳剝皮衙門裏住了一年多的事，我早已知道。借三千兩銀子的話，外邊人自不得而知。

「柳剝皮是一個極貪酷的小人，其所以一般百姓送他這個剝皮的綽號，就因他有三件剝皮的事。第一件是：有一次拿著一個著名女賭痞。他坐堂問了幾句，就向左右的衙役喝道：『把他的褲子剝下來打屁股！』從來沒有抓著女人打屁股的事，衙役遲疑不敢動手。他更發怒喝道：『褲子不能剝嗎？本縣還要剝他的皮呢！』

「第二件是：因他打人的小板，兩面都有許多半寸長的小尖釘子；打在人身上，血肉橫飛，不到幾十板，就得剝去一層皮肉！

「第三件：就為他專會剝地皮。他做金堂縣的時候，有人就他的名字作成一副罵他的對聯，乘黑夜貼在他縣衙的大門上。他看了幾乎氣死！他名字叫作儒卿。那對聯道：本非正人，裝作雷公模形，卻少三分面目。慣開私卯，會打銀子主意，決無一點良心。上聯切儒字；下聯切卿字。

「他自從看了那副對聯之後，自知官聲太壞，貪贓枉法的事，稍微斂跡了些；祇是益發鄙吝了，看得一錢如命！不知他怎的肯拿出三千兩銀子來借給林鬱的？柳儒卿爲人雖貪鄙不堪，書卻讀得很好，並會種種樂器。文廟裏習樂所的各種古樂，他都能教人練習，所以他這兩個女兒的笛子吹得這們好！」

張汶祥笑道：「既是柳儒卿的女兒，論起冤仇來，與二哥眞是不共戴天的了！我記得那次打進綿州的時候，柳儒卿單身逃出衙門，劈面遇著二哥；因二哥認識他的面貌，才喝一聲拿住，柳儒卿登時嚇得跪下來。二哥罵他膽小無恥，就將他殺了！那時若遇著我或四弟，當面不認識他，必放他走了！」

鄭時也笑道：「也是他惡貫滿盈才遇著我，我沒殺他全家，就是十分寬厚了！林鬱此刻在甚麼地方，不得而知。因此他姊妹現在將去何處，也不得知道。我們的船，總以不和他們的船在一塊兒走爲好。他姊妹雖不認識你我，然他們乘坐的也是川幫裏的船隻，駕船的多是川人；萬一弄出意外的枝節來，失悔就來不及了！」

張汶祥道：「二哥所慮不錯，我們總以小心謹慎為好！明早不待天明，無論風色怎樣，吩咐船戶開船便了。」這夜二人安歇了。次日東方才白，船就開離了黃鶴樓。

好色的這個關頭，任是英雄，也難打破！鄭時為人對於一切的事，都極精明能幹；惟一遇美色的婦女，心裏就愛慕得有些糊裏糊塗了！他明知鄰船那兩個女郎，是與自己有不共戴天之仇的；但是開船以後，總覺得兩女郎太嬌美可愛，心心念念的放不下來，彷彿害相思的樣子。

張汶祥知道鄭時從來是這般性格，故意打趣他道：「想不到柳儒卿那般貪鄙無恥的人，倒有這樣兩個如花似玉的女兒！可惜二哥當時料不到有這回的遇合，若當時饒了柳儒卿的性命，今日豈不好設法將他的女兒配給二哥做繼室嗎？」

鄭時聽了，並不覺得張汶祥這話是有意打趣他的，一面沉吟著答道：「我仔細思索了，似覺與綿州的事不相干！」

張汶祥吃驚，問道：「怎麼與綿州的事不相干？難道不是柳儒卿的女兒嗎？」

鄭時道：「不是這般說。我所謂與綿州的事不相干，是因事已相隔七八年了，他姊妹那時年紀小，未必知道他自己父親是死在何人手裏；即算能知道，也不認識你我的面孔。我們祇要把名字改了，女子們有多大的見識，怕不容易對付嗎？」

張汶祥笑道：「然則我們用不著迴避麼？那麼，仍舊把船開回黃鶴樓下去好不好？」鄭時看了張汶祥說這話的神氣，才知道是有意打趣的，便不高興回答。

船行到第三日下午，忽然刮起大風來。同行的船，已有一艘重載的被風打沉了。各船上的人看了都害怕起來，祇得急搶到背風的汊港裏停泊。汊港小了，停泊不了許多船隻。後來的船，就祇得靠近淺水沙灘，使船底擱住不能轉動，以免被風刮到江心裏去。

鄭、張二人所坐的這船，也是找不著汊港，就沙灘上拋了錨；所靠的這處沙灘上，一望無涯的，盡是七八尺深的蘆茅，被狂風吹得一起一伏。七月初間天氣的蘆茅，尚不曾完全枯槁白頭，青綠黃白相間；起伏不定的時候，就和大海中的波濤一樣。

鄭時與張汶祥同立在船頭上看了，笑道：「這般景物，也是我們在四川所領略不到的！」

張汶祥道：「四川若有這種所在，我們的船敢停泊嗎？祇怕連船底板都要被人搶去呢！」

鄭時道：「這也是現在的亂世才如此！在太平盛世，沒有失業的人，儘管有這般好藏匿的所在，有誰願意去幹那些犯法的勾當？於今的四川，固是遍地荊棘，就是這長江一帶，也未必真安靖，不過沒有大幫口，略斂跡些兒罷了！論起地形來，四川就因山嶺多好藏匿，能容留大夥的人，才弄出到處荊棘的局面！像這種所在，不過好藏匿一時，使追捕的找不著途徑罷了，那裏趕得上四川的層巒疊嶂！」

張汶祥道：「怪道祇有我們這一隻船，靠在這蘆茅邊上；大概那些裝運了貨物的船，也是防這類地方不妥當，所以都擠到那邊汊港裏去了！」

鄭時笑道：「那卻不見得是這般用意！祇要能擠進那邊汊港裏停泊，風浪確是小些。此時天色還早，上流頭的船，就要找一處像我們這樣的地方拋錨，也找不著；再過一會兒你瞧罷，一定還有船在我們這一帶停泊的。」

二人在船頭上談論了一會，回到艙裏沒一刻工夫，忽聽得江邊有船篙落水的聲音。鄭時笑向張汶祥道：「何如呢？不是有船來我們這一帶停泊嗎？」

張汶祥隨手推開窗門向外面看時，果見有兩條一大一小的船，撐過灘邊來停泊，即回頭對鄭時說道：「這兩條船吸水都很淺，可見得也是和我們的一樣，沒載多少貨物，所以也敢停泊在這裏。」

鄭時隨口應了一句，也懶得起身探看。行船的人，照例不待起更就安睡了。鄭時這夜在睡夢中，猛被鄰船上哎喲一聲驚醒了，醒來便覺得船身有些兒蕩動，接著又聽得有人撲通落水的聲音。

鄭時驚得翻身坐起來叫三弟，連叫了幾聲，不見張汶祥答應，忙伸手向張汶祥睡的地方一摸，已不知在何時起去了！再聽鄰船上似乎有人在那裏格鬥，心想：難道眞個有強盜前來打劫嗎？鄭時雖是一個文人，然在四川當鹽梟時，常有親率黨徒與官兵對抗的事；尋常兩三個蠻漢，也不是他的對手，膽力更是極大。

這時聽到外面的聲息，料知必是張汶祥已與來打劫的強盜動手；當下並不害怕因身邊不曾準備兵器，立起身順手摸了一條壓艙板的木槓，看朝船頭的艙門已經開了，即躥身出外。

此時的大風已息，天上星月之光，照見鄰船上約有七八個漢子，各人都操著雪亮的單刀，圍住一個人廝殺。這人正是張汶祥，赤手空拳的騰拿躲閃，一霎眼就見一個漢子被張汶祥踢下河去了。

鄭時逆料這些蠻漢，便再增加七八十個，也不是張汶祥的對手。衹是眼見著七八個手操兵刃的，圍攻自己赤手空拳的兄弟，不由得忿怒起來！手起槓落，劈在一個漢子後腦上。那漢子不提防背後有人暗算，也被打落下水。

正待趕過去打第二個，衹聽得張汶祥喊道：「這裏用不著二哥幫助，二哥快進艙裏去救人罷！」

鄭時也是老在行的人，知道彎腰躥進不知虛實的船艙，容易受人暗算！聽了張汶祥的話，先提腳將窗門踢破了兩扇，就月光向艙裏窺探時，祇見兩個赤條條的女子，仰面躺在一張床上，好像是被繩索綑縛了的。艙中箱篋器具，橫七豎八的亂堆著。

鄭時一看艙中情形，心裏就忍不住一跳，暗想：這不就是柳儒卿的小姐嗎？登時勇氣更鼓動起來了！將手中木槓一攛，就從窗門躥身進去，口向床上的女子喊道：「不要害怕！我是鄰船上來救你們的！」旋說旋上前動手解縛。見兩女子都不開口，知道是口裏塞了東西；先將兩人口中的東西掏了出來，然後解開了身上的繩索。鄭時眼快，已看見床頭有一堆衣服，即抓了撂在兩人身邊，祇羞得兩人恨無地縫可入！

鄭時也覺在旁看了難為情，反身跳出來，打算幫著張汶祥將強盜打走；但是衆強盜已一半打落了水，一半駕著靠在旁邊的一隻小船逃了。

張汶祥道：「饒了這夥毛賊罷！祇要人沒吃虧，東西沒被搶去，便是萬幸了！」

鄭時還沒回答，兩女郎已穿好了衣服出艙來，低頭向張、鄭二人叩拜道：「今夜若不蒙兩位義士搭救，我姊妹身死不足惜，還得受這班狗強盜的汙辱！兩位義士實是我姊妹的救命恩人！不敢避嫌，請兩位進艙裏就坐。」

鄭、張二人不便伸手去扶掖，祇得在船頭答拜道：「同是出門人，急難相救，祇要力量做

得到，是應該做的！快不要說甚麼救命恩人，承當不起！」

鄭時首先進艙，聽得後艙裏有人的哼聲，剛待問是那個，年大些兒的女郎已跟進艙，說道：「哦！我的丫鬟春喜和老媽子在後艙裏睡著，祇怕也被綑綁了。」

鄭時道：「船戶一個也不見出來，大概都被綁在後面。」這時鄭、張所乘船的船戶，因這邊打鬧得厲害，也驚醒起來，到這邊船上幫著鬆了船戶、水手的縛。

大家混亂了一陣，兩女郎才請鄭、張二人在艙中坐定，請問姓名去處。鄭時將自己和張汶祥的名字都改了，因鄭、張二姓極平常，用不著更改，也故意回問兩女郎，才知道大些兒的叫柳無非，小些兒的叫柳無儀。因林鬱住在南京，特地到南京去，想依附他姨父母居住。

柳無非又說：「這條強盜船，在湖北就跟著開行，一路時前時後，開也同開，泊也同泊，並不斷的有人向這邊艙裏窺探，我已疑心那船上不是正當人。特地叫船戶進來吩咐，夜間須擇妥當地方停泊。想不到今日忽然刮起大風來，我姊妹害怕得甚麼似的，叫船戶趁早停泊。無奈一路下來，簡直找不著可以停泊的所在；直走到這裏，船戶見兩位所坐的船在這裏，就進艙來向我說：這邊已有一條四川的船，靠蘆茅灘停泊了；我們的船祇好停泊在一塊，比單獨拋錨的好多了！

「我那時見天色已近黃昏了，若再不停泊，恐往下更找不著好地方；既是有同鄉的船在這裏，彷彿多有一個伴侶似的，遂叫船戶開了過來。及至錨已拋了，才看見那小船也跟了過來，緊靠我們的船泊著。

「我姊妹雖是害怕極了，但也無法逃避！入夜便緊緊的關閉艙門安睡，連高聲說話也不敢。及至從夢中驚覺時，身體已被強盜按住；一張口要喊，那堵口的東西已塞進來了，祇得拚命掙扎，船身搖蕩得幾乎傾覆了！強盜剛將我姊妹綑綁了，待施無禮，陡聽得艙口有人喝了一聲：狗強盜！快出來送死！接著就好像有一個站在艙口邊的強盜，被人抓了出去，撲通攛到一丈遠近的江心裏去了。艙裏的強盜才一擁出外，在船頭上廝殺起來。……」

鄭時聽到這裏，截住話頭向張汶祥問道：「三弟同睡得好好的，怎麼知道那船上鬧劫案，也不招呼我一聲，就悄悄的出來動手呢？」

張汶祥笑道：「那小船跟著拋錨的時候，我在窗門裏看見，有四個彪形大漢在船面上撐篙；篙尖落水的聲音，分外沉重！我在江河裏混的時候多，知道老當篙師的人，篙尖落水沒有聲響；偶然有之，也祇在水面上飄一下，不至有深沉的響聲；即此可知那四個撐篙的人，都是外行！

「再看船艙裏，還有兩個漢子伸頭向外邊張望，並時時回頭對艙裏說話，可見得艙裏還不止兩個人。那船既吸水很淺，可知沒裝貨物。若說是專裝客的罷，搭船的客，不應都是三四十歲的壯健漢子，並且也沒有搭客大家幫著撐篙的道理。這船就很可疑了！

「再看這條大船，是我們川河裏的；雖是艙門緊閉著，看不見船裏的情形，逆料必是有闊人在內。既是我川河裏的船，又靠著我的船停泊；如果夜間有甚麼動靜，我是不能袖手旁觀的！我雖存心如此，不過我料的究竟對與不對，不敢決定。若拿出來和二哥商議，料得是便好；萬一看走了眼色，二哥不要責備我遇事張皇嗎？

「我外面和二哥同時安睡，實在因有這事擱在心中，那裏睡得著！當強盜跳過這船上來的時候，踏得這船身一歪，蕩得我們的船身都動了，我就知道所料的驗了！我船上的艙門，早準備了是虛掩著的；從容起來結束好了，才輕輕的走過這船上來。

「強盜人多手快，已有幾個扛著皮箱在肩上，待搬過他們自己船上去；不提防我堵住艙門一喝，大約也猜不透外面有多少來拿他們的人，祇驚得各人都將皮箱放下，想衝門而出。第一個衝出來，被我順手揪住了胳膊，祇一拖，拖得他哎喲一聲。我恐怕船上人多了，纏腳礙手的不好施展，就提起那強盜向江心拋去。」

鄭時道：「我就虧了那一聲哎喲，把我驚醒了；若不然，祇怕直到此刻還在酣睡呢！」鄭、張二人在艙裏坐談了一會，張汶祥起身作辭道：「那些小毛賊受了這次大創，估量他們逃得了性命的，也寒了膽不敢再來了！此後儘可安心，一帆風順到南京，想不至再有意外。此時才到半夜，還可以安睡些時。」說罷，提步要走。

柳無非連忙起身，說道：「我想求兩位再坐一坐。承兩位救了我姊妹的性命、財物，還要耽擱兩位的安眠，我也自知原是不近情理的事，本來說不出口；不過我姊妹險些兒被強盜汙辱身體，蒙兩位救了，此恩不比尋常！我姊妹何敢以外人待兩位！我們從重慶動身到此地，在船上已有兩個多月了；雖是素來膽怯，然沒有像此刻這們害怕的！千萬求兩位在此多坐一會，我還有話說。」張汶祥聽了不作聲，望著鄭時。

不知鄭時怎生擺佈？且待第八六回再說。

第八六回　盟弟兄同日締良緣　四獃子信口談官格

話說：鄭時見了柳無非說話時那種嬌怯可憐的樣子，不但心裏軟了，連帶渾身的骨頭骨節都軟洋洋的了。當即對張汶祥說道：「女子的膽量，本來多比男子小；何況是宦家平日不出閨門的小姐，又才經過這般大驚嚇！就是平常的男子，也要嚇得膽破魂飛，手足無措；能像柳小姐這樣不慌不亂，便很不容易了！我等救人救徹，就多坐一會罷，行船不愁沒有睡覺的時候。」

張汶祥知道鄭時平日對於女色之迷戀，此時心裏雖覺得柳家姊妹，萬分迷戀不得；然口裏不便違背鄭時的意思，說出定要過去安睡的話來，祇得依舊坐下，聽鄭時與柳無非互相談論身家遭際。

柳無非道：「我姊妹都是在四川生長的，先父在四川做了十幾年州縣官。兩位居住四川的時候多，大約已聞先父的名。」

鄭時裝作不知道的說道：「我們是做生意的人，平日於官場中人不甚留意。不知尊大人上下是那兩個字？」

柳無非瞟了鄭時一眼，說道：「先父諱灼，字儒卿，丙辰年在綿州殉難的。」

鄭時故作驚異的樣子，說道：「我們在外省的時候多，竟不知道家鄉地方的綿州，曾鬧過甚麼亂子？」說時，揑著指頭，口裏念著丙辰、丁巳的輪算了幾下，說道：「怪道我不知道！我從甲寅年出四川，在新疆、甘肅一帶盤桓，直到前年才回四川去。因我的行蹤無定，家鄉的消息，很不容易傳到我跟前來。究竟丙辰年綿州曾出了甚麼亂子？」

柳無非黯然說道：「並不曾鬧旁的大亂子。就是近年來在四川鬧得最凶的梟匪，乘先父沒有防備，陡然攻進了綿州城。先父逃已來不及，在衙門口遇著匪首，認識先父的面貌，先父遂被難！」

鄭時問道：「四川的梟匪，大小有若干股，小姐可知道那時攻進綿州的是那一股麼？匪首的姓名還記得麼？」

柳無非點頭道：「匪首的姓名，自然記得！但是那梟匪是四川最凶悍有名的，誰也奈何他們不了！我又沒有兄弟，這仇恨是永遠沒有報復的時候了！」

鄭時仍作不知道的問道：「在四川最凶悍有名的梟匪，不是小辮子劉榮麼？」

柳無非搖頭道：「不是姓劉的，是姓張的，叫作張汶祥，於今還在四川。官兵聞他的名就害怕，多不敢與他對壘！」

張汶祥坐在旁邊聽了，心裏止不住的怦怦跳動，看鄭時卻行所無事的神氣問道：「尊大人就是張汶祥所害嗎？」

柳無非道：「那倒不是！聽說動手殺我先父的，是張汶祥手下一個小匪。先父殉難之後，先母因哀傷過度，不到三年也棄養了，丟下我姊妹兩個！親房叔伯人等雖有，祇是不但得不著他們的照應，並欺負我姊妹年幼無知，用種種盤剝計算，侵佔呑蝕，無所不至！

「幸虧當日隨侍先父母在各州縣任上的時候，我姊妹都曾略讀書史，處理家政，不至茫無頭緒，才能將先父母遺留的財物，略略保存些兒；不過自先母棄養後，我姊妹家居便沒有相關切的家長，究竟諸事都嫌不便。

「我有姨父、姨母住在南京，我祇得帶了舍妹到南京去，打算相依姨父母度日。以為由水路直到金陵，是可望一帆風順，平安無事的，不料在半路上會有今夜這種險事發出來！若沒有兩位拔刀相救，我姊妹受禍眞是不堪設想！」

鄭時謙遜了兩句，將自己和張汶祥的身家履歷，隨口編造了許多好聽的說了。二人既更改了名字，鄭、張又是尋常多有的姓氏，柳無非聽了，當然不至疑心二人就是他自己不共戴天的大仇敵，祇道鄭時所說的身家、履歷，是眞實不虛的。

鄭時說：自己也是大家公子出身，因讀書進學之後，無意科名，又生性喜歡遊覽，就借著經商，好遊覽天下名山大川。

柳無非聽了，就笑道：「這就對了！我剛才聽先生說是做生意的人，平日於官場中人不甚留意的話，心裏正在疑惑：怎麼做生意的人，有先生這般氣宇、這般吐屬？原來是厭惡科名，借著經商好到處遊覽的！」

鄭時的學問，本來很淵博，此時更有意誇示才華。柳無非姊妹都能略通文墨，兩下接談之後，不由得柳無非不五體投地的佩服！

柳無非姊妹雖是生長官宦之家，知書識字，然因柳儒卿死得太早，失去了拘管的人，種種淫詞豔曲的書，遇著便廢寢忘餐的不肯釋手。他母親不識字，以爲女兒能發憤讀書，是不會有差錯的！已成年的女孩兒家，裝了一肚皮的淫詞豔曲，安有不心心念念羨慕那些才子佳人的呢？加以他姊妹被強盜剝得一身精光的綑縛了，是由鄭時親手解開的；有這一層關係，柳無非心裏對鄭時就不知不覺的親熱了！

男女之間，祇要雙方都有了愛慕的念頭，便沒有不發生肉體關係的。在鄭時不過因柳無非生得可愛，素來好色的人，不能制止自己不轉念頭；祇是還有些覺得自己的年紀，比柳無非大了一倍，不敢希望便成夫婦！不料柳無非因自己曾赤身露體與鄭時的手接觸，更欽佩鄭時的學問好，並不嫌鄭時年老，竟願以終身許給鄭時！鄭時原是沒有家室的人，自是再得意沒有了，但是張汶祥心裏極不以爲然，卻又明知鄭時決不聽勸，不便攔阻！

鄭時和柳無非都看出了張汶祥不願意的神氣，二人商量對付，就將柳無儀配給張汶祥。張汶祥這時除了與鄭時絕交而外，沒有方法可以拒絕。一個鐵錚錚的漢子，遂也輕輕的被捲入這愛河的漩渦中了。兩貞姊妹既嫁給兩盟兄弟之後，便大家計議，恐怕到南京不爲林鬱夫婦所歡迎，即決議不到林家去了。依鄭時的計算，逕到山東去找馬心儀，看馬心儀對待的情形，再定行止。柳無非姊妹既嫁了他二人，行止自由他二人作主。去向已定，便望山東進發。柳無非姊妹陪嫁的資財，都是柳儒卿在四川搜刮的，也有十多萬。鄭時打算到山東後，借馬心儀的門路，捐一個官銜；憑著自己的才幹，也不愁沒有出頭之日！

在路上經過了多少時間，這日到了山東，在一家招牌名鴻興的大客棧裏住下，先打發人去巡撫部院裏將施星標找來。施星標這時的氣概，已大異乎從前了！因終日和官僚接近，眼見的是官模樣，耳聽的是官言語，而他又自以爲做了巡捕大官，不能不有官架子、官習氣。巡撫部院裏的人，因不知道他的來歷，見他初到的時候，馬心儀立時傳見，並很密切的和他談了一會話，估量必是和馬心儀有密切關係的人！

官場中人的眼睛最勢利，不要說是和督撫有密切關係的人，全省的官員都得逢迎巴結；祇要督撫在閒談中提了這人的名字，或在上衙門的時候，督撫單獨對這人點了點頭，這人便得了無上的榮幸，一般同僚的官員，即時對這人就得另眼相看了！

施星標就因馬心儀對他與對一般在部院裏供職的人，略似親切一點，便沒有一個不在施星標跟前獻殷勤表好意的！施星標原是老實人，看了這些人對他的情形，不知道勢利官場，照例如此，祇道是自己的官階比人高，應受一般人的敬禮！

這時他騎來一匹馬，帶了兩名跟隨，自覺很體面的到鴻興客棧來。他是個天眞爛漫的人，倒還有一點兒念舊之心，見了鄭、張二人，連忙行禮，說道：「二哥、三哥到這裏來，怎的也不早給我一個信，使我好遠些迎接？並且也用不著住客棧，直到院裏去住，多少是好！」

鄭時看施星標還是在四川時一般的親熱，便說道：「自家兄弟何用客氣，說甚麼遠些兒迎接的話！老弟知道院裏好住嗎？」

施星標笑道：「怎麼不好住呢！難道二哥、三哥是外人嗎？」

鄭時也笑道：「老弟還責備我不早給你信，你到山東來這們久了，曾有一個字給我們麼？我和三弟因沒得你的信，委實有些放心不下，祇得親來這裏瞧瞧。如何好冒昧逕去部院裏住呢？」

施星標跺腳，說道：「二哥快不要提寫信的話了，眞是急得我要死！從前我們兄弟在一塊兒的時候，凡是要提筆的事，有二哥作主，我倒不覺得不識字的不方便。我動身的時候，記得二哥曾叮囑我寫信，那時還沒拿寫信當一件難事，及到了山東一兩個月，差事弄妥了，才想起要寫信的事了；但是我既提不起筆，又沒有知心的人可代我寫，你想我不是急得要死！」

鄭時點頭道：「我也想到了你有這層為難的情形！於今大家都見了面，這些話也不用談了。你且將到山東後的情形，詳細說給我聽，我再告訴你別後的經歷。」

施星標即將馬心儀待遇他的言語、行為，和盤托出說了一遍。鄭時躊躇道：「既是這們一回事，你何以見得我兩人好到院裏去住呢？」

施星標道：「這還有甚麼可疑慮的地方！像我這樣文不能文、武不能武的笨人，到這裏沒幾日，也就弄到了這們一個前程，難道對二哥、三哥還不如我麼？放心，放心！於今是我們兄弟應當得志的時候到了！」

鄭時見施星標自以為巡捕是大前程，不由得好笑，但也不便說穿，掃了他一團高興，便說道：「能如老弟所說的自是好事，你我都巴不得有一條出頭之路，不過到院裏去住的話，就是大哥吩咐我們搬去，我也覺得不大方便！老弟到這裏坐談了這一會，我還沒引見你兩個嫂子。」

施星標聽了，望著鄭、張二人發怔道：「甚麼嫂子？兩個哥哥都在我走後娶了親嗎？」

鄭時笑道：「自然是娶了親，否則那裏有嫂子給你引見？」

施星標登時很著急似的說道：「這卻怎麼辦？我不知道二哥、三哥都已辦了喜事，有嫂子同來了，一點兒見面禮也沒準備，我面子上不太難爲情嗎？」說時，立起身伸手在懷中摸索，大約是打算摸些兒銀兩出來。

鄭時忙拉著他的手在身邊坐下，說道：「不要忙！我還有話向你說。我和三弟娶你這兩個嫂子的原因，不能不先說給你聽。但是這原因祇能向你說，因你和我們賽過親手足，在一塊兒時候的事，不能瞞你，別後的事不忍瞞你；除我們自家兄弟而外，無論甚麼人都說不得！」

施星標道：「那是自然！我到此地這們久了，從不曾向外人漏出半句以前的事！」

鄭時接著將七夕在黃鶴樓聞笛，及以後種種經過，詳述了一遍道：「這事可算是弄假成眞的！三弟當時果然沒有動絲毫不正的念頭，就是我也不過生性慣尋這種開心，見了可愛的女子，不問成與不成，是要轉轉無聊的念頭的。誰知竟是天緣湊巧，居然都成了夫婦！若給他姊妹知道了我和三弟的履歷，日後恩愛深了就不要緊，暫時是難保不有些麻煩！」

施星標愕然說道：「那回打進綿州，我不是也在內嗎？」

鄭時笑道：「誰說不是有你在內！我也想到了這事不免有些行險僥倖，但我卻有把握，決不至給他姊妹知道！就是萬一有洩漏的時候，我等男子漢，身上長了一對腿，還怕跑不了麼？」

施星標道：「怕甚麼！我們男子總佔了便宜！好，就帶我去拜見罷，見面禮日後補來便了。」

鄭時因恐怕施星標來了，說話給柳無非姊妹聽了去，特地另覓了一間相隔很遠的房會面。這時才引施星標與無非、無儀見面。施星標見無非姊妹都生得這般豔麗，險些兒看癡了！原預備了幾句吉利話，打算在見面時說的，竟說不出了！鄭時看了他這樣失魂喪魄的神情，見禮之後，便不讓坐，仍引到坐談的房間裏來。

施星標突然對鄭時說道：「二哥、三哥的福命眞好！簡直是一對玉天仙，凡人那有這樣美貌的！大哥於今共有六個姨太太，都是年輕好看的，在我的眼睛看了，以爲生得好的都聚在他一家了！此刻看了兩位嫂子，才覺得那六個姨太太，都是俗不可耐的女子了！」鄭時含笑不作聲。

施星標繼續說道：「我們兄弟在川中的時候，都怕家室累人；現在旣大家換了局面，我也要留心訪求一個才好！」

鄭時笑道：「老弟的事，我當代爲物色，包管你得一個稱心如意的人兒便了！」

施星標正色說道：「二哥不要多心！我想你們也是應該找一個相安的給我快活快活，才對得起我！」

張汶祥忍不住，笑問道：「你這話怎麼講？憑甚麼定要我們找一個相安的給你快活？你自己不會去找的嗎？」

施星標漲紅了臉，說道：「要我自己去找，要把兄弟做甚麼？」

張汶祥大笑道：「把兄弟是專爲拉皮條的嗎？你這話眞露出你獃子的原形來了！」

施星標很要緊似的辯道：「說媒、娶老婆，算得是拉皮條麼？當日拜把的時候，不是擺了香案，一同跪下來發過誓的嗎？那幾句發誓的裏頭，是不是有有福同享、有禍同當的話？於今你們都有天仙也似的老婆享福，教我一個人睜開眼睛望著，你們憑良心對得起我嗎？」

張汶祥聽了，雖是笑不可抑，但也說不出駁他的話來。鄭時哈哈笑道：「獃子何用發急呢！我不是說了包管你得一個稱心如意的人兒嗎？」

施星標忽轉了笑容，問道：「二哥這話可是眞的麼？」

鄭時道：「我何時曾向你說過假話？」

施星標喜道：「我知道我自己是一個老粗，人品趕不上二哥、三哥，學問也趕不上二哥、三哥，不敢望有二嫂、三嫂那們美的！不過我現在已有了這樣的前程，若是我的官運好，將來的陞遷是量不定的；總要像一個官家太太的樣子，才可以配得上我！」

張汶祥道：「官太太的樣子，是甚麼樣子？我沒有見過官太太，倒有些分別不出！」

施星標道：「說正經話，三哥不要開我的玩笑！一種人有一種人的樣子，三哥這般精明的人還說分別不出，不是存心開我的玩笑嗎？」

鄭時知道施星標是老實人，說話最容易認眞，便接著說道：「是否官太太的樣子，我一望就分別得清楚；不配做官太太的，我斷不至從中撮合！你衹回去多準備些喜酒給我們喝。你是在官場中的人，娶親須得有個場面，不能像我們一般的草率！」

施星標道：「話雖如此說，衹是二哥一時那裏有一個這們合適的人兒呢？我到山東來了這們久，不曾遇著有相安的人；不相信二哥剛到這裏，便已看中了有可以配給我的人！」

鄭時笑道：「你可以不問我這些話，我從來沒有哄騙過你，這一層還不能使你相信嗎？」

施星標心裏想著：這話倒是可信！我在四川的時候，許多人都因我老實，每每說假話哄騙我，就是張汶祥也時常拿假話來尋我的開心。惟有他一次也沒有騙過我，並且因我老實，連笑話都不大向我說。他的話是可以相信的！想罷，就說道：「我不是不相信二哥，是恐怕一時找不著合適的人！」

張汶祥道：「你衹回去準備辦喜事。二哥替你撮合的人，我也知道了，確是再合適沒有，我也能包你稱心如願！」

說得施星標如雪獅子向火，渾身都喜得融化了！當下辭別了鄭、張二人，回到巡撫部院，即到上房裏見馬心儀。馬心儀平日也是因施星標誠實可靠，出入必帶在身邊，所以能直接跑進上房去。

這時馬心儀正在檢閱重要公文，忽見施星標進來，臉上喜氣洋洋的，不是平常的態度，料知必是有甚麼可喜的事，隨將手中公文擱下。施星標見左右沒有人，便近前說道：「鄭時二哥和張汶祥三哥都來了。二人說本應一到就進來稟安、稟見的，因爲不敢魯莽，先打發人來叫施星標去。」

馬心儀不待施星標往下說，接口問道：「帶多少人來了？」

施星標道：「沒帶旁人，祇各帶了一房家眷。」

馬心儀道：「他們不是都沒有家眷的嗎？怎麼各帶了一房家眷呢？」

施星標是素來不會說假話的人，隨口就將鄭、張娶柳氏姊妹的經過，及柳氏姊妹如何美麗的話說了。

馬心儀笑道：「你的眼睛裏看出來的美麗，祇怕不見得是眞美麗吧？」施星標急得竭力爭辯。

馬心儀低頭沉吟了一會兒道：「他兩人改了名字很好。不過鴻興客棧裏面住的人太雜，種種類類的人都有，在那裏住久了，終恐遇見面熟的人，傳揚開了不是當耍的事！你就去向他兩人說：我原想去看他們，親自接他們到院裏來住的；祇爲有許多不便的所在，不能隨意行動，望他們原諒！即日將家眷、行李都搬到這裏來，且住下再看機會。祇須將西花廳騰出，就夠他兩房家眷居住了。西花廳雖是離上房太近了一點兒，好在不是外人，沒甚要緊！」

施星標見馬心儀這們說，心裏說不出的高興，一疊連聲的代鄭、張二人道謝。不知鄭、張二人究竟肯不肯到撫院裏來住？且待第八七回再說。

第八七回　敞壽筵六姨太定計　營淫窟馬心儀誘奸

話說：次日一早，施星標就吩咐人收拾西花廳準備給鄭、張二人居住。馬心儀取了一張名片，教施星標去鴻興客棧迎接。施星標領命到鴻興客棧來，見鄭、張二人，將馬心儀的話傳達了。

鄭時問道：「你曾聽大哥說過，將如何安插我們的話麼？」

施星標道：「他祇說且住下再看機會。我們既住在那裏，他自然得安插我們。」鄭時低頭不作聲，好像思量甚麼似的。

張汶祥道：「我們既經來了，在客棧裏住著，總不成個體統！我們又沒有第二個可靠的朋友，二哥毋庸躊躇，不搬去，倒覺得對不起他似的！」

鄭時點頭道：「承馬大哥的盛意，教四弟前來迎接，我們豈有不遵命的道理？不過我所躊躇的，是爲從四川出來，因路途遙遠，不曾攜帶一些兒土產來孝敬馬大哥，見面是很難爲情！打算就在此地辦幾色禮物帶去，聊表我二人一點敬意。」

施星標道：「這卻可以不必，他那裏在乎這點兒禮物！」

張汶祥道：「他雖是富足不在乎人家的禮物，我們不能不聊表敬意！二哥說應辦些甚麼，我去照辦便了。」鄭時當即開了一單應辦的禮物，張汶祥親去辦了。

就在這日，施星標幫著將眷屬、行李都搬進了巡撫部院。馬心儀與鄭、張二人相見時，祇寒暄了幾句，便有事走開了，好在有施星標督率著下人安置一切。

直到夜間，馬心儀才安排了筵席，在上房款待鄭、張及柳氏姊妹。馬心儀的六個姨太太，都對待柳氏姊妹十分親熱。柳氏姊妹雖也是生長在官宦之家，然柳儒卿當日不過做了幾任州縣官，排場氣概，如何及得巡撫部院裏的闊綽？少年女子的虛榮心最重，當下看了馬心儀六個姨太太的豪奢放縱情形，不知不覺的動了豔羨之念！

而施星標在幫著搬行李的時候，看見春喜丫頭了，也不知不覺的動了愛慕之心！暗想：二哥祇說替我撮合，教我準備喜酒，他何不就把這丫頭配給我？雖說是個丫頭，身分有些不對；但是這丫頭的模樣兒很好，舉動比尋常人家的小姐，還要來得大方。

大哥身爲督撫，尙且討班子裏的姑娘做姨太太；論人物，六個姨太太都趕不上這丫頭。我討了他，料想不至被人笑話，就祇怕二哥是個有名的好色之徒，他要留著給他自己做姨太太，不肯讓給我！我且先和三哥商量，求三哥幫忙我說；如果他硬不願意讓給我，我就向大哥叩幾個響頭，也說不得！總得求大哥說一句公道話，看我爲甚麼要單身過一輩子？

想到這裏，自覺有了把握，乘左右沒有人的時候，悄悄的對張汶祥說道：「男子漢到中年以後，還沒有一房家室，好像凡事都沒有個著落的樣子。我自從來到山東，境遇一天好似一天，地位也一天高似一天；我就想在山東成立一個家業，免得終年和沒廟宇的遊神一般，沒個歸宿之處。無如我既不是本地方人，對本地官宦人家，又少有來往；高不成，低不就，很難得有合意的人！前日二哥說替我做媒，並說包管我稱心如意，不知他打算替我撮合的，究竟誰家的小姐？」

張汶祥因施星標的言語、舉動，從來有些獃頭獃腦似的，和他沒多的正經話說，一開口便是開玩笑。這時見施星標說得如此慎重，並不似平日說話的沒條理沒次序，也就不便拿出開玩笑的神氣，祇得應道：「此後既安排在官場中過活，家眷是少不得的。二哥打算替你撮合的，他不曾說給我聽，不知道究是誰家的小姐！」

施星標道：「不問是誰家的小姐，我都不願意！大富貴人家的，好是自然很好；不過我做官不久，總怕匹配女家不上。我衹要討一個人，能像二嫂的春喜丫頭那般一模一樣的，就心滿意足了！你可知道春喜已經許配了人家沒有呢？」

張汶祥大笑道：「既是你自己說出來願意討春喜，那是再好沒有的了！」

施星標喜問道：「難道二哥說替我撮合的，就是春喜嗎？」

張汶祥道：「不就是他，還有誰呢？」

施星標道：「怎麼這兩日不見二哥提起？你猜事情不至變卦麼？」

張汶祥道：「二哥因你說要討一位官太太，他恐怕春喜是個丫頭出身，不配做官太太，所以說出來之後，就失悔不該說了！你於今既不嫌棄丫頭，我去向二哥說便了。」

施星標聽了，來不及似的對著張汶祥一連作了好幾個揖，說道：「這事就拜託三哥了！」

張汶祥將施星標的話對鄭時一說，這段姻緣便立時成就了。馬心儀聽說，即賞給施星標二百兩銀子，作結婚費。鄭、張二人也都有饋贈。於是施星標興高采烈的和春喜結起婚來。

施星標是有職務的人，結婚後仍照常供職，也沒有另租房屋。春喜夜間陪他睡覺，白天不在柳氏姊妹房中閒坐清談，便在上房陪馬心儀的幾個姨太太尋開心玩笑。春喜本來生性聰明，因從小伺候柳無非姊妹，也略解文字。

施星標一心想馬心儀栽培提拔，無時無地不求得馬心儀的歡心，知道馬心儀最寵愛的，是新討來的六姨太。

六姨太是北京極有名的紅姑娘，豔名也就叫作紅姑娘。但是容貌並無驚人之豔，就祇應酬的本領高大，一張嘴伶牙俐齒，能遇一種人說一種話，使凡見過他的人，個個疑心他對自己有無限深情。心思更是細密玲瓏，在他班子裏走動的，不是王公貴人，即是富紳巨賈；每有爲難的心事，或是在他跟前愁眉不展，或是背著他短歎長吁，他總得尋根覓蒂，問出情由來；祇須他那兩個水銀也似的眼珠兒一轉，不論甚麼爲難的事，他都能立時代籌應付的方法，雖不見得處處妥當，但見解確能比人高！

因此一般在他那裏走動的王公貴人、富紳巨賈，見面多呼他爲紅軍師。馬心儀爲慕他的名，花了上萬的銀子討來，果是名下無虛！

馬心儀寵幸他無所不至，大小家政，多半歸六姨太掌握；滿衙門的人，沒有不畏懼六姨太的，沒有不巴結六姨太的！施星標想馬心儀栽培提拔，更是巴結得盡心盡力。春喜是當丫頭出身的人，不待說最會承迎色笑，對於幾個姨太太，雖是一體奉承，祇是在六姨太房裏周旋的時候爲多。

馬心儀既是寵幸六姨太，當然除了辦公事的時間以外，總在六姨太房中尋歡取樂。論年齡，春喜比六姨太輕；論姿色，也比六姨太美。馬心儀是個縱欲無厭的人，六個姨太太還不能滿足他的欲念，見春喜生得有幾分動人之處，又鎮日的在左右殷勤，便串通六姨太勾引春喜實行無禮。

在六姨太未嘗沒有醋意，因知道馬心儀生成的如婦人之楊花水性，可以隨處鍾情，恐怕他再討第七個姨太太進門，奪了自己的寵幸。春喜是有夫之婦，衹能通奸相好，不能定名正位，停眠整宿，對於自己的寵幸，還可以保全；因此情願順承馬心儀的意旨，用種種方法引誘春喜。在班子裏當姑娘的人，引誘婦女的手段，自是高人一等，全不費事的便將春喜引誘成奸了！施星標是個粗人，又輕易不敢到上房裏走動，那有察覺的時候呢？

馬心儀與春喜通奸了一兩個月，厭故喜新的毛病，不覺又漸漸的發出來了。這日祕密對春喜說道：「我今年差不多五十歲了。中國各省繁華之地，我多到過；生得美的婦女，在我兩隻眼裏見的也實在不少，衹是從來沒見過有美麗像你家那兩個小姐的！我不知道鄭老爺、張老爺怎麼有這們好的豔福，不費甚麼氣力，在半路上遇著，便成就好事，眞是可羨可慕！從外面看，似乎我比他兩人命好；其實我的命，如何及得他兩人！我若能得一個像你家大小姐那般美女子的，陪伴終生，現在的高官厚祿，都情願讓給旁人去享受，我就以白丁終老也是快活的！」

春喜笑道：「我家兩位小姐，豈但生得容貌美，詩、詞、歌、賦，琴、棋、書、畫，沒一件不會，沒一件不精！這回嫁給鄭姑老爺和張姑老爺，也要算是天緣湊巧；不然，也沒有這們容易！我記得當日在四川，老爺、太太還存在的時候，來替大小姐、二小姐做媒的，也不知經過了多少次，都是官宦人家的少爺。老爺、太太說門第人品都很相安，可以定下來，偏是兩個小姐自己不肯，說：那些官家少爺，多是酒囊飯袋，毫無學問的；一旦沒了祖業，便無力謀生！

「我大小姐並不知道害羞，當面向太太說，不願意嫁給那些文不文、武不武的少爺！有一次趙提台託人來做媒，想把我二小姐配給他家大少爺。那時趙家大少爺，已經做到都司了，年紀還祇二十五歲。據說：趙大少爺能開兩石重的硬弓，武功好得了不得！我家老爺、太太以爲二小姐是沒有不中意的了，誰知二小姐仍是不情願！

「我那時心想：兩個小姐這也不願，那也不願，到底心裏打算要甚麼樣的人物才嫁呢？誰也想不到在船上遇見鄭姑老爺，即時就傾心要嫁他！小姐原是要到南京林家去的，大約也是因爲喜事辦得太草率了，恐怕到林家說起來不體面，所以情願不去林家，逕隨姑老爺到這裏來。論兩位姑老爺的人品，雖是很好，但從前做媒的那些少爺們，不見得都趕不上！」

馬心儀問道：「然則你那兩個小姐，何以是那們來不及似的嫁他們呢？」

春喜道：「我在隔壁艙裏彷彿聽得大小姐勸二小姐道：你我的年齡也不小了，終身大事，若依賴姨父、姨母，是靠不住的！我們赤身露體的承他兩人從強盜手裏救了回來，因要解我們身上的繩索，遍體都撫摸到了；難得他兩人沒有娶妻，我們不趁此嫁他，好意思去嫁甚麼人呢？」

馬心儀笑道：「遍身被人撫摸了，就得嫁給這人，我倒得設法在他姊妹身上撫摸一陣，看他又肯嫁給我麼？」

春喜想迎合馬心儀的意思，便說道：「這不是極容易的事嗎？大小姐、二小姐都歡喜喝酒，而酒量又不大，兩三杯酒下肚就醉了；不過這事也得商通六姨太，要六姨太出頭請他姊妹到上房裏來。」

馬心儀不待春喜往下說，即連連搖頭道：「這事不能給六房知道！他姊妹既通文墨，我自有方法，使他姊妹心甘情願的著我的道兒！祇要你在中間做個穿針引線的人，事成後我自重重的賞你！」

春喜道：「我自然應該盡力！不過兩個小姐平日待我，雖與姊妹無異，我卻從不敢在他跟前放肆。勾引他的話，我是不敢去說的！」

馬心儀問道：「看他姊妹的性情、舉動，都像很隨和的，很容易說話的；並且你此刻的身分、地位，已和他一般大了，有甚麼不敢在他跟前放肆呢？」

春喜道：「兩個小姐的性情、舉動，實在都很隨和；就是我當日伺候他的時候，一次也不曾受他責罵過。祇是要我向他說無禮的話，他究竟是小姐，有小姐的威嚴，我怎敢和他比身分、比地位！」

馬心儀聽了，兩個眼珠兒登時向上轉了幾轉，不住的點頭，笑道：「有了，有了，我有計較了！你既畏懼他的威嚴，便勉強教你去說，也是說不動他的。大小姐爲人更精明能幹，一張嘴又能說會道，就是商通六房裏去勾引他，也不見得不碰他的釘子；沒得弄巧反拙，倒難爲情！我於今思量出一個最妙的方法來了，不問他是怎樣三貞九烈的女子，不愁他不上我的圈套！」春喜忙問是如何的方法。

馬心儀笑道：「現在還不曾著手，不能說給你聽，你瞧著便了。」春喜遂不敢再問。

過了幾日，六姨太忽親自到西花廳裏來，柳無非姊妹迎接進房。這時張汶祥和鄭時都到外面閒逛去了。

六姨太坐下來，笑道：「兩位妹妹都是極精明的人，可知道我此來是幹甚麼事的麼？」

柳無非也笑道：「姊姊不說，我們從那裏知道呢？」

六姨太道：「今日是我的賤辰，特來接兩位妹妹上去喝一杯淡酒。」

柳無非道：「啊呀！我眞疏忽得該打！勞動姊姊親自來接，如何敢當！我早應該上去給姊姊叩頭才是！」

六姨太連忙伸手來掩柳無非的口，說道：「快不要說這些客氣話！我們都是年輕輕的人，豈是慶壽的時候？祇因我今年二十七歲，正逢暗九。我那生長地方的風俗，每人生日，逢著明九、暗九，都有禁忌。據老輩傳說：若這人逢明九或暗九的生日，不依照老例熱鬧一番，這人必不順利，並且多病多煩惱！」

柳無非道：「我倒不懂得這種風俗。怎麼謂之明九？怎麼謂之暗九？因四川沒有這風俗，不曾聽人談過。」

六姨太道：「風俗自是一處不同一處。如我今年二十七歲，三九二十七，所以謂之暗九；若再過兩年二十九歲，便是明九了。遇著明九的生日，須在白天安排些酒菜，邀請若干至親密友。男子生日邀男子，女子生日邀女子，已成親的邀已成親的，未成親的邀未成親的，大家團坐在一處。每人由生日的人敬九杯酒。酒杯可以選用極小的，酒也可以用極淡的，但是少一杯也不行，這就是托大家庇蔭的意思！各人盡興鬧一整日，越鬧得高興越好！

「暗九就在夜間，一切都依照明九的樣，也是越鬧得凶越好，務必鬧到天明才罷！平常生日作壽，至親密友都得送壽禮；惟有逢著明九、暗九，無論甚麼人，一文錢的禮也不能送！若是明九、暗九有人送禮，簡直比罵人、咒人還厲害！過了六十歲的人，便沒有這種禁忌了。我今年是暗九，所以特來請兩位妹妹去喝點兒淡酒。務望給我面子，早些光降，最好大家聚飲到天明。」

柳無非道：「姊姊說得這們客氣，眞折煞我姊妹了！我們即刻就上來給姊姊叩頭！」

六姨太道：「依照我生長地方的風俗，凡是至親密友，都得邀請，越請來的人多越好。無奈在這地方和做客一樣，至親不待說沒有，便是密友，除了兩位妹妹之外，就衹有我家裏那五個姊姊。太太肯不肯賞光，此時還說不定，須看他臨時高興不高興。」

柳無非道：「我不知道姊姊貴地方的風俗，本應略備禮物，以表我姊妹一點兒慶祝之心。既是姊姊說送禮比罵人、咒人還厲害，我姊妹就衹好遵命來討酒喝了！」

六姨太道：「原是爲有這種風俗，才依照老例熱鬧一番。若送禮，便犯了禁忌了！」

柳無非姊妹信以爲實，絲毫沒有疑慮。六姨太去後，不一刻，鄭、張二人都回來了。柳無非對鄭時說了六姨太親來邀請的話。

鄭時笑道：「明九、暗九的話，我也曾聽人說過，衹不知道有邀請至親密友飲酒的風俗。你是歡喜喝酒的，酒量又不大，宴會中萬不可多喝！喝多了一則身體吃虧，二則酒能亂性，恐怕錯了規矩禮節，鬧出笑話來，醒後就失悔也來不及了！」

柳無非笑道：「同席的沒有外人，都是些每日見面的，就多喝兩杯，也未必就鬧出甚麼笑話。好在六姨太說，酒杯可以選極小的，酒也可以喝極淡的，僅僅九小杯酒，那裏能喝醉人！不過六姨太說，照風俗須共飲到天明，你不是得獨睡一夜嗎？」

鄭時笑道：「我獨睡一夜倒沒要緊！你每夜不到二更就睡，於今忽教你熬一通夜，你怎麼受得了？」

柳無非搖頭道：「熬夜算不了甚麼！你睡在床上等我，我祇要可以抽身回來，就回來陪你睡。」夫妻很親密的談了一會，六姨太已打發丫鬟來催了。柳無非姊妹方一同走進上房裏去。

此時天色已是上燈時分了，內花廳裏已擺好了酒席。雖沒設壽堂，也略有鋪陳，是個有喜慶事的模樣。馬心儀的六個姨太太，都濃妝豔抹，出廳迎接。春喜也打扮得花團錦簇的，跟在六個姨太太當中。柳無非姊妹同向六姨太下禮，大家都爭著攙扶，齊說不敢當。分賓主略坐了片刻，六姨太即起身邀請入席。

各姨太都自有丫鬟在旁斟酒伺候，另派了三個丫鬟，伺候柳氏姊妹和春喜。每一個丫鬟手捧一把小銀酒壺，各斟各的酒。柳無非看杯中酒色金黃，喝在口中，味極醇厚，但是略有點甜中帶澀，彷彿有些藥酒的餘味，不覺用舌在唇邊舐咂。六姨太非常心細，已看見了柳無非的神情，連忙含笑說道：「今日賤辰，承諸位姊姊妹妹賞光，和我喝酒。我知道諸位姊妹的酒量，都未必很大，恐怕外邊的酒太厲害，喝不上幾杯就有了醉意，因此特地派人辦了幾罈金波酒來。這金波酒的力量不大，大家都可以多喝幾杯。」說時，兩眼望著柳無非，問道：「妹妹曾喝過這種金波酒麼？」

柳無非道：「不曾喝過。」柳無非滿心想問：怎麼有藥氣味？因轉念一想：這是慶壽的筵席，如何好隨便說出藥字來？衹心裏猜度，以爲金波酒本是這般的味道。喝了兩杯之後，便不覺得有藥味了。

六姨太殷勤勸敬。柳無非覺得九杯之數未曾喝足，不好意思推辭，勉強喝過了九杯，已實在不勝酒力了。

六姨太即向他說道：「妹妹今夜無論如何得熱鬧一整夜！我知道妹妹的身體，不甚強健，此時可到我房裏去休息片刻。」說著，起身走到無非跟前，就無非耳根低聲說道：「喝酒的人，每小解一次，又能多喝幾杯。」

柳無非此時正想小解，聽了這話，便也起身對同席的說道：「對不起，我立刻就來奉陪。」大家齊起身說請便。六姨太攙著柳無非的手，一同走進臥室，推開床後一張小門。柳無非舉眼看這房間，比六姨太的臥室略小些；房中燈光雪亮，陳設的床几桌椅，比六姨太房裏還加倍的精潔富麗。正待問這是誰的房間，六姨太已說道：「這是我白天睡覺的房間。床頭那個形像衣櫥的，不是衣櫥，拉開櫥門，裏面便是馬桶。妹妹小解後，在床上略坐一會，我去教人弄點兒解酒的東西來給妹妹吃。

「我這房裏誰也不敢進來，外邊有甚麼聲息，裏面毫不聽得；這裏面也不論有多大的聲響，祇要關上房門，那怕就站立在門外的人，也簡直和聾了的一樣！因為我白天睡午覺，最怕有聲響；一有聲響，就被驚醒得再也睡不著了。為此弄這們一間房子，連我自己的丫鬟都不許進來。」柳無非心中羨慕不已。六姨太回身退了出去，順手將房門帶關了。

柳無非走到床頭，輕輕將櫥門一拉，看櫥裏果和一間小房子相似，並有一盞小玻璃燈，點在櫥角上；照見櫥裏不但有一個金漆馬桶，並有洗面的器具，玻璃燈側還懸掛了一軸五彩畫。柳無非這時忽聞得一種極淫豔的香氣，登時覺得渾身綿軟，心旌搖搖不定，兩腮發熱。自知是因爲多喝了幾杯金波酒，連忙解衣坐上馬桶，兩眼不由得望著那軸五彩畫。那畫不望猶可，一落眼眞教人難受！原來是一幅極淫蕩的春畫！

柳無非初看時，嚇得掉過臉不敢多望，祇是兩眼雖望在旁處，心裏再也離不開那畫；覺得房中並沒有人，我何妨多看看，這類東西是輕易看不見的！誰知越看越不捨得丟開，欲火也就跟著越發騰騰蒸上，不能遏抑！卻又恐怕六姨太送解酒的東西進來，撞見了不好意思，祇好硬著心思起身，決然走出來，關了櫥門，整理了衣帶。覺得這房裏的香氣，比櫥裏更甚，看壁上也掛了好幾幅工筆畫，以爲這壁上的，斷不是春畫。

柳無非本是會畫的人，尤喜工筆畫，就近看時，不是春畫是甚麼！並且每幅畫上，都是一男數女，妖褻不堪！柳無非正在春興方濃的時候，再加上看了這類東西，那裏還講得上操守兩個字！兩腳竟軟得支不住身體了，就到床上橫躺著，一顆心不待說在那裏胡思亂想。

正在此時，忽見馬心儀從床後轉出，走近床前，笑嘻嘻的打了一躬。

不知馬心儀將怎生舉動？且待第八八回再說。

第八八回　馬心儀白晝宣淫　張汶祥長街遇俠

話說：柳無非眼望著馬心儀笑嘻嘻的向他打了一躬，說道：「好妹妹！你眞想死我了！」柳無非嚇得心裏一跳，正待掙扎起來，無奈在醉了酒的時候，身體不由自主！馬心儀來得眞快，衹一霎眼工夫，已被摟抱入懷。柳無非身體既不能動，惟有打算張口叫六姨太快來。不張口倒也罷了，口才張開，隨即就被塞進一件又軟又滑的東西來，衹塞滿了一口，不能出聲。動不能動，喊不能喊，掙扎又無氣力，此時的柳無非，除了聽憑馬心儀爲所欲爲外，簡直是一籌莫展，因此柳無非遂被馬心儀玷汙了！

馬心儀最會在婦人跟前做工夫，柳無非一落他的圈套，便覺得他是個多情多義的人！大凡婦人一被虛榮心衝動，操守兩個字是不當一回事的，衹有如何才能滿足自己的欲望。倒是馬心儀還存了幾分畏懼鄭時的心思。明知道鄭時有殺柳儒卿的事，因恐怕對柳無非說出來，柳無非不能忍耐，在鄭時跟前露出形跡來。鄭時機智過人，必能看出其中毛病；萬一因這奸情事，彼此弄決裂了，鄭時不是好對付的！

此時的馬心儀心目中，祇覺得鄭時可怕；以爲張汶祥不過一勇之夫，不足爲慮的！幸虧馬心儀不把張汶祥放在心上，方有以後驚天動地的事鬧出來；若馬心儀將張汶祥和鄭時一般看待，那就難免不一同寃沉海底了！這是題外之文，不去敘他。

且說：馬心儀既誘奸了柳無非，就每日教六姨太借故將柳無非接到上房裏來，以滿足雙方的獸欲。鄭時雖也是一個好色之徒，然尚顧體面，不似馬心儀這般不擇人、不擇時、不擇地，公然白晝行淫！

鄭時自進巡撫部院後，每日除了同張汶祥去外面閒逛些時外，總是獨自坐在西花廳裏看書。白天非有事故，並不和柳無非在一塊兒廝混。也不是鄭時對柳無非的愛情減少了，不願意親密，一則因已成了眷屬，自以爲夫妻是天長地久的，不必和露水夫妻一般的如膠似漆；二則因柳無儀與柳無非不曾離開過，姊妹的感情厚，歡喜時刻在一處笑談；並且馬心儀的六姨太太和春喜也不斷的到柳無非房中來，自覺坐在一塊兒不方便。加以鄭時喜讀書，日常手不釋卷，夫妻在一間房裏坐著，總不免有些分心，不如獨自在花廳裏的清靜些。因此六姨太每日來引誘柳無非到祕室去行淫的事，鄭時絲毫沒有察覺。

馬心儀的欲望若是容易滿足的，便不至有了六個姨太太，又弄上了春喜，還要想方設法的誘奸柳無非。既是個逞欲無厭的人，初與柳無非成奸的時候，似乎很滿足；及至每日歡會，經過若干度之後，趣味就漸漸的減少，一縷情絲，又不知不覺的繞到柳無儀身上去了。尋常愛情專一的女子，醋心也非常濃重；和馬心儀鬼混的這些婦女，既無所謂愛情，便也沒有甚麼醋勁，並巴不得多拖幾個人同下渾水，免得人家獨爲君子！

柳無儀從小就異常服從柳無非，有時他母親叫他做甚麼事，反不如柳無非說的，一些兒不敢違背！就是在船上與張汶祥成親的事，柳無儀因張汶祥的年齡比自己大過一倍，又是一個粗人，沒一些溫柔文雅之氣，原不甚情願的！衹爲柳無非已與鄭時發生了夫妻的情感，鄭時恐怕張汶祥不高興，也是竭力想把張汶祥拉下渾水，教柳無非勸柳無儀與張汶祥成親；柳無儀服從慣了，不敢說出不情願的話來！

張汶祥一般的是服從鄭時的人，遂由雙方生拉活扯的成了眷屬；然這般成親的夫妻，自表面上看去，好像是經過一番患難的，可以稱得是一段美滿姻緣，其實夫妻各有各的不情願！加之張汶祥是個鐵錚錚的漢子，早晚必鍛鍊身體，終年無間；對於女色，雖不說視如毒蛇、猛獸，但是存心要留著這有用的身體，好待將來做一番事業，是絕對不肯在婦人身上消磨豪氣的！因此柳無儀空得了個嫁人的名，夫妻之樂領略得極少，心裏早就有些怨恨柳無非，不該拿他當送禮的人情！柳無非這回引誘他上馬心儀的圈套，也和六姨太引誘他一般的做作。柳無儀一旦嘗著了這滋味，對張汶祥更加冷淡了。

張汶祥那裏拿他的行爲、言語放在心上，儘管柳無儀冷淡，他祇是不覺得；倒是鄭時看出柳無儀不親熱張汶祥的神氣來了，背地裏勸張汶祥道：「我知道三弟把工夫看得認眞，不肯在女色上糟踏了身體！不過少年夫妻，實在不宜過於疏淡！你要知道：你是練工夫的人，越是不近女色越好；三弟媳不是練工夫的，又在情欲正濃的時候，何能和你一樣呢？」

張汶祥聽了，從容問道：「二哥這話怎麼說起來的？難道無儀對二嫂說了甚麼話，二嫂叫二哥來勸我的嗎？」

鄭時連忙搖頭，笑道：「豈有此理！不但你二嫂不敢對我說這類話，就是三弟媳又難道肯拿著這類話向你二嫂說麼？」

張汶祥緊接著問道：「然則是二哥親眼看出無儀甚麼情形來了麼？」

鄭時道：「你知道的，我生平的大毛病，就在好色。因爲好色的緣故，和女人親近的時候居多；因親近得多，對於女人的性情、舉動，也揣摩得很透徹。我眼睛裏三十年來所見的少年夫婦，其和好親熱如膠似漆的，必是男女的身體強弱相等，性情靈活也相等的。聰明強健的丈夫，沒有親愛愚蠢衰弱婦人的；反轉來，婦人對丈夫也是一樣。

「少年夫妻不和好，不是一邊的身體太衰弱，便是一邊的性情太古板。總而言之，十九是由於情欲上一方太過，一方不及；若兩邊都能如願，夫妻就沒有不和好的了！你對三弟媳，自成親之日起，到於今舉動言語都無改變。祇是我細心體察三弟媳對你的神情，就彷彿一日冷淡一日，不似初成親時那般親切了！」

張汶祥笑道：「我倒不曾在他身上留心，不覺得他冷淡，也不覺得他親切。二哥既看出他對我冷淡的神情來了，卻教我有甚麼法子又使他親切呢？」

鄭時笑道：「你我做丈夫的，也得代他們做女人的設想設想，他們終生所依賴的，在兒女未成立的時候，就祇能依賴丈夫。若丈夫不和他親近，他終生的快樂便保不住了，他心裏安得不著急呢？祇要你我做丈夫的肯體貼他、親熱他，除了生性下賤、不顧名節、不知廉恥的女子而外，決沒有不體貼丈夫、親熱丈夫的！」

張汶祥也搖頭道：「這祇怪我的生性不好，從來拿女子當一件可怕的東西，不僅覺得親近無味，並時刻存心提防著，不要把性命斷送在女子手裏！我未嘗不知道這種心思，祇可以對待娼妓，及勾引男子的卑賤婦人，不能用以對待自己的妻子；無奈生性如此，就要勉強敷衍，也敷衍不來！我這頭親事，原是由二哥、二嫂盡力從中作成的，我自己實不曾有過成立家室的念頭。「二哥方才勸我體貼親熱的話，我也知道是要緊的，但我仔細想來，即算我依遵二哥的吩咐，從此對無儀，照二哥對二嫂一樣，無儀心裏自是快樂；不過我爲圖他快樂所受的委屈，就眞是啞巴吃黃連，說不出的苦了！何況在我這個生性不會體貼、不會親熱的人，縱勉強做作，能不能得他快樂，還不可知呢！我想與其是這般兩邊不討好的延長下去，不如仍由二哥、二嫂作主，另物色一個好男子！……」

鄭時不等張汶祥再說，急伸手去掩著張汶祥的口，說道：「這不像話，快不要如此亂說！便是這般存心也使不得！休說無儀是你很好的內助，你不可胡亂存這駭人聽聞的念頭；就是無儀的德容工貌都很平常，祇要他沒有失腳的事，你也不能這們亂說！你非不知道他姊妹都是詩禮之家的小姐，這話若傳到他姊妹耳裏去，你試代他們著想，寒心不寒心？」

張汶祥道：「我並不是胡亂說的！二哥既以為不能這們做，我祇好依二哥的話，此後凡事將就他一點兒就是了！」

鄭時喜道：「好嗎！夫妻間很有一種樂趣，非做丈夫的凡事將就妻子，這種樂趣便不能領會！你依我的話，將來嘗著了這種樂趣，還得向我道謝呢！」張汶祥不說甚麼，自悶悶不樂的走開了。

過了幾日，張汶祥忽於無人處對鄭時說道：「我們山遙水遠的來依靠大哥，到這裏也住了幾個月了。初到時還見過幾次面，近來簡直面都見不著了。他口裏雖道竭力設法安插我們，心裏不見得有這一回事，我想久住在這裏也無味！我們原不是為官做宰的人，娶了個官家小姐做妻子，已經是不相匹配了；再加上久住在這種富貴地方，使他們終日和一般驕奢淫逸的姨太太在一塊兒廝混，把兩個眼眶兒看得比籃盤還大，將來一定有不把我們這些窮小子看在眼裏的時候！我想不如趁早離開山東，去另尋事業。不知二哥的意思以爲何如？」

鄭時笑道：「三弟的性情，還是這們躁急！你不知道在官場中候差、候缺的人，每日得上衙門，鑽營巴結，無所不至；常有候到幾十年，還候不著一點兒差事的！我們在此地才停留了幾個月，也並不曾去巴結人，向人求差事，怎樣就著急要去另尋事業呢？我並不是貪戀這地方，且圖一時的安樂。我們既是在幾年前便動了這個想混進官場去的念頭，好容易才得了這條門路，你不要把這條門路看輕了！尋常做官的人，花多少萬銀子，還趕不上我們這種際遇呢！」

張汶祥見鄭時這們說，沒話回答，祇低下頭像思索甚麼。鄭時道：「我料著你說這番話的心事了！你必是因三弟媳近來終日和大哥的幾個姨太太在一處廝混，你覺得對你益發冷淡了，由這一點原因就動了率眷離開此地的心思。我料的是與不是？」

張汶祥面上透著不耐煩的神氣，說道：「這倒用不著說了！我當日在四川的時候，看了那些督撫司道的排場，祇覺得做官的快樂；於今來這裏住了些時，才知道做到督撫司道的人，都已受過大半世鑽營巴結的苦了！我生性不慣巴結人，將來有不有給我快樂說不定，此時的苦我便已不能受了！並且我自知是個麤魯人，就有官給我做，也幹不了！二哥不妨在此多住些時，我打算動身去湖南走一趟。我已有多少時候不見我師父了，心裏思念得很切！」

鄭時問道：「你去湖南，來回大約須多少時日？」張汶祥道：「好在此刻不比當年了，此地沒有少不了我的事，來回的時日不必計算。」

鄭時道：「這使不得！三弟不能就此撇下我，自去另尋生活！我也不是貪圖富貴的人，若此地實在不能混了，要走得大家同走！我勸三弟暫且安住些時，我明、後日上去見大哥問他一個實在。他有沒有你我放在心上，言語神氣之間是可以看得出的，且待見後再作計較。」

張汶祥點頭道：「我等候二哥便了。」

次日，鄭時照例坐在西花廳裏看了一陣書，覺得心裏有事看不下去。他的書籍原是安放在他自己臥室裏的，就捧了這本書回房，安放在原處。一看柳無非不在房中，料知又是被幾個姨太太邀到上房裏閒談去了。心裏登時轉念道：「我何不趁這時候去上房裏找大哥談論一回？三弟是個生成的急猴子性質，談論了一個著落，免得他在這裏等得焦急！」想罷，即反操著兩手，一步一步踱進上房的院落。

平時這院子裏照例有幾個伺候上房的人坐著，聽候呼喚傳達，此時卻靜悄悄的，一個人影沒有，一點兒聲息也沒有。鄭時並不躊躇，仍是一步一步的踱上去。剛踱近上房的窗格跟前，耳裏便隱約傳進了一種氣喘的聲息；這聲息不待審辨，就能聽出是有人在房裏白晝宣淫！這聲息若是傳進了張汶祥的耳裏，必立時退出去，連呼晦氣。無奈鄭時也是生性好淫的人，聽了這聲息，心中就猜度這行淫的不是別人，必是馬心儀和最寵愛的六姨太；難得有機緣遇著，何不從窗格裏張望張望，畢竟是何情景？

不張望倒沒事，這一張望，卻把一個足智多謀的鄭時氣得發昏！和馬心儀行淫的，那裏是甚麼六姨太，原來就是他自己最寵愛的柳無非！當時看了柳無非的醜態，不由得氣得舉手打了自己一個耳光！知道若被馬心儀看見了，必有性命之憂！不忍再看，也不敢再看，連忙三步作兩步的退了出來。

仍從臥室裏取了一本書，坐在西花廳裝作看書的樣子，咬牙切齒的心裏恨道：「我眞瞎了眼！人面獸心的馬心儀，我不曾看出來！水性楊花的柳無非，我也看不出，拿他當一個義烈女子！怪道他近來每夜說身體疲倦，上床就睡著不言不動。我還心裏著急，以爲他身體虛弱，欲念淡薄，打算找一個名醫來，替他診治診治。

誰知是這們一回事！」

鄭時獨自越想越氣，恨不得拖一把快刀，即時衝進上房去，將馬心儀和柳無非都一刀殺死，再回刀自殺！但是立時又轉念道：「我與柳無非原不是明媒正娶的夫婦，在船上乘他之危，將他輕薄，因此勾得他上手！這樣配合的夫妻，原來是靠不住的！他若是一個三貞九烈的女子，便不應胡亂在船上許我親近！這事祇能怪我自己不好，所謂悖入者悖出，我不值得因此氣忿；為這種淫賤婦人，送了我的性命，更不值得了！就這回的情形看起來，不待說兩姊妹都被這淫賊馬心儀奸佔了！我眞被鬼迷了眼睛，前日還竭力勸三弟親近那淫婦！

「為今之計，除了我和三弟偷逃，沒有別法；不過我和三弟忽然棄眷潛逃，在別人不知為的甚麼，那淫賊心裏是明白的！那淫賊既懷著鬼胎，又知道我和三弟的履歷，未必不想到放我們逃了，不啻留下了兩條禍根；那時為要免他自己的後患，即不能不借著在四川的事，破臉緝拿我們，使我兩人到處荆棘，也是不好過活的！待借故帶著兩個淫婦走罷，姑無論沒地方可走，那淫賊也決不肯放！那淫賊是何等機警的人，一疑心被我識破了，便很危險！」鄭時如此翻來覆去的思量了好一會，一時委實想不出兩全的方法來！

正在悶悶的難過，忽見張汶祥興匆匆的走了進來，笑道：「可惜今日二哥不曾同我出去。我今日連遇著兩個異人，都是尋常不容易遇著的！」

鄭時勉強陪著笑臉，問道：「兩個甚麼樣的異人？你如何遇著的？」

張汶祥吃驚似的在鄭時面上打量了兩眼，湊近身坐下來，問道：「二哥身體不大舒服嗎？面上的氣色很不好！」

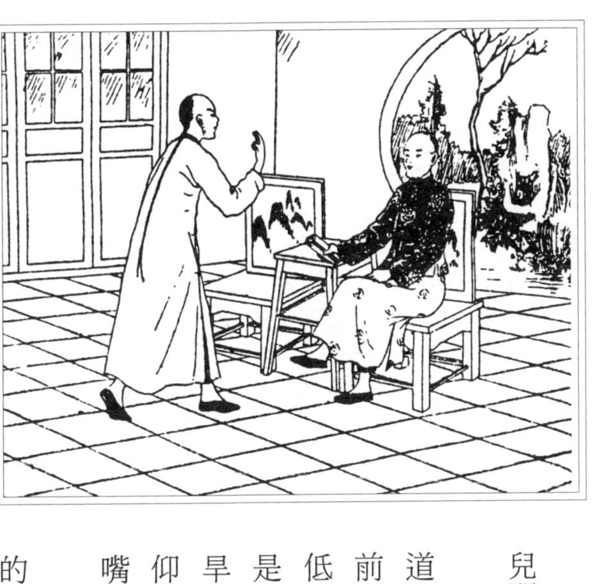

鄭時搖頭道：「沒有甚麼不舒服，祇心裏覺得有些兒悶罷了。你說你所遇的異人罷！」

張汶祥見鄭時說沒有不舒服，便又鼓起興致來，說道：「我今日出衙門去街上閒逛，信步走到一處，祇見前面一個癆病鬼也似的人，穿著一件破爛不堪的衣服，低頭曲背的向前走。那走路的形象，一歪一扭的，簡直是一口風來就得吹倒了的樣子。左手提了一根尺多長的旱煙管，右手擎著一個酒葫蘆，邊走邊用嘴對正葫蘆，仰面咕嚕咕嚕喝下酒去。喝了這口酒，又將旱煙管送到嘴邊，呼呀呼的噓幾口煙。

「是這般怪模怪樣的走著，引得滿街的人都笑嘻嘻的看他。他彷彿全不覺得有人看了他好笑，祇管偏偏倒

倒的一面噓煙，一面喝酒。許多過路的見了，多停步望著他，也有好事的，跟在他左右背後，和看甚麼新奇把戲一樣。我正是無事出來閒逛，見了這般怪物，不知不覺的也就跟在他後面，看他究竟是個幹甚麼事的？跟過了一條街，祇見他轉身走進一條狹巷子裏去。

「剛走進巷口，忽然迎面來了一輛騾車。那騾車因是空的，行走得很快，騾夫更在將出巷口的時分，催著那騾快走。不提防湊巧這怪物迎面走進來，一時收韁那裏來得及，騾頭不偏不斜的正與怪物撞個滿懷！騾夫祇嚇得哎呀一聲大叫，以爲這一下撞出大禍來了；跟在背後看的人，也都齊聲叫不好了，連我也吃了一驚！

「再看那怪物眞是作怪！經騾頭那們一撞，倒撞得不歪不扭了，身體都不曾向後仰一下，祇立著屹然不動。葫蘆口正對著嘴邊喝酒，並不因騾頭撞過來，停止不喝。咕囉咕囉喝下了酒，一面提旱煙管往嘴邊送，一面仍舉步向巷裏行走。這條騾子就走了倒運了！騾頭抵著怪物的胸膛，怪物向前行著，騾車便被抵得向後倒退；騾子大約被抵得忍痛不住，弓著背、屈著頸亂跳起來，牽連得騾車一掀一落！若不是在狹巷子裏，早已翻倒在一旁了！

「騾夫也驚得出了神，不知待怎樣才好！委實奇怪，那頭騾子雖是弓著背亂跳，騾頭貼住怪物的胸膛，就和有膠漆黏著了的一樣，無論如何跳，總是貼著不能離開！騾子亂跳的時候，怪物就立著喝酒；騾子一停腳，怪物又啣著煙管前行幾步。是這們一停一走的約有十來次，我們看的人都擁進了巷口，大家吼起來大笑。

「騾夫在這時方才明白，知道得罪了這怪物，非陪禮軟求是不得了的！也顧不得騾車翻倒，慌忙跳下地來，搶到怪物跟前，屈膝請了個安，哀求苦告的說道：『求爺爺恕小人粗心！小人實在不知道爺爺在這當兒走進巷口來！』

「怪物見騾夫這們哀求，才慢慢的順過臉來，說道：『你們趕車的，在轉彎抹角的地方，照例是應該催著騾子快走的麼？』

「騾夫還不承認道：『小人並不曾催著快走。求爺爺饒恕！』那怪物聽了，也不開口，啣著煙管向前又走了幾步；沒有騾夫在車上，車輛更掀簸得厲害了，嚇得騾夫雙膝跪下來道：『是小人不該！是小人不該！千萬求爺爺不要再走了！』

「怪物遂止步用旱煙管指著騾夫，說道：『你們這類東西眞該死！幸虧今日撞的是我，若換上一個年老的或小孩，便不撞死也得踏死了！你們下次再敢是這們胡衝亂撞，就休怨我不容情啊！』說著，身體一偏，又是歪歪倒倒的走過騾車去了。許多看熱鬧的人，也有想再跟上去的，無奈那輛車塞滿了一條狹巷，擠不過去，祇得退出巷口，讓騾車走過。

「我知道這是個異人，有心想結識他，便不肯跟著大衆退出來，側身從車旁竄過去。看那人還在前面，我想趕到他前面，看看他的容貌。但是趕到了他背後，正打算從他身邊搶上前去，他却不先不後的將身體向這邊一歪，恰好擋住了我的去路；我以爲他走路本是這們偏偏倒倒的，偶然倒在這邊，我搶那邊過去便了。

「等我剛搶到那邊，他就和有後眼相似，又不先不後的倒向了那旁，又是恰好擋住了我的去路！我還不覺得他是有意的，直到連搶了十多次，無論我用甚麼身法，他祇輕輕的一歪就擋住了，我才知道他是存心與我開玩笑！祇得立住腳，待開口問他的話。

「他已回過頭來望著我，說道：『你到底爲甚麼事，祇管在我背上，左一下右一下的這們撞？我一立著不動讓你過去，你倒也立著不動，不是存心開我的玩笑嗎？你要過去就快過去罷，我的頭都被你撞昏了！』

「我見他倒來是這般責備我，不覺好笑道：『我如何敢和你老人家開玩笑！我在各地遊行，本領高強的人也會了不少，從來沒有見過像你老人家這般高強的！我心裏佩服極了！願聞尊姓大名？』

「我在說這話的時候，一面留心看他的面貌，那副臉嘴可是醜得怕人。面盤瘦削得不到一巴掌寬，皮色比刨了皮的南瓜還要難看；頭髮固然是蓬鬆散亂的，連兩道長不過半寸的眉毛，也是叢叢的如兩堆亂草；兩眼合攏去祇留了兩條線縫；鼻孔朝天；一張闊口，反比尋常人口大了一倍；口角在兩腮上，淌出許多涎來。

「聽了我的話也不回答，好像已被酒醉得迷迷糊糊的神氣，胡亂將頭點了幾點，掉轉身軀就走。旋走旋舉起酒葫蘆在頭上敲著，口裏怪腔怪調的不知唱些甚麼。我心想這人必非瘋顛，也不是喝醉了酒，大概是裝成這個樣子，以免有人看出他的行徑！

「我已經請教他的姓名，不肯回答，就再追上去問，照這情形看來，也是問不出所以然的；不如且緩緩的跟著他走，看他走到甚麼所在停留？知道了他停留的所在，就好去從容結識他了！隨即遠遠的盯在他後面。見他走進關帝廟裏去了，我也跟進廟去。祇見他已頭枕葫蘆，鼾聲動地的睡在廟門彎裏。

「我找著廟祝打聽，據說：已在那廟門彎裏睡了半個月，有時整日的睡著不動，有時日夜不睡，擎著酒葫蘆喝個無休無歇。我打聽了走出廟門，因關帝廟已靠近鄉村了，心想索性到鄉村裏玩玩，打算玩一會回頭，再到關帝廟裏去，看那異人醒也沒醒？主意既定，照著一條小路信步走去，約莫也走了三四里，祇見一個年約二十來歲的後生，挑著一副豆腐擔，從一個小山上走了下來。

「我看那後生就覺得可怪，皮膚白皙、面貌姣好如女子，完全不像鄉村裏賣豆腐的人。並且身穿一件長單衫，腳上穿著鞋襪，也不像一個賣豆腐的裝束。我在這邊打量他，他的一對眼睛也不住的打量我，祇望了我幾眼，就折身走過那邊去了。我心裏揣測：這後生多半是世家子弟，原是讀書的；祇因家業衰敗了，不能安心讀書，沒奈何挑了這擔兒販賣豆腐。讓我去問明他，湊這們幾十兩銀子給他，那他便不愁無錢讀書了。

「我心裏這們思量著，就提步追上去。我與他相離雖不甚遠，祇是那後生的腳下倒很快，我就放緊了腳步追趕，總相差一箭之地，追趕不上，不由得詫異起來！暗想：我自問腳下不慢，怎的他挑著擔兒從容行走，我倒追趕不上呢？難道這後生也是個異人嗎？不相信山東有這們多的異人，偏在一日遇著了？倒得盡我的力量追他一回試試看！遂提起精神來，施展生平本領向後生追去。

「並不見後生奔跑，約莫又跑了二三里，忽見前面有個村莊，後生挑著擔兒走進莊子裏去了；我這時相隔還有一箭遠近，心裏已斷定這後生決非尋常人物！估量他既進了村莊，是不難與他會面了，仍不停步的走著。再看從莊子裏突然跳出三條極雄壯的狗來，衹略吠了兩聲，即同時對著後生猛躥過來，躥得比後生的頭還高。……」

張汶祥說到這裏，柳無非姊妹同走出花廳來，笑問：「甚麼事說得這們起勁？」便把張汶祥的話頭打斷了。

不知那後生怎生對付三條惡狗？且待第八九回再說。

第八九回　狗碰狗三狗齊受劫　人對人一人小遭殃

話說：張汶祥聽柳無非問甚麼事說得這們起勁，祇得起身讓柳無非姊妹坐了，回道：「且待我說完了，二嫂欲知詳情，再問二哥吧。」

當即繼續著說道：「我看那三條狗的來勢凶猛，便是空手也難招架！那後生肩挑了豆腐擔，待放下來是萬分來不及的，不放下來卻怎生對付呢？在這時分，就顯出那後生的本領來了！祇見那後生一手護著豆腐擔，一手從容向迎面撲來的那狗揮去，那狗的頸項早被他抓住了，才一抓住，這兩條狗恰好撲到，就將手中的狗橫摜過去；祇見狗碰狗，同時叫了一聲，三條狗都跌在地下，幾翻幾滾，便和死了的一樣，不能動彈了！

「那村莊裏的人，大約是聽得外面有狗叫的聲音，立時跑出一個年約三十多歲的莽漢來。一眼看見三條狗都死在地下，不由得怒沖沖的問道：『你這東西是那裏來的？爲甚麼把我家三條狗都打死？你能好好的照樣賠出三條狗來便罷，賠不出就得請你賠命！』

「後生也怒道：『你家簡直是率獸食人，我正要找養狗的人，問個道理，你倒來找我！很

好！我且問你：你家爲甚麼要養這般比豺狼還凶猛的狗咬人？今日幸虧是遇著我，若是年老人或小孩婦女，不要活活的被狗咬死嗎？』

「那漢子辯道：『養狗的不僅我一家，鄉村裏人家，那有一家不養狗的！就是我家養狗，也不是從今日才養的。平日在我家來往，及打這門口經過的人，也不知有多少；若依你說的，老年婦孺就得活活的被咬死，那麼我家應該遭了多少場人命官司了！你這東西定是個賊，存心打死我的狗，好來偷盜，眞是好大膽的惡賊！』一面罵著，一面躥上前去拿那後生。

「我看那漢子的身法好快，武藝必練得不弱。那後生竟是毫不在意似的，並不放下豆腐擔，祇見他的手一舉，好像在那漢子的肩窩上點了一下；漢子的兩條腿，就和軟癱了的一般，登時支持不住，一屁股坐在地下，身體隨著向後一仰，面朝天的躺著，也和死了的一樣，一下也不曾動彈！

「後生這才從容放下豆腐擔來，笑道：『就是紙紮的人，也不應該像這們不結實！』

「我這時與後生相隔不過丈來遠近，即走過去打了一拱，說道：『好武功！佩服，佩服！請教尊姓大名？有這樣好的武功，爲甚麼做這小販生意？』

「後生剛待回答，才向我回拱了一手，莊子裏跟著便擁出七八個身強力壯的大漢來了。每人手中都操著兵器，單刀、花槍、雙鉤、棍、棒都有，彷彿是事前準備了厮殺的。我想：這後生今番可糟了！看那七八個大漢的身手腳步，使人一望就知不是好容易對付的。常言：好漢難敵三雙手！那後生又是赤手空拳，並是長衣大袖，倒要看他怎生對付？我那時心裏已抱定一個念頭：後生果有大能耐，能對付那些凶神惡煞便罷，萬一寡不敵衆，我就衹好跳進圈子去，助那後生一臂之力；因爲七八個圍打一個，未免太欺人了！

「誰知那後生決不把那些人看在眼裏，神色自若的舉手擺了兩擺，說道：『你們這樣拿刀使杖的擁上來，是不是打算和我動手相打呢？』

「大漢之中的一個年歲略大些兒的，擎著一把雪亮的單刀，挺身走近後生跟前，答道：『你打死了我家三條狗，還不認錯，公然敢動手將我的兄弟打死！我們豈但打算動手和你相打，不取了你的狗命，替我家兄弟報仇，我們也不活在世間做人了！』

「後生哈哈笑道：『你們一不與我沾親，二不與我帶故，你們不活在世間做人，干我甚麼事？我一點兒不著急！不過據我看你們這些笨蛋，那裏是我的對手！休說衹有這幾個毛人，便再邀幾十幾百個來，也不夠我動一動手！我若不事先說給你們聽，就一陣將你們個個打死，所謂不教而誅，顯得我太殘忍了！於今我也沒精神和你們多說，衹略給點兒能爲你們看。你們是有眼睛、有心思的，看了自去思量，若自信能和我動手，被我打死了就不能怨我！你們仔細瞧著罷！』

「說畢，回頭看草地上有一個長方形的石磴，現在草地上面的，有一尺五六寸高下，見方約一尺大小；半截埋入土中去了，卻看不出埋在土內的有若干深淺？後生望著這方石，點了點頭道：『就拿這東西做個榜樣給你們看。你們有氣力好的，可將這石頭搖出來。』

「那些大漢好像都自知拿不起那石頭的樣子，大家不作理會。後生不慌不忙的走近石頭跟前，低頭看石上有兩處握手的地方露在外面，原來是一個練武的頭號石磴。大概是因爲太重了，沒人能拿起來，年深月久，所以埋了半截到草地內去了。後生端詳了幾眼，也不用手去拿，衹一腳橫掃過去，那石頭就連黃泥帶青草的翻了一個跟斗。

「後生並不躊躇，兩手捧住那石頭，輕輕往上一拋，伸左手托著，隨即舉右手對準石頭劈去，衹聽得喳喇一聲響，碎石四散。嚇得立在近處的人，連忙躲閃！後生指著散在地下的碎石，說道：『你們自信比這石頭堅硬，就不妨前來和我試試！』那些大漢一個個驚得臉上變了顏色，沒一個敢動手的！

「就在這時候，又從莊子裏走出來一個鬚髮雪白的老頭，撐著拐杖，緩步走近後生面前，說道：『你顯出來的能爲是不錯！祇是能爲顯過了，這躺在地下的人和狗，你應該趕緊救轉來！』

「那後生看老頭精神充滿，顏色和平，便也改換了和易的神氣，說道：『要救轉來是極容易的事！不過你們莊子裏養了這種惡狗，白晝放出來咬人，還想歸咎於我，說我不應該打，我無論如何不能認這個錯！』

「老頭笑道：『不能教人立著不動，送給狗咬，怎能歸咎你不應該打呢？這祇怪他們不懂禮節，又不懂人情！且請你將人和狗救轉來，我還有話向你說。』

「後生欣然點頭，走到躺地漢子身邊，一彎腰捉住

漢子兩腳倒提起來，和爛醉的人一樣，渾身棉軟，似乎一點兒知覺沒有。

「後生將兩手抖動幾下，仍放下來，伸手在漢子肋下一扭，扭得哎呀一聲，即時如夢初

醒。睜眼向四周望了一轉，托地跳起來，指著後生對老頭說道：『師父！看這王八蛋把三條狗都打死了，非教他償命不可！』

「老頭兒厲聲叱道：『休得胡言亂說！你知道是打死了嗎？』叱得這漢子不敢作聲了！轉臉又向那七八個手操兵器的大漢叱道：『還不快給我滾進去，都站在這裏現世！』那些大漢被叱得滿面羞慚，一齊奔進莊子裏去了。

「我估量這老頭也不是尋常人物，既經遇著，豈可失之交臂？遂整衣上前施禮，請問他的姓氏。老頭拱了拱手，指著地下的狗對我說道：『等這狗救轉來了，一同請到莊子裏指教指教。』祇看那後生毫不費事的樣子，在每條狗身上踢了一腳，狗即隨腳而起，低頭䩬尾的走開了。老頭向門裏叫了個漢子出來，替後生把豆腐擔挑進去，然後讓後生和我進莊子。

「這莊子的房屋不小，進門經過一處方形的土坪，兩旁排列著刀槍架，架上有種種的兵器，一望而知這土坪是練武所在。土坪盡頭處，才是三開間的房屋。看房中的陳設，可知是個務農之家。

「老頭讓我和後生在東首一間房裏坐下，說道：『我並非這裏的主人。我是流落在此地，承這裏的主人賞識，留我住在這裏，給碗閒飯我吃了，教我陪著他家的子弟練練武功。我原不懂得甚麼武藝，又加以年老血氣衰頹，祇好借此騙碗飯吃罷了！難得今日無意中遇著兩位英雄豪俠之士，眞是三生有幸！這裏的主人拜客去了，一會兒工夫就得回來。他也是一個歡喜結交的，請兩位多坐一會，等他回來了，我還有事奉求。』

「後生問道：『我還沒有請教老丈和此間主人的尊姓大名？』

「老頭答道：『說起來見笑！我的姓名，已有四五十年不用了。十年前皈依我佛的時候，承雪門恩師賜了慧海兩個字。原來認識我的人，都呼我為在家的老和尚；其實我歷來無家，卻又不能出家，祇是一個老怪物罷了！聽兩位說話，都不是本地方口音。請問兩位因何到此鄉僻之處來了？』

「後生答道：『我是湖北襄陽人，也是流落在此地，祇得做做小販生意餬口。』老頭似不在意的聽了，掉轉臉來問我。我知道後生所說流落的話是假，但我也不願意說出眞話來，隨口報了個姓名，並胡謅了幾句來歷。

「老頭略沉吟了一下，問後生道：『你是襄陽人，知道有一個叫黃花鎮的地名麼？』

「後生忽然怔了一怔，說道：『我就是住在黃花鎮的人。老丈曾到過那地方麼？』

「老頭含笑點頭道：『離黃花鎮不遠有個柳仙祠，還有個藥王廟。你家既住在那裏，這兩處地方，應該都去玩耍過？』

「後生道：『那地方是常去玩耍的。』

「老頭又問道：『那藥王廟裏的沈師父呢？你知道他老人家此刻還康健麼？』

「後生聽了，望著老頭出神道：『老丈也認識沈師父麼？』

「老頭笑道：『論班輩，他老人家還是我的師叔，如何不認識？』

「後生至此，連忙立起身來，恭恭敬敬的向老頭叩拜道：『沈師父便是我的恩師！』

「老頭也慌忙立起身拉住後生，笑道：『你原來就是朱家的公子麼？得名師傳受，果是不凡，才幾年工夫，就有這般成就！佩服，佩服！』

「從此他們一老一少所談論的言語，我因不知底細，聽了也摸不著頭腦。但是可以聽得出老頭的能耐，比後生還要高強多少倍，時見後生很誠懇的求教。約坐談了一個時辰，我曾兩次作辭，被老頭留住不放。

「又過了一會，有一個人進房報道：『少爺拜客回來了。』老頭揮手，說道：『有稀客在這裏等過多久了，去請少爺快來。』來人應聲去後，即有一個面如冠玉的少年，跨進房來，口裏向老頭呼了聲師父。

「老頭起身指著後生對少年笑道：『這是趙承規公子，沈棲霞師父的高足。難得有機緣在這裏遇著，快過來拜見拜見。』我聽了不由得心中疑惑，剛才分明聽得老頭說：這後生是朱家的公子，怎麼一會兒又說是趙承規公子呢？但是我心裏雖然疑惑，卻不便向他們盤問。兩少年很親熱的拜見之後，老頭又給我介紹見面。

「這少年姓魯，單名一個平字，好像他父親是個京官，此刻已經去世了。我陪著坐了些時，一則因他們有世誼，我是過路之人，久坐在那裏，使他們談話不便；二則我心裏時刻惦記關帝廟的醉人，猜度他必差不多睡醒了，想去見面探問一番，遂勉強作辭出來。老頭和趙、魯兩少年都送到門外。

「老頭忽皺著雙眉，伸手給我握著，說道：『老哥氣色不大開朗，凡事以謹愼爲上！我知道老哥是個有作有爲的好漢，萬一此後有甚爲難的事，請過來與我商量。我能爲力的，必當盡力！』我祇得道謝走了。

「我心想老頭無端對我說出這些話，是甚麼用意？我思索了好一會才明白了！因爲老頭自己說流落在這地方，後來趙公子也說是流落在此；我旣不願說實話，也祇好說是流落。老頭必是不知道我是隨口說的，以爲我眞是流落無依，所以此後有爲難的事，可去與他商量，他必盡力。我想來不覺好笑！」

鄭時聽到這裏，忽向他問道：「那麼你從那邊走出以後，也曾會到關帝廟的醉人沒有呢？」

不知張汶祥怎生回答？且待第九〇回再說。

第九〇回　奪飯碗老英雄逞奇能　造文書馬巡撫設毒計

話說：張汶祥聽鄭時向他問這句話，忙回答道：「二哥，別忙！我會慢慢的講下去呢。我從那邊走出以後，走到左近的人家一打聽，才知道魯家原是山東的大族；族中讀書發跡了，在外省做官的人不少，家中還是務農爲業。闔族有二三百男丁，個個都會些武藝，老頭到魯家教武的來由，我也打聽著了。在三年前，魯家莊子裏共請了四個武教師、兩個文教師，分教族中子弟讀書練武。老頭裝作遊學的模樣，到了魯家，正遇著四個武教師，分作四處教魯家子弟練武。

「衆子弟當中有一個年紀最輕、容貌最好、武藝也練得最精的，就是魯平。老頭看了稱讚不絕口。魯平生成的聰慧絕倫，見老頭岸然道貌，又稱讚他的工夫，料知必是個行家，當下就把老頭請進莊子裏去。兩下一談論，老頭也不客氣，直說：少爺的天資極好，無論學甚麼都可望大成；祇是不經高人指點，工夫是不能成就的！即如你此刻所學的，不過是一些花拳繡腿；耍的時候好看，實用是絲毫沒有的！

「魯平這時雖逆料老頭是個行家，但是究竟年紀太輕，沒有多大的見識，聽了老頭的話，不由得有些不服道：『我初練的拳腳，自然不能實用！老先生不曾見過我家幾個教師的武藝，都是在山東有大名頭的，不能不算是高人！』

「老頭笑道：『這也算高人，那也算高人，高人也就太多而不足貴了！我是個遊學的，也不懂甚麼武藝，更不借著教武藝騙飯吃，祇因在各地遊歷了若干年，還不曾見過有天資像你這般好的。好師父果然是難得，好徒弟也是一般的踏破鐵鞋無覓處！像你這們好的天資，使我看了不能不欣羡，所以不客氣和你直說。府上四位教師的手腳，我一見已知大概，教你府上那些子弟，是無妨礙的，教你就實在可惜了！』

「老頭在房裏和魯平談話，不防四個教師都躲在門外偷聽，老頭的話，一句也聽得了，當下那裏再忍耐得住！四教師在一塊兒商量著，要和老頭比賽。四人的年紀都祇四十多歲，正在精壯的時候，那裏把這老頭看在眼裏！

「商量妥了，即一同進房向魯平說道：『我們本來練的武藝，都是些花拳繡腿，祇能騙碗飯吃；於今有這位老師父到了，我們應當知趣，自行告退！不過我們從小練起工夫，幾十年來沒有見過高人，不知道高人是怎生模樣？這位老師父開口高人，閉口高人，想必他就是一個高人。我們也是有緣才得遇著，倒要請求他指教指教！我們原是些專騙飯吃的人，便是被老師父打死了，也算不得甚麼！就請少爺做個憑證人，我們倘被老師父打死了，祇算我們命短，各自的家屬來領屍安埋；萬一老師父因多了幾歲年紀，一時頭昏跌倒了，就此中風中痰，不省人事，也不能怪我們的手腳無情！少爺以爲我們這話怎麼樣？』

「魯平還沒有回答，老頭已立起身來，說道：『你們的本領眞不差，膽量更是了不得！我委實五體投地的佩服！祇可惜我是個遊學的老頭，不是個賣武的壯士；你們不要會錯了意，我不是和你們爭奪飯碗的，無端要與我拚命幹甚麼呢？』

「魯平也從中調解說道：『這位老先生是讀書人，他與我閒談的不干你們的事，勸大家不要認眞罷！』

「教師奮臂嚷道：『他對少爺說的話雖不中聽，然也還罷了；剛才這一番話，簡直比打了我們還厲害！這老東西把我們當人嗎？我們不與他見過高下，就死也不甘心！他不能拿年老來推託，他活到幾十歲，是吃飯的呢還是吃屎的？若是吃屎長大的，我們可把他當個狗畜牲，就亂咬人也不與他計較！如果也是和人一般吃飯長大的，便不能許他胡亂罵人！少爺倘怕遭連累，我們可到野外去，先把窟窿掘好，誰死了就埋誰！』

「魯平見四個教師都橫眉怒目，凶惡異常，年輕的人遇了這種時候，不知要如何勸解才好！老頭卻從容自若的坐下來，笑道：『我倒想不到你們有這們厲害！也罷，生死都有一定的！古語所謂：閻王注定三更死，誰敢留人到五更？不過我須問你幾位教師，你們打算怎生比賽法？這是得於未動手之前說明的。』

「其中有個教師說道：『聽憑你要怎生比賽，就怎生比賽，我們隨便！』

「老頭點頭道：『你可以隨便。這三位呢？你們也可以隨便嗎？』

「三人同時答道：『我們都隨便！你且說出一個比賽的法子來。』

「老頭躊躇了片刻，說道：『我是誠如你們所說的，多了幾歲年紀，走路走得太多了些，就不免頭昏眼花，腿痠腰痛；若和人動手相打，時間不久，或者還可以勉強支持！你們四個人，大概打了這個，不打那個，是不甘心的；一個一個的打起來，實在太麻煩！眞個把我弄得頭昏跌倒了，發起痰厥來，我死不要緊，於你們的名聲不大好聽！旁人一定要罵你們欺負年老人，四人用車輪戰法。

「『依我的意思，不如到門外大草場上去，將你們所有的徒弟，都叫出來圍成一個大圈子，將我們五個人圍在當中。我在正中間立著，你四人分四角立著，同時動手。也不必眞要打得不能動彈，跌倒了就算輸。若動手之後，自信敵不過，衹要跳出圈子就算認輸了，不能追趕著打。你們看這種比賽法行也不行？』

「教師冷笑道：『我們眞不上你這老東西的當！你以爲是這們打，便是你打輸了，也不能罵你無能，是我們倚仗人多欺負你！你是不是這般用心？哈哈！你倒生得乖，其如我不獃！你到底有甚麼飛天的本領，敢教我們四個人圍住動手？』」

「老頭大笑道：『這就使我有口難分了！我因問過了你們，你們都說隨便，我才想出這妥當的方法來，你們卻又多心！也好！你們既不肯一齊動手，就是一個一個來罷！去甚麼地方打呢？』」

「魯平也想看看熱鬧，便說道：『還是門外草場上寬展好打。』此時在房外偷聽的，有幾十人，都是魯家練武的弟子；見說遊學的老頭就要去草場上和四個教師比賽，登時喜得各人分頭四處送信。頃刻之間，魯家二三百名男丁，都齊集在門外草場上，已圍成了一個好大的圈子。魯平陪著老頭和四個教師一同出來。

「四個教師到這時候，看老頭的神色自若，就好像毫不在意的樣子，也就知道老頭若自信沒有驚人的本領，料不至無端拿他自己的老性命當兒戲！覺得就這們冒昧動手，恐怕反上老頭的當！

「四人又背著人商量了一會，即由那年老些兒的教師，當衆開口向老頭說道：『我有一句要緊的話，須在未動手以前說明。我們和老師父都是未曾見過面的，彼此都不知道身家履歷。老師父練的武藝，是甚麼家數，我們未領教過，果然不知道；就是我們也沒在老師父跟前獻過醜，老師父也未必知道。總而言之，我們想請教老師父的是武藝，不請教老師父的法術。老師父便有高妙的法術，也不能使用出來，我們也祇憑硬工夫見個高下！不知老師父的意思怎樣？如果要用法術，也不妨明說出來，我們也好拿法術來領教！』

「老頭兒聽了，笑道：『原來你們還會法術麼？我是祇會兩下硬工夫，不懂得甚麼法術！』

「教師見老頭說祇會硬工夫，很高興似的說道：『祇會硬工夫就好辦了！』隨即轉過臉向魯平道：『請少爺和諸位旁觀的做個見證。有誰用邪術取勝的，便算誰沒有武藝！』旁觀的人都是四教師的徒弟，自然都幫助師父說話，各人巴不得各人的師父打勝，當下大家同聲應是。

「衆人分開來，讓老頭和四教師走到圈子中間。先由四人中推出一個，與老頭動手。教師的拳腳打過去，祇見老頭的身體微微轉動，教師的拳腳，不知不覺的下下落了空，拳也打不著，腳也踢不著，祇累得一身大汗！不但沒有沾著老頭的身體，連寬大的衣服都沾不著！立在旁邊等候輪流交手的三個教師，至此已忍耐不住了，也顧不得他們自己剛才所說的大話，就一擁上前，單對老頭要害之處下手。三人不上前倒也罷了，老頭不過和那教師開玩笑似的盤旋著；三人一上前，老頭便變換身法了。

「祇見他兩隻大袖飄飄飛舞，如蝴蝶穿花一般的，繞著四個教師，穿過來，梭過去，忽高忽低，忽徐忽急；四個教師分明看見他走身邊擦過，等到一拳打去，卻又打了一個空，他早已穿走那邊去了！是這般穿了一陣，祇穿得四個教師頭昏眼花，立腳不住，不待老頭動手，一個個往草地下蹲，不敢提步；但又恐怕老頭打他們，各舉雙手護住頭，開口大聲告饒！老頭即時停步，不喘氣，不紅臉，就和沒有這回事的一樣！

「四個教師那裏敢再說半句不服氣的話，各自拾掇行李悄悄的走了。老頭從此就在魯家，魯家的子弟都跟著他練習拳棒。地方上人說，祇有魯平的武藝，得了老頭眞傳；其餘的魯家子弟，不過得些粗淺的工夫罷了！」

鄭時聽了，歎著氣，說道：「這老頭兒本領，確是了不得！祇是他這種行爲，我倒不敢恭維！常言：鷺鷥不吃鷺鷥肉。那四個教師，一般的拿著拳棒工夫教人餬口，工夫好也罷，不好也罷，祇要魯家的人不嫌棄，與別人有何相干？無端的去打人家，趕人家走開做甚麼！強中更有強中手，不見得老頭兒武藝，便是天下無敵；若再有一個高手出來，將老頭打跑，想必老頭也覺難堪！」

張汶祥道：「打教師拆台的舉動，我也是不敢恭維的！不過這回的事，論情理卻不能怪老頭有意奪人飯碗；祇能怪四個教師欺他衰老，不度德，不量力，定要找著他打，教他沒有推辭的方法！」

柳無非在旁聽了，笑道：「我雖是沒頭沒腦的聽著，祇是我一設想四個教師與老頭相打時的情形，就不由得也有些頭昏眼花似的，難怪四個教師就往草地蹲下來！不過我不明白那老頭是甚麼妖精變化出來的？他自己爲甚麼頭也不昏、眼也不花呢？」

張汶祥笑道：「那裏是妖精變化出來的，他平日練的是這種工夫罷了！」

鄭時問道：「有這們一種穿來穿去的工夫嗎？」

張汶祥點頭道：「怎麼沒有！我聽說有一種工夫，名叫八卦遊身掌；練這種八卦遊身掌的，就是專練老頭這般身法。平時整年不斷的按著卦線走圈子，翻過來，覆過去，每日轉個無數。再插九根竹竿在地下，每根相離尺來遠，將身體在竹竿縫裏穿來穿去，不可挨著竹竿。是這們穿個若干年，自然能穿得和游魚一樣，那有頭昏眼花的時候呢？」

柳無非笑道：「身體太胖了的人，若教他是這們穿起來、走起來，想情形倒是好看得很！」說得柳無儀、張汶祥都笑起來了，惟有鄭時翻眼望了無非姊妹一下，即低頭仍看在書上。

柳無非當即走近鄭時身邊，很親切的說道：「你整日的手不釋卷，學問雖是可以求好，祇是把身體弄壞了，卻怎麼好呢？剛才六姊還對我說，大人說你好學是不可及的；不過全不去外面走動走動，儘管坐在西花廳裏看書，祇怕倒把身體弄壞了！將來為國家出力的時候，精神倒衰頹不堪繁劇了，豈不可惜？教我勸你半日讀書，半日去外邊溜溜腿。」

鄭時聽了這派假話，想起方才在窗眼裏所見所聞的情形，不覺如滾油煎心！但鄭時是個深沉不露的人，這樣險事，如何敢現諸形色？勉強振作起精神，抬頭望著柳無非，笑道：「這地方幾條街道，我一到就都走遍了，毫沒有甚麼可看的東西。有時街上人多了，避開這個，又要讓那個，倒累出我一身汗，那有好清淨所在給我走動呢？反不如坐在這裏看書的自在些！」說時，見張汶祥待轉身回他自己房裏去，即呼著三弟，說道：「你的話不曾說完，就被他姊妹幾句笑話打斷話頭了。你接著說下去罷，那醉酒的異人又是怎樣？他究竟醒了沒有？你會見了他沒有？」

張汶祥轉身，笑道：「說起來也是我的緣法不好！因為在魯家坐的時候太久，出來又為打聽魯家的事，躭擱了些時；待我回到關帝廟時，大門旁邊已不見那異人的蹤影了。找著廟祝問時，廟祝很不耐煩似的，說道：『誰留心看管他！既不在大門口，自然是到廟外去了！』我復到大門口，尋那酒葫蘆和旱煙管都不見，料知不在廟裏。暗想：去尋找他，不知道他出門的方向，尋找也是尋找不著的！若我和他合該有緣見面，總有相會的時候；無緣就見著面，也不能攀談！因此一念，便回衙門來了。」鄭時聽了沒話說。

從這日起，鄭時因在家見了柳無非，心裏就不免觸動在上房窗外所見聞的事。心裏一想到那事，面上要完全不露出一些兒不愉快的神氣，還得和平時一樣對柳無非親熱，是很難辦到的事。不如就借著柳無非勸他去外邊溜溜腿的話，每日吃了早點，就跟著張汶祥同到外邊閒走。張汶祥也是個很機靈的人，見鄭時近日來的神情，大異平時，每於無意中歎息，已看出是有心事的樣子。

但張汶祥心裏以爲鄭時是胸懷大志的人，於今千里依人，尚無立足之地，不免心中不快，想不到其中有這些齷齪之事！即思量了些言語，安慰鄭時道：「二哥時常拿官場中謀差事爲難的情形來安慰我，怎麼自己倒現出焦急的神氣出來呢？」

鄭時怔了一怔，問道：「三弟何以見得我爲謀差事爲難焦急？」

張汶祥笑道：「我又不是老四那樣的獃子，和二哥在一塊兒廝混這們多年了，性情舉動，如何會不知道呢？二哥平日遇著爲難的事，不問爲難到甚麼地步，從來不曾見二哥悄悄的歎息過。這幾天同在外面閒行，二哥不知不覺的歎出氣來，一聲一聲的都入了我的耳。二哥的心思到底怎麼樣？若是已看出這地方再住下去，也沒多大的出息，我兄弟何妨另尋生路！」

鄭時搖頭道：「我沒有這樣心思！但是我心裏，近來確有不大快活的事。我們親兄弟一般的人，原可以和你商量，不過依我的見解，和你商量不僅沒有好處，你的脾氣不好，說不定還要商量出亂子來！我此刻正在思量妥當的方法，有了方法，再和你說不遲！」

張汶祥道：「這才奇了！我跟二哥十多年了，何嘗有過一次芝麻大小的事，不聽二哥的吩咐，由我自己任性的事？以致二哥怪我脾氣不好，不肯和我商量！」

鄭時見張汶祥發急，連忙申辯道：「三弟不要誤會了！我是因為這事就和你商量也沒有用處！衹在明後日我必有辦法。難道你還不知道我的性情嗎？」張汶祥見鄭時不肯說出心事，也不好再說了。

這夜三更時分，鄭、張二人都已深入睡鄉了，忽聽得春喜敲著房門，說道：「請鄭姑老爺起來，有要緊的話說。」鄭時從夢中驚醒，開了房門，剛待問有甚麼要緊的話，春喜已走過那邊敲張汶祥的房門去了。

鄭時遂走到張汶祥房裏，衹聽春喜神色驚慌的說道：「大人教我來請兩位姑老爺的。大人現在內簽押房等著，請兩位姑老爺就去。」鄭時看春喜低著聲音說話，惟恐怕人聽得的樣子，料知不是好事；當即回房整理了身上衣服，帶著張汶祥，跟隨春喜同到內簽押房來。

這房是馬心儀辦機密公事之所，外人不能進去的。走到房裏一看，衹見馬心儀和施星標兩人對坐著，兩人都現出憂愁的臉色。房中擺了一桌酒席，四雙杯箸。馬心儀見鄭、張二人進房，即起身帶著一點兒笑意，說道：「近來公事略忙些，簡直沒工夫和兩位老弟談話，只得在這時候，胡亂弄幾樣酒菜，我們大家敘一敘。」鄭時慌忙謙謝。

張汶祥心想：做官人的舉動，眞是荒謬絕倫，他一時高興，就不顧人家已經睡了，也得半夜三更，搥門打戶的將人鬧起來！春喜那鬼丫頭，並做出那驚慌失色的樣子，險些兒把人家的魂都嚇掉了，卻原來是胡亂弄了幾樣酒菜，請人家來吃喝，眞是笑話！馬心儀自己據了上座，教三人分三方坐了，並不用人伺候，就是施星標親自提壺斟酒。

各人飲了幾杯，馬心儀忽蹙著眉頭，對鄭時說道：「大約二弟也猜不出我在這時分請三位到這裏來的意思，世間事眞教人難料，方才到了一件公文，我給二弟瞧瞧，就知道了！」說著從袖中摸出一封公文來，順手遞給鄭時。鄭時先看了看封套，然後抽出裏面看了一遍，從容自若的仍舊套上，雙手奉還馬心儀。

馬心儀苦著臉，說道：「他們怎麼會知道二弟到了山東呢？這公文一來，眞教我爲難了！素知道二弟是個足智多謀的人，所以特地請你來，看這事應該如何對付？我們自己人，甚麼話都好說，用不著客氣！」

鄭時道：「這有甚麼不好對付！這公文上面分明說了，或拿著押解去四川，以了如山積案；或因路遠恐怕中途疏忽，便拿住就地正法。好在我現在此地，兩條辦法，聽憑大哥行一條就是！我看最好還是就地正法！」

馬心儀做出不願意的樣子，說道：「我若是這般存心，也用不著請二弟來了！不可見外，且另想個方法，待我思量！」

鄭時道：「那麼，就求大哥給我一點兒盤纏，放我自尋生路去，回文只說訪查無著便了。」

馬心儀沉吟了半晌，點頭道：「大概以用這方法對付爲最妥當吧！你我相聚無多時了，且多飲兩杯。這事擱下不必談了。」鄭時表面做出從容樣子，心裏直和刀刮一般，那裏還能多飲！張汶祥雖不曾見著公文，但聽馬、鄭二人所談的話，已明白不是好消息了；心裏正自胡思亂想的著急，也非飲酒作樂之時！施星標自然也不快活！當夜不歡而散。

張汶祥一到西花廳，即拉住鄭時，問道：「我看那公文封套上的字，好像是四川總督衙門裏來的。是特地行文來拿辦我們的嗎？」

鄭時點頭道：「與你無干！公文上只有我一個人的姓名。這一著我早幾日就想到了！」

張汶祥驚問道：「公文還沒有來，你就想到了嗎？卻爲甚麼不打算早走呢？」

鄭時長歎了一聲道：「人心難測！像這樣的人心世道，我實在不高興再活在這世上做人了！」

張汶祥急道：「二哥這話怎麼講？是這般半吞半吐的，簡直要把我急死了！求二哥爽直些說給我聽罷！」

不知鄭時如何回答？且待第九一回再說。

第九一回　贈盤纏居心施毒計　追包袱無意脫樊籠

話說：鄭時聽了張汶祥發急的話，翻起兩眼望著張汶祥的臉，出神了半晌，才一把挽了張汶祥的手，走出花廳，到一處僻靜所在，低聲說道：「你以爲這公文果是從四川總督衙門裏來的麼？」

張汶祥驚問道：「難道公文也可以假造的嗎？」

鄭時歎道：「人心難測！你祇想想，你我兩人在四川的聲名，究竟誰的大些？」

張汶祥道：「一切的事都是由我出面做的居多，知道我的人，自比知道二哥的多些。」

鄭時道：「好嗎！這公文裏面，祇有我一個人的名字，你和老四都沒有提起！老四到山東的時日比我久，何以四川總督就祇知道有我呢？」

張汶祥道：「我心裏也正是這們想。然則這公文畢竟是怎麼來的呢？」

鄭時仍是歎氣搖頭道：「人心難測，我不願意說！說起來你也嘔氣，我更嘔氣！你的性子素來不能忍耐，甚至還要鬧出很大的亂子來！」

張汶祥急得跺腳道：「二哥簡直不把我當人了麼？我跟二哥這們多年，出生入死的也幹了不少的事，何時因性子不能忍耐鬧過事？這幾日我看二哥的神氣，大異尋常，好像有很重大的心事一樣；我幾次想問，都因二哥說旁的話岔開了。於今忽出了這樁意外的事，二哥還不肯對我實說，不是簡直不把我當人嗎？」

鄭時握住張汶祥的手道：「你不用著急！我仔細思量，這事終不能不向你說。我悔當日不聽你的話，胡亂娶了柳氏姊妹同來，以致有今日的事！你以爲馬心儀這東西是一個人麼？說出來你不可氣忿，柳氏姊妹都被馬心儀這禽獸奸通了！」鄭時說到這裏，覺得張汶祥的手，已氣得發起抖來，即接著勸道：「這事你就氣死，也是白死了！且耐著性子聽我說完了，再商量對付罷！」

遂將那日在上房窗外所聞見的情形，繼續述了一遍道：「像這樣來路不正的女子，我也明知道是靠不住的，我祇因平生好色貪淫，每遇女色，就不由得糊塗不計利害了！我受報是應該的，毫不怨恨，祇可惜你一個鐵錚錚的漢子，平時視女色如蛇蝎的，也爲我牽累，嘔此齷齪之氣，我心裏甚爲不安！」

張汶祥道：「二哥何必說這樣客氣話？我仔細想來，倒不覺得嘔氣了。我與柳無儀名雖夫婦，實在和鄰居差不多！我一則因他是柳儒卿的女兒，他不知道我是張汶祥，不妨和我做夫妻；若將來知道了，他念父仇，則夫妻成爲仇敵，我送了性命還得遭人唾罵！若他竟因私情把父仇忘了，則這種婦人的天性涼薄可想！我如何能認他爲妻室呢？我既明知是這般配合的夫妻，萬不能偕老，又何必玷汙他的清白，以增加他忿恨之心呢？

「二則因我練的武藝，不宜近女色，當日爲二哥與無非已結了不解之緣，使我不得不勉強遷就；然直到如今，彼此都不曾沾著皮肉。二哥前日既勸我那些言語，大約我對無儀的情形，也可以推測得幾分了。原不過掛名的夫妻，管他貞節也好，不貞節也好，我越想越覺得犯不著嘔氣。還得勸二哥不要把這事放在心上，祇思量將如何離開這禽獸下流之地！」

鄭時點了點頭道：「三弟眞是個有爲有守的人！愧我枉讀詩書，自謂經綸滿腹，眞是一個又聾又瞎的人！你我相交十多年，到今日才知道你有這般操守，我不成了個瞎子嗎？你當日在船上說的話，我不能聽從，不是個聾子嗎？我自從那日在上房窗外，看見了那種禽獸行爲之後，就無日不思量離開此地；祇因一時想不出相安的去處，所以遲疑不能決，想不到馬心儀就有今夜這番舉動！他是這們一來，我倒不能悄悄的偷走了！」

張汶祥道：「原來的情形既是如此，那麼，淫賊今夜這番舉動，其本意不待說便是打算借此將二哥和我攆跑，所以剛才他已露出放二哥逃走的意思來！我們到了今日，難道在此還有甚麼留戀？祇看二哥的意思，就是這們不顧而去呢？還是想警戒這淫賊一番再走？打算如何警戒他，我都可以包辦！」

鄭時道：「警戒他的舉動，儘可不必！這種不體面的事，我們極力掩飾，還恐掩飾不了，豈可再鬧出些花樣來，自己挑撥得給外人知道！我若不爲想顧全這點兒體面，早已離開這裏了！於今四川總督的公文，在我自己可以斷定是假的；而外人不明白這裏面實在情形的，決不會猜疑到假字上去。我若在此時悄悄的逃走，將來綠林中朋友，必罵我不是漢子，祇顧自己貪生畏死，不顧結拜兄弟爲難，沒有義氣！」

張汶祥忿然說道：「誰還認這人面獸心的東西做結拜兄弟！」

鄭時道：「這卻不然！你我心裏儘可不認他，口裏不能向人說出一個所以然來！並且我看世道人心壞到了這一步，我左思右想，總覺得人生在世，沒有趣味！我當日不殺他，反和他結義，並用種種方法使他的功名成就，原想今日借他一點兒力量，開你我一條上進之路！我平生不倚靠旁人，倒也轟轟烈烈的幹了半世；誰知一動了倚靠旁人的念頭，就沒有一件適心遂意的事了，不但凡事都不順手，連心思都覺不如從前靈敏了！」

張汶祥道：「沒有志氣的人，每遇失意的時候，多喜說頽喪厭世的話，二哥怎麼也說出這些話來了呢？依我看來，這公文算不了一回事，既決計走，就走他娘，管甚麼人家罵不罵！綠林中人巴結官府想做官，就是應該挨罵的了！我因不願意再與那人面獸心的東西見面，趁今夜悄悄的走了完事！且看他們這般狗男女，究竟能快樂多久！」

鄭時搖頭道：「此時已是半夜，離天明不久了，待走向那裏去！休說我不能和你一樣穿簷越脊，如履平地；即算我有你一般的能耐，也不情願悄悄的偷走！你是與那公文無干的人，趁這時就走，倒是上策！」

張汶祥歎道：「我若肯撇下二哥，一個人逃走，豈待今日？二哥既是存心要來得光明，去得正大，我也衹好聽憑二哥！」

二人正在說話，忽聽得施星標的聲音，二哥二哥的一路從裏面叫了出來。鄭時連忙答應。二人回身走到西花廳，衹見施星標一手擎燭、一手托著一包似乎很沉重的東西，愁眉不展的向鄭時唉聲說道：「眞是：天有不測之風雲，人有旦夕之禍福！我簡直作夢也想不到忽然會有這們一回事！」張汶祥接聲歎了一口氣，正待答話。

鄭時原是和他握手同行的，忙緊捏了張汶祥一把，搶著答道：「公文雖是這們來，好在有大哥這般的靠山，還怕甚麼！不過累得大哥爲我的事麻煩擔風險，我心裏終覺有些不安罷了！於今是大哥教四弟來有甚麼話說麼？」

施星標一面將手中的包兒遞給鄭時，一面說道：「大哥口裏雖不曾說甚麼，衹是我看他的臉色神氣，也像很爲二哥這事著急的樣子！這包裏是大哥交我送給二哥的盤纏，紋銀二百兩。

大哥說他還有要緊的話和二哥說，奈院裏不便說話，教二哥且到鴻興客棧裏停留半日再走。他改裝悄悄的前來相會。」

張汶祥忍不住問道：「與其白天改裝到鴻興客棧去說話，何妨此時到這裏來，或教二哥到簽押房去呢？」

施星標道：「三哥不知道大哥為這事擔著多大的干係，必然是因在這裏說話，有多少不便之處，所以寧可改裝到鴻興客棧去！」

這時鄭時因伸手接那銀包，不曾握著張汶祥的手，聽張汶祥這們說，很著急的搶著說道：「大哥思慮周密，不會有差錯的！我本當即時上去道謝，祇因此時夜已深了，大哥白天事多，恐怕擾了他的清睡！不過得託四弟轉達幾句話：公文上既祇有我一個人的名字，祇我一人避開，便可無事，家眷不宜與我同走，我並不向內人說明。我將內人寄在大哥這裏，千萬求大哥照顧！」

張汶祥見鄭時到這時候還說這種言語，不由得氣忿塡膺，那裏忍耐得住呢！逞口而出的說道：「這何待二哥囑託！公文上雖沒有我的名字，然二哥既不在這裏，我還在這裏做甚麼！無論去甚麼所在，我始終跟著二哥走便了！」

這幾句話，衹急得鄭時不知要如何掩飾才好！幸喜施星標爲人老實，聽不出張汶祥的語意來，也接著說道：「三哥的話不錯！我們都是自家兄弟，二嫂留在這裏，何待二哥囑託照顧呢？難道大哥還好意思不當自家的弟媳婦看待嗎？」

張汶祥又待開口，鄭時連忙截住，說道：「話雖如此，我拜託總是應該拜託的！四弟上去回大哥的話，請順便說三弟爲人疏散慣了，在此地打擾了這們久，於今也想到別的地方走走。不待說他的家眷也是要寄居這裏的。」

施星標道：「公文裏面既沒有三哥的名字，三哥何必走甚麼咧？」

張汶祥道：「定要公文中有名字才好走嗎？等到那時，衹怕已經遲了呢！」

鄭時惟恐張汶祥再說出甚麼話來，急將手中銀包交給張汶祥道：「三弟不要說這些閒言雜語，且把這銀子收起來罷。我兩人的盤纏都在這裏，擱在你的身邊妥當些！」這們一來，才將張汶祥的話頭打斷了。好在施星標是個心粗氣浮的人，聽了也不在意，當下就回身復命去了。

鄭時見施星標已去，便跺腳埋怨張汶祥道：「我的性命，衹怕就斷送在你這些話上頭了！」

張汶祥吃驚，問道：「這話怎麼講？」

鄭時道：「你聽人說過強盜出於賭博，人命出於奸情的這兩句古語麼？尋常人和女子通奸，給女子的丈夫知道了，尚且多有謀殺親夫的舉動，何況一個官居極品，一個有罪名可借的呢？我就處處做作得使他不疑心我已識破，還愁他不肯放我過去；故意發出言語來使他知道，還了得嗎？」

張汶祥忿然說道：「二哥不要是這般前怕龍，後怕虎！爲人生有定時，死有定地，殺了頭，也不過一個碗大的疤！他不要二哥的命便罷，他要了二哥的命，我若不能要他的命，算我不是個人！」

鄭時急忙掩住他的口，說道：「我其所以不早向你說，就是爲你的性子不好，怕你胡鬧！你要知道，我們此刻不能和在四川的時候比了！便是在四川，手下有那們多兄弟，也祇能與不成才的縣府官爲難；司道以上，就不容易惹動他了！於今你我都是赤手空拳，常言單絲不成線，獨木不成林！一輕舉妄動，便是白送性命，於事情無益，反遭了罵名！」

張汶祥聽了這些話，心裏益發嘔氣，祇口裏懶得辯論。這夜二人等到天明發曉，就不動聲色的走出了巡撫部院。張汶祥道：「我們何不就此出城走他娘，還去鴻興客棧做甚麼呢？」

鄭時道：「不然！我原是不打算偷逃，才等到今日，早走本十分容易！已到了今日，他若沒有殺害我的心思，我用不著逃走；有心殺害我，豈容我一個人單身逃走？」張汶祥沒得話說，跟著走到鴻興客棧。

鄭時與張汶祥商議道：「我仔細想來，你我命裏，於妻財子祿都是無緣！虧得當日經營了一個紅蓮寺，從此祇好出家不問世事。我在這裏等著，你去街上買兩件隨身換洗的衣服，和長行人應帶的雨具之類。馬心儀來過之後，我們便好登程。」張汶祥應著是，帶了銀兩出來。匆匆忙忙買了些東西，連同銀兩作一個包袱綑了，忽然覺得有些心驚肉跳，不敢多躭擱，回頭向鴻興客棧這條街上走來。

離鴻興客棧還有半里遠近，陡見前面有無數的人，如潮湧一般的奔來。少壯的爭先恐後，將老弱的擠倒在地；背後的人又擁上了，就在老弱的身上踏踐過去。祇擠得呼號哭叫，登時顯得紛亂不堪！張汶祥看那些人面上，都露出一種驚疑的神氣，心裏正想扯住一個年老些兒的人，問他們爲甚麼這般驚慌逃跑。

那些人跑得眞快，一霎眼就擁到跟前來了！張汶祥向旁邊一閃，打算讓在前的幾個少壯男子衝過去，再扯住年老的問話。誰知這一閃卻閃壞了！腳還不曾踏穩，猛覺有一個人向胳膊上撞來；這一下撞得不輕，祇撞得張汶祥頭腦一昏，被撞的胳膊，痛得與挨了一鐵鎚相似，兩腳便站立不住，一翻身就栽倒了！

張汶祥心想：這東西好厲害！那來的這們大的氣力，竟能將我撞成這個樣子！會武藝的人畢竟不同，便是躺下了也比尋常人起來得快些。張汶祥正待奮身躍起，就覺有人將他的胳膊挽住，往上一提，說道：「對不起，對不起！」張汶祥乘勢跳起身看時，彷彿是很面熟的一個人，已撇開手上前擠去了。

張汶祥陡覺背上輕了，反手一摸，不見了包袱，不由得著驚，暗想道：「難道連纏在背上的包袱都撞掉了麼？」再回頭向地下尋找，那裏有甚麼包袱呢！隨口罵道：「將我撞倒的那個東西，一定是個剪綹的賊！怪道他那們重的撞我一下，原來是有意來偷我包袱的！這包袱是我兄弟逃命的盤纏，由你偷去了就是嗎？怪道他挽住我的胳膊，把我提了起來；若不然，也取我背上的包袱不住！」一面罵著，一面不遲疑的折身追趕。

喜得那人還走得不遠，分明看見他一手提了那包袱，向前跑幾步又回頭望望，好像看失包袱的追來沒有追來的神氣。祇是張汶祥走街邊追趕，那人祇回頭看街心的人，眼光不曾落到張汶祥身上。張汶祥氣得胸脯幾乎破裂了，暗罵：你這不睜眼的小賊！怎麼剪綹會剪到我身上來了呢！緊追了幾步，忍不住旋追旋喊道：「哇！你搶了我的包袱，打算跑到那裏去？你若是知趣的，趕緊退還我沒事！定要我追上，就休怪我不饒你啊！」

張汶祥不是這們喊，倒也罷了，那人跑得並不快，且不斷的回頭，要追上還容易些！這幾句話一喊出來，那人聽得，回頭望張汶祥一眼，兩腳登時和打鼓的一樣，急急的跑起來了！似乎嫌包袱提在手中不好暢所欲跑，邊跑邊將包袱照樣纏在背上。這種氣教張汶祥如何能受？也就盡力量追上去。兩人的腳步都迅捷如風，頃刻便追到了城外，張汶祥祇是追趕不上。又追趕了一會，看見前面有一個廟宇。

張汶祥心裏才忽然想起來了，原來這個搶包袱的人，便是那日在街上遇見用胸膛抵住騾車不許過去的異人！因那日這人的酒已喝得酩酊大醉，神情態度，與今日大不相同，所以見面但覺面熟；加以心中有事，一時竟想不起來。此時看見了關帝廟，才將那日的事觸發了！張汶祥既想起了搶包袱的就是那異人，心裏倒不著急了，也不覺氣忿了！因爲，料想有這般大本領的人，決不至存心搶人的包袱；是這般舉動，必有緣故！再看這人，果然背著包袱，跑進關帝廟裏去了。

張汶祥跟進廟門，祇見這人已將包袱就廟門旁邊的地下打開來，取了一件新買的衣披在身上，一搖一擺的，低頭打量稱身與否。見張汶祥走來，也不理會。

張汶祥在江湖上混了多年，遇了這種異人，自然不敢怠慢！當即上前作了個揖，說道：「前日從某處追隨老丈到這裏，原是要聽候指教的。因不敢攪了老丈的酣睡，以為在別處盤桓一會再來，老丈必已睡足了。誰知在別處略躭擱了些時，回頭來老丈又已酒醒出去了！今日難得老丈肯這們賞臉，特地把我引到這裏來，請問有甚麼見教之處？」

這人抬頭看了看張汶祥，做出不認識的樣子，說道：「你認識我嗎？你既認識我，怎麼罵我是剪綹的小賊呢？」

張汶祥笑道：「那是我的兩隻肉眼不爭氣，因為與老丈親近的時候太少，突然於無意中遇著，一時想不起來！請問老丈：剛才那許多人，為甚麼那們驚慌逃跑？」

這人說道：「我也弄不清楚！我有一個朋友初到山東來，寄寓在鴻興客棧裏。我前幾日去訪了幾次，都因去的時候太晏，我那朋友出門拜客去了。今日祇得早些起床，等城門一開就到鴻興客棧去。才和我那朋友會了面，正是久旱逢甘雨，他鄉遇故知，彼此談論得非常高興，忽聽得隔壁房間裏人聲嘈雜，滿客棧都震動了！那朋友拉我出房探看是甚麼事，不看猶可，看時眞險些兒把我嚇死了！

「原來：擠滿了一客棧的兵，刀槍眩目，威勢逼人；就在隔壁房間裏，據說捉拿江洋大盜，一會兒便拖出一個人來了。我看那裏像一個江洋大盜，分明是一個很儒雅、很漂亮的斯文人。拖出來連話都沒問一句，祇怕姓名還不曾問明白，就在客棧門口殺了！殺了那個斯文人也罷，忽然那些兵又說逃了一個，大家仍回身到各房間裏搜查。

「是這般拿了不問情由的就殺，你說誰不害怕，自然一個個都向外面逃跑！一半兵在客棧裏搜查，一半兵跟著逃跑的客追出來。過路的人不知道甚麼事，也嚇得亂跑！我怕得最厲害，所以跑得最快，不提防把你撞倒了！臨時見財起意，取了你這包袱，誰知你這們小氣，拚命跟著追趕！」

張汶祥知道事情不妙，心裏和刀割一般的難過，表面上仍竭力鎮靜著問道：「老丈可曾打聽殺的那個江洋大盜姓甚麼？」

這人搖頭道：「殺的人那裏是江洋大盜，是鴻興客棧住的熟客，和現在山東的馬撫台是親戚！姓甚名誰雖不知道，祇是大家都因他確實是一個斯文人，料定他死得很冤枉！」

張汶祥聽到這裏，臉上不由得已急變了顏色，兩眼同時忍不住流下淚來。

不知這被殺的，是不是鄭時？且待第九二回再說。

（待續）

新書預告——繼《江湖奇俠傳》後，平江不肖生另一經典著作

《近代俠義英雄傳》全書八四回，陸續出版，敬請期待！

本書內容所述，時間大抵是以晚清光緒二十四年（西元一八九八年）「戊戌六君子」殉難之際為座標，上下各推十年左右，個別人物事跡則延伸至民國初年；無不實有其事、實有其人，既可說是「清末游俠列傳」，亦可視為「近代武俠傳記文學」，與其他武俠小說之出自向壁虛構、空中樓閣者不同，自然親切有味。

我國拳家派別至為紛歧，就是隸身武術界中的也不一定清楚；本書娓娓道來，如數家珍，足以長人見識。如霍元甲在上海擺擂台，轟動一時，在本書中有十分詳細的描寫，筆歌墨舞間令人如在其中。其中寫外國大力士之大言不慚，令人為之憤慨，及至寫霍元甲力制西人，大振國威，又令人為之稱快；如此絕妙的對照文字，實為難能可貴。

本書結構謹嚴，自始至終從容綿密、絲毫不亂，猶有舊日說部之遺風。作者文字波翻雲湧，酣暢淋漓，誠所謂「快如并州剪，爽若哀家梨」。雖為小說家言，卻以現實社會為對象，其描寫細微處，直如鑄鼎象物，千奇百怪，無所遁形。

古典小說 當代復興

大字版本　全新編校　清晰易讀
珍貴足本　最佳版本　值得收藏
懷古插圖　專文引導　入門捷徑

古典小說宛如可供鑑往知來的明鏡，也是一部部融合現實的生動演出。它反映了當下社會，讓人能從中擷取面對生活的智慧。本局精選歷代佳作，隆重推出大字本古典小說，書前附有專文，引導讀者入門，讓閱讀古典小說成爲愉悅豐富的心靈饗宴。

《江湖奇俠傳》讀者專用優惠訂購單

※本特惠有效期限為：即日起至92年7月31日　　訂購日期：　年　月　日

書名	定價	特惠價	數量	金額小計
紅樓夢（平二冊）	360	288	套	元
三國演義（平二冊）	420	336	套	元
水滸傳（平二冊）	420	336	套	元
西遊記（平三冊）	600	480	套	元
聊齋誌異（精六冊）	1200	594	套	元
掛號郵資	（購書金額滿500元以上，一律免郵資）			40 元
				總計　元

※ 持本函親至書局門市或郵購上列書籍，得享特惠價
※ 郵政劃撥者請在劃撥單通訊欄備註「江湖奇俠傳讀者專用」字樣
※ 寄書地點僅限臺、澎、金、馬地區
※ 本特惠不再適用其他特價或折扣

訂購者基本資料

姓名：＿＿＿＿＿＿＿＿　性別：＿＿＿
生日：19＿＿年＿＿月＿＿日
電話：（日）＿＿＿＿＿＿（夜）＿＿＿＿＿＿
手機：＿＿＿＿＿＿＿＿
E-mail：＿＿＿＿＿＿＿＿
地址：□□□＿＿＿＿＿＿＿＿

信用卡資料

信用卡別：□VISA　□MASTER　□JCB　□聯合信用卡
信用卡號：＿＿＿＿＿＿＿＿
發卡銀行：＿＿＿＿＿＿＿＿
有效期限：＿＿＿年＿＿＿月
信用卡簽名：＿＿＿＿＿＿＿＿
（需與信用卡簽名一致）

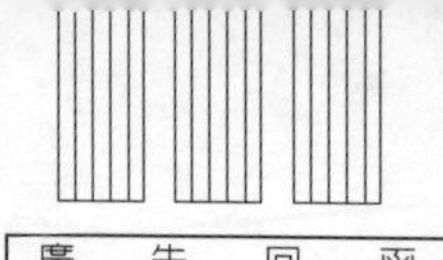

廣　告　回　函
北區郵政管理局登記證 北台字6875號
免　貼　郵　票

100 台北市中正區重慶南路1段99號

世界書局股份有限公司 收

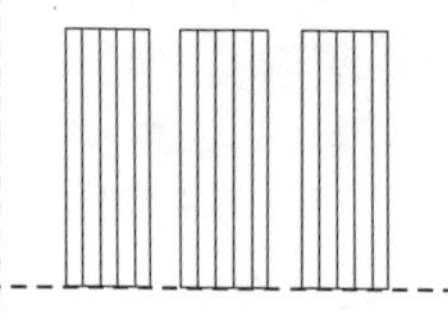

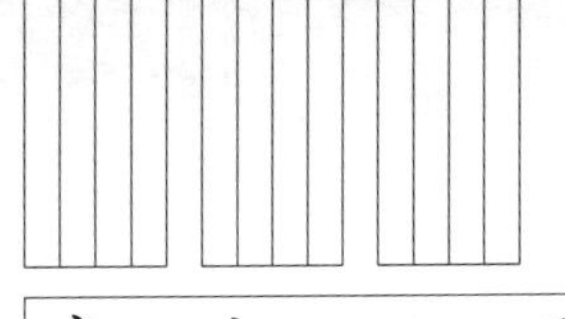

100

廣告回函
北區郵政管理局登記證
北台字6875號
免貼郵票

台北市
重慶南路一段九十九號六樓

世界書局股份有限公司　收

姓名：
地址：
電話：

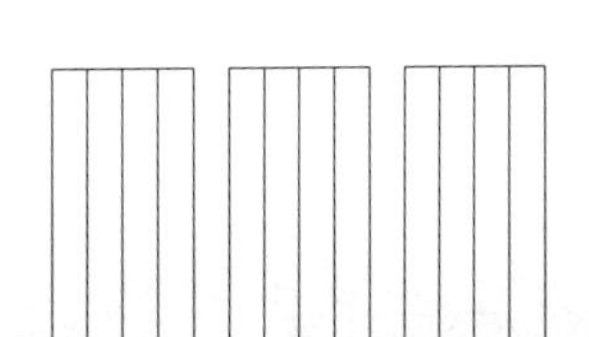

世界書局股份有限公司　§讀者意見卡§

為了解讀者對本公司出版品的意見，以提供更好的閱讀品質與讀者服務，請您詳填本卡，寄回世界書局（免貼郵票），我們將不定期提供最新出版訊息及各項優惠。

書名：＿＿＿＿＿＿購買地點：＿＿＿＿＿購買日期：＿＿＿＿＿

姓名：＿＿＿＿＿＿　性別：□男 □女

出生日期：西元＿＿年＿＿月＿＿日　身分證字號：＿＿＿＿＿

電話：(H)＿＿＿＿＿＿(O)＿＿＿＿＿＿傳真：＿＿＿＿＿＿

行動電話：＿＿＿＿＿＿　E-mail：＿＿＿＿＿＿＿＿

聯絡地址：□□□＿＿＿＿＿＿＿＿＿＿＿＿＿＿＿＿

學歷：□國中 □高中職 □專科 □大學 □研究所以上

職業：□學生 □教師 □公務員 □軍警 □製造業 □金融業 □銷售業 □資訊業 □大眾傳播 □自由業 □服務業 □其他＿＿＿＿

閱讀偏好：□文學類 □史學類 □哲學類 □科學類 □藝術類 □傳記類 □語文類 □財經類 □政治類 □休閒類 □其他＿＿＿＿

您從何處得知本書：□逛書店 □報紙廣告 □報章雜誌介紹 □廣播 □電視節目 □DM、廣告信函 □親友介紹 □書訊＿＿＿＿ □其他＿＿＿＿＿＿

您對本書的意見：內容 □很好 □好 □普通 □不好
封面 □很好 □好 □普通 □不好
價格 □很好 □好 □普通 □不好

您是否曾買過世界書局出版品：□是，書名＿＿＿＿＿＿＿＿ □否

您對本公司的建議、期望：

國家圖書館出版品預行編目資料

新版足本江湖奇俠傳　一六〇回／平江不肖生 撰.
--初版.--臺北市：
世界，2003[民 92]
冊；公分.--(俠義經典系列)
ISBN 957-06-0247-3(第 3 冊:平裝)

857.44　　　92004507

俠義經典系列

新版 足本 江湖奇俠傳 參

717-2626

著　　者／平江不肖生
發 行 人／閻　初
發 行 者／世界書局
登 記 證／行政院新聞局局版臺業字第〇九三一號
地　　址／臺北市重慶南路一段九十九號
電　　話／(〇二)二三三一一〇一八三
傳　　真／(〇二)二三三一七九六三
網　　址／www.worldbook.com.tw
郵撥帳號／〇〇〇五八四三七　世界書局
出版日期／二〇〇三年五月初版一刷
定　　價／三六〇元

世界